U0148150

历代诗学
经典导读

张　勇◎著

安徽师范大学出版社
ANHUI NORMAL UNIVERSITY PRESS
·芜湖·

图书在版编目（CIP）数据

历代诗学经典导读／张勇著. —芜湖：安徽师范大学出版社，2023.1（2024.2重印）
ISBN 978-7-5676-5216-3

Ⅰ.①历… Ⅱ.①张… Ⅲ.①古典诗歌—诗歌研究—中国 Ⅳ.①I207.22

中国版本图书馆CIP数据核字（2022）第236002号

安徽省研究生教育教学改革研究项目（2022jyjxggyj149）
安徽省高峰学科中国语言文学（诗学）资助项目

历代诗学经典导读   张　勇◎著

责任编辑：李克非
责任校对：胡志恒　平韵冉
装帧设计：张德宝　冯君君
责任印制：桑国磊
出版发行：安徽师范大学出版社
　　　　　芜湖市北京东路1号安徽师范大学赭山校区　　　邮政编码：241000
网　　址：http://www.ahnupress.com/
发 行 部：0553-3883578　5910327　5910310（传真）
印　　刷：苏州市古得堡数码印刷有限公司
版　　次：2023年1月第1版
印　　次：2024年2月第2次印刷
规　　格：700 mm×1000 mm　　1/16
印　　张：21
字　　数：310千字
书　　号：ISBN 978-7-5676-5216-3
定　　价：58.00元

凡发现图书有质量问题，请与我社联系（联系电话：0553-5910315）

弁　言

　　近十几年，每年都给文艺学专业研究生开"中国古代诗学经典导读"课，选择中国文学批评史上七部重要诗学经典逐字逐句研读。这七部经典是《诗品》《诗式》《二十四诗品》《沧浪诗话》《原诗》《艺概·诗概》《人间词话》。研读以讨论方式进行。一般是两名学生负责一部经典，课下细读文本，撰写发言稿，发言稿分两大块：一是理论串讲，二是研究综述。课堂研讨主要围绕这两方面展开。由负责人主讲，师生共同讨论。大家约定：只批评不表扬。讨论问题的过程其实就是思想交锋的过程，课堂气氛十分活跃，常常迸发出思想的火花。经典是超越时空的，也是常读常新的，每年都会有学生在这课堂上找到灵感，写成论文发表出来，也有人在此找到学位论文的题目。

　　本课程涉及文本较多，如果能把这些文本收录到同一本书中，阅读研讨起来就方便得多了。这些年一直有编写这样一本书的想法，只是杂事太多，未能如愿。近年来，稍微轻松，决心编写这本《历代诗学经典导读》。

　　本书除了收录以上提到的七部经典外，还收了《毛诗序》及《文心雕龙》的部分篇章。《毛诗序》是儒家"诗教"理论的第一次系统呈现，是儒家诗学大厦的基础，研读后世诗学经典，不少问题都要回溯到这里。《文心雕龙》不是诗学专著，只有《辨骚》《明诗》《乐府》《比兴》四篇集中论诗，本书予以选录。另外要说明的是，《人间词话》

虽是词学专论，但所论问题与诗学相通，也视为诗学著作。

本书在内容上分为文本及注释、导读两大部分，遵照以下原则撰写：

1.底本选择上，既考虑版本的文献价值，又照顾一般读者的阅读方便。九部（篇）诗学经典的底本如下：《毛诗序》，《十三经注疏》本；《文心雕龙》，范文澜《文心雕龙注》本；《诗品》，何文焕辑《历代诗话》本；《诗式》，陆心源《十万卷楼丛书》本；《二十四诗品》，黄省曾《名家诗法》本；《沧浪诗话》，《历代诗话》本；《原诗》，丁福保辑《清诗话》本；《艺概·诗概》，《古桐书屋六种》本；《人间词话》，《国粹学报》本。《诗式》"五格品诗"，诗例过于芜杂，为了方便阅读，予以删除。

2.不做繁琐校勘，底本错误者，依他本改正。底本中繁体字、异体字、俗体字，径直改为现代通行的规范字体，一律不出校。

3.本书意在为读者提供一个简明可靠的读本，注释力求简明，重点为词语典故、名物制度、人名地名等。

4.导读部分，主要包括作者简介、文本的版本源流、理论框架介绍、理论要点解析四部分。

本书适合文艺学、古代文学专业的研究生，汉语言文学专业高年级的本科生及广大古典诗学爱好者阅读。在编写过程中，借鉴、吸收了前贤时彦的研究成果，在此一并表示感谢！

目录

毛诗序

《关雎》，后妃之德也①，风之始也②，所以风天下而正夫妇也③。故用之乡人焉，用之邦国焉④。风，风也，教也；风以动之，教以化之⑤。

诗者，志之所之也⑥，在心为志，发言为诗。情动于中而形于言，言之不足，故嗟叹之；嗟叹之不足，故永歌之⑦；永歌之不足，不知手之舞之，足之蹈之也。

情发于声，声成文谓之音⑧。治世之音安以乐，其政和；乱世之音怨以怒，其政乖⑨；亡国之音哀以思，其民困。故正得失，动天地，感鬼神，莫近于诗。先王以是经夫妇⑩，成孝敬，厚人伦，美教化，移风俗。

故诗有六义焉：一曰风⑪，二曰赋⑫，三曰比⑬，四曰兴⑭，五曰雅⑮，六曰颂⑯。上以风化下，下以风刺上，主文而谲谏⑰，言之者无罪，闻之者足以戒，故曰风。至于王道衰，礼义废，政教失，国异政，

---

① 后妃：旧说指周文王妃太姒。孔颖达《毛诗正义》："言后妃性行和谐，贞专化下，寤寐求贤，供奉职事，是后妃之德也。"

② 风：指《诗经》之十五国风。《关雎》为十五国风之首篇，故曰"风之始"。《毛诗正义》曰："言后妃之有美德，文王风化之始也。言文王行化始于其妻，故用此为风教之始。"

③ 风：读去声，用作动词，教化之意。

④ "故用"二句：《毛诗正义》："令乡大夫以之教其民也"；"令天下诸侯以之教其臣也"。乡人：一万二千五百家为一乡，"乡人"指老百姓。

⑤ 动：感动；化：感化。

⑥ 志：志意、怀抱。所之：所出，即所往、所向。

⑦ 永歌：引声长歌。永：延长。

⑧ 声：指五声，即宫、商、角、徵、羽。文：五声和合而形成的曲调。

⑨ 乖：乖戾、反常。

⑩ 经：常，这里用作动词，使正常。

⑪ 风：《诗经》的十五国风，又含风化、讽刺之意。

⑫ 赋：《诗经》铺陈直叙的表现手法。郑玄《周礼·大师注》："赋之言铺，直铺陈今之政教善恶。"

⑬ 比：比喻。郑玄《周礼·大师注》："比者，比方于物也。"朱熹《诗集传》："比者，以彼物比此物也。"

⑭ 兴：起，《诗经》用以发端的表现手法。朱熹《诗集传》："先言他物以引起所咏之词也。"

⑮ 雅：正，《诗经》有《大雅》《小雅》，内容为谈王政之兴废。

⑯ 颂：本义是形容，这里指周王朝和鲁宋二国祭祀时用以赞神的舞歌。

⑰ 主文而谲谏：以隐约委婉的方式谏劝，不直言过失。

家殊俗，而变风、变雅作矣①。国史明乎得失之迹②，伤人伦之废，哀刑政之苛，吟咏情性，以风其上，达于事变而怀其旧俗者也。故变风发乎情，止乎礼义。发乎情，民之性也；止乎礼义，先王之泽也。是以一国之事，系一人之本，谓之风③；言天下之事，形四方之风，谓之雅④。雅者，正也，言王政之所由废兴也。政有小大，故有小雅焉，有大雅焉。颂者，美盛德之形容，以其成功告于神明者也。是谓四始，诗之至也⑤。

然则《关雎》《麟趾》之化，王者之风，故系之周公⑥。南，言化自北而南也⑦。《鹊巢》《驺虞》之德，诸侯之风也，先王之所以教，故系之召公⑧。《周南》《召南》，正始之道，王化之基⑨。是以《关雎》乐得淑女，以配君子，忧在进贤，不淫其色；哀窈窕，思贤才，而无伤善之心焉⑩。是《关雎》之义也。

---

① 变风变雅：变，时世之衰变。变风，多指《邶风》以下十三国风；变雅，多指《大雅·民劳》《小雅·六月》以后的诗。

② 国史：史官。

③ 一国：指诸侯国。《毛诗正义》："诗人览一国之意以为己心，故一国之事系此一人使言之也。"

④ "言天下"三句：天下，指整个周王朝。《毛诗正义》："诗人总天下之心，四方风俗，以为己意，而咏歌王政，故作诗道说天下之事，发见四方之风，所言者乃是天子之政，施齐正于天下，故谓之雅，以其广故也。"

⑤ "是谓"二句：四始：《毛诗正义》引郑玄语："风也，小雅也，大雅也，颂也，此四者，人君行之则为兴，废之则为衰。"四者为王道兴衰之根基，故称四始。诗之至：《诗》之宗旨尽在于此。

⑥《麟趾》：即《麟之趾》，《国风·周南》最后一篇。《小序》曰："《麟之趾》，《关雎》之应也。《关雎》之化行，则天下无犯非礼，虽衰世之公子皆信厚如麟趾之时也。"《毛诗正义》："《关雎》《麟趾》之化，是王者之风，文王之所以教民也。王者必圣周公，圣人故系之周公。"

⑦ 南：即《周南》之"南"。《毛传正义》："言此文王之化自北土而行于南方故也。"

⑧《鹊巢》《驺虞》：分别为《国风·召南》的首篇与末篇，前者言诸侯嫁女之事，后者言诸侯打猎之事。《毛诗正义》："《鹊巢》《驺虞》之德，是诸侯之风，先王、大王、王季所以教化民也。诸侯必贤召公，贤人故系之召公。"

⑨ "正始"二句：《周南》，《国风》第一部分，计十一篇；《召南》，紧次《周南》，计十四篇。《毛诗正义》："《周南》《召南》二十五篇之诗，皆是正其初始之大道，王业风化之基本也。"

⑩ "是以"下数句：揭示《关雎》主旨，意出《论语·八佾》："《关雎》乐而不淫，哀而不伤。"窈窕：善良美好。《关雎》："窈窕淑女，君子好逑。"

导　读

汉代传习《诗经》者有齐、鲁、韩、毛四家，齐国辕固生所传称为"齐诗"，鲁国申培公所传称为"鲁诗"，燕国韩婴所传称为"韩诗"，赵国毛苌所传称为"毛诗"。齐、鲁、韩三家为今文学派，皆立于学官；毛诗为古文学派，未立于学官。虽然毛诗晚出，但郑玄为之作笺后，逐渐兴盛，其他三家诗逐渐亡佚，惟毛诗独存。

现存《毛诗》305篇，每篇题下皆有"小序"，为每首诗的"题解"，少则几个字，多则几十字，而首篇《关雎》题下的"小序"后，另有一段较长文字，世称《诗大序》，又称《毛诗序》。唐人陆德明《经典释文》引旧说，认为自"《关雎》，后妃之德也"至"用之邦国焉"，称为"小序"；自"风，风也"至篇末，称为"大序"。"大序"是全书的总序，总论诗歌理论，涉及诗的性质、作用、体裁、手法等。

《毛诗序》究竟出于何人之手？郑玄认为是孔子弟子子夏，范晔认为是卫宏，《隋书·经籍志》认为是子夏创、毛公与卫宏加工，程颢则认为是孔子。众说纷纭，莫衷一是。客观来看，极有可能完成于西汉中期之前，未必出自一人之手。《毛诗序》概括了先秦儒家对于诗乐的若干重要认识，同时在某些方面又有所补充和发展，构成了比较完整的理论体系。它是我国诗学的第一篇专论，在中国文学批评史上占有十分重要的地位。

本文选自阮元刻《十三经注疏》本《毛诗正义》卷一。

毛诗序

一、诗歌本质论

《毛诗序》概括了孔子以来的先秦文论，提出了影响深远的抒情言志说：

> 诗者，志之所之也，在心为志，发言为诗。情动于中而形于言，言之不足，故嗟叹之；嗟叹之不足，故永歌之；永歌之不足，不知手之舞之，足之蹈之也。

首先辨析"情"与"志"的关系。在先秦，"志"的特定内涵主要是指人的志向、怀抱，如孔子所说"各言其志"（《论语·先进》），孟子所说"夫志，气之帅也"（《孟子·公孙丑上》）。这里"志"，多指具有一定伦理道德规范的思想，偏重于人的理智与理性。情，为人的喜怒哀乐情感。《荀子·正名》："性之好恶喜怒哀乐，谓之情。"由此可见，情与志是有区别的，但两者也有相通之处，都发自于人的内心，因此秦汉时常常情志并举，泛指人的思想情感。

同样，诗言志与诗言情，也是一对既相互联系，又各有侧重的命题。从相同之处看，两者都是集于中而发于外，表现诗人内在的思想情感。但由于情与志内涵上的差异，诗言志与诗言情也各有侧重，前者侧重于诗之政治教化功能，后者侧重于个体情感的抒发功能。《毛诗序》正是认识到了这一点，在倡导"诗言志"的同时，又肯定其抒情功能。故曰："在心为志，发言为诗，情动于中而形于言。""志"与"情"同时萌动于心，又一起表现于外，从而形成文学艺术。除此之外，《毛诗序》还说"发乎情，民之性""吟咏情性"，都强调诗歌创作中的情感要素，这是中国文学批评史上首次将"诗言志"的内涵扩大到"情"，说明人们对文学本质特征认识的加深。

《毛诗序》虽然肯定了"情"在文学创作中的重要作用，但是这种肯定是有限度的。在作者看来，"情"与"志"相比，"情"毕竟是第二位的，"志"才是第一位的，在"情"与"志"发生冲突的时候，必须以志来约束情感、节制情感，决不能让情感冲破了理性之"志"，淹没了理性的道德规范。故曰："变风发乎情，止乎礼义。发乎情，民之性也；止乎礼义，先王之泽也。"强调抒情决不能超过一定的规范。

《毛诗序》以情志并举说诗，深化了对诗歌本质的认识。"诗言志"早在先秦典籍中就已提出，而《毛诗序》的最大贡献在于，第一次把"情"与"志"联系起来论述，给"言志"说注入了新鲜血液，从理论上确立了我国古代文学艺术抒情言志的表现传统。《毛诗序》虽然接触到了诗歌的抒情特征，但由于把"发乎情"限定在"止乎礼义"的范围内，又极大地限制了其理论价值及其对诗歌创作的积极意义。

二、诗歌功能论

《毛诗序》对诗的政治教化作用做了理论化、系统化的阐述。

第一，指出诗乐与时代政治之间的关系："至于王道衰，礼义废，政教失，国异政，家殊俗，而变风、变雅作矣。"明确指出，变风、变雅的产生，根本原因在于社会生活，因为政治腐败，社会动乱，民不聊生，作者就会情动于中，"伤人伦之废，哀刑政之苛"，于是"吟咏情性"，创作出抒情言志的诗歌。

第二，指出诗歌艺术是社会生活的反映。诗歌产生于社会生活，是社会生活的反映，有什么样的社会生活，就会产生什么样的作品。《毛诗序》说："治世之音安以乐，其政和；乱世之音怨以怒，其政乖；亡国之音哀以思，其民困。"读者可以从"怨以怒""安以乐""哀以思"的文艺作品之中，认识当时的社会状况。这就是文学艺术的认识作用。

第三，强调诗歌的教化与美刺功能。《毛诗序》继承儒家功利主义的文艺观，强调诗歌的教化与美刺作用。它说："风，风也，教也；风以动之，教以化之。"明确提出了诗歌的教化功能。《毛诗序》强调诗歌必须为巩固统治秩序服务，担当起"经夫妇，成孝敬，厚人伦，美教化，移风俗"的作用。在强调诗歌的教化功能时，《毛诗序》提出了著名的"讽谏说"："上以风化下，下以风刺上，主文而谲谏，言之者无罪，闻之者足以戒，故曰风。"统治者可以通过诗歌对下层百姓进行教化，而下层百姓也可通过诗歌对上层统治者进行批评。为了鼓励百姓，《毛诗序》又提出"言之者无罪，闻之者足以戒"原则。

《毛诗序》对"讽谏"的方式也作了明确要求，即"主文而谲谏"。郑玄注："主文，主与乐之宫商相应也。谲谏，咏歌依违，不直谏也。""主文而谲谏"，就是要用合乎宫商之文，委婉地对统治者进行谏劝，不能用激烈的言辞直接批评其过失。《毛诗序》举例说："国史明乎得失之迹，伤人伦之废，哀刑政之苛，吟咏情性，以风其上，达于事变，而怀其旧俗者也。""国史"指史官。在道德颓废，刑政严苛之世，史官可以通过诗以"吟咏情性"的方式来表现百姓的痛苦，以此打动统治者，使其改良政治。"主文而谲谏"是儒家"温柔敦厚"诗教的具体化，它要求任何讽谏都以维护专制政体为前提，同时在表达方式上必须微言谏诤，不能直言相陈。"主文而谲谏"表现了《毛诗序》作者政治观、社会观的偏狭，但从审美与艺术的角度来说，他认识到诗歌对于社会的影响不是直接的，而是通过影响人的心理情绪，进而影响社会政治，这是符合艺术以情感人之特点的。

《毛诗序》强调文艺与政治教化的关系，一方面促使后世的作家关心民生疾苦，关心国家命运，写出了不少动人的"诗史"，如杜甫、李白、陆游等；另一方面也促使后世许多文论家过分夸大文艺的教化作用，贬低文艺的审美愉悦性，这使得中国文学艺术始终紧紧与政治教化捆绑在一起。如白居易，其衡量诗歌的根本标准完全承袭《毛诗序》观点——"上可裨教化，舒之济万民"（《读张籍古乐府》），对历代作家的评论皆以此为准，致使一些卓越诗人，如屈原、陶渊明、李白等遭其贬斥，因为这些诗人的作品不符合他的教化目的论。对此偏颇之处，我们也应有所认识。

三、"六义"说

用风、赋、比、兴、雅、颂六个概念来说《诗》，早在先秦时期就已经出现，《周礼·春官·大师》："大师教六诗，曰风，曰赋，曰比，曰兴，曰雅，曰颂。"《毛诗序》改"六诗"为"六义"：

> 故诗有六义焉：一曰风，二曰赋，三曰比，四曰兴，五曰雅，六曰颂。……是以一国之事，系一人之本，谓之风；言天下之事，形四方之风，谓之雅。雅者，正也，言王政之所由废兴也。政有小大，故有小雅焉，有大雅焉。颂者，美盛德之形容，以其成功告于神明者也。

"六义"何谓？孔颖达《毛诗正义》解释："赋、比、兴是《诗》之所用，风、雅、颂是《诗》之成形。用彼之事，成此三事，是故同称为义。"所谓"《诗》之所用"，实际上就是《诗》的表现手法，诗人可用赋、比、兴这三种手法来写诗，故曰《诗》之所用；所谓"《诗》之成形"，实际上就是诗歌的体裁。

《毛诗序》对"六义"中的风、雅、颂作了具体说明。"是以一国之事，系一人之本，谓之风。""一人"指诗人，"一国"指诗人所属的诸侯国。《毛诗正义》解释说："诗人览一国之意以为己心，故一国之事系此一人使言之也。"在内容上，"风"是以诗人个人之事来表现其所属国家之风尚；在地域上，"风"是各诸侯国的地方诗歌。"言天下之事，形四方之风，谓之雅。"《毛诗正义》说："诗人总天下之心，四方风俗，以为己意，而咏歌王政，故作诗道说天下之事，发见四方之风，所言者乃是天子之政，施齐正于天下，故谓之雅，以其广故也。"雅是周王朝中央的诗歌，在内容上表现整个周王朝王政之废兴，政有小、大，故又有大雅、小雅之分。"颂者，美盛德之形容，以其成功告于神明者也。"颂是祭祀天地或颂扬祖先宗庙的乐舞诗歌。

按风雅颂分类，大体上符合《诗》三百篇内容。美中不足的是，《毛诗序》没有具体解释赋、比、兴内涵，引起后人颇多争议。

后人对"赋"的解释没有多大歧义。郑玄说："赋之言铺，直铺陈今之政教善恶"（《周礼·大师注》）；挚虞说："赋者，敷陈之称也"（《文章流别论》）；钟嵘说："直书其事，寓言写物，赋也"（《诗品序》）；朱熹说："赋者，敷陈其事而直言之者也"（《诗集传》）。这些解释，都将赋视为一种直接铺陈的表现方法。

对比兴之解释则有较大分歧，分歧的源头在汉儒郑众与郑玄。郑众从表现方法上解释比兴："比者，比方于物；兴者，托事于物。"（《周礼·大师》注）郑玄则从思想内容上解释比兴："比，见今之失，不敢斥言，取比类以言之；兴，见今之美，嫌于媚谀，取善事以喻劝之"（《周礼·大师》注）。郑众的解释，侧重点在于诗歌含蓄、婉转的艺术特点；郑玄的解释，把比兴与美刺联系起来，侧重点在于比兴所表现的社会政治内容。相形之下，郑众的解释更符合《诗经》实际情况。

郑众和郑玄对比兴的不同解释，分别被后世文学批评家进一步发挥。一是以审美为中心的批评家，一般同意郑众的解释，把比兴看作诗歌形象的构成方法。挚虞说："比者，喻类之言也；兴者，有感之辞也"（《文章流别论》）。钟嵘说："文已尽而意有余，兴也；因物喻志，比也。"（《诗品序》）。朱熹说："比者，以彼物比此物也"；"兴者，先言他物以引起所咏之辞也"（《诗集传》）。二是以政教为中心的批评家，则更倾向于发挥郑玄的思路，把比兴与社会政治内容紧紧联系在一起。如陈子昂的"兴寄"说，提倡诗歌创作要讽刺时事政治，关注社会民生。白居易用"美刺比兴"来概括其讽谕诗的基本精神，直接把"比兴"与"美刺"联系起来，赋予"比兴"以讽谕含义。

关于"六义"，还有一个排序的问题。《周礼》和《毛诗序》都是按风、赋、比、兴、雅、颂顺序排列的。如果说风、雅、颂是诗体的分类，赋、比、兴是诗法的分类，那么，《周礼》和《毛诗序》为什么不把它们按照风、雅、颂、赋、比、兴的先后次第编排在一起呢？汉人解释"六诗"或"六义"，都没有明确指出风雅颂是诗之体，赋比兴是诗之法。诗体与诗法之分，始自孔颖达的"三体三用"说，在此基础上，孔氏解释"六义"的排列顺序问题：

六义次第如此者，以诗之四始，以风为先，故曰风。风之所用，以赋比兴为之辞，故于风之下即次赋比兴，然后次以雅颂。雅颂亦以赋比兴为之，既见赋比兴于风之下，明雅颂亦同之。

对于此问题，章太炎《六诗说》表达了与孔颖达不同的观点。按章氏的说法，风、赋、比、兴、雅、颂都是诗之体，但有入乐和不入乐之分。由于赋比兴之体不入乐，被孔子删掉了，《毛诗序》也就不做解释了。既然"六义"没有诗体、诗法之分，当然也就不存在排序的问题了。

文心雕龙

辨　骚

　　自风雅寝声，莫或抽绪①，奇文郁起，其《离骚》哉！固已轩翥诗人之后，奋飞辞家之前②，岂去圣之未远，而楚人之多才乎！昔汉武爱《骚》，而淮南作《传》③，以为："国风好色而不淫，《小雅》怨诽而不乱④，若《离骚》者，可谓兼之。蝉蜕秽浊之中，浮游尘埃之外，皭然涅而不缁⑤，虽与日月争光可也。"班固以为：露才扬己，忿怼沉江⑥；羿浇二姚，与《左氏》不合⑦；昆仑悬圃，非经义所载⑧；然其文辞丽雅，为词赋之宗，虽非明哲，可谓妙才。王逸以为：诗人提耳，屈原婉顺⑨，《离骚》之文，依经立义。驷虬乘鹥，则时乘六龙⑩；昆仑流沙，则《禹贡》敷土⑪。名儒辞赋，莫不拟其仪表，所谓金相玉质，百

---

　　① 风雅寝声：周朝衰败，采诗制度废弃。寝，停息。莫或：没有人。抽绪：抽引余绪，指继承。

　　② 轩翥：高飞，这里代指从事诗歌创作。诗人：特指《诗经》作者。辞家：指汉代的辞赋作者。

　　③ 淮南作传：淮南王刘安奉诏作《离骚传》。《汉书·淮南王传》："淮南王安入朝，献所作《内篇》，新出，上爱秘之。使为《离骚传》，旦受诏，日食时上。"

　　④ 诽：讥讽。乱：无节制。

　　⑤ 皭：洁白。涅：用黑色染料染物。缁：黑色。

　　⑥ 忿怼：怨恨。

　　⑦ "羿浇"二句：羿浇：后羿、过浇，皆夏代人。二姚：虞君的二女，姓姚。与左氏不合：指《离骚》所用古代民间传说，与《左传》所载不合。

　　⑧ "昆仑"二句：昆仑悬圃：语出《楚辞·天问》："昆仑悬圃，其尻安在？"王逸注："昆仑，山名也，其巅曰县圃，乃上通于天也。"悬圃，又称玄圃，传说在昆仑山顶，为神仙居处，后泛指仙境。班固认为，《离骚》中的这些神话，皆非"六经"所载。

　　⑨ 提耳：提着耳朵给予教育。《诗·大雅·抑》："匪面命之，言提其耳。"婉顺：和顺。

　　⑩ "驷虬"二句：驷：四匹马拉的车，这里用作动词，乘坐之意。虬：传说中一种无角的龙。鹥：凤凰的一种。时乘六龙：语出《易·乾·象》："时乘六龙以御天。"

　　⑪ 流沙：地名，古人以流沙概指我国西北沙漠地区。《禹贡》敷土：《尚书·禹贡》有"禹敷土"句，敷土意指分别治理九州之地。

世无匹者也。及汉宣嗟叹，以为皆合经术^①；扬雄讽味^②，亦言体同《诗》《雅》。四家举以方经，而孟坚谓不合《传》^③。褒贬任声，抑扬过实^④，可谓鉴而弗精，玩而未核者也。

将核其论，必征言焉^⑤。故其陈尧舜之耿介，称汤武之祗敬^⑥，典诰之体也^⑦；讥桀纣之猖披，伤羿浇之颠陨^⑧，规讽之旨也；虬龙以喻君子，云蜺以譬谗邪^⑨，比兴之义也；每一顾而掩涕，叹君门之九重^⑩，忠怨之辞也。观兹四事，同于《风》《雅》者也^⑪。至于托云龙，说迂怪，丰隆求宓妃，鸩鸟媒娀女^⑫，诡异之辞也；康回倾地，夷羿彃日，木夫九首，土伯三目^⑬，谲怪之谈也；依彭咸之遗则，从子胥以自适，

---

① "汉宣"二句：《汉书·王褒传》载汉宣帝刘询语："辞赋大者与古诗同义，小者辩丽可喜……尚有仁义讽谕，鸟兽草木多闻之观。"

② 讽味：诵读、体会。

③ 四家：指刘安、王逸、汉宣帝刘询、扬雄。方：并、比。孟坚：班固的字。《传》：指《左传》。

④ "褒贬"二句：或褒或贬，都只看表面；或抑或扬，都不合实际。

⑤ 征言：征引原作者（屈原）的话。

⑥ "陈尧"二句：见《离骚》："彼尧舜之耿介兮，既遵道而得路"，"汤禹俨而祗敬兮，周论道而莫差"。祗：恭敬。

⑦ 典诰之体：即具有典诰的体制。典诰，《尚书》中《尧典》《舜典》与《大诰》《汤诰》等篇的并称，后以典诰指儒家经典。

⑧ 猖披：语出《离骚》："何桀纣之猖披兮，夫唯捷径以窘步。"王逸注："衣不带之貌。"颠陨：坠落，指羿、浇被杀。《离骚》："日康娱而自忘兮，厥首用乎颠陨。"

⑨ 云蜺：恶气，比喻不正派的人。《离骚》："飘风屯其相离兮，帅云蜺而来御。"

⑩ 一顾掩涕：见《离骚》："长太息以掩涕兮，哀生民之多艰""忽反顾以流涕兮，哀高丘之无女"。叹君门九重：见《九辩》："岂不郁陶而思君兮，君之门以九重。"

⑪《风》《雅》：以上四事，三件比《诗经》，一件比《尚书》，这里当兼指《诗》《书》。

⑫ 丰隆求宓妃：出自《离骚》："吾令丰隆乘云兮，求宓妃之所在。"丰隆，云神，一说雷神。宓妃，洛水之神。鸩鸟媒娀女：《离骚》："望瑶台之偃蹇兮，见有娀之佚女；吾令鸩为媒兮，鸩告余以不好。"娀，古国名，在今山西省。

⑬ 康回倾地：见《天问》："康回凭怒，地何故以东南倾？"康回，即共工。夷羿彃日：见《天问》："羿焉彃日，乌焉解羽？"夷羿：后羿姓夷。彃，射。木夫九首：见《招魂》："一夫九首，拔木千斤些。"木夫，神话中的技术大力士。土伯三目：见《招魂》："土伯九约，其角觺觺些。……三目虎首，其身若牛些。"土伯，土地神。

猖狭之志也①；士女杂坐，乱而不分②，指以为乐，娱酒不废，沉湎日夜③，举以为欢，荒淫之意也：摘此四事，异乎经典者也。故论其典诰则如彼，语其夸诞则如此，固知《楚辞》者，体宪于三代④，而风杂于战国⑤，乃《雅》《颂》之博徒⑥，而词赋之英杰也。观其骨鲠所树，肌肤所附⑦，虽取镕《经》意，亦自铸伟辞。故《骚经》《九章》，朗丽以哀志；《九歌》《九辩》，绮靡以伤情；《远游》《天问》，瑰诡而惠巧⑧；《招魂》《大招》，耀艳而深华；《卜居》标放言之致，《渔父》寄独往之才⑨。故能气往轹古，辞来切今⑩，惊采绝艳，难与并能矣。

自《九怀》以下⑪，遽蹑其迹，而屈宋逸步⑫，莫之能追。故其叙情怨，则郁伊而易感⑬；述离居，则怆怏而难怀⑭；论山水，则循声而得貌；言节候，则披文而见时。是以枚贾追风以入丽，马扬沿波而得

---

① 依彭咸之遗则：见《离骚》："虽不周于今之人兮，愿依彭咸之遗则。"彭咸，相传为殷商时的贤大夫，谏君不听，投水而死。遗则，留下的榜样。从子胥以自适：见《九章·悲回风》："浮江淮而入海兮，从子胥而自适。"子胥，伍子胥，春秋时楚国人，助吴王夫差打败越国后，夫差逼他自杀，将其尸体装入革囊，投入江中。自适，顺从自己的心意。猖狭之志：不从流俗，洁身自好的志向。猖狭，急躁偏狭。

② "士女"二句：见《招魂》："士女杂坐，乱而不分些。"

③ "娱酒"二句：见《招魂》："娱酒不废，沈日夜些。"废，停止意。

④ "体宪"句：体，主体；宪，效法；三代，夏商周，这里代指经书。

⑤ "风杂"句：风，风格。本句谓屈宋之作，有战国纵横家骋辞辩说的特点。

⑥ 博徒：言行放荡之人。《楚辞》在语言艺术上瑰丽奇伟，有违《诗经》，因此被比喻为"《雅》《颂》之博徒"。

⑦ 骨鲠：即骨干，喻文章内容。肌肤：指文章辞藻。

⑧ 瑰诡：瑰丽奇伟。惠巧：指文辞具有纵横家之诡俗。惠，通"慧"。

⑨ 《卜居》二句：放言，指屈原被弃后放纵不拘的忠怨之言。《渔父》：写渔父劝屈原随俗浮沉，屈原表示不愿同流合污。

⑩ "气往"二句：气，气度；轹，车轮碾压，指超过；切今，切合今人。往、来，为衬字。此二句谓，屈作之气度超越古人，辞采浸润今人。

⑪ 《九怀》以下：指列在《九怀》以下的西汉辞赋家模仿《楚辞》的作品。《九怀》，西汉王褒作。

⑫ 遽蹑：急追。逸步：超群的步伐，即快步。这里指屈、宋作品的典范作用。

⑬ 郁伊：心情不舒畅。郁，忧愁；伊，助词。

⑭ 怆怏：抑郁凄悲。怆，悲伤；怏，郁郁寡欢。

文心雕龙

奇①，其衣被词人，非一代也。故才高者菀其鸿裁，中巧者猎其艳辞②，吟讽者衔其山川，童蒙者拾其香草③。若能凭轼以倚《雅》《颂》，悬辔以驭楚篇④，酌奇而不失其真，玩华而不坠其实⑤，则顾盼可以驱辞力，欬唾可以穷文致⑥，亦不复乞灵于长卿，假宠于子渊矣⑦。

赞曰：不有屈原，岂见《离骚》？惊才风逸，壮志烟高。山川无极，情理实劳⑧。金相玉式，艳溢锱毫⑨。

明　诗

大舜云："诗言志，歌永言。"⑩圣谟所析⑪，义已明矣。是以"在心为志，发言为诗"⑫，舒文载实⑬，其在兹乎！诗者，持也⑭，持人情

---

①"枚贾"二句：枚贾，枚乘与贾谊。风，指屈原作品的风貌。马扬，司马相如与扬雄。沿波，沿着屈宋之余波。奇，辞藻奇丽。

②"才高者"二句：大才学习其鸿大之体制，中才猎取其艳丽之文辞。菀，通"捥"，取。中巧，中才。

③"吟讽者"二句：衔，此处指经常吟诵。童蒙者，初学之少年。香草，香草美人之喻。这两句意思是，喜爱吟咏讽诵者会记住其描绘山水的诗句，启蒙之学童只能拣拾其描写香草的语辞。

④"凭轼"两句：凭轼，倚着车前横木。悬辔，拉紧缰绳，使马停止。这两句话的意思是，写作时严格遵守《雅》《颂》准则，有控制地吸取《楚辞》精华。

⑤"酌奇"二句：酌取奇幻之色彩而不失雅正之思想，玩味华美之形式而不失言志之实质。

⑥顾盼、欬唾：皆喻轻而易举之事。欬，同"咳"，咳嗽。

⑦乞灵：求教。长卿：司马相如的字。子渊：王褒的字。

⑧劳：借为"辽"，辽阔、遥远之意。

⑨金相玉式：即金相玉质，比喻文章内容与形式都很完美。锱毫：细微处。锱，锱铢，古代重量单位，六铢为一锱，四锱为一两。毫，丝毫，古代长度单位，十丝为一毫，十毫为一厘。此句谓极细微处都十分有文采。

⑩"诗言志"二句：出《尚书·舜典》。

⑪圣谟：圣典，圣训。圣，指舜；谟，谋略，引申为典谟。

⑫"在心"二句：出《毛诗序》。

⑬舒文：展布文辞，承上"永言""发言"而言。载实：载其情志，承上"言志""为志"而言。

⑭持：扶，这里有培育之意。

性。三百之蔽，义归"无邪"①，持之为训，有符焉尔②。

人禀七情，应物斯感，感物吟志，莫非自然。昔葛天氏乐辞云，《玄鸟》在曲③；黄帝《云门》，理不空弦④。至尧有《大唐》之歌⑤，舜造《南风》之诗⑥，观其二文，辞达而已。及大禹成功，九序惟歌⑦；太康败德，五子咸怨⑧。顺美匡恶⑨，其来久矣。自商暨周，《雅》《颂》圆备，四始彪炳，六义环深⑩。子夏监绚素之章⑪，子贡悟琢磨之句⑫。故商、赐二子，可与言《诗》。自王泽殄竭，风人辍采⑬。春秋观志，讽诵旧章⑭，酬酢以为宾荣，吐纳而成身文⑮。逮楚国讽怨，则《离骚》

① "三百"二句：出《论语·为政》："子曰：《诗》三百，一言以蔽之，曰：思无邪。"蔽：概括。无邪，即"思无邪"，原为《诗经·鲁颂》里的一句，被孔子用来概括《诗经》的全部内容。

② "持之"二句：训：训诂，解释。有符焉尔：有合于此。

③ "昔葛天"二句：葛天氏：传说中的古代帝王。"云"字，疑衍。《玄鸟》：《吕氏春秋·古乐篇》说，葛天氏时代的乐曲有八首，《玄鸟》为第二首。在曲：被谱上乐曲。

④ 云门：黄帝时代的舞曲。理不空弦：按理不会只有乐曲没有乐词。孔颖达《诗谱序正义》曰："黄帝有《云门》之乐，至周尚有《云门》明其音声和集。既能和集，必不空弦，弦之所歌，即是诗也。"

⑤ 大唐：相传为唐尧禅让的颂歌，载《尚书大传》。

⑥ 南风：相传为虞舜作的诗。《礼记·乐记》："昔者舜作五弦之琴，以歌《南风》。"

⑦ "大禹"二句：《尚书·大禹谟》："德惟善政，政在养民。水、火、金、木、土、谷，惟修；正德、利用、厚生，惟和。九功惟叙，九叙惟歌。"

⑧ "太康"二句：夏启之子，因荒淫而失国，其弟五人怨而作歌。

⑨ 顺美匡恶：歌颂美善，匡正邪恶。

⑩ 四始：《诗经》之《风》《小雅》《大雅》《颂》，四者论王道兴衰之始，被《毛诗序》称为"四始"。环深：周密深厚。绚：彩色。素：白色。

⑪ "子夏"句：语出《论语·八佾》："子夏问曰：'巧笑倩兮，美目盼兮，素以为绚兮，何谓也？'子曰：'绘事后素。'曰：'礼后乎？'子曰：'起予者商也！始可与言诗已矣。'"子夏，姓卜，名商。监：即鉴，明白。

⑫ "子贡"句：语出《论语·学而》："子贡曰：'贫而无谄，富而无骄，何如？'子曰：'可也，未若贫而乐，富而好礼者也。'子贡曰：'诗云：如切如磋，如琢如磨。其斯之谓与？'子曰：'赐也，始可与言诗已矣。告诸往而知来者。'"子贡，姓端木，名赐。

⑬ 王泽：先王之德泽。殄：尽。风人：采集民间歌谣之人。

⑭ "春秋"二句：指春秋时期各国使节通过诵《诗》以表达己方之意志，即所谓"赋诗言志"。

⑮ "酬酢"二句：酬酢，礼节上的应对。酬：主人敬酒；酢：客人回应。宾荣：宾客之荣誉。吐纳：吐辞，指讽诵《诗经》篇章。身文：指口才。此二句意思是说，应对得体乃宾客之荣光，吐辞合宜乃个人之才华。

为刺①。秦皇灭典，亦造《仙诗》②。

汉初四言，韦孟首唱，匡谏之义，继轨周人③。孝武爱文，《柏梁》列韵④。严、马之徒，属辞无方⑤。至成帝品录，三百余篇，朝章国采，亦云周备⑥。而辞人遗翰，莫见五言，所以李陵、班婕妤见疑于后代也⑦。按《召南·行露》，始肇半章⑧；孺子《沧浪》，亦有全曲⑨；《暇豫》优歌，远见春秋⑩；《邪径》童谣，近在成世⑪。阅时取证，则五言久矣。又《古诗》佳丽，或称枚叔，其《孤竹》一篇，则傅毅之词⑫。比采而推⑬，两汉之作乎？观其结体散文，直而不野，婉转附物，怊怅切情⑭，实五言之冠冕也。至于张衡《怨》篇，清典可味；《仙诗缓

20

---

① "逮楚国"二句：其意是说，楚人怀怨，便以《离骚》来讽刺。

② "秦皇"二句：灭典：焚书。《仙诗》：《史记·秦始皇本纪》载，秦始皇使博士作《仙真人诗》。该诗早佚。

③ "汉初"四句：韦孟：汉初诗人，有《讽谏诗》《在邹诗》，皆为四言。匡谏之义：内容为匡劝楚王戊。继轨周人：继承《诗经》传统。

④ "孝武"二句：孝武：汉武帝。柏梁：汉武帝筑柏梁台，于台上与群臣联句，称《柏梁诗》。列韵：联句。

⑤ 严马：西汉作家严助与司马相如。属辞无方：写作不拘定规。

⑥ "至成帝"三句：品录：品评辑录。三百余篇：据《汉书·艺文志·诗赋略》，当时歌诗有28家，314首。朝章国采：指全国范围内的诗歌，朝与国对，章与采对。

⑦ 遗翰：遗留下来的作品。李陵：字少卿，是汉武帝时名将，《文选》载其《与苏武诗》三首。班婕妤：汉成帝宫人，《文选》载其《怨诗》。

⑧ "按召南"二句：《诗经·召南·行露》第二章："谁谓雀无角，何以穿我屋？谁谓女无家，何以速我狱？虽速我狱，家室不足。"始肇半章：此诗前四句为五言，五言诗由此半章而开启。

⑨ "孺子"二句：《孟子·离娄上》载《孺子歌》："沧浪之水清兮，可以濯我缨。沧浪之水浊兮，可以濯我足。"全曲：全是五言。

⑩ "暇豫"二句：《国语·晋语》载《暇豫歌》，共四句，三句五言，一句四言。优：倡优，这里指春秋时晋献公之优施，相传《暇豫歌》为优施所作。

⑪ "邪径"二句：《汉书·五行志》载《邪径谣》，共六句，全是五言。成世：汉成帝时期（前32—前7）。

⑫ "古诗"四句：《古诗》：指《古诗十九首》。枚叔：枚乘，字叔，西汉初年作家。《玉台新咏》把《古诗十九首》中的《西北有高楼》等九首列为枚乘的作品。《孤竹》：《古诗十九首》中的《冉冉孤生竹》。傅毅：字武仲，东汉章帝时人。

⑬ 比采而推：比照着文采来推求。

⑭ 结体散文：结构与行文。附：接近，指描述逼真。怊怅：悲伤失意的样子。切：切合。

歌》，雅有新声①。

暨建安之初，五言腾踊。②文帝、陈思，纵辔以骋节③；王、徐、应、刘，望路而争驱④；并怜风月，狎池苑，述恩荣，叙酣宴⑤，慷慨以任气，磊落以使才⑥；造怀指事⑦，不求纤密之巧，驱辞逐貌，唯取昭晰之能：此其所同也。及正始明道，诗杂仙心，何晏之徒，率多浮浅⑧。唯嵇志清峻，阮旨遥深，故能标焉⑨。若乃应璩《百一》，独立不惧，辞谲义贞，亦魏之遗直也⑩。

晋世群才，稍入轻绮⑪。张、潘、左、陆，比肩诗衢，采缛于正始，力柔于建安⑫，或析文以为妙，或流靡以自妍⑬，此其大略也。江左篇制，溺乎玄风，嗤笑徇务之志，崇盛忘机之谈⑭。袁、孙已下⑮，

---

① 《怨》篇：指张衡《怨诗》，四言八句。《仙诗缓歌》：无考。雅有新声：甚有新鲜独特的风格。

② 建安：汉献帝年号（196—220）。腾踊：大量涌现。

③ 文帝：魏文帝曹丕，字子桓。陈思：曹植，字子建，封陈王，谥"思"，故称陈思王。纵辔骋节：纵马奔驰，比喻活跃于文坛。

④ 王：王粲，字仲宣。徐：徐干，字伟长。应：应玚，字德琏。刘：刘桢，字公干。皆属"建安七子"。

⑤ 怜：爱。狎：亲近，这里为游玩之意。恩荣：指曹氏父子对当时文士的优待。酣：恣意饮酒。

⑥ 任气：意气风发。磊落：心胸洒脱，直率开朗。

⑦ 造怀：书写情怀。指事：写景状物。

⑧ 正始：魏废帝齐王曹芳年号（240—249）。明道：阐发道家思想。仙心：指道教思想。何晏：字平叔，好老庄，善玄学，玄言诗的始作俑者。率：大都。

⑨ 嵇：嵇康，字叔夜。阮：阮籍，字嗣宗。嵇、阮皆正始间"竹林七贤"中人。清峻：清高峻切。遥深：深远。标：显著，突出。

⑩ 应璩：字休琏，"建安七子"之一应玚的弟弟。百一：即《百一诗》，取"百虑一失"意，谏劝统治者谨言慎行。辞谲义贞：文辞曲折而含义贞正。遗直：直道而行，有古人遗风。

⑪ 轻绮：轻靡绮丽，指诗歌风格不够厚重，不够朴素。

⑫ 张：指张载、张协、张亢兄弟三人。潘：指潘岳、潘尼叔侄二人。左：指左思。陆：指陆机、陆云兄弟二人。这些都是西晋太康（280—289）前后的作家，当人称为"三张、二陆、两潘、一左"。诗衢：指诗坛。缛：繁密。力：风骨，风力。

⑬ 析文：雕琢字句。流靡：过分华美。

⑭ 江左：江东，这里指偏安江南的东晋。玄风：谈玄之风，时称《老子》《庄子》《周易》为"三玄"。徇务：从事日常事务。忘机之谈：指老庄玄学。

⑮ 袁、孙：袁宏、孙绰，东晋玄言诗人。

虽各有雕采，而辞趣一揆^①，莫与争雄，所以景纯仙篇，挺拔而为俊矣^②。宋初文咏，体有因革，庄老告退，而山水方滋^③；俪采百字之偶，争价一句之奇，情必极貌以写物，辞必穷力而追新^④，此近世之所竞也。

故铺观列代，而情变之数可监；撮举同异，而纲领之要可明矣^⑤。若夫四言正体，则雅润为本；五言流调，则清丽居宗^⑥；华实异用，惟才所安^⑦。故平子得其雅，叔夜含其润，茂先凝其清，景阳振其丽；兼善则子建仲宣，偏美则太冲公干^⑧。然诗有恒裁，思无定位，随性适分，鲜能通圆^⑨。若妙识所难，其易也将至；忽之为易，其难也方来。至于三六杂言，则出自篇什^⑩；离合之发，则萌于图谶^⑪；回文所兴，则道原为始^⑫；联句共韵，则《柏梁》余制；巨细或殊，情理同致，总归诗囿，故不繁云^⑬。

———————————

① 辞趣一揆：创作旨趣同归玄学。一揆：一致。

② 景纯：郭璞的字，有《游仙诗》十四首。挺拔：出类拔萃。

③ 体：风格。因革：继承与革新。滋：繁盛。

④ 俪：对偶。百字：五言诗二十句，这里指全篇。情：指作品的内容。物：指自然景物。穷力：竭力。这四句意思是说，讲究全篇的对偶辞采，追求每句的奇崛警策，写景务求逼真，用辞务求新奇。

⑤ 铺观：纵观。铺，陈列。监：察看，看清。撮举：聚集而取。纲领：写作要领。

⑥ 流调：流行格调。宗：主。

⑦ "华实"二句：华实：风格上的华丽和朴实。用：运用。安：定。这两句意思是说，运用华丽的风格还是朴实的风格，要视作者的才性而定。

⑧ "平子"六句：张衡字平子，嵇康字叔夜，二人诗为四言，故风格雅润。张华字茂先，张协字景阳，二人诗为五言，故风格清丽。曹植字子建，王粲字仲宣，二人四言五言都擅长，故云兼善。刘桢字公干，左思字太冲，二人只写五言，故云偏美。

⑨ "随性"二句：诗人随其情性而适应某种体裁，很少有人能做到诸体兼通。

⑩ "三六"二句：三言、六言、杂言，皆出于《诗经》。篇什：指《诗经》，《诗经》中的《雅》和《颂》，每十篇称为"什"。

⑪ 离合：指离合诗，这是一种按字的形体结构，用拆字法组成的诗歌。图谶：汉代预言灾异的文字，多用拆字法。

⑫ 回文：指回文诗。道原：未详，一说指南朝宋的贺道庆。

⑬ 巨细或殊：篇幅或大或小。诗囿：指诗坛。囿：园林。

赞曰：民生而志，咏歌所含①。兴发皇世，风流《二南》②。神理共契，政序相参③。英华弥缛，万代永耽④。

乐　府

乐府者，"声依永，律和声"也。钧天九奏，既其上帝；葛天八阕，爰乃皇时⑤。自《咸》《英》以降，亦无得而论矣⑥。至于涂山歌于候人，始为南音⑦；有娀谣乎飞燕，始为北声⑧；夏甲叹于东阳⑨，东音以发；殷整思于西河⑩，西音以兴；音声推移，亦不一概矣。及匹夫庶妇，讴吟土风⑪，诗官采言，乐胥被律⑫，志感丝篁，气变金石⑬；是以师旷觇风于盛衰，季札鉴微于兴废，精之至也⑭。夫乐本心术，故响浃肌髓，先王慎焉，务塞淫滥。敷训胄子，必歌九德；故能情感七始，

---

① "民生"二句：人生下来都有情志，成为诗歌咏的内容。

② 皇世：太平盛世，指上古时期。风流：发展、流播。二南：指《诗经》中的《周南》《召南》，这里用以代表全部《诗经》。

③ 神理：即道。政序：政教。相参：相结合。

④ "英华"二句：文采越来越繁缛，为万世所钟爱。

⑤ "钧天"四句：其意是说，天上所奏，乃上帝之乐；葛天氏时所演八乐，乃三皇之歌。钧天：中央之天。九奏：屡奏。既：及。八阕：即八首歌曲。

⑥ 咸：即《咸池》，相传为黄帝所作。英：即《六英》，相传为帝喾所作。无得而论：无从考证。

⑦ "涂山"二句：《吕氏春秋·音初》载，涂山氏女在涂山（今属安徽）等候禹归来，唱《候人歌》。始为南音：是南方音乐的开端。

⑧ "有娀"二句：有娀氏女唱"燕燕往飞"，为北方音乐的开端。

⑨ "夏甲"句：《吕氏春秋·音初》载，夏王孔甲在东阳（今属山东）打猎，领养一子，孩子长大，脚被斧头砍伤至残，孔甲作《破斧歌》。

⑩ "殷整思"句：殷王整迁西河，思念旧处而作歌。

⑪ 匹夫庶妇：普通百姓。土风：指以《诗经·国风》为代表的地方民歌。

⑫ 诗官：采诗之官。乐胥：乐师。被律：配乐。

⑬ "志感"二句：丝：指琴瑟类的弦乐器。篁：竹，指箫笛一类的管乐器。金石：钟磬。这两句意思是说，情志、辞气与音乐相感，随音乐而变。

⑭ "师旷"三句：楚国军乐音调微弱，晋国乐师师旷据以判断楚国士气不振，必定失败；吴公子季札在鲁国听奏诸国民歌，从中察觉诸国兴亡。觇：暗中察看。精：精微。

化动八风①。

自雅声浸微，溺音腾沸②。秦燔《乐经》，汉初绍复，制氏纪其铿锵，叔孙定其容典③。于是《武德》兴乎高祖，《四时》广于孝文，虽摹《韶》《夏》，而颇袭秦旧，中和之响，阒其不还④。暨武帝崇礼，始立乐府，总赵代之音，撮齐楚之气⑤，延年以曼声协律，朱马以骚体制歌⑥。《桂华》杂曲，丽而不经；《赤雁》群篇，靡而非典⑦。河间荐雅而罕御，故汲黯致讥于《天马》也⑧。至宣帝雅诗，颇效《鹿鸣》⑨；迩及元成，稍广淫乐；正音乖俗，其难也如此⑩。暨后汉郊庙，惟杂雅章，辞虽典文，而律非夔旷⑪。

至于魏之三祖，气爽才丽，宰割辞调，音靡节平⑫。观其"北上"

① 敷训：施教。胄子：贵族子弟。九德：九功之德，即九序。七始：十二律中的黄钟、林钟、太簇为天地人之始，姑洗、蕤宾、南吕、应钟为春夏秋冬之始，合称"七始"。见宋王应麟《小学绀珠·律历·七始》。情感七始：乐曲传达的情感能感动天地人与春夏秋冬四时。八风：八方风俗。

② 雅声：古代的正声。浸：渐渐。溺音：即淫声。语出《礼记·乐记》。

③ 燔：焚烧。《乐经》：相传为六经之一，讲音乐的经书。绍：继承。制氏：汉初的乐师。铿锵：响亮而和谐的乐声，这里指音乐的节奏。叔孙：姓叔孙，名通，汉初儒生，曾为汉高祖制定各种礼乐。容典：舞容典礼，即乐舞和礼节。典，法则。

④ 武德、四时：分别为汉高祖、汉文帝时的舞名。韶：即《韶乐》，相传为虞舜时的音乐。夏：即《大夏》，相传为夏禹时的音乐。阒：静寂，没有声音。

⑤ 赵代：赵国、代国，今河北、山西一带。齐楚：齐国、楚国，今山东、安徽、湖北、湖南一带。

⑥ 延年：汉李延年，任协律都尉，乐府机关的长官。曼声：拖长声调。朱：朱买臣，以精通《楚辞》著称，《汉书·艺文志》说他有赋三篇。马：司马相如，相传汉武帝时的《郊祀歌》中有一部分是他的作品。骚体：即《离骚》体，此处指楚辞。

⑦ 《桂华》二句：《桂华》等曲赞美汉朝功德，歌辞华丽，不合雅乐；《赤雁》诸曲，汉武帝巡游东海捕获赤雁而作，音调浮靡，不合正音。

⑧ "河间"二句：汉河间献王刘德曾向武帝献雅乐，却很少被采纳。汉武帝获得一匹骏马，作《天马歌》以颂，遭汲黯批评。汲黯：汉武帝时敢于直谏的大臣。

⑨ "宣帝"二句：汉宣帝时，益州刺史王襄请王褒作《中和乐职宣布诗》，用古乐《诗·小雅·鹿鸣》声调演唱。

⑩ "迩及"四句：汉元帝、成帝时，浮靡之乐渐趋流行，雅正的古乐由于不合世俗口味，较难推广。

⑪ 郊：祭天，指祭天的乐歌。庙：祭祖，指祭祖庙的乐歌。夔：舜时乐官。旷：师旷，晋国乐官。

⑫ 三祖：魏太祖曹操、高祖曹丕、烈祖曹睿。宰割辞调：宰割，分裂；辞调，指汉乐府。此句指曹操等用汉乐府旧调写的与古题无关的新内容，即所谓以古题乐府写时事。音靡节平：音律美妙，节奏平和。

众引，"秋风"列篇①，或述酣宴，或伤羁戍，志不出于淫荡②，辞不离于哀思，虽三调之正声，实《韶》《夏》之郑曲也③。逮于晋世，则傅玄晓音，创定雅歌，以咏祖宗；张华新篇，亦充庭万④。然杜夔调律，音奏舒雅，荀勖改悬，声节哀急，故阮咸讥其离声，后人验其铜尺⑤。和乐精妙，固表里而相资矣。

故知诗为乐心，声为乐体；乐体在声，瞽师务调其器；乐心在诗，君子宜正其文⑥。"好乐无荒"，晋风所以称远⑦；"伊其相谑"，郑国所以云亡⑧。故知季札观辞，不直听声而已⑨。若夫艳歌婉娈，怨志诀绝⑩，淫辞在曲，正响焉生？然俗听飞驰，职竞新异，雅咏温恭，必欠伸鱼睨⑪；奇辞切至，则拊髀雀跃；诗声俱郑，自此阶矣⑫。

凡乐辞曰诗，咏声曰歌，声来被辞⑬，辞繁难节。故陈思称李延年

---

① 北上：曹操《苦寒行》，首句为"北上太行山"。引：乐曲。秋风：曹丕《燕歌行》，首句为"秋风萧瑟天气凉"。

② 酣：痛饮。羁戍：指兵士出征守边不归。羁，拘留；戍，驻守边疆。

③ 三调：《平调》《清调》《瑟调》，都是周代古乐的声调。郑曲：春秋时郑国的乐曲，古乐中的靡靡之音。因为三调是古乐，而魏三祖按照三调所作新歌歌词并不典雅，所以说是靡靡之音。

④ 傅玄：魏晋间诗人，善作祭天地的雅乐。张华：西晋作家，善作宫廷舞曲。万：万舞，一种大舞，用盾、斧、羽来舞。

⑤ "杜夔"六句：杜夔，曹魏音乐家，负责考订恢复古代音乐。荀勖，西晋音乐家。改悬：即改变钟磬悬挂的距离。阮咸：魏末作家，精通音乐。离声：偏离正声。杜夔调整音律，音调舒缓雅正；荀勖改变悬磬间的距离，声音凄厉而急促，阮咸讥其调音错误、偏离正声。荀勖认为魏尺比周尺长四分，所以他用的尺子比魏尺短四分，有人用从地下发掘出的周尺来验证，发现荀勖是正确的。

⑥ 心：灵魂，精神。体：躯体，形式。瞽师：乐师。文：乐曲的歌辞。

⑦ "好乐无荒"：出《诗经·唐风·蟋蟀》。荒，废乱。晋风：即《唐风》，古唐国在周时为晋之所在。吴公子季札听《唐风》，赞其意旨深远。

⑧ "伊其"二句："伊其相谑"，出《诗经·郑风·溱洧》。季札到鲁国观乐，听到演奏《郑风》时说："郑国难道要先灭亡吗？"

⑨ 辞：应作"乐"。不直：不仅。

⑩ 婉娈：婉转缠绵。诀绝：决裂。

⑪ 职：主。欠伸：打哈欠，伸懒腰。鱼睨：像鱼眼那样死瞪着看，形容发愣。

⑫ 拊髀：拍大腿。雀跃：像雀一样跳跃，形容喜悦。阶：指通向浮靡的阶梯。

⑬ 被：配之意，指根据歌词来配乐谱曲。

闲于增损古辞①，多者则宜减之，明贵约也。观高祖之咏"大风"，孝武之叹"来迟"②，歌童被声，莫敢不协。子建、士衡，咸有佳篇，并无诏伶人，故事谢丝管③，俗称乖调，盖未思也。至于轩岐鼓吹，汉世铙挽④，虽戎丧殊事，而并总入乐府，缪韦所致，亦有可算焉⑤。昔子政品文，诗与歌别⑥，故略具乐篇，以标区界⑦。

赞曰：八音摛文，树辞为体⑧。讴吟坰野，金石云陛⑨。《韶》响难追，郑声易启⑩。岂惟观乐？于焉识礼⑪。

比　兴

《诗》文弘奥，包韫六义⑫，毛公述传，独标兴体⑬，岂不以风通而

---

① 闲：通"娴"，熟练。

② "大风"：汉高祖刘邦《大风歌》首句"大风起兮云飞扬"。"来迟"：汉武帝《李夫人歌》有"偏何姗姗其来迟"句。

③ 子建：曹植字。士衡：陆机字。无诏伶人：未请乐师配乐。事谢丝管：不能用乐器伴奏。谢：辞、不用。

④ 轩：轩辕，黄帝名号。岐：岐伯，黄帝大臣。鼓吹：《鼓吹曲》，一种军乐，相传为岐伯所作。铙：即《铙歌》，汉代军乐。挽：即《挽歌》，汉代丧乐。

⑤ 戎丧殊事：军事与丧事不同。缪：缪袭，三国时魏国人，改作《魏鼓吹曲》十二篇。韦：韦昭，三国时吴国人，改作《吴鼓吹曲》十二篇。可算：可以列入乐府诗。

⑥ 子政：刘向字。品文：整理文章。诗与歌别：刘向及其子刘歆整理古籍，著《七略》，将诗归入《六艺略》、歌归入《诗赋略》。

⑦ "故略具"二句：所以我略陈《乐府》篇，以揭示诗与歌之间的区别。

⑧ "八音"二句：八音，乐器统称，依材料分为金、石、土、革、丝、木、匏、竹八类。摛文：铺陈文采，这里为演奏乐曲之意。此二句是说，各种乐器奏出动人的乐曲，而好的歌辞才是主体。

⑨ "讴吟"二句：有的在郊野歌唱，有的在宫廷演奏。坰野：郊野。金石：奏乐。云陛：宫廷。

⑩ "韶响"二句：古雅之乐难以继承，浮靡之乐容易流行。

⑪ "岂惟"二句：哪里只是听乐？还要于此认识风俗礼制。

⑫ 弘奥：博大精深。韫：藏。

⑬ 毛公述传：战国末鲁人毛亨注《诗》，称《诗训传》，即《毛传》。独标兴体：《毛传》只对"兴"加以特别注明。

赋同，比显而兴隐哉①！故比者，附也；兴者，起也。附理者，切类以指事；起情者，依微以拟议②。起情，故兴体以立；附理，故比例以生。比则畜愤以斥言，兴则环譬以托讽③。盖随时之义不一，故诗人之志有二也④。

观夫兴之托谕，婉而成章，称名也小，取类也大。⑤关雎有别，故后妃方德⑥；尸鸠贞一，故夫人象义⑦。义取其贞，无从于夷禽⑧；德贵其别，不嫌于鸷鸟⑨；明而未融，故发注而后见也⑩。且何谓为比？盖写物以附意，飏言以切事者也⑪。故金锡以喻明德⑫，珪璋以譬秀民⑬，螟蛉以类教诲⑭，蜩螗以写号呼⑮，浣衣以拟心忧⑯，席卷以方志固⑰，

①"风通"二句：风通：风，这里指代风雅颂，《诗》以风雅颂分类，贯通全书；赋同：作为一种直陈手法，赋在整部《诗》中没有区别。比显：比喻手法明显，较易识别；兴隐：起兴手法隐晦，和比喻又有相似之处，不易识别。

②切类：切合类似的特点。指事：指明事物的特征。微：隐。拟议：托意。这几句话意思是说，比附事理的，用打比方来说明事物；托物起兴的，依照含意隐微的事物来寄托情思。

③畜愤：即蓄愤，积愤。斥言：指斥的话。环譬：委婉的比喻。环：围绕。

④"随时"二句：作者的情思随时而变化，于是有了比兴这两种言志的方法。有二：指比兴两种手法。

⑤托谕：托物喻意。取类：取义，所举名物之含义。

⑥"关雎"二句：雎鸠雌雄相配各自有别，诗人以其贞洁比后妃之德。关：关关，鸟叫声；雎：雎鸠。

⑦尸鸠：即鸤鸠，布谷鸟，见《诗·召南·鹊巢》。夫人象义：象征夫人之义。鸤鸠居鹊巢而有专一之德，比夫人安于夫家生活。

⑧"义取"二句：用意只取它的专一，而不在乎它是平凡之鸟。夷禽：凡鸟。夷：平常。

⑨"德贵"二句：德性上只看重它配偶有别，不必嫌忌它是猛禽。鸷：凶猛。

⑩"明而"二句：字表之意虽然明白，但含意不够显豁，因此需要阐发而后才能清晰。融：大明。

⑪"写物"二句：用事物来打比方，明白而确切地说明用意。飏言：即扬言，明言。

⑫"金锡"句：《诗·卫风·淇奥》："有匪君子，如金如锡。"匪：通斐，文采。

⑬珪璋句：《诗·大雅·板》："天之牖民……如珪如璋。"珪璋：玉名，上圆下方者曰珪，半珪曰璋。秀民：即诱民，教导人民。《诗经》以珪璋相合比喻教化臣民。

⑭"螟蛉"句：《诗·小雅·小宛》："螟蛉有子，蜾蠃负之，教诲尔子，式谷似之。"朱熹《诗集传》："式，用；谷，善也。……戒之以不惟独善其身，又当教其子使之为善也。"式谷：以善道教子，使其为善。

⑮"蜩螗"句：《诗经·大雅·荡》："如蜩如螗，如沸如羹。"蜩螗：蝉。

⑯"浣衣"句：《诗经·邶风·柏舟》："心之忧矣，如匪浣衣。"匪：非，不。以衣诟喻心忧。

⑰"席卷"句：《诗经·邶风·柏舟》："我心匪席，不可卷也。"

凡斯切象，皆比义也。至如“麻衣如雪”“两骖如舞”①，若斯之类，皆比类者也。楚襄信谗，而三闾忠烈②，依《诗》制《骚》，讽兼比兴。炎汉虽盛，而辞人夸毗③，讽刺道丧，故兴义销亡。于是赋颂先鸣，故比体云构，纷纭杂遝，倍旧章矣④。

夫比之为义⑤，取类不常；或喻于声，或方于貌，或拟于心，或譬于事。宋玉《高唐》云："纤条悲鸣，声似竽籁。"⑥此比声之类也。枚乘《菟园》云："焱焱纷纷，若尘埃之间白云。"⑦此则比貌之类也。贾生《鵩赋》云："祸之与福，何异纠纆。"⑧此以物比理者也。王褒《洞箫》云："优柔温润，如慈父之畜子也。"此以声比心者也。马融《长笛》云："繁缛络绎，范蔡之说也。"⑨此以响比辩者也。张衡《南都》云："起郑舞，茧曳绪。"⑩此以容比物者也⑪。若斯之类，辞赋所先；日用乎比，月忘乎兴，习小而弃大，所以文谢于周人也。至于杨、班之伦，曹、刘以下⑫，图状山川，影写云物，莫不织综比义，以敷其华，惊听回视，资此效绩⑬。又安仁《萤赋》云："流金在沙。"季鹰《杂诗》云："青条若总翠。"⑭皆其义者也。故比类虽繁，以切至为贵；

---

① "麻衣"二句：分别出自《诗·曹风·蜉蝣》与《诗·郑风·大叔于田》。

② "楚襄"二句：楚顷襄王听信谗言，屈原忠烈而遭流放。三闾：三闾大夫屈原，主管昭、屈、景三贵族之事。

③ 炎汉：古人用五行论朝代更替，汉为火德，故称炎汉。夸毗：柔媚。

④ "赋颂"四句：赋颂首先得到发展，于是比喻手法风起云涌，繁多而杂乱，背离了过去比兴并用的传统。云：纷纭。杂遝：杂乱。倍：即"背"。

⑤ 义：即六义之义，当手法讲。

⑥ 《高唐》：宋玉《高唐赋》。竽：乐器名，形似笙，有三十六簧。籁：孔窍发出的声音。

⑦ 《菟园》：即《梁王菟园赋》。焱焱：形容鸟飞得快。

⑧ 贾生《鵩赋》：即贾谊《鵩鸟赋》。纠纆：用三股拧成的绳。纆，绳索。

⑨ 络绎：接连不断。范蔡：范雎、蔡泽，皆战国辩士，都做过秦国丞相。

⑩ 郑舞：郑国地方的舞蹈。茧曳绪：蚕茧抽丝。

⑪ 以容比物：似当作"以物比容"。容，仪态。

⑫ 扬、班：扬雄、班固。曹、刘：曹植、刘桢。

⑬ "织综"四句：编织比喻，以施展文采；耸动视听，全靠比喻来显示功效。织综：编织。效绩：功效。

⑭ 安仁：西晋潘岳的字。《萤赋》：即《萤火赋》。季鹰：西晋张翰的字。翠：翡翠鸟的羽毛。

若刻鹄类鹜①，则无所取焉。

赞曰：诗人比兴，触物圆览②。物虽胡越，合则肝胆③。拟容取心，断辞必敢④。攒杂咏歌，如川之澹⑤。

① 鹄:天鹅。鹜:家鸭。
② 触物圆览:接触事物,周密观察。
③ 胡越:胡人在北方,越人在南方,胡越比喻相距很远。合则肝胆:此以肝胆相连喻比兴用得恰当。
④ 容:容貌,形象。心:指精神实质。断辞:措辞。
⑤ 攒:聚集。澹:水波荡漾貌。

导　读

　　刘勰，字彦和，约生于南朝宋明帝泰始元年（465），死于梁武帝普通二年（521）。祖籍东莞郡莒县（今属山东省），世居京口（今江苏镇江、常州之间）。《梁书·刘勰传》："勰早孤，笃志好学，家贫不婚娶，依沙门僧祐，与之居处，积十余年，遂博通经论。"大约在南齐末年（499—502），写成《文心雕龙》一书。

　　《文心雕龙》五十篇，分上下两篇，上篇二十五篇为总论和文体论，下篇二十五篇为创作、批评论。从第一篇《原道》到第五篇《辨骚》为全书的总论，即刘勰所谓"文之枢纽"。从第六篇《明诗》到第二十五篇《书记》为文体论，即所谓"论文叙笔"，分别讨论诗、乐府、赋等三十五种文体。从第二十六篇《神思》到第四十九篇《程器》为创作批评论，即所谓"剖情析采"。最后一篇《序志》是全书的序或跋，说明书名含义、写作动机、基本内容等。

　　《文心雕龙》体大虑周，笼罩群言，非诗学专论。本书节录其集中论诗的四篇，即《辨骚》《明诗》《乐府》《比兴》，以范文澜《文心雕龙注》为底本。下面对这四篇内容作简要介绍。

一

　　《辨骚》之"骚"，即屈原《离骚》，这里代指《楚辞》；"辨"意有三，一是辨析两汉的《楚辞》批评，二是辨析《楚辞》与经书的异同，三是辨析《楚辞》的文学接受。本篇是《文心雕龙》唯一一篇作家论，与《原道》《征圣》《宗经》《正纬》共同构成"文之枢纽"，具有十分重要的理论意义。

（一）辨析两汉的《楚辞》批评

刘勰首先列举刘安、班固、王逸、汉宣帝刘询、扬雄五人对屈原及《楚辞》的评价，再对他们的观点进行分析，认为不论是赞扬《楚辞》的"依经立义"，还是批评《楚辞》的"非经义所载"，其立场与方法都是一样的，即以经书为准绳来评判《楚辞》，所谓"举以方经"。对这种批评方式，刘勰十分不满，认为他们"褒贬任声，抑扬过实"，或褒或贬，皆脱离文本而流于主观臆断。刘勰对两汉《楚辞》批评的反批评，实质上是对他们批评角度与方法的不满，不满他们仅以经术为标准来衡量《楚辞》而忽视其作为文学的本质特征。《辨骚》开篇称《楚辞》为"奇文"，《序志》又以"变"概括《楚辞》，都是强调其文学特征，呼吁《楚辞》批评既要重视其"经"的一方面，也不能忽视其"文"的一面。

（二）辨析《楚辞》与经书的异同

批评两汉五家"褒贬任声，抑扬过实"之片面观点后，刘勰提出"征言"的批评方法，即回归《楚辞》文本，将其作为"文学"范本而置于文学史上加以考量。依此方法，他指出《楚辞》与经书的"四同""四异"。"四同"，即"典诰之体""规讽之旨""比兴之义""忠怨之辞"；"四异"，即"诡异之辞""谲怪之谈""狷狭之志""荒淫之意"。"四同"的核心是"典诰"，"四异"的核心是"夸诞"。接着，分析"四同""四异"的根源："体宪于三代，而风杂于战国"；总结《楚辞》的创作方法："取镕经旨，自铸伟辞"。"取镕经旨"，即"体宪三代"，故在思想内容上有"四同"；"自铸伟辞"，意近"风杂战国"，故在艺术风格有"四异"。

"四异"即是《序志》篇所说的"变乎《骚》"。所谓"变"，是相对于经典而言的，实质为由经典之"文"演变为文学之"文"，表现于艺术形式即为"奇"。立足于此，刘勰给《楚辞》以文学史定位："《雅》《颂》之博徒，而词赋之英杰。"指出《楚辞》"变"于经典而开启后世词赋之先河。

(三)辨析《楚辞》的文学影响

刘勰首先批评后世接受《楚辞》的错误路径："自九怀以下，遽蹑其迹，而屈宋逸步，莫之能追。……枚贾追风以入丽，马扬沿波而得奇。"历代《楚辞》接受者，大多仅学其表而遗其里，虽是紧追慢赶，仍然望尘莫及；即使卓荦如枚、贾、马、扬者，也不过是"追风入丽""沿波得奇"。接着，分析仿效者的具体表现："才高者菀其鸿裁，中巧者猎其艳辞，吟讽者衔其山川，童蒙者拾其香草。"总之，都是效其一面而失其整全。

基于以上分析，刘勰提出学习《楚辞》的正确方法："凭轼以倚雅颂，悬辔以驭楚篇，酌奇而不失其贞，玩华而不坠其实。"酌取《楚辞》之"奇"与"华"，而不失其"贞"与"实"，从而避免"追风入丽""沿波得奇"之失。这是学习《楚辞》的正确方法，也是文学创作的根本原则，具有普遍的理论意义。

刘勰给屈原及《楚辞》高度评价："惊才风逸，壮志烟高。山川无极，情理实劳。金相玉式，艳溢锱毫"，因此"衣被词人，非一代也"。对于后世的《楚辞》接受，刘勰既反对经学角度的重其"真"而遗其"奇"，也反对文学角度的重其"奇"而遗其"真"，认为正确的接受方法应是"酌奇而不失其贞，玩华而不坠其实"。这一观点，对后世的文学创作与理论批评都产生了极其重要的影响。

二

在中国，诗乃诸文体之源，因此刘勰将《明诗》作为文体论的首篇。《序志》篇中，刘勰把其文体论的阐释原则概括为："原始以表末，释名以章义，选文以定篇，敷理以举统"，即叙其源流，明其含义，选举范文，总结规律。《明诗》篇即是按此原则架构的。

首先"释名以章义"。刘勰说："诗者，持也，持人情性；三百之蔽，义归'无邪'，持之为训，有符焉尔。"阐明诗歌的性质是表现人的心志情感，表明其立足于儒家传统的诗论立场，强调诗歌的教化作用。接着，沿用《礼记·乐记》"物感"说，解释诗歌的起源在于"情触物感"，认为诗是情感受到外物感召的自然流露。此后，至"此近世之所竞也"数段，梳理了一条从上古到"近世"的诗歌演进线索，通过"原始以表末"，叙述了诗歌的源流，其中穿插"选文以定篇"，评述重要的作家作品。关于汉代以后诗歌的论述尤为精彩，对于汉代古诗、建安诗歌、西晋与东晋诗歌、宋初山水诗，都能切中其时代风貌与艺术特色，言简意赅，十分精当。最后，总结诗歌特点。刘勰重视四言诗的"雅润"，五言诗的"清丽"，认为四言诗是"正体"，五言诗是"流调"，体现其"宗经"的文学思想。他还说，四言、五言各有特点，"华实异用，惟才所安"，创作时应该根据自身才性之所长来选择合适的体裁和风格。

<h2 style="text-align:center">三</h2>

《乐府》篇专论乐府诗。乐府，作为一种主管音乐的官署，最早在汉武帝时设立。乐府诗包括采集于民间的歌谣与文人制作的歌辞，其根本特点是能配乐演唱。后来，乐府成为一种带有音乐性的诗体名称，后世许多模仿乐府体制而不配乐的诗作也被称作乐府。本篇所论重在配乐的诗作。

刘勰首先指出乐府诗"声依永，律和声"特点，紧接着叙述自上古到周代音乐的发展演变过程，四方之音逐渐产生。他肯定音乐感动人心的力量，认识到乐府"觇风于盛衰""鉴微于兴废"的社会作用，从中可窥见风俗之盛衰，所以要"务塞淫滥"。

本篇历述两汉魏晋乐府诗的发展概况。刘勰强调"中和之响"，以儒家的雅声、正响为标尺来衡量汉魏两晋的乐府诗，认为秦汉以下的乐曲和歌词多是丽而不经、靡而非典的"溺音""淫乐"，俗而不雅的乐曲在汉魏以来的乐府诗中一直盛行，其间虽有少数作品较为雅正，但作用不大。曹氏父子虽然"气爽才丽"，但刘勰仍认定其乐府诗为"郑曲"，并加以批评。

刘勰还论述了音乐与诗歌的关系，即"诗为乐心，声为乐体"，提出要"调其器""正其文"，认为歌辞要有纯正的情思，乐曲要中和雅正以配歌辞，歌辞和乐曲的关系是"表里相资"，这明显是继承儒家论诗、论乐的传统观点。虽然刘勰也认识到了民间歌谣的舆论作用，但仍有轻视之意："艳歌婉娈，怨志诀绝，淫辞在曲，正响焉生"，因此对汉乐府民歌只字不提。刘勰贬低通俗乐曲与民间歌谣的主张，体现他在这方面的保守观点。此外，刘勰还提出乐府是以歌辞配乐曲来演唱的，"辞繁难节"，所以歌辞写作贵在简约。

四

赋、比、兴原是《诗经》的三种表现手法，后来的诗歌、辞赋等韵文运用比兴为多，故本篇结合诗歌、辞赋来专门论述比兴。

刘勰首先阐释比、兴的含义："故比者，附也；兴者，起也。附理者，切类以指事；起情者，依微以拟议。"比是比附，兴是兴起。比附是以不同事物的相同处来说明事理，兴起是用事物的微妙处来寄托意义。比写得明显，兴则隐约，在进行讽刺时也是如此，"比则畜愤以斥言，兴则环譬以托讽"。运用比的手法，是因为诗人内心积愤而有所指斥；运用兴的手法，是诗人以委婉譬喻寄寓讽刺。显然，比兴的运用是与诗人的情志紧密联系在一起的。

接着，刘勰结合先秦两汉作品论比兴。从《诗经》《楚辞》考察，刘勰认为，比兴各具特点。"观夫兴之托谕，婉而成章，称名也小，取类也大。"兴的特点是寄托讽谕，表达婉转，表面说的是小事，其实所喻意义重大，含义更为深远。关于比，刘勰说："写物以附意，扬言以切事。"通过描写事物比附意义来说明事理，并指出比的诸多类别："或喻于声，或方于貌，或拟于心，或譬于事。"然后，结合宋玉和汉魏西晋的作家作品指出"比类虽繁，以切至为贵"的根本要求。刘勰在论述比兴的异同时指出，比类手法在描写事物方面具体细致，使得诗赋富有文采，对读者能起到"惊视回听"的效果。但如果片面追求比类的丰富生动，忘却了兴的手法，会使得作品缺乏讽刺，在刘勰看来这是"习小而弃大"，因此对汉代以后辞赋"兴义销亡"现象十分不满。

比、兴作为两种表现手法，本来既可用于讽刺，也可用于颂美。刘勰论诗赋，更偏重于强调讽刺，要"蓄愤斥言""环譬托讽"，以使文学有利于政教；再者，刘勰还深受儒家"温柔敦厚"诗教观的影响，对兴法以微婉含蓄进行讽谕的方式更为欣赏。正因如此，他对汉代以后诗赋缺乏讽刺内容、大量运用比体深表不满。但另一方面，汉代以后诗赋由于大量用比，文采更趋华美、描写更加细致生动，艺术性得到提高，刘勰对此也有所肯定。

诗品

序

　　气之动物，物之感人，故摇荡性情，形诸舞咏。照烛三才，晖丽万有[①]。灵祇待之以致飨，幽微藉之以昭告[②]。动天地，感鬼神，莫近于诗[③]。

　　昔《南风》之词，《卿云》之颂，厥义夐矣[④]。夏歌曰："郁陶乎予心。"[⑤]楚谣曰："名余曰正则。"[⑥]虽诗体未全，然是五言之滥觞也[⑦]。逮汉李陵，始著五言之目矣。古诗眇邈，人世难详[⑧]，推其文体，固是炎汉之制，非衰周之倡也[⑨]。自王扬枚马之徒，词赋竞爽，而吟咏靡闻[⑩]。从李都尉迄班婕妤[⑪]，将百年间，有妇人焉，一人而已[⑫]。诗人之风[⑬]，顿已缺丧。东京二百载中[⑭]，惟有班固《咏史》，质木无文。降及

---

①三才：指天、地、人。晖丽：光彩照耀。万有：万物。

②灵祇：天地之神。致飨：享用祭品，指祭祀。幽微：幽奥深隐之物，此指鬼神。昭告：明告，告白。

③"动天地"三句：语出《毛诗序》："故正得失，动天地，感鬼神，莫近于诗。"

④《南风》：歌名，相传为舜所作。《卿云》：亦歌名，传说舜传位禹时百工相和而作。厥：其；夐：久远。

⑤夏歌：指《五子之歌》，见《尚书·夏书》。

⑥楚谣：指《离骚》。《离骚》："名余曰正则兮，字余曰灵均。"

⑦诗体：这里特指五言之体。这两句话意思是说，虽非纯粹的五言诗，然可视为五言之源头。

⑧古诗：汉魏佚名者五言诗的总称。眇邈：茫然久远。人世：指"古诗"的年代与作者。

⑨炎汉：即汉代。依战国时邹衍的"五德终始说"，金木水火土五行之德交替而王。汉为"火德"，故称"炎汉"。"制"与"倡"（同"唱"），均指诗作。

⑩王扬枚马：分别指王褒、扬雄、枚乘、司马相如。竞爽，即争胜比美。吟咏靡闻：意指未闻五言诗作。

⑪李都尉：李陵。班婕妤：汉成帝宫中女官。

⑫有妇人焉，一人而已：妇人，指班婕妤。一人，指李陵。《论语·泰伯》："武王曰：'予有乱臣十人。'孔子曰：'……有妇人焉，九人而已。'"钟嵘此处化用《论语·泰伯》句式。

⑬诗人之风：特指《诗经》之传统。

⑭东京：指东汉。西汉建都长安，称西京；东汉建都洛阳，称东京。二百载，意指东汉以来，取其约数。

建安①，曹公父子，笃好斯文②；平原兄弟③，郁为文栋；刘桢、王粲，为其羽翼。次有攀龙托凤，自致于属车者④，盖将百计。彬彬之盛，大备于时矣。尔后陵迟衰微⑤，迄于有晋。太康中，三张、二陆、两潘、一左，勃尔复兴⑥，蹑武前王，风流未沫⑦，亦文章之中兴也。永嘉时，贵黄老，稍尚虚谈⑧。于时篇什，理过其辞⑨，淡乎寡味。爰及江表⑩，微波尚传，孙绰、许询、桓、庾诸公诗⑪，皆平典似《道德论》⑫，建安风力尽矣。先是郭景纯用隽上之才⑬，变创其体；刘越石仗清刚之气，赞成厥美⑭。然彼众我寡，未能动俗⑮。逮义熙中，谢益寿斐然继作⑯。元嘉中，有谢灵运，才高词盛，富艳难踪，固已含跨刘、郭，凌轹潘、左⑰。故知陈思为建安之杰，公干、仲宣为辅⑱。陆机为太康之

---

① 建安：汉献帝刘协年号（196—220）。

② 曹公父子：曹操及其子曹丕、曹植。斯文：本指文化学术，此处指文学。

③ 平原兄弟：指曹丕、曹植。《三国志·魏书·陈思王植传》"（植）建安十六年，封平原侯。"

④ 自致于属车：指自愿依附。属车：侍从之车，这里指下属。

⑤ 陵迟：渐趋衰败。

⑥ 太康：晋武帝司马炎年号（280—289）。三张，指张载、张协、张亢三兄弟；二陆，指陆机、陆云兄弟；两潘，指潘岳、潘尼叔侄；一左，指左思。勃尔：猝然。

⑦ 蹑武前王：语本《离骚》："忽奔走以先后兮，及前王之踵武。"蹑武，跟着前人的足迹，即继承。未沫：没有停止。

⑧ 永嘉：晋怀帝司马炽年号（307—313）。黄老：黄老之学，此泛指道家学说。虚谈：玄虚之谈，即清谈。

⑨ 篇什：诗篇。理过其辞：抽象的玄理胜过形象的辞彩。

⑩ 江表：古指长江以南地区，此指偏安江左的东晋。

⑪ 桓、庾：东晋玄言诗人桓温、庾亮。

⑫ 平典：平淡而多典故。《道德论》：指魏晋以来阐发老庄玄理的文章。

⑬ 郭景纯：郭璞，字景纯，东晋诗人。隽上：出类拔萃。

⑭ 刘越石：刘琨，字越石，东晋诗人。赞成厥美：支持郭璞诗体创新之举。

⑮ 动俗：改变当时诗风。

⑯ 义熙：晋安帝司马德宗年号（405—418）。谢益寿：谢混，字叔源，小字益寿，东晋诗人。

⑰ 元嘉：宋文帝刘义隆年号（424—453）。含跨、凌轹：皆超越之意。刘、郭：刘桢、郭璞。潘、左：潘岳、左思。

⑱ 陈思：即陈思王曹植。公干、仲宣：刘桢字公干，王粲字仲宣。

英，安仁、景阳为辅①。谢客为元嘉之雄，颜延年为辅②。斯皆五言之冠冕，文词之命世也③。

夫四言，文约意广④，取效《风》《骚》，便可多得。每苦文繁而意少⑤，故世罕习焉。五言居文词之要，是众作之有滋味者也，故云会于流俗⑥。岂不以指事造形，穷情写物，最为详切者邪⑦？故诗有三义焉：一曰兴，二曰比，三曰赋。文已尽而意有余，兴也；因物喻志，比也；直书其事，寓言写物，赋也。宏斯三义，酌而用之，干之以风力，润之以丹彩⑧，使味之者无极，闻之者动心，是诗之至也。若专用比兴，患在意深，意深则词踬⑨。若但用赋体，患在意浮，意浮则文散。嬉成流移，文无止泊，有芜漫之累矣⑩。

若乃春风春鸟，秋月秋蝉，夏云暑雨，冬月祁寒⑪，斯四候之感诸诗者也。嘉会寄诗以亲，离群托诗以怨。至于楚臣去境，汉妾辞宫⑫，或骨横朔野，或魂逐飞蓬，或负戈外戍，杀气雄边；塞客衣单，孀闺泪尽；或士有解佩出朝⑬，一去忘返；女有扬蛾入宠，再盼倾国⑭。凡斯种种，感荡心灵，非陈诗何以展其义，非长歌何以骋其情？故曰："《诗》可以群，可以怨。"使穷贱易安，幽居靡闷，莫尚于诗矣。故

① 安仁、景阳：潘岳字安仁，张协字景阳。

② 谢客：谢灵运小名客儿，此为简称。颜延年：颜延之，字延年。

③ 命世：闻名于世。

④ 文约意广：文字简约，意义丰富。

⑤ "每苦"句：意思是说，初学四言诗者常有文辞繁复而意义单薄的毛病。

⑥ 文词：指诗歌。滋味：即诗味。云：语助词，无实义。会于流俗：合于流俗时尚。

⑦ "岂不"三句：其意是说五言诗在描写形象、抒发感情方面最为详尽贴切。

⑧ "干之"二句：以风力为骨干，以词采润色作品。

⑨ 踬：阻碍，指文词不通畅。

⑩ 嬉成流移：指信笔所至，略无管束。嬉：轻浮、草率。流移：油滑。止泊：依归。芜漫：杂乱分散。

⑪ 祁寒：大寒。

⑫ "楚臣"二句：指屈原被放逐，昭君出塞和亲。

⑬ 解佩出朝：罢官归隐。

⑭ 扬蛾：扬起蛾眉，指汉武帝李夫人得宠之事。再盼倾国：《汉书·外戚列传》载李延年《李夫人歌》："一顾倾人城，再顾倾人国。"

词人作者，罔不爱好。今之士俗，斯风炽矣。才能胜衣，甫就小学①，必甘心而驰骛焉。于是庸音杂体②，人各为容③。至使膏腴子弟，耻文不逮④，终朝点缀，分夜呻吟⑤。独观谓为警策，众睹终沦平钝。次有轻薄之徒，笑曹、刘为古拙，谓鲍照羲皇上人⑥，谢朓今古独步。而师鲍照，终不及"日中市朝满"⑦；学谢朓，劣得"黄鸟度青枝"⑧。徒自弃于高明，无涉于文流矣⑨。

观王公缙绅之士，每博论之余，何尝不以诗为口实⑩。随其嗜欲，商榷不同，淄渑并泛⑪，朱紫相夺，喧议竞起，准的无依。近彭城刘士章⑫，俊赏之士，疾其淆乱，欲为当世诗品，口陈标榜。其文未遂，感而作焉。昔九品论人，《七略》裁士，校以宾实，诚多未值⑬。至若诗之为技，较尔可知，以类推之，殆均博弈⑭。方今皇帝，资生知之上才，体沉郁之幽思⑮，文丽日月，赏究天人，昔在贵游，已为称首⑯。

① 胜衣：穿得住衣服，指小孩。甫就小学：刚刚入小学。

② 庸音杂体：庸音，平庸的诗歌。杂体，杂乱的诗体。

③ 人各为容：各行其是，无法可依。容，法则、准绳。

④ 耻文不逮：指那些富家子弟，以作诗落后于人为耻辱。

⑤ 终朝点缀：整天润色、修改。分夜呻吟：半夜苦吟。

⑥ 曹、刘：指曹植、刘桢。羲皇上人：上古传说中的帝王伏羲氏。此句谓把鲍照尊为至高无上的诗人。

⑦ "日中市朝满"：语见鲍照《代结客少年场行》。

⑧ "黄鸟度青枝"：语见南齐诗人虞炎《玉阶怨》。劣得：仅得。

⑨ 文流：诗人之列。

⑩ 缙绅：官宦之人。口实：谈资。

⑪ 淄渑并泛：淄、渑，水名，在今山东境内。旧说二水味异，合则难辨。并泛：并流、合流。此处以淄渑合流，比喻诗歌好坏混杂，难分优劣。

⑫ 刘士章：刘绘，字士章，南朝彭城人。

⑬ 《七略》裁士：《七略》，东汉刘歆著，我国最早的图书总目。该书分七类，即《辑略》《六艺略》《诸子略》《诗赋略》《兵书略》《术数略》《方技略》。裁士：取舍人物。校以宾实：校，核校；宾实，名实。诚多未值：确实有许多不能相符之处。

⑭ 较尔：明显，较通"皎"。殆均：大致同于。

⑮ 方今皇帝：指梁武帝萧衍。资生知之上才：资，禀赋、天赋；生知，生而知之。体：赋有、具有。

⑯ 昔在贵游：指与"竟陵八友"之交游。称首：推为领袖。

况八纮既奄，风靡云蒸①，抱玉者联肩，握珠者踵武②。以睰汉魏而不顾，吞晋宋于胸中③。谅非农歌辕议，敢致流别④。嵘之今录，庶周旋于闾里⑤，均之于谈笑耳。一品之中，略以世代为先后，不以优劣为诠次⑥。又其人既往，其文克定⑦。今所寓言，不录存者⑧。

夫属词比事，乃为通谈⑨。若乃经国文符，应资博古；撰德驳奏，宜穷往烈⑩。至乎吟咏情性，亦何贵于用事？"思君如流水"，既是即目⑪；"高台多悲风"⑫，亦惟所见；"清晨登陇首"，羌无故实⑬；"明月照积雪"，讵出经史⑭？观古今胜语，多非补假，皆由直寻⑮。颜延、谢庄，尤为繁密，于时化之⑯。故大明、泰始中⑰，文章殆同书抄。近任昉、王元长等，词不贵奇，竞须新事⑱，尔来作者，寖以成俗⑲。遂乃句无虚语，语无虚字，拘挛补衲，蠹文已甚⑳。但自然英旨，罕值其

---

① 八纮既奄：八纮，八维、八方；奄，平定。风靡云蒸：喻武帝身边人才济济。

② 抱玉者、握珠者：均指腹有奇才之文士。联肩、踵武：即比肩、继踵，言人才多。

③ 睰：俯视。吞：包容。谓当今文坛之盛，远非汉魏、晋宋所能比拟。

④ 农歌：农人之歌谣。辕议：车夫之议论。致流别：就文章的源流、派别给予品评。致，给予。此二句为谦虚说法，诚非如我这般农夫、车夫之人所敢辨析评论的。

⑤ 周旋：应酬、流传。闾里：乡里。

⑥ 诠次：编排次序。

⑦ 既往：已经逝世。克定：能够定论。

⑧ 寓言：概括评论。存者：活着的人。

⑨ 属词比事：组织词句，排比事实。通谈：通达的言论。

⑩ 经国文符：治国文书。应资博古：资，借助；博古，博通古事。撰德驳奏：撰述德行的文章和驳议、奏疏。宜穷往烈：应该穷究古人之功业。

⑪ "思君如流水"：语出徐干《室思》。即目：眼前所见。

⑫ "高台多悲风"：语出曹植《杂诗》。

⑬ "清晨登陇首"：《北堂书抄》卷157引张华诗："清晨登陇首，坎壈行山难。"羌无故实：羌，发语词；故实，典故。

⑭ "明月照积雪"：语出谢灵运《岁暮》。讵：岂。

⑮ 补假：补缀、假借。直寻：即直致，直书即目所见。

⑯ 繁密：用典繁多；于时化之：当时诗坛形成风气。

⑰ 大明：南朝宋孝武帝刘骏年号（457—464）。泰始：南朝宋明帝刘彧年号（465—471）。

⑱ 竞须新事：争相追求生僻的典故。

⑲ 尔来：近来。寖：渐渐。俗：风气。

⑳ 拘挛：拘束、拘谨。补衲：补缀、拼合。蠹：害。

人，词既失高，则宜加事义①。虽谢天才，且表学问，亦一理乎②！

陆机《文赋》，通而无贬③；李充《翰林》，疏而不切④；王微《鸿宝》，密而无裁⑤；颜延论文，精而难晓⑥；挚虞《文志》⑦，详而博赡，颇曰知言。观斯数家，皆就谈文体，而不显优劣。至于谢客集诗，逢诗辄取；张骘《文士》，逢文即书。诸英志录⑧，并义在文，曾无品第。嵘今所录，止乎五言。虽然，网罗今古，词文殆集⑨。轻欲辨彰清浊，掎摭病利⑩，凡百二十人。预此宗流者，便称才子。至斯三品升降，差非定制，方申变裁⑪，请寄知者尔。

昔曹、刘殆文章之圣，陆、谢为体贰之才⑫，锐精研思，千百年中，而不闻宫商之辨，四声之论。或谓前达偶然不见，岂其然乎？尝试言之：古曰诗颂，皆被之金竹，故非调五音，无以谐会⑬，若"置酒高堂上""明月照高楼"⑭，为韵之首。故三祖之词⑮，文或不工，而韵入歌唱。此重音韵之义也，与世之言宫商异矣。今既不被管弦，亦何取于声律邪？齐有王元长者，尝谓余云："宫商与二仪俱生，自古词人不知之。惟颜宪子乃云'律吕音调'⑯，而其实大谬。唯见范晔、谢庄

①自然英旨：自然精美的诗歌。事义：典故、义理。

②"虽谢"三句：这几句讽刺那些没有诗兴、诗才却以用典来卖弄学问的人。理：理由。

③通而无贬：通达文理却没有对作家作品进行评价。贬，通辨。

④李充：字弘度，东晋江夏人。著《翰林论》三卷，辨析文体。疏：分条陈述，这里指分文体而评论。

⑤王微：字景玄，琅琊人，南朝宋诗人。著《鸿宝》十卷。密而无裁：虽然细密却乏裁定。

⑥"颜延"二句：颜延之《庭诰》中论文之语，精深却难懂。

⑦挚虞《文志》：挚虞著《文章志》四卷。

⑧诸英：诸位俊杰之士。志录：记录。

⑨词文：五言诗。殆集：差不多汇集在一起。

⑩轻欲：大胆地想。辨彰清浊：辨析好坏。掎摭病利：指摘利弊得失。

⑪"差非"二句：并非定论，有待来日重新裁决。

⑫曹、刘：曹植、刘祯。陆、谢：陆机、谢灵运。体贰：效法曹刘。

⑬谐会：和谐。

⑭"置酒高堂上"：语出阮籍《杂诗》。"明月照高楼"：语出曹植《七哀》。

⑮三祖：魏武帝曹操（太祖）、魏文帝曹丕（高祖）、魏明帝曹睿（烈祖）。

⑯颜宪子：颜延之谥"宪子"。律吕：古代乐律有十二，阴阳各六，阳声为六律，阴声为六吕。

颇识之耳。尝欲进《知音论》，未就。"王元长创其首，谢朓、沈约扬其波①。三贤或贵公子孙，幼有文辩②，于是士流景慕，务为精密，襞积细微，专相陵架。故使文多拘忌，伤其真美。余谓文制，本须讽读，不可蹇碍③，但令清浊通流，口吻调利④，斯为足矣。至平上去入，则余病未能；蜂腰、鹤膝，闾里已具⑤。

陈思"赠弟"⑥，仲宣《七哀》⑦，公干"思友"⑧，阮籍《咏怀》⑨，子卿"双凫"⑩，叔夜"双鸾"⑪，茂先"寒夕"⑫，平叔"衣单"⑬，安仁"倦暑"⑭，景阳"苦雨"⑮，灵运《邺中》⑯，士衡《拟古》⑰，越石"感乱"⑱，景纯"咏仙"⑲，王微"风月"⑳，谢客"山泉"㉑，叔源"离宴"㉒，鲍照"戍边"㉓，太冲《咏史》㉔，颜延"入

① 创其首：首创四声八病说。扬其波：推波助澜。

② 三贤：指王融、沈约、谢朓，三人均王公子弟。文辩：文才。

③ 文制：诗歌。蹇碍：拗口。

④ 通流：通畅流利。口吻调利：音调和谐流畅。

⑤ 蜂腰、鹤膝："八病"之二种。

⑥ "赠弟"：曹植《赠白马王彪》。

⑦ 《七哀》：王璨《七哀诗》。

⑧ "思友"：刘祯《赠徐干》诗。

⑨ 《咏怀》：阮籍《咏怀》诗八十二首。

⑩ "双凫"：苏武《别李陵》有"双凫俱北飞，一凫独南翔"句。

⑪ "双鸾"：嵇康《赠秀才入军》第十九首起句"双鸾匿景曜"。

⑫ "寒夕"：张华《杂诗》有"繁霜降当夕，悲风中夜兴"句。

⑬ "衣单"：何晏"衣单"诗，已佚。

⑭ "倦暑"：潘岳《悼亡诗》第二首有"清商应秋至，溽暑随节阑"句。

⑮ "苦雨"：张协《杂诗》十首之末章云："阶下伏泉涌，堂上水衣生。洪潦浩方割，人怀昏垫情。"

⑯ "邺中"：谢灵运《拟魏太子邺中诗》八首。

⑰ 《拟古》：陆机《拟古诗》十二首。

⑱ "感乱"：刘琨有《扶风歌》《重赠卢谌》等感乱之作。

⑲ "咏仙"：郭璞《游仙诗》十四首。

⑳ "风月"：王微"风月"诗，已佚。

㉑ "山泉"：谢灵运以山水诗著名，故云。

㉒ "离宴"：谢混《送二王在领军府集》诗云："乐酒辍今辰，离端起来日。"

㉓ "戍边"：鲍照《代出自蓟北门行》为咏戍边作品。

㉔ 《咏史》：左思《咏史诗》八首。

洛"①，陶公《咏贫》之制②，惠连《捣衣》之作③，斯皆五言之警策者也。所以谓篇章之珠泽，文彩之邓林④。

诗品上

古诗

其体源出于《国风》。陆机所拟十四首，文温以丽，意悲而远，惊心动魄，可谓几乎一字千金⑤！其外《去者日以疏》四十五首⑥，虽多哀怨，颇为总杂。旧疑是建安中曹、王所制⑦。《客从远方来》《橘柚垂华实》，亦为惊绝矣！人代冥灭⑧，而清音独远，悲夫！

汉都尉李陵

其源出于《楚辞》。文多凄怆，怨者之流。陵，名家子，有殊才，生命不谐⑨，声颓身丧。使陵不遭辛苦，其文亦何能至此！

汉婕妤班姬

其源出于李陵。《团扇》短章⑩，词旨清捷，怨深文绮，得匹妇之

---

①"入洛"：颜延之《北使洛》诗。

②《咏贫》：陶渊明《咏贫士》。

③《捣衣》：谢惠连《捣衣》诗。

④珠泽、邓林：精华之喻。

⑤一字千金：典出《史记·吕不韦传》。

⑥"其外"句：指"陆机所拟十二首"之外的四十五首，今多亡佚，仅《去者日以疏》《客从远方来》《橘柚垂华实》三首可确指。

⑦曹、王：曹植、王粲。

⑧人代：作者与时代。

⑨生命不谐：命运多舛。

⑩《团扇》短章：指《怨歌行》，《玉台新咏》题作《怨诗》。因咏团扇而借作诗题。

致①。侏儒一节②，可以知其工矣！

魏陈思王植

其源出于《国风》。骨气奇高，词彩华茂，情兼雅怨，体被文质③，粲溢今古，卓尔不群。嗟乎！陈思之于文章也，譬人伦之有周孔，鳞羽之有龙凤，音乐之有琴笙，女工之有黼黻④。俾尔怀铅吮墨者，抱篇章而景慕⑤，映余晖以自烛。故孔氏之门如用诗，则公干升堂，思王入室，景阳、潘、陆，自可坐于廊庑之间矣⑥。

魏文学刘桢

其源出于《古诗》。仗气爱奇，动多振绝⑦。真骨凌霜，高风跨俗。但气过其文，雕润恨少⑧。然自陈思已下，桢称独步。

魏侍中王粲

其源出于李陵。发愀怆之词，文秀而质羸⑨。在曹刘间，别构一体。方陈思不足，比魏文有余⑩。

---

① 得匹妇之致：体现了一位普通女子的情致。

② 侏儒一节：比喻能体现事物全貌的局部。桓谭《新论·道赋》引谚语："侏儒见一节，而长短可知。"

③ 情兼雅怨：兼具《国风》之雅与《小雅》之怨。体被文质："骨气"与"词采"兼备。被，覆。

④ 文章：指诗赋。周孔：周公与孔子。黼黻：古代礼服上所绣之花纹。黑白相交者称"黼"，青黑相交者称"黻"。

⑤ 俾尔：俾，使；尔，你们。怀铅吮墨者：操笔写作之人。抱篇章而景慕：怀抱曹植诗篇而景仰钦慕。

⑥ 公干升堂：公干，刘桢字公干；堂，古代宫室，前为堂，后为室。思王入室：思王，陈思王曹植；入室，比升堂更进一层。景阳、潘、陆：景阳，张协字景阳；潘，指潘岳；陆，指陆机。廊庑：堂前的廊屋。以上几句，语式本于扬雄《法言·吾子》。

⑦ 动多振绝：动，动辄；振绝，惊世骇俗。

⑧ "气过"二句："骨气"胜于"丹彩"，雕绘润饰稍弱。

⑨ 愀怆：悲伤貌。质羸：体质、气骨弱。

⑩ 魏文：即魏文帝曹丕。

晋步兵阮籍

其源出于《小雅》。无雕虫之功①，而《咏怀》之作，可以陶性灵，发幽思。言在耳目之内，情寄八荒之表②。洋洋乎会于《风》《雅》，使人忘其鄙近，自致远大，颇多感慨之词。厥旨渊放，归趣难求③。颜延年注解，怯言其志④。

晋平原相陆机

其源出于陈思。才高词赡，举体华美。气少于公干，文劣于仲宣⑤。尚规矩，不贵绮错，有伤直致之奇⑥。然其咀嚼英华，厌饫膏泽，文章之渊泉也⑦。张公叹其大才⑧，信矣！

晋黄门郎潘岳

其源出于仲宣。《翰林》叹其翩翩然⑨，如翔禽之有羽毛，衣服之有绡縠⑩，犹浅于陆机。谢混云："潘诗烂若舒锦，无处不佳；陆文如披沙简金，往往见宝。"嵘谓：益寿轻华，故以潘为胜⑪；《翰林》笃论，故叹陆为深⑫。余常言：陆才如海，潘才如江。

---

① 雕虫：雕琢。

② "言在"二句：谓阮诗言近而旨远，语近而情遥。

③ 厥旨渊放：厥，其；渊放，深远放达。归趣：旨归、意向。

④ "注解"二句：谓颜延年为阮籍《咏怀》作注，不敢说出其旨意。

⑤ "气少"二句：谓陆机诗气骨少于刘桢，词采逊于王粲。

⑥ 绮错：喻诗歌词藻交错安排。直致之奇：直致，即自然率直；奇，新颖奇警，出人意表。

⑦ 咀嚼英华：体会玩味前代优秀作品。厌饫膏泽：厌、饫，均饱食之意；膏泽：美味佳肴，此处指前人诗作之精华。文章之渊泉：陆机开排偶之体，启晋初诗风，故有此谓。

⑧ 张公：太康时文坛领袖张华。

⑨《翰林》：李充《翰林论》。翩翩然：轻捷优美貌。

⑩ 绡縠：有文彩之绢绸。

⑪ 益寿轻华：谢混，字叔源，小字益寿；轻华，指谢混诗风轻绮华美。

⑫ 叹陆为深：陆诗因文词繁博，词旨过密而阅读困难。

晋黄门郎张协

其源出于王粲。文体华净，少病累。又巧构形似之言，雄于潘岳，靡于太冲。风流调达，实旷代之高手。调彩葱菁，音韵铿锵，使人味之亹亹不倦①。

晋记室左思

其源出于公干。文典以怨②，颇为精切，得讽谕之致。虽野于陆机，而深于潘岳。谢康乐尝言："左太冲诗，潘安仁诗，古今难比。"

宋临川太守谢灵运

其源出于陈思，杂有景阳之体。故尚巧似，而逸荡过之③，颇以繁芜为累。嵘谓若人兴多才高，寓目辄书，内无乏思，外无遗物④，其繁富宜哉！然名章迥句，处处间起⑤；丽典新声，络绎奔会。譬犹青松之拔灌木，白玉之映尘沙，未足贬其高洁也。初，钱塘杜明师夜梦东南有人来入其馆⑥，是夕，即灵运生于会稽。旬日，而谢玄亡。其家以子孙难得，送灵运于杜治养之⑦。十五方还都⑧，故名"客儿"。

---

① 葱菁：青翠繁盛貌，此以草木喻词彩。亹亹：勤勉不倦貌。

② "文典"句：谓左思《咏史》多以史实来抒发怨情。文典：文词典则。

③ 逸荡：放纵、放荡，即下笔洋洋洒洒、毫无检束。

④ 若人：若此人。《论语·公冶长》："君子哉，若人。"内无乏思：内心诗思泉涌而不枯竭。外无遗物：外界景物皆可入诗，无一遗漏。

⑤ 迥句：佳句。处处间起：比比皆是。

⑥ 杜明师：名昊，字子恭，钱塘人，《南史·沈约传》谓其"通灵有道术"。东南有人来入其馆：灵运生会稽，会稽在钱塘东南方向，故云。

⑦ 杜治：杜明师之静室。治，道教之静室。

⑧ 都：京都，指东晋国都建康（今江苏南京）。

诗品中

汉上计秦嘉、嘉妻涂淑诗①

夫妻事既可伤，文亦凄怨②。为五言者，不过数家，而妇人居二。徐淑叙别之作，亚于《团扇》矣。

魏文帝

其源出于李陵，颇有仲宣之体。则所计百许篇，率皆鄙质如偶语③。惟"西北有浮云"十余首④，殊美赡可玩，始见其工矣。不然，何以铨衡群彦，对扬厥弟者邪？⑤

晋中散嵇康

颇似魏文。过为峻切，讦直露才⑥，伤渊雅之致。然托谕清远，良有鉴裁⑦，亦未失高流矣。

晋司空张华

其源出于王粲。其体华艳，兴托不奇，巧用文字，务为妍冶⑧。虽

---

① 上计：官职名。秦嘉：东汉人，生卒年不详。字士会，陇西（今属甘肃）人，工诗文。徐淑：秦嘉妻，有文才。

② "既可伤"两句：秦嘉赴洛阳，徐淑因病还母家未及相送，嘉客死他乡，淑守寡终身，故曰"夫妻事既可伤"。文亦凄怨：指两人赠答诗，共诉衷肠，哀艳凄绝。

③ 偶语：相对私语，即口语。

④ "西北有浮云"：曹丕《杂诗》二首其一。

⑤ 铨衡：衡量，品评。此句指曹丕《典论·论文》《与吴质书》品评以"建安七子"为代表的作家。对扬：比对、衡量之意。厥弟，即曹植

⑥ 峻切：严峻激切。讦，斥责别人的过失。

⑦ "托谕"二句：嵇康诗寄意清峻深远，确实具有识鉴之力。托谕：托物以讽喻。

⑧ 务为妍冶：执意追求文辞之艳丽。

名高曩代，而疏亮之士①，犹恨其儿女情多，风云气少②。谢康乐云："张公虽复千篇，犹一体耳。"今置之中品疑弱，处之下科恨少，在季孟之间矣③。

魏尚书何晏、晋冯翊守孙楚、晋著作王赞、晋司徒掾张翰、晋中书令潘尼④

平叔《鸿鹄》之篇，风规见矣⑤。子荆《零雨》之外，正长《朔风》之后，虽有累札，良亦无闻⑥。季鹰《黄华》之唱，正叔《绿繁》之章，虽不具美⑦，而文彩高丽，并得虬龙片甲，凤凰一毛。事同驳圣⑧，宜居中品。

魏侍中应璩⑨

祖袭魏文。善为古语，指事殷勤⑩，雅意深笃，得诗人激刺之旨⑪。至于"济济今日所"⑫，华靡可讽味焉。

---

① 曩代：前代。疏亮：豁达直爽。

② 风云气少：张华诗歌文辞艳丽，但缺少慷慨之气。

③ 少：轻视。季孟：指春秋时鲁国贵族季孙氏和孟孙氏。季孟之间：犹伯仲之间。

④ 何晏：曹魏玄学家、诗人，字平叔。孙楚、王赞、张翰、潘尼：字分别为子荆、正长、季鹰、正叔，皆为西晋诗人。

⑤《鸿鹄》：指何晏《拟古》诗。风规见：讽喻规劝之意明显。

⑥《零雨》：即孙楚《征西官属送于陟阳候作》。《朔风》：即王赞《杂诗》。无闻：没有闻名之诗。

⑦《黄华》：指张翰《杂诗》。《绿繁》：指潘尼《迎大驾》。具美：尽善尽美。

⑧ 驳圣：圣人之亚。驳：驳杂不纯。《诗品序》谓曹植、刘桢诗"殆文章之圣"，相形之下，何晏五人只能称得上"驳圣"。

⑨ 应璩：曹魏诗人，曾任侍中。

⑩ 古语：古朴之语。指事殷勤：指事，指说事情，陈诉事理；殷勤，情意恳切。

⑪ 诗人：指《诗经》作者；激刺，激切地讽刺。

⑫"济济今日所"：为应璩佚诗。

晋清河守陆云、晋侍中石崇、
晋襄城太守曹摅、晋朗陵公何劭①

清河之方平原，殆如陈思之匹白马②。于其哲昆，故称二陆③。季伦、颜远，并有英篇。笃而论之，朗陵为最④。

晋太尉刘琨、晋中郎卢谌⑤

其源出于王粲。善为凄戾之词，自有清拔之气⑥。琨既体良才⑦，又罹厄运，故善叙丧乱，多感恨之词。中郎仰之，微不逮者矣⑧。

晋弘农太守郭璞

宪章潘岳，文体相辉，彪炳可玩⑨。始变永嘉平淡之体，故称中兴第一⑩，《翰林》以为诗首。但《游仙》之作，词多慷慨，乖远玄宗⑪。其云"奈何虎豹姿"，又云"戢翼栖榛梗"，乃是坎壈咏怀，非列仙之趣也⑫。

---

① 陆云：西晋诗人，陆机之弟。石崇，字季伦；曹摅，字颜远；何劭，字敬祖：皆西晋诗人。

② 清河：指陆云，因其曾任清河内史。平原：指陆机，曾任平原内史。这两句意思是说，陆云之比陆机，大体如曹彪之比曹植。

③ "于其"二句：谓陆云与兄陆机并称"二陆"，是借乃兄之力。哲昆：对他人兄长的敬称。

④ 笃：诚、确。朗陵：指何劭。

⑤ 刘琨：字越石，西晋诗人。卢谌：西晋诗人。

⑥ 凄戾：凄厉、悲凉。清拔：清新峭拔。

⑦ 体：禀有。良才：优秀之诗才。

⑧ 中郎：即卢谌。此谓卢谌仰慕刘琨，但写诗略有不及。

⑨ 宪章：仿效。彪炳可玩：彪，虎皮之花纹；炳，鲜明貌。此谓文采绚丽。

⑩ 平淡之体：指玄言诗。中兴：指东晋时期，晋元帝在江南建立东晋王朝，史称中兴。

⑪ "游仙"三句：郭璞《游仙诗》，词句慷慨激烈，与道家玄远之旨相差甚远。

⑫ "其云"四句：所引两句诗，皆《游仙诗》之佚句。坎壈：困顿，不得志貌。钟嵘认为，《游仙诗》所咏乃困顿之怀抱，而非游仙之旨趣。

晋吏部郎袁宏

彦伯《咏史》，虽文体未遒，而鲜明紧健[1]，去凡俗远矣。

晋处士郭泰机、晋常侍顾恺之、宋谢世基、
宋参军顾迈、宋参军戴凯[2]

泰机寒女之制[3]，孤怨宜恨。长康能以二韵答四首之美[4]。世基"横海"，顾迈"鸿飞"[5]。戴凯人实贫羸，而才章富健。观此五子，文虽不多，气调警拔[6]。吾许其进，则鲍照、江淹未足逮止[7]。越居中品，金曰宜哉[8]。

宋征士陶潜

其源出于应璩，又协左思风力。文体省净，殆无长语[9]。笃意真古，辞兴婉惬[10]。每观其文，想其人德，世叹其质直[11]。至如"欢言醉

---

①彦伯：袁宏，字彦伯，东晋诗人。遒：强劲有力。紧健：紧凑有力。

②郭泰机：西晋河南郡（今河南洛阳）人，出身寒门，有才气，有《答傅咸》一诗存《文选》。顾恺之（348—409）：字长康，晋陵无锡（今江苏无锡）人。擅诗赋、书法，尤善绘画，时人称之为"三绝"（画绝、文绝、痴绝）。谢世基：南朝宋人，陈郡阳夏（今河南太康）人。顾迈：南朝宋诗人。《隋书·经籍志》录有"征北行参军《顾迈集》二十卷，亡"。戴凯：南朝宋武昌（今湖北鄂州）人，以诗文名世，有《戴凯之集》，已佚。现存《竹谱》，系竹类植物专著。

③寒女：出自郭泰机《答傅咸》"织为寒女衣"，此诗写孤寂怨恨。

④"长康"句：二韵：四句诗为二韵。四首：疑为"四时"。此句谓顾恺之以一首诗而表现四季之美。

⑤"横海"：谢世基因其叔父谢晦谋反被牵连，临刑前作连句诗："伟哉横海鳞，壮矣垂天翼。一旦失风水，翻为蝼蚁食。""鸿飞"：顾迈诗句，已佚。

⑥气调警拔：气韵风调奇警卓拔。

⑦鲍照、江淹未足逮止：意谓可追攀鲍照、江淹。

⑧金：都。

⑨省净：简洁明净。殆无长语：没有多余的话。

⑩笃意真古：真心诚意，真率古朴。辞兴婉惬：词采兴致婉曲惬意。

⑪质直：质朴、率直。此句谓当世之人惋叹陶渊明诗过于质朴率直，略嫌不足。

春酒""日暮天无云"，风华清靡，岂直为田家语邪①？古今隐逸诗人之宗也。

宋光禄大夫颜延之

其源出于陆机。尚巧似，体裁绮密②。情喻渊深，动无虚散，一句一字，皆致意焉③。又喜用古事，弥见拘束④，虽乖秀逸，是经纶文雅才⑤。雅才减若人，则蹈于困踬矣⑥。汤惠休曰："谢诗如芙蓉出水，颜如错彩镂金。"颜终身病之。

宋豫章太守谢瞻、宋仆射谢混、宋太尉袁淑、
宋征君王微、宋征虏将军王僧达

其源出于张华。才力苦弱，故务其清浅，殊得风流媚趣⑦。课其实录⑧，则豫章仆射，宜分庭抗礼。征君、太尉，可托乘后车⑨。征虏卓卓，殆欲度骅骝前⑩。

---

① "欢言"句：语出陶渊明《读山海经》十三首之一。"日暮"句：语出陶渊明《拟古》九首之一。风华清靡：风韵华美清丽。田家语：农夫质朴无文的日常生活语，或谓鄙俚之语。

② 尚巧似：颜诗多体物工巧，摹写逼真。体裁绮密：诗风绮丽，缀辞繁密。体裁，这里指体格风貌。

③ "情喻"四句：谓颜诗情真意切，托喻深远，每作情必求深，喻必求远，故一字一句，皆寄寓深远的情致。

④ "喜用"二句：喜欢用典，更显得不自然。古事：即典故。

⑤ 秀逸：秀美俊逸；经纶：经营、治理。此谓颜延之诗虽不合秀丽飘逸之美，但确实具有雍容典雅之风范。

⑥ 困踬：困顿跌倒。此谓典雅之才不及颜延之者，就会陷入困困失败之境地。

⑦ "才力"三句：谓此五人由于才气笔力短弱，只是努力学习张华诗清朗浅净的一面，因此流于婉约柔媚。

⑧ 课其实录：考察他们诗歌创作的实际情况。课：考核、考察。

⑨ 托乘后车：后车，侍从之车。此谓王微、袁淑比谢瞻、谢混稍逊。

⑩ 卓卓：特立不凡貌。殆，几乎。度，超过。骅骝，红色的骏马，此处代谢瞻、谢混，或谓代王微。

宋法曹参军谢惠连

小谢才思富捷[①]，恨其兰玉夙凋[②]，故长辔未骋[③]。《秋怀》《捣衣》之作，虽复灵运锐思，亦何以加焉。又工为绮丽歌谣，风人第一[④]。《谢氏家录》云："康乐每对惠连，辄得佳语。后在永嘉西堂，思诗竟日不就，寤寐间忽见惠连，即成'池塘生春草'。故尝云：'此语有神助，非我语也。'"

宋参军鲍照

其源出于二张[⑤]。善制形状写物之词。得景阳之诡诡，含茂先之靡嫚[⑥]。骨节强于谢混，驱迈疾于颜延[⑦]。总四家而擅美，跨两代而孤出[⑧]。嗟其才秀人微，故取湮当代[⑨]。然贵尚巧似，不避危仄，颇伤清雅之调[⑩]。故言险俗者，多以附照。

齐吏部谢朓

其源出于谢混。微伤细密，颇在不伦[⑪]。一章之中，自有玉石。然

---

① 小谢：指谢惠连，与谢灵运、谢朓合称"三谢"。

② 恨其兰玉夙凋：兰玉，出《世说新语·言语》：谢太傅问诸子侄："子弟亦何预人事，而正欲使其佳？"诸人莫有言者。车骑（谢玄）答曰："譬如芝兰玉树，欲使其生于阶庭耳。"后遂喻才俊子弟。夙凋，早凋。此谓谢惠连为谢家的芝兰玉树，但不幸早亡。卒时，年二十七。

③ 长辔未骋：辔，马缰绳。长辔，谓善于骑马。未骋，未能施展才华。故中品未著其诗歌渊源。

④ 风人：又称"风人体"，六朝乐府民歌的一种。

⑤ 二张：张协、张华。

⑥ "得景阳"二句：诡诡，怪异、奇异。靡嫚，华靡柔曼。此谓鲍照得张协诗锤炼词句、奇异精警之特点，又有张华诗华靡柔曼之风格。

⑦ 骨节：骨力、气势。驱迈：指驱辞运藻及诗之节奏力度。疾：敏捷、快速。

⑧ 两代：指张协、张华、谢混所处之晋代及颜延之所处之宋代。鲍照跨晋宋两代而独举高标。

⑨ "才秀"二句：才华横溢而身世贱微，被当世埋没。取湮：被埋没。

⑩ "贵尚"三句：危仄，险仄，险僻而不典正。此谓鲍照诗，刻意追求写景状物之逼真，不惜用险僻词句，故有损清闲典雅之格调。

⑪ 微伤细密：此指谢朓新体诗多讲对仗、声律，诗句略显繁密琐碎。颇在不伦：颇在，略有；不伦，良莠不齐。

奇章秀句，往往警道①，足使叔源失步，明远变色②。善自发诗端，而末篇多踬，此意锐而才弱也③，至为后进士子之所嗟慕。朓极与余论诗④，感激顿挫过其文。

齐光禄江淹

文通诗体总杂，善于摹拟。筋力于王微，成就于谢朓⑤。初，淹罢宣城郡，遂宿冶亭⑥，梦一美丈夫，自称郭璞，谓淹曰："我有笔在卿处多年矣，可以见还。"淹探怀中，得五色笔以授之。尔后为诗，不复成语，故世传江淹才尽。

梁卫将军范云、梁中书郎邱迟

范诗清便宛转，如流风回雪⑦。邱诗点缀映媚，似落花依草⑧。故当浅于江淹，而秀于任昉。

梁太常任昉

彦升少年为诗不工，故世称沈诗任笔，昉深恨之⑨。晚节爱好既笃，文亦遒变⑩。善铨事理，拓体渊雅，得国士之风，故擢居中品⑪。但昉既博物，动辄用事，所以诗不得奇⑫。少年士子效其如此，弊矣！

---

① 警道：警策遒劲。

② "足使"二句：叔源：谢混字；失步：乱了步伐。明远：鲍照字；变色：变了脸色。

③ "善自"三句：自，犹言"另自""别自"。此谓谢朓诗往往开头别开生面而结尾却踬朴窘迫，不能承其发端，藻思敏捷而才力不足。

④ 极：屡。

⑤ "筋力"二句：谓江淹诗在骨力、风格方面有王微、谢朓之特点。

⑥ 冶亭：在冶城内，故址在今南京市朝天宫附近，文人士子饯送之所。

⑦ "范诗"二句：清便，闲雅秀逸。流风回雪，轻逸飘飞貌。

⑧ "邱诗"二句：谓丘迟诗点缀词采而生媚趣，如落花之依傍于碧草。

⑨ "彦升"三句：任昉，字彦升，南朝齐梁间诗人，"竟陵八友"之一。沈诗任笔：字面意是说沈约长于诗而任昉长于笔，实际上是说任昉诗歌写得不够精巧，故任昉为此感到耻辱。

⑩ "晚节"二句：任昉晚年转好诗歌，诗风变得遒劲有力，精警老成。

⑪ "善铨"四句：任昉善于评量典事义理，拓展渊博高雅之诗风，有国士风范，因而提升为中品。

⑫ "但昉"三句：博物：《吟窗杂录》等本作"博学"。任昉诗动辄用典，致使诗意堵塞，不能出奇。

梁左光禄沈约

观休文众制，五言最优。详其文体，察其余论^①，固知宪章鲍明远也。所以不闲于经纶，而长于清怨^②。永明相王爱文^③，王元长等皆宗附之。约于时，谢朓未遒，江淹才尽，范云名级故微，故约称独步。虽文不至其工丽，亦一时之选也。见重闾里，诵咏成音。嵘谓约所著既多，今剪除淫杂，收其精要，允为中品之第矣。故当词密于范，意浅于江也。

诗品下

汉令史班固、汉孝廉郦炎、汉上计赵壹

孟坚才流，而老于掌故^④。观其《咏史》，有感叹之词。文胜托咏"灵芝"，怀寄不浅^⑤。元叔散愤"兰蕙"，指斥"囊钱"^⑥。苦言切句，良亦勤矣^⑦。斯人也，而有斯困，悲夫！

魏武帝、魏明帝

曹公古直，甚有悲凉之句。睿不如丕，亦称三祖。

---

① 文体：风格体制。余论：高论。此谓从创作和理论两方面考察沈约诗歌之渊源。

② "所以"二句：闲，同"娴"，熟悉之意。经纶：此处指"应制""奉召"之类风格典雅的作品。此谓沈约不善于应制、奉召之类的经纶之作，而长于清愁哀怨之抒发。

③ 相王：齐武帝次子竟陵王萧子良。

④ 孟坚句：班固，字孟坚。博学宏才，熟谙典章制度，作诗善于引经据典。

⑤ "文胜"二句：郦炎，字文胜。灵芝：指郦炎《见志诗》，因其首咏"灵芝"，故称。郦炎借咏"灵芝"来寄托自己的深沉情感。

⑥ "元叔"二句：赵壹，字元叔。"兰蕙"：指赵壹《刺世疾邪赋》中的《鲁生歌》。"囊钱"：囊中金钱，此指《刺世疾邪赋》中的《秦客诗》。赵壹因为文集不如囊钱而抨击当时社会。

⑦ "苦言"二句：悲苦之音，激切之句，确实让人感到痛苦。勤：愁苦之意。

魏白马王彪、魏文学涂干

白马与陈思答赠，伟长与公干往复，虽曰以莛扣钟，亦能闲雅矣①。

魏仓曹属阮瑀、晋顿邱太守欧阳建、
晋文学应璩、晋中书令嵇含、晋河南太守阮侃、
晋侍中嵇绍、晋黄门枣据

元瑜、坚石七君诗，并平典，不失古体。大检似，而二嵇微优矣②。

晋中书张载、晋司隶傅玄、晋太仆傅咸、
晋侍中缪袭、晋散骑常侍夏侯湛

孟阳诗，乃远惭厥弟，而近超两傅③。长虞父子，繁富可嘉④。孝冲虽曰后进，见重安仁⑤。熙伯《挽歌》，惟以造哀尔⑥。

晋骠骑王济、晋征南将军杜预、晋廷尉孙绰、晋征士许询

永嘉以来，清虚在俗⑦。王武子辈诗，贵道家之言。爰洎江表⑧，

---

①"白马"四句：白马，即白马王曹彪，曹植异母弟。曹彪与曹植以诗答赠，徐干与刘祯以诗唱和，而曹彪、徐干比之曹植、刘祯，犹如小枝叩巨钟，诗才悬殊，殆难匹配。闲雅，即娴雅，高雅。

②平典：平实典则。大检：大致，大体。钟嵘认为，"七君诗"虽平实典则而不失汉魏之风貌，诗风大体相似而以嵇含、嵇绍略优。

③远惭：远不如。近超：略微超过。此谓张载诗远不如其弟张协，而略胜傅玄、傅咸父子。

④长虞：傅咸，字长虞。此谓傅玄、傅咸父子篇章繁复，堪可嘉许。

⑤"孝冲"二句：夏侯湛虽是后学，却受到潘岳的赏识。

⑥熙伯：缪袭，字熙伯。造哀：抒写哀伤之情。

⑦永嘉：晋怀帝司马炽年号（307—312）。清虚在俗：当时社会崇尚清议虚谈。

⑧爰：乃。洎：至、及。

玄风尚备。真长、仲祖、桓、庾诸公犹相袭①。世称孙许，弥善恬淡之词②。

晋征士戴逵、晋东阳太守殷仲文

安道诗虽嫩弱③，有清上之句。裁长补短，袁彦伯之亚乎④？逵子颙，亦有一时之誉。晋宋之际，殆无诗乎？义熙中，以谢益寿、殷仲文为华绮之冠，殷不竞矣⑤。

宋尚书令傅亮

季友文，余常忽而不察⑥。今沈特进撰诗，载其数首，亦复平美⑦。

宋记室何长瑜、羊曜璠、宋詹事范晔

才难，信矣⑧！以康乐与羊、何若此⑨，而二人令辞，殆不足奇。蔚宗诗，乃不称其才，亦为鲜举矣！⑩

宋孝武帝、宋南平王铄、宋建平王宏

孝武诗，雕文织彩，过为精密，为二藩希慕，见称轻巧矣⑪。

---

① 真长：刘惔，字真长，沛国人。仲祖：王濛，字仲祖，太原晋阳人，官至中书郎。桓：桓温，字元子，谯国龙亢人，官至大司马，为东晋权臣。庾：庾亮，字元规，颍川鄢陵人。

② 孙许：孙绰、许询之并称。弥善：更善于。

③ 安道：戴逵，字安道，谯郡铚县（今安徽濉溪县）人。嫩弱：不够老成遒劲。

④ 裁长补短：语出《孟子·滕文公上》："今滕绝长补短，亦五十里，犹可以为善国。"有长短相抵，平均而论之意。袁彦伯：指袁宏。此谓戴逵诗与袁宏相比，也许要次一等。

⑤ 义熙：晋安帝司马德宗年号（405—418）。谢益寿：即谢混。华绮之冠：诗风最华丽绮靡的诗人。不竞：不强，不胜。

⑥ 季友：傅亮，字季友。此二句谓：以前较轻视傅亮之诗，未加细察。

⑦ 沈特进：即沈约。撰诗：编撰诗集。亦复平美：还是觉得平庸无奇。

⑧ 才难：出《论语·泰伯》："孔子曰：才难，不其然乎？"此谓诗才难得，确乎如此啊！

⑨ 康乐：即谢灵运。与：称誉。羊：即羊曜璠。何：即何长瑜。

⑩ 蔚宗：范晔，字蔚宗。不称其才：指范晔的诗歌不能与其才学相称。鲜举：鲜明挺拔。

⑪ 藩：藩王。二藩，指刘铄、刘宏。希慕，向往仰慕。见称轻巧：被认为轻艳纤巧。

宋光禄谢庄

希逸诗，气候清雅，不逮于王、袁①。然兴属闲长，良无鄙促也②。

宋御史苏宝生、宋中书令史陵修之、
宋典祠令任昙绪、宋越骑戴兴

苏、陵、任、戴，并著篇章，亦为缙绅之所嗟咏。人非文是③，甚可嘉焉。

宋监典事区惠恭

惠恭本胡人，为颜师伯干④。颜为诗笔，辄偷定之⑤。后造《独乐赋》，语侵给主，被斥⑥。及大将军修北第，差充作长⑦。时谢惠连兼记室参军，惠恭时往共安陵嘲调⑧，末作《双枕诗》以示谢。谢曰："君诚能，恐人未重，且可以为谢法曹造。"⑨遗大将军，见之赏叹，以锦二端赐谢⑩。谢辞曰："此诗，公作长所制，请以锦赐之。"

---

① 希逸：谢庄，字希逸。气候：原指人物的风神仪态，后为书画论、诗论批评术语，指代气韵、风调。王、袁：指王微、袁淑。此谓谢庄诗比不上王微、袁淑。

② 兴属闲长：兴致优雅绵长。良无鄙促：实无鄙下局促之弊。

③ 人非文是：人品不好，文才却可称道。

④ 胡人：古代对西北少数民族人的鄙称，因其留胡须，故称此特征。干：即干吏，主文书的小吏。

⑤ "颜为"二句：颜师伯写了诗文，区惠恭往往私下里加以改定。

⑥ "后造"三句：惠恭后来因写《独乐赋》，语言上冒犯颜师伯，终遭驱逐。

⑦ "及大"二句：等到大将军刘义康修建府第，区惠恭被选拔当了监工工头。

⑧ 记室参军：官名，又称记室参军事，掌文疏表奏。南北朝时，皇弟皇子府、嗣王藩王府、公府等皆置，品级自七品至九品不等。安陵：即安陵君，战国时楚宣王的男宠。嘲调：戏谑调笑。

⑨ 谢法曹：即谢惠连。法曹：职官名，掌刑法诉讼。

⑩ 遗：送给。端：量词，表布帛丝织品长度。

齐惠休上人、齐道猷上人、齐释宝月①

惠休淫靡，情过其才②，世遂匹之鲍照，恐商周矣③。羊曜璠云："是颜公忌照之文④，故立休鲍之论。"康、帛二胡，亦有清句。《行路难》是东阳柴廓所造。宝月尝憩其家，会廓亡，因窃而有之。廓子赍手本出都⑤，欲讼此事，乃厚赂止之。

齐高帝、齐征北将军张永、齐太尉王文宪

齐高帝诗，词藻意深，无所云少⑥。张景云虽谢文体，颇有古意⑦。至如王师文宪，既经国图远，或忽是雕虫⑧。

齐黄门谢超宗、齐浔阳太守邱灵鞠、齐给事中郎刘祥、

齐司徒长史檀超、齐正员郎钟宪、齐诸暨令颜则、齐秀才顾则心

檀、谢七君，并祖袭颜延，欣欣不倦，得士大夫之雅致乎！余从祖正员尝云⑨："大明、泰始中⑩，鲍、休美文，殊已动俗⑪。惟此诸人，

---

①惠休：生卒年不详。本姓汤，字茂远，法名惠休。宋孝武帝刘骏使还俗，官至扬州从事史。道猷：生卒年不详。本姓冯，改姓帛。宝月：生卒年不详。本姓康，法名宝月。释：出家僧众之姓。佛法初传东土，僧犹称俗姓，或称竺，后依佛祖释迦牟尼而改姓释。上人：上德之人，对出家僧众的尊称。

②"惠休"二句：此谓惠休诗过于绮靡，情感丰富而才力不足匹配。

③商周：语出《左传·桓公十一年》："师克在和，不在众。商周之不敌，君之所闻也。"此以商不敌周，比喻汤惠休不可与鲍照相比。

④颜公：指颜延之。

⑤赍：持，携带。手本：柴廓手稿本。出都：六朝人常用语，即至都、到达京城。

⑥无所云少：不可轻视，不可小瞧。少，轻视。

⑦张景云：张永，字景云。谢：逊，不如。此谓张永诗歌体式虽有不足，但颇有古时诗歌之意韵。

⑧王师文宪：王文宪，本名王俭，南朝齐之重臣，因钟嵘与王文宪有师生之谊，故称"王师文宪"。此谓王文宪忙于谋划国家大事，也许轻视作诗这种雕虫小技。

⑨正员：钟嵘从祖父钟宪，曾任齐正元郎。

⑩大明：宋孝武帝刘骏年号（457—464）。泰始：宋明帝刘彧年号（465—471）。

⑪"鲍休"二句：鲍照、惠休学江南乐府民歌所写的绮丽诗歌，已经风靡世俗，足以改变诗坛风气。

傅颜陆体，用固执不移①，颜诸暨最荷家声。"②

齐参军毛伯成、齐朝请吴迈远、齐朝请许瑶之

伯成文不全佳，亦多惆怅。吴善于风人答赠③，许长于短句咏物④。汤休谓远云："我诗可为汝诗父。"以访谢光禄⑤，云："不然尔，汤可为庶兄。"

齐鲍令晖、齐韩兰英⑥

令晖歌诗，往往断绝清巧，拟古尤胜，唯《百愿》淫矣⑦。照尝答孝武云："臣妹才自亚于左芬，臣才不及太冲尔。"⑧兰英绮密，甚有名篇。又善谈笑，齐武谓韩云："借使二媛生于上叶，则'玉阶'之赋、'纨素'之辞，未讵多也。"⑨

齐司徒长史张融、齐詹事孔稚珪⑩

思光纡缓诞放，纵有乖文体，然亦捷疾丰饶，差不局促⑪。德璋生

---

① "惟此"三句：傅：通附，附和之意。颜陆体：颜延之、陆机的诗体风格。只有这几个人继承颜延之、陆机诗歌的体貌风格，并以此坚定执着，毫不动摇。

② 颜诸暨：即颜则，疑为颜延之次子颜测。荷：担负，负有。家声：家传的名声。

③ 风人：此指学习南朝乐府民歌之诗人。此谓吴迈远善于以五言四句之民歌体与人互相赠答。

④ 短句：齐梁间五言四句的诗体形式。此谓许瑶之擅长以五言四句写短小的咏物诗。

⑤ 谢光禄：谢庄。此谓以惠休此言去咨询谢庄。

⑥ 鲍令晖：鲍照妹，有才思。韩兰英：南朝齐女诗人。宋孝武帝时，因献《中兴赋》而被招入宫。

⑦ 断绝：或为"斩绝"，原指山势险峻奇诡之状，此喻诗思奇特不凡。淫：过也。

⑧ 照：鲍照。左芬：字兰之，左思之妹，少好学，善诗。太冲：左思，字太冲。

⑨ 上叶：即前代，此处谓汉代。"玉阶"之赋：指班婕妤的《自悼赋》，其中有"华殿尘兮玉阶苔"之句。"纨素"之辞：指班婕妤的《怨歌行》，其中有"新裂齐纨素"之句。讵：通遽。此谓假使鲍令晖、韩兰英生活在汉代，则班婕妤的"玉阶"之赋和"纨素"之辞，亦未必能一下子胜过她们。

⑩ 张融：字思光，吴郡(今江苏苏州)人。孔稚珪：字德璋，会稽山阴(今浙江绍兴)人，张融外弟。

⑪ 纡缓诞放：舒缓怪诞。此谓张融诗风舒缓怪诞，纵有悖当时一般文体，然文思敏捷，辞采富瞻，毫不局促。

于封溪①，而文为雕饰，青于蓝矣。

齐宁朔将军王融、齐中庶子刘绘②

元长、士章，并有盛才，词美英净。至于五言之作，几乎尺有所短。譬应变将略，非武侯所长，未足以贬卧龙③。

齐仆射江祜

祜诗猗猗清润④，弟祀明靡可怀⑤。

齐记室王屮、齐绥远太守卞彬、齐端溪令卞录

王屮、二卞诗，并爱奇崭绝，慕袁彦伯之风。虽不宏绰，而文体剿净，去平美远矣⑥。

齐诸暨令袁嘏

嘏诗平平耳，多自谓能。尝语徐太尉云："我诗有生气，须人捉着。不尔，便飞去。"

① 生于：出于、源出之意。封溪：地名，故地在今越南河内西北。此处借指张融，因其曾任封谿令。

② 王融：字元长，琅琊临沂（今属山东）人，"竟陵八友"之一，与沈约同为"永明体"代表作家。刘绘：字士章，彭城（今江苏徐州）人。

③ "譬应"三句：语出《三国志·蜀志·诸葛亮传》："然连年动众，未能成功，盖应变将略，非其所长欤？"此处借诸葛亮北伐中原无果比喻二人诗歌成就之不足。

④ 祜：江祜，字弘业，济阳考城（今河南兰考）人。猗猗：美盛貌。

⑤ 祀：江祀，字景昌。明靡：明净华靡。可怀：值得回味。

⑥ 宏绰：宏放宽绰。剿净：简明轻捷。平美：平平或凡俗之美。

齐雍州刺史张欣泰、梁中书郎范缜

欣泰、子真，并希古胜文，鄙薄俗制①，赏心流亮，不失雅宗②。

梁秀才陆厥

观厥文纬③，具识丈夫之情状。自制未优，非言之失也④。

梁常侍虞羲、梁建阳令江洪

子阳诗奇句清拔⑤，谢朓常嗟颂之。洪虽无多，亦能自迥出⑥。

梁步兵鲍行卿、梁晋陵令孙察

行卿少年，甚擅风谣之美。察最幽微，而感赏至到耳⑦。

---

　①　张欣泰：字义亨，竟陵（今湖北天门）人。范缜：字子真，南乡舞阴（今河南泌阳）人。希古：希慕古人风范。胜文：质胜于文，言诗风质朴。俗制：当时流行的趋新之作，指以沈约、谢朓、王融等人为代表的新体诗。

　②　流亮：即浏亮。陆机《文赋》："诗缘情而绮靡，赋体物而浏亮。"此谓二人之诗赏心悦目、清明浏亮，不失雅正的诗歌传统。

　③　文纬：论文之作。

　④　"自制"二句：虽然陆之诗算不上佳作，但这并不意味着其诗论有问题。

　⑤　子阳：虞羲字。清拔：清新峭拔。

　⑥　迥出：高远出众。

　⑦　幽微：诗意深远细微。感赏：感悟鉴赏。至到：六朝人习用语，谓深透精到。

导 读

　　钟嵘（约468—518），字仲伟，颖川长社（今河南长葛）人，出身世族。南齐永明三年（485），入国子学，获国子祭酒、卫将军王俭的赏识，荐为本州秀才。入梁以后，先后任衡阳王萧元简、晋安王萧纲记室，世称"钟记室"。著《诗品》三卷。章学诚说："《诗品》之于论诗，视《文心雕龙》之于论文，皆专门名家，勒为成书之初祖也。《文心》体大而虑周，《诗品》思深而意远。盖《文心》笼罩群言，而《诗品》深从六艺溯流别也。"① 《诗品》被称为"百代诗话之祖"，与同时代的《文心雕龙》堪称中国文学批评史上的双璧。

　　《诗品》版本十分复杂，迄今已发现50余种，最早者为元延祐七年（1320）圆沙书院刊宋章如愚《山堂先生群书考索》本，其他还有正德元年（1506）退翁书院钞本、嘉靖戊申（1548）刊宋陈应行编《吟窗杂录》本、清何文焕辑《历代诗话》本等。本书以《历代诗话》本为底本。

　　整部《诗品》分为序言与品语两部分。在上、中、下三品之首，原各有一段序言，何文焕《历代诗话》将其合而为一，置于卷首，统称《诗品序》。《诗品序》是我国文学批评史上一篇十分重要的诗论文献，对创作冲动、自然创作论、五言诗的发展等问题，都提出了独到见解。

　　品语部分，把自汉魏至齐梁的诗人分为上、中、下三品，分别加以品评。共涉及诗人123人（"古诗"未标作者），其中上品12，中品39，下品72。上品成就最高，论述最详，中品次之，下品多是几人合论。排序的基本原则是："一品之中，略以世代为先后，不以优劣为诠次。"上品所选

---

① 章学诚撰，叶瑛校注：《文史通义校注》，中华书局，2014年，第518页。

诗

品

皆当时成就最高的诗人，曹植诗最符合钟嵘的审美理想，因此被排在魏之第一位，起统摄全局的作用。

品语有其固定结构：先溯其源流，常用"源出""祖袭""宪章"等标志性词汇；再总结风格特征，最后或以比喻评述或与他人比较。各品大都依此架构，尤其是上品。

一、物感论

中国古代文论一般把创作冲动的产生看作外物对创作主体感召刺激的结果，即所谓"感物说"（或称"物感说"）。《礼记·乐记》曰："人心之动，物使之然也。感于物而动，故形于声。"陆机《文赋》曰："遵四时以叹逝，瞻万物而思纷。悲落叶于劲秋，喜柔条于芳春。"《文心雕龙·物色》亦曰："春秋代序，阴阳惨舒，物色之动，心亦摇焉。"主体心灵与客观外物相遇，因景生情，触物起兴，从而产生创作冲动。钟嵘"物感说"继承前人观点又有新的发展，其发展主要表现在以下两个方面。

一是强调"气"的作用。《诗品序》开篇说："气之动物，物之感人，故摇荡性情，形诸舞咏。"《礼记》《文赋》《文心雕龙》等都只提到"物"的作用，认为创作主体的情感来源于自然万物，钟嵘首次把"气"概念融入"物感"中，把由"物"到"人"的链条扩充为："气"—"物"—"人"。在这个链条上，"物"充当"气"与"人"之间的媒介，而对于诗歌发生论来说，"气"才是关键。

二是扩大"物"的范围。之前的"感物说"，所"感"之"物"多局限于自然景物，钟嵘将其扩大到社会事件。

> 楚臣去境，汉妾辞宫。或骨横朔野，魂逐飞蓬；或负戈外戍，杀气雄边。塞客衣单，孀闺泪尽。或士有解佩出朝，一去忘返；女有扬蛾入宠，再盼倾国。凡斯种种，感荡心灵，非陈诗何以展其义？非长歌何以骋其情？

把人世间悲欢离合、穷达荣辱的社会生活，也看作创作冲动产生的根源，这是钟嵘的创见，是对"感物说"的重要发展。

二、自然创作论

钟嵘重视诗歌的自然美，标榜"自然英旨"，提倡"直寻"的创作方法。所谓直寻，一方面强调对美的感悟是即目所见的、直觉的、非理性的，另一方面强调对美的表达是直接的、形象的，反对堆砌典故、枯守声律。他说："至乎吟咏情性，亦何贵于用事？……观古今胜语，多非补假，皆由直寻。"把诗歌的本质定位于"吟咏情性"，由此出发，强调创作应直写心之所感、目之所见，而无须借助用典。又立足于"自然直寻"创作原则，对沈约、王融等人倡导的声律论提出严厉批评：

> 王元长创其首，沈约扬其波……务为精密，襞积细微，专相陵架，故使文多拘忌，伤其真美。余谓文制，本须讽读，不可蹇碍，但令清浊通流，口吻调利，斯为足矣。

在他看来，一味追求声律，会导致"文多拘忌，伤其真美"，诗歌创作只要符合自然声律，读起来郎朗上口就行了。可见，钟嵘并不是反对声律，他所反对的只是过于琐碎的人为声律，认为这样会影响情感的自然表达，失去"自然英旨"。

《诗品》的批评实践，始终贯穿着"自然英旨"的审美理想。如批评陆机："尚规矩，不贵绮错，有伤直致之奇"；批评谢灵运："故尚巧似，而逸荡过之，颇以繁芜为累"；批评张华："其体华艳，兴托不奇，巧用文字，务为妍冶"；批评颜延之："喜用古事，弥见拘束"；批评鲍照："贵尚巧似，不避危仄，颇伤清雅之调"；批评谢朓："微伤细密，颇在不伦"；批评任昉："动辄用事，所以诗不得奇"等等。这些诗人，或严苛格律或频繁用典，皆遭钟嵘批评，反映出钟氏"自然英旨"的审美理想。

钟嵘"自然英旨"创作论，并非全盘否定用典、声律及辞藻的华美等，而是反对过分讲究这些外在形式。对那些过于平实直白而缺少美感之诗，钟嵘也同样是否定的。如批评魏文帝："新歌百许篇，率皆鄙质如偶语。""自然英旨"所提倡的是，典雅绮靡而不伤自然之质。

三、滋味说

味，本是饮食之味，属感官体验。《左传·昭公九年》："味以行气，气以实志，志以定言。"把"味"与"言"联系起来。《礼记·乐记》："清庙之瑟，朱弦而疏越，一唱而三叹，有遗音者矣。大飨之礼，尚玄酒而俎腥鱼，大羹不和，有遗味者矣。"以"味"比喻音乐艺术。陆机《文赋》化用此句，批评质朴无文之作说："阙大羹之遗味，同朱弦之清氾。"首次把"味"引入文学批评。刘勰《文心雕龙》十多处以"味"论文学，如《隐秀》："深文隐蔚，余味曲包。"这里，"余味"指诗歌的含蓄之美。钟嵘在以上理论基础上，以"滋味"作为论诗标准，把"滋味"发展成为中国古代文论的基本范畴。

钟嵘生活的时代，五言诗蓬勃兴起，渐渐取代四言的地位。他说："夫四言，文约意广，取效《风》《骚》，便可多得。每苦文烦而意少，故世罕习焉。"与四言相较，五言诗增大了诗歌表现的容量，更利于情感的表达与形象的描绘，因此更有"滋味"。钟嵘说：

> 五言居文词之要，是众作之有滋味者也，故云会于流俗。岂不以指事造形，穷情写物，最为详切者耶？

"指事造形"与"穷情写物"，是指诗歌的形象性与情感性特征，而"造形"能"详"，"穷情"能"切"，就是有"滋味"的诗歌。那么，诗歌如何才能做到形象鲜明生动、情感真切动人，即有"滋味"呢？

一要综合运用赋比兴手法。钟嵘首先给"赋比兴"以解释："文已尽而意有余，兴也；因物喻志，比也；直书其事，寓言写物，赋也。"与《毛诗序》不同，钟嵘把"兴"放在"赋""比"之前，以突出其地位，同时赋予其崭新内涵。在此基础上，提出三者兼用的创作原则："若专用比兴，患在意深，意深则词踬；若但用赋体，患在意浮，意浮则文散，嬉成流移，文无止泊，有芜漫之累矣。"只有根据具体创作特点，综合运用赋、比、兴，才能处理好形象与情感之间的关系，使两者隐显得宜、和谐相生。

二要"风力"与"丹采"相结合。《诗品序》："干之以风力，润之以丹采。""风力"即"风骨"，指爽朗刚健的思想情感；"丹采"，指华美的艺术形式。鲜明生动的形象与饱满深厚的情感，用华美的辞藻表现出来，这就是有"滋味"，是"诗之至"，可以使"味之者无极，闻之者动心"。钟嵘评曹植诗曰："骨气奇高，词采华茂，情兼雅怨，体被文质。"在他心目之中，曹植诗是"风力"与"丹采"结合的典范。其他诗人，或以"风力"胜，如"气过其文，雕润恨少"的刘桢；或以"丹彩"胜，如"文秀而质羸"的王粲。

钟嵘"滋味说"是针对东晋以来玄言诗"淡乎寡味""理过其辞"之弊而提出来的，意在强调诗歌的形象性与情感性，其功劳在于把先秦以来处于萌芽状态的"滋味"说，发展为诗歌创作和欣赏的重要原则，在当时及后世都产生了重要影响。

四、批评方法

在《诗品序》中，钟嵘指出陆机、李充等人理论方法上的不足，进而提出自己的批评方法。

陆机《文赋》，通而无贬；李充《翰林》，疏而不切；王微《鸿宝》，密而无裁；颜延论文，精而难晓；挚虞《文志》，详而博赡，颇曰知言。观斯数家，皆就谈文体，而不显优劣。至于谢客集诗，逢诗辄取；张骘《文士》，逢文即书。诸英志录，并义在文，曾无品第。嵘今所录，止乎五言。虽然，网罗今古，词文殆集。轻欲辨彰清浊，掎摭病利，凡百二十人。预此宗流者，便称才子。至斯三品升降，差非定制，方申变裁，请寄知者尔。

钟氏批评以上诸人"通而无贬""不显优劣""曾无品第"，即缺少比较鉴别，在此基础上，提出自己的批评方法："辨彰清浊，掎摭病利。"此方法要点有二：一是探源，二是比较。

关于探源，《诗品》推溯了36位诗人的创作源头，将其或归于《国风》，或归于《楚辞》，或归于《小雅》。如评李陵："其源出于《楚辞》"；评班姬、王粲："其源出于李陵"；评潘岳："其源出于仲宣"。这些人，或直接或间接，皆可推溯至《楚辞》。当然，这种推源溯流的方法并不是说每位诗人只能归于一个源头，也有归于两个的。如论谢灵运："其源出于陈思，杂有景阳之体。"按《诗品》说法，曹植源出《国风》；张景阳源出王粲，王粲源出李陵，李陵源出《楚辞》。因此，谢灵运兼《国风》《楚辞》两系。

关于比较，《诗品序》说："昔九品论人，《七略》裁士，校以贵实，诚多未值。至若诗之为技，较尔可知。"指出比较法的来源及其对诗歌鉴赏的重要意义。《诗品》之比较，可分为两类：一是比较高下，二是比较异同。高下比较，如评曹植："故孔氏之门如用诗，则公干升堂，思王入室，景阳、潘、陆，自可坐于廊庑之间矣"；评王粲："方陈思不足，比魏文有余"；评刘桢："自陈思以下，桢称独步"。异同比较，如评陆机："气少于公干，文劣于仲宣"；评左思："虽野于陆机，而深于潘岳"；评鲍照："骨节强于谢混，驱迈疾于颜延"；评沈约："故当词密于范，意浅于江也"。

诗

式

卷 一

序

夫诗者，众妙之华实①，六经之菁英。虽非圣功，妙均于圣。彼天地日月，元化之渊奥②，鬼神之微冥，精思一搜，万象不能藏其巧。其作用也③，放意须险，定句须难，虽取由我衷，而得若神授④。至如天真挺拔之句⑤，与造化争衡，可以意冥，难以言状，非作者不能知也⑥。洎西汉以来，文体四变，将恐风雅寖泯，辄欲商较⑦，以正其源。今从两汉已降，至于我唐，名篇丽句，凡若干人，命曰《诗式》，使无天机者坐致天机⑧。若君子见之，庶几有益于诗教矣⑨。

明势

高手述作，如登衡、巫，觌三湘、鄢、郢山川之盛⑩，萦回盘礴⑪，千变万态。或极天高峙，崒焉不群，气腾势飞，合沓相属⑫。或修江耿

① 众妙：《老子》第一章："玄之又玄，众妙之门。"华实：精华。
② 元化：造化，天地；渊奥：深奥。
③ 作用：释家语，意为由"性"所起之"用"，也略称"用"。《景德传灯录》卷三："性在何处？曰：性在作用。"此处，借"作用"指代艺术经营。
④ 授：原作"表"，据王梦简《诗格要律》改。
⑤ 天真：释家语，谓天然而不假造作之真理。《止观辅行传弘决》卷一："理非造作，故曰天真。"
⑥ 作者：佛教术语，指天地万物的创造者。如《瑜伽师地论》卷七："世间诸物必应别有作者、生者及变化者为彼物父，谓自在天。"
⑦ 商较：亦作商校，研究比较。
⑧ 天机：创作灵感。陆机《文赋》："方天机之骏利，夫何纷而不理。"
⑨ 诗教：《礼记·经解》："孔子曰：入其国，其教可知也。其为人也温柔敦厚，《诗》教也。"皎然所谓"诗教"与此不同，应指作诗之道。
⑩ 衡、巫：衡山、巫山。觌：见。三湘：漓湘、潇湘、蒸湘的合称。鄢、郢：山名。
⑪ 盘礴：盘旋曲折之貌。
⑫ 峙：耸立、直立。崒：山峰高峻险拔。合沓：重叠。相属：相继、相连接。

耿，万里无波，欻出高深重复之状①。古今逸格②，皆造其极妙矣。

明作用

作者措意③，虽有声律，不妨作用，如壶公瓢中，自有天地日月④。时时抛针掷线，似断而复续，此为诗中之仙。拘忌之徒⑤，非可企及矣。

明四声

乐章有宫商五音之说，不闻四声。近自周颙、刘绘流出⑥，宫商畅于诗体，轻重低昂之节，韵合情高，此之未损文格。沈休文酷裁八病，碎用四声，故风雅殆尽。后之才子，天机不高，为沈生弊法所媚，懵然随流，溺而不返。

诗有四不

气高而不怒，怒则失于风流⑦。力劲而不露，露则伤于斤斧。情多而不暗，暗则蹶于拙钝⑧。才赡而不疏，疏则损于筋脉⑨。

---

① 修江:长江。耿耿:明亮貌。欻:忽然。

② 逸格:超凡之格。

③ 措意:筹划安排意旨。

④ "壶公"句:《太平广记》卷十二《壶公》:"常悬一空壶于屋上,日入之后,公跳入壶中,人莫能见,惟(费)长房楼上见之,知非常人也。……公知长房笃信,谓房曰:'至暮无人时更来。'长房如其言即往,公语房曰:'见我跳入壶中时,卿便可效我跳,自当得入。'长房依言,果不觉已入,入后不复是壶,惟见仙宫世界。"壶,通瓠,指葫芦。

⑤ 拘忌之徒:作诗拘泥于声律者。

⑥ 周颙:字彦伦,汝南安城人。南齐时累任长沙王参军等职。《南齐书》本传:"颙音辞辩丽,出言不穷,宫商朱紫,发口成句。"刘绘:字士章,彭城人。《南齐书》本传:"绘之言吐,又顿挫有风气。"

⑦ 怒:过激;风流:韵致高远。

⑧ "情多"两句:感情丰富者往往溺于情,致使作品表达不清,给人笨拙之感。暗:幽昧不明。蹶:败。

⑨ "才赡"句:才学丰富者往往疏于构思,致使作品散漫不经,缺乏精密之筋脉。

诗有四深

气象氤氲，由深于体势①；意度盘礴②，由深于作用；用律不滞，由深于声对③；用事不直，由深于义类④。

诗有二要

要力全而不苦涩，要气足而不怒张⑤。

诗有二废

虽欲废巧尚直，而思致不得置⑥；虽欲废言尚意，而典丽不得遗。

诗有四离

虽有道情，而离深僻⑦；虽用经史，而离书生⑧；虽尚高逸，而离迁远⑨；虽欲飞动，而离轻浮⑩。

---

① 氤氲：云气飘荡之貌，此谓文势飞动、变化不居。体势：即体成势。《文心雕龙·定势》："圆者规体，其势也自转；方者矩形，其势也自安。文章体势，如斯而已。"

② 意度盘礴：构思用意曲折、不质直。

③ 滞：声律不调畅。声对：声律对偶。

④ 义类：事物内部之义蕴与外部之状类。《文心雕龙·比兴》："故金锡以喻明德，珪璋以譬秀民，螟蛉以类教诲，蜩螗以写号呼，浣衣以拟心忧，卷席以方志固，凡斯切象，皆比义也。至如'麻衣如雪''两骖如舞'，若斯之类，皆比类者也。"

⑤ "力全"两句：用力虽精而出语平易，不可陷于苦涩；运气虽足而神情淡然，不可陷于叫嚣。

⑥ 思致：文思之意态情趣；置：弃置不用。

⑦ 道情：合道之情，即禅家所谓禅心。于诗中谈禅理、寄禅意，往往陷于深僻。

⑧ 书生：抄书的人。皎然虽不反对作诗引经据典，但反对掉书袋。

⑨ 高逸：高雅脱俗。迁远：迂诞而不切实际。

⑩ "虽欲"两句：意思是说，文势飞动，必须合乎情志，否则会陷于轻浮。

诗有六迷

以虚诞而为高古①，以缓慢而为澹泞②，以错用意而为独善③，以诡怪而为新奇，以烂熟而为稳约④，以气少力弱而为容易⑤。

诗有七至⑥

至险而不僻⑦，至奇而不差⑧，至丽而自然⑨，至苦而无迹，至近而意远，至放而不迂，至难而状易。

诗有七德

一识理⑩，二高古⑪，三典丽，四风流⑫，五精神⑬，六质干⑭，七体裁⑮。

诗有五格

不用事第一，作用事第二⑯，直用事第三，有事无事第四⑰，有事

76

① 虚诞：虚妄荒诞。高古：高雅古朴。

② 慢：原作缦，据《吟窗杂录》本改。澹泞：和舒、冲淡。

③ 错用意：释家语，指与正道相乖的邪僻之思。独善：特立不俗之意。若构思命意，刻意追求与人相异，则容易走入邪途。

④ 烂熟：指陈词滥调。稳约：工稳、合规则。

⑤ 容易：指文思敏捷，略不用力。诗之容易，实乃真力弥满的结果，而非文气孱弱者所为。

⑥ "七"：原作"六"，据《吟窗杂录》《诗人玉屑》本改。下文"至难而状易"，据此二本补。

⑦ "至险"句：构思命意，不落窠臼，而又不陷于冷僻生涩。

⑧ 差：怪。

⑨ 丽：通俪，指词语偶俪。

⑩ 识理：抒情写物，切中事理，识见高妙。

⑪ 高古：《二十四诗品》有"高古"品，孙联奎《诗品臆说》："高对卑言，古对俗言。"

⑫ 风流：韵致高远。《二十四诗品·含蓄》："不着一字，尽得风流。"

⑬ 精神：《二十四诗品》有"精神"品，指穷情写物，神采飞扬。

⑭ 质干：风格爽朗刚健。

⑮ 体裁：裁制工整。

⑯ 作用事：虽涉及事典，但不直用其原意，而是经过构思。

⑰ 有事无事第四：无论用事与否，只要品格稍下，就不能进入前三，只能列入第四等。

无事，情格俱下第五①。

李少卿并古诗十九首

评曰：西汉之初，王泽未竭，诗教在焉。昔仲尼所删《诗》三百篇，初传卜商②，后之学者，以师道相高，故有齐、鲁四家之目。其五言，周时已见滥觞，及乎成篇，则始于李陵、苏武。二子天予真性，发言自高，未有作用③。《十九首》辞精义炳，婉而成章，始见作用之功，盖东汉之文体。又如"冉冉孤生竹""青青河畔草"，傅毅、蔡邕所作，以此而论，为汉明矣。

邺中集

评曰：邺中七子，陈王最高④。刘桢辞气偏，王得其中⑤，不拘对属，偶或有之，语与兴驱，势逐情起，不由作意，气格自高，与《十九首》其流一也。

文章宗旨

评曰：康乐公早岁能文，性颖神彻，及通内典，心地更精⑥。故所作诗，发皆造极，得非空王之道助邪⑦？夫文章，天下之公器，安敢私焉？曩者尝与诸公论康乐为文，真于情性，尚于作用，不顾词彩，而风流自然。彼清景当中，天地秋色，诗之量也；庆云从风⑧，舒卷万状，诗之变也。不然，何以得其格高、其气正、其体贞、其貌古、其

① 有事无事，情格俱下第五：只要情志、体格不高，不论其用事与否，皆列于末等。
② 卜商：姒姓，卜氏，名商，字子夏。名列"孔门七十二贤"和"孔门十哲"之一，尊称"卜子"。
③ 未有作用：发自天机，未经刻意经营。
④ 邺中七子：即建安七子，因七人同居邺中而得名。陈王：陈思王曹植。
⑤ 王：即陈王曹植。
⑥ 内典：佛典。心地：释家语，即心。
⑦ 空王：佛之别名，因佛空无一切邪执，故名。
⑧ 庆云：即卿云，象征祥瑞之云。《史记·天官书》："若烟非烟，若云非云，郁郁纷纷，萧索轮困，是谓卿云。卿云，喜气也。"

词深、其才婉、其德容、其调逸、其声谐哉？至如《述祖德》一章、《拟邺中》八首、《经庐陵王墓》《临池上楼》，识度高明，盖诗中之日月也，安可扳援哉①？惠休所评"谢诗如芙蓉出水"，斯言颇近矣。故能上蹑风骚，下超魏晋。建安制作，其椎轮乎②？

用事

评曰：诗人皆以征古为用事，不必尽然也。今且于六义之中，略论比兴。取象曰比，取义曰兴，义即象下之意③。凡禽鱼、草木、人物、名数，万象之中义类同者，尽入比兴。《关雎》即其义也。如陶公以"孤云"比"贫士"④，鲍照以"直"比"朱丝"，以"清"比"玉壶"⑤。时人呼比为用事，呼用事为比。如陆机诗："鄙哉牛山叹，未及至人情。爽鸠苟已徂，吾子安得停？"⑥此规谏之忠，是用事，非比也。如康乐公诗："偶与张、邴合，久欲归东山。"⑦此叙志之忠是比，非用事也⑧。详味可知。

语似用事义非用事

评曰：此二门未始有之，而弱手不能知也。如康乐公诗："彭、薛才知耻，贡公未遗荣。或可优贪竞，未足称达生。"⑨此商榷三贤，虽

---

①扳援：同攀援。

②椎轮：原始的无辐车轮，比喻事物的草创。

③象：指事物的外在形象。义：指事物的内在义蕴。象下：象外。

④"陶公"句：陶渊明《咏贫士》："万族各有托，孤云独无依。"《文选》李善注："孤云，喻贫士也。"

⑤"鲍照"二句：鲍照《代白头吟》："直如朱丝绳，清如玉壶冰。"以"朱丝"比品格之正直，以"玉壶"之"冰"比品格之高洁。

⑥"鄙哉"四句：出陆机《齐讴行》。

⑦"偶与"二句：出谢灵运《还旧园作呈颜范二中书》。张、邴：指张良与邴曼容。归东山：指隐居。

⑧"此叙"二句：谢灵运诗虽征古事，但只是为了抒发己志，而以张、邴作比，与陆机的完全叙说古事有本质不同，故皎然谓之"是比，非用事也"。

⑨"彭、薛"四句：出谢灵运《初去郡》。

许其退身，不免遗议①，盖康乐欲借此成我诗意，非用事也。如古诗："仙人王子乔，难可与等期。"②曹植诗："虚无求列仙，松子久吾欺。"③又古诗："师涓久不奏，谁能宣我心。"④上句言仙道不可阶，次句让求之无效；下句略似指人⑤，如魏武呼"杜康"为酒。盖作者存其毛粉，不欲委曲伤乎天真⑥，并非用事也。

取境

评曰：或云，诗不假修饰，任其丑朴，但风韵正、天真全，即名上等。予曰：不然。无盐阙容而有德，曷若文王太姒有容而有德乎⑦？又云，不要苦思，苦思则丧自然之质。此亦不然。夫不入虎穴，焉得虎子？取境之时，须至难至险，始见奇句。成篇之后，观其气貌，有似等闲，不思而得，此高手也。有时意静神王，佳句纵横，若不可遏，宛如神助。不然，盖由先积精思，因神王而得乎⑧？

重意诗例

评曰：两重意已上，皆文外之旨，若遇高手如康乐公，览而察之，但见情性，不睹文字，盖诗道之极也⑨。向使此道尊之于儒，则冠六经之首。贵之于道，则居众妙之门。精之于释，则彻空王之奥。但恐徒

---

① "商榷"三句：对三贤的评价，虽赞许其退身，但对其品性仍保留疑意。商榷：评价。三贤：指诗中提到的彭宣、薛广德、贡禹。

② "仙人"二句：出《古诗十九首》之十五。王子乔：周灵王太子晋，后成仙。

③ "虚无"：出曹植《赠白马王彪》。松子：指赤松子，神农时的雨师。

④ "师涓"二句：出王赞《杂诗》。师涓：春秋时魏国乐师，善鼓琴，精音律。

⑤ "下句"句：下句，指王赞的二句诗。句谓诗中的"师涓"，看似指师涓其人，实是琴瑟的代语。

⑥ "作者"二句：毛粉：毛坯、粉本，即粗朴的草稿。皎然认为，以师涓代琴，正如以杜康代酒，语义有微疵，作者保留微疵之句，是为了不破坏诗的天真自然之质。

⑦ "无盐"二句：无盐：春秋时齐国女子钟离春，无盐邑人，齐宣王后；太姒：有莘氏之女，周文王之妻。

⑧ "盖由"二句：谓作诗先须苦思，待灵感忽降，于是佳句纵横。

⑨ 诗：原作"诣"，据《吟窗杂录》本改。

挥其斤而无其质①，故伯牙所以叹息也②。畴昔国朝协律郎吴兢与越僧玄监集秀句，二子天机素少，选又不精，多采浮浅之言，以诱蒙俗，特入瞽夫偷语之便③，何异借贼兵而资盗粮，无益于诗教矣。

一重意

如宋玉云："晰兮若姣姬，扬袂鄣日而望所思。"④

二重意

曹子建云："高台多悲风，朝日照北林。"⑤王维云："秋风正萧索，客散孟尝门。"⑥王昌龄云："别意猿鸣外，天寒桂水长。"⑦

三重意

古诗云："浮云蔽白日，游子不顾返。"⑧

四重意

古诗云："行行重行行，与君生别离。"⑨宋玉《九辩》云："憭栗兮若在远行，登山临水送将归。"

---

① "但恐"句：典出《庄子·徐无鬼》："郢人垩漫其鼻端，若蝇翼，使匠石斫之。匠石运斤成风，听而斫之，尽垩而鼻不伤，郢人立不失容。宋元君闻之，召匠石曰：'尝试为寡人为之。'匠石曰：'臣则尝能斫之，虽然，臣之质死久矣。'"质：对手。

② "伯牙"句：典出《吕氏春秋·本味》："伯牙鼓琴，钟子期听之。方鼓琴而志在太山，钟子期曰：'善哉乎鼓琴！巍巍乎若泰山。'少选之间，而志在流水，钟子期又曰：'善哉乎鼓琴！汤汤乎若流水。'钟子期死，伯牙破琴绝弦，终身不复鼓琴，以为世无足复为鼓琴者。"

③ 瞽夫：指盲目无识之辈。此句谓，只是为鄙陋之徒的剽掠提供了方便。

④ "晰兮"二句：出宋玉《高唐赋》。

⑤ "高台"二句：出曹植《杂诗》（六首之一）。

⑥ "秋风"二句：出王维《送岐州源长史归》。

⑦ "别意"二句：出王昌龄《送谭八之桂林》。

⑧ "浮云"二句：出《古诗十九首》。

⑨ "行行"二句：出《古诗十九首》。

跌宕格二品①

越俗

评曰：其道如黄鹤临风，貌逸神王，杳不可羁。郭景纯《游仙诗》："左挹浮丘袂，右拍洪崖肩。"鲍明远《拟行路难》："举头四顾望，但见松柏园，荆棘郁蹲蹲。中有一鸟名杜鹃，言是古时蜀帝魂②。声音哀苦鸣不息，羽毛憔悴似人髡。飞走树间啄虫蚁，岂忆往日天子尊。念兹死生变化非常理，中心恻怆不能言。"

骇俗

评曰：其道如楚有接舆，鲁有原壤，外示惊俗之貌，内藏达人之度③。郭景纯《游仙诗》："姮娥扬妙音，洪崖颔其颐。"王梵志《道情诗》："我昔未生时，冥冥无所知。天公强生我，生我复何为？无衣使我寒，无食使我饥。还你天公我，还我未生时。"贺知章《放达诗》："落花真好些，一醉一回颠。"卢照邻《劳作》云："城狐尾独束，山鬼面苍罿。"

湿没格一品④

淡俗

评曰：此道如夏姬当垆⑤，似荡而贞。采吴楚之风，虽俗而正。古

---

① 跌宕：放纵不羁。

② "中有"二句：战国蜀王杜宇号望帝，为蜀治水有功，后禅位臣子，退隐西山，死后化为杜鹃，啼声凄切。

③ 接舆：春秋时楚国隐士，名陆通，因不满时政，披发佯狂不仕，故称楚狂接舆。原壤：鲁人，孔子故旧，为轻慢礼法、放纵不拘之人。达人：谓通达事理之人。

④ 湿没格：寓贞正之旨于荡俗之言。湿：浊俗。

⑤ 夏姬：春秋时郑穆公之女，性淫荡。当垆：《汉书·司马相如传》："相如与（卓文君）俱之临邛，尽卖车骑，买酒舍，乃令文君当垆。"垆：酒店里安放酒瓮的土台子，借指酒店。

诗
式

歌曰："华阴山头百尺井，下有流泉彻骨冷。可怜女子来照影，不见其余见斜领。"①

调笑格一品

戏俗

评曰：《汉书》云："匡鼎来，解人颐。"②盖说诗也。此一品非雅作，足以为谈笑之资矣。李白《上云乐》："女娲弄黄土，抟作愚下人。散在六合间，濛濛若沙尘。"

对句不对句

评曰：上句偶然孤发，其意未全，更资下句引之方了。其对语一句便显，不假下句，此少相敌，功夫稍殊。请试论之：夫对者，如天尊地卑，君臣父子，盖天地自然之数。若斤斧迹存，不合自然，则非作者之意。又诗家对语，二句相须，如鸟有翅，若惟擅工一句，虽奇且丽，何异乎鸳鸯五色，只翼而飞者哉？

三不同：语、意、势

评曰：不同可知矣，此则有三同。三同之中，偷语最为钝贼。如何汉定律令，厥罪不书？应为酂侯务在匡佐③，不暇采诗，致使弱手芜才，公行劫掠。若许贫道片言可折④，此辈无处逃刑。其次偷意，事虽可罔，情不可原，若欲一例平反⑤，诗教何设？其次偷势。才巧意精，

①"华阴"四句：六朝梁时乐府，见《全梁诗》卷十四横吹曲辞《捉搦歌》。斜领：六朝未嫁女子，衣皆斜领。

②"匡鼎"二句：《汉书·匡衡传》曰："无说诗，匡鼎来。匡说诗，解人颐。"匡鼎：匡衡，少时字鼎。解颐：大笑。

③酂侯：汉初萧何，封酂侯，曾借秦律为汉王刘邦制定律令。

④片言可折：《论语·颜渊》："片言可以折狱者，其由也与？"意谓以简约之言裁决讼事。

⑤"偷意"四句：罔：欺骗、蒙蔽。一例：一律。平反：纠正误判之冤案。

若无朕迹。盖诗人阃域之中偷狐白裘之手①，吾亦赏俊，从其漏网。

偷语诗例

如陈后主《入隋侍宴应诏》诗云："日月光天德。"取傅长虞《赠何劭王济》诗："日月光太清。"上三字语同，下二字义同。

偷意诗例

如沈佺期《酬苏味道》诗："小池残暑退，高树早凉归。"取柳恽《从武帝登景阳楼》诗："太液沧波起，长杨高树秋。"

偷势诗例

如王昌龄《独游》诗："手携双鲤鱼，目送千里雁。悟彼飞有适，嗟此罹忧患。"取嵇康《送秀才入军》诗："目送归鸿，手挥五弦。俯仰自得，游心太玄。"

品藻

评曰：古来诗集，多亦不公，或虽公而不鉴。今则不然，与二三作者县衡于众制之表②，览而鉴之，庶无遗矣。其华艳，如百叶芙蓉，菡萏照水③。其体裁④，如龙行虎步，气逸情高。脱若思来景遇，其势中断，亦须如寒松病枝，风摆半折⑤。

诗

式

---

① 阃域：宫城之内。偷狐白裘之手：典出《史记·孟尝君列传》，言善狗盗者偷狐白裘救孟尝君之事。

② 县衡：树立标杆。县，通悬；衡，即秤。

③ 菡萏：古称水芙蓉、芙蕖，这里指花朵盛开之貌。

④ 体裁：句法裁制工整精密。

⑤ "脱若"四句：抒写情思时，突然插入写景之句，遏断文势，文意似不贯通；如若作诗如此，则须如寒松病枝迎风而断，其中仍不乏奇崛苍劲之态。

百叶芙蓉,菡萏照水例

如曹子建诗:"明月照高楼,流光正徘徊。"①宣城公诗:"金波丽鳷鹊,玉绳低建章。"②江文通诗:"露彩方泛滟,月华始徘徊。"③此类是也。

龙行虎步,气逸情高例

如左思《咏史》诗:"吾希段干木,偃息藩魏君。吾慕鲁仲连,谈笑却秦军。"又诗:"被褐出阊阖,高步追许由。振衣千仞岗,濯足万里流。"此类是也。

寒松病枝,风摆半折例

如康乐公诗:"明月照积雪,朔风劲且哀。"④范洒心诗:"乔木耸田园,青山乱商邓。"⑤此类是也。

辩体有一十九字

评曰:夫诗人之思初发,取境偏高,则一首举体便高;取境偏逸,则一首举体便逸。才性等字亦然⑥。体有所长,故各功归一字⑦。偏高、偏逸之例,直于诗体、篇目、风貌不妨。一字之下,风律外彰,体德内蕴⑧,如车之有毂,众辐归焉。其一十九字,括文章德体、风味尽

---

① "明月"二句:出曹植《七哀诗》。

② "金波"二句:出谢朓《暂使下都夜发新林至京邑赠西府同僚》。

③ "露彩"二句:出江淹《休上人怨别》。

④ "明月"二句:出谢灵运《岁暮》。

⑤ "乔木"二句:出处及作者不详。

⑥ "才性"句:意思是说,如"高""逸"二字,其他表示才性的字也是如此。

⑦ "体有"二句:每首诗都是多种品格的集合体,然有其主导品格,这种主导品格可用一个字来概括。

⑧ "风律"二句:这十九字中,有的偏重于艺术表现,所谓"风律",它呈现于诗的外部,故曰"外彰";有的偏重于思想情感,所谓"体德",它呈现于诗的内部,故曰"内蕴"。

矣①，如《易》之有《象辞》焉②。今但注于前卷中，后卷不复备举。其比兴等六义，本乎情思，亦蕴乎十九字中，无复别出矣。

高，风韵朗畅曰高。逸，体格闲放曰逸。贞，放词正直曰贞。忠，临危不变曰忠。节，持操不改曰节。志，立性不改曰志。气，风情耿介曰气。情，缘境不尽曰情③。思，气多含蓄曰思。德，词温而正曰德。诫，检束防闲曰诫④。闲，情性疏野曰闲。达，心迹旷诞曰达。悲，伤甚曰悲。怨，词调凄切曰怨。意，立言盘泊曰意⑤。力，体裁劲健曰力。静，非如松风不动、林狖未鸣⑥，乃谓意中之静。远，非如渺渺望水，杳杳看山，乃谓意中之远。

中序

叙曰：贞元初，予与二三子居东溪草堂，每相谓曰：世事喧喧，非禅者之意。假使有宣尼之博识，胥臣之多闻⑦，终朝目前，矜道侉义⑧，适足以扰我真性。岂若孤松片云，禅坐相对，无言而道合，至静而性同哉？吾将深入杼峰，与松云为侣。所著《诗式》及诸文笔，并寝而不纪⑨。因顾笔砚笑而言曰："我疲尔役，尔困我愚。数十年间，了无所得。况你是外物，何累于我哉？住既无心，去亦无我⑩。予将放尔，各还其性。使物自物，不关于予，岂不乐乎？"遂命弟子黜焉。至五年夏五月，会前御史中丞李公洪自河北负谴遇恩，再移为湖州长史，

① 德体、风味：上文的体德、风律。
② 象辞：《易传》中各卦下说明该卦基本含义之言辞。
③ 缘境：佛家语，指人之心识攀缘于一切境界而胶着不舍，心识称为"能缘"，其境界称为"所缘"。皎然借此语表达情与境之间的关系。
④ 防闲：防患。
⑤ 立言盘泊：语言委婉曲折，含深微之意。
⑥ 狖：一种黑色长尾猴。
⑦ 宣尼：孔子。胥臣：春秋时晋大夫，贤而有功。
⑧ 矜道侉义：侉谈道义。矜：夸耀。
⑨ 寝：停止。
⑩ "住既"二句：留时既无挂于心，去时亦无愧惜之意。

初与相见，未交一言，恍然神合。予素知公精于佛理，因请益焉。先问宗源，次及心印①。公笑而后答，温兮其言，使寒丛之欲荣；俨兮其容，若春冰之将释。予于是受辞而退。他日言及《诗式》，予具陈以夙昔之志。公曰："不然。"因命门人检出草本。一览而叹曰："早岁曾见沈约《品藻》、惠休《翰林》、庾信《诗箴》，三子之论，殊不及此。奈何学小乘褊见，以夙志为辞邪？"再三顾予，敢不唯命。因举邑中词人吴季德②，即梁散骑常侍均之后，其文有家风，予器而重之。昨所赠诗，即此生也。其诗曰："别时春风多，扫尽雪山雪。为君中夜起，孤坐石上月。"公欣然。因请吴生相与编录。有不当者，公乃点而窜之，不使琅玕与碔砆参列③。勒成五卷，粲然可观矣。

《团扇》二篇

评曰：江则假象见意，班则貌题直书④。至如"出入君怀袖，动摇微风发。常恐秋节至，凉飙夺炎热"⑤，旨婉词正，有洁妇之节。但此两对，亦足以掩映⑥。江生诗曰："画作秦王女，乘鸾向烟雾。"⑦兴生于中，无有古事⑧。假使佳人玩之在手，乘鸾之意，飘然莫偕⑨。虽荡如夏姬，自忘情改节。吾许江生情远辞丽，方之班女，亦未可减价。

王仲宣《七哀》

评曰：仲宣诗云："出门无所见，白骨蔽平原。路有饥妇人，抱子

---

① 心印：又名佛心印，谓禅之本意，不立文字，直以心为印，故曰心印。

② 吴季德：名冯，字季德，梁散骑常侍吴均之后。

③ 琅玕：美玉。碔砆：似玉之石。

④ "江则"二句：江，指江淹；班，指班婕妤。皎然将江淹《班婕妤咏扇》与班婕妤《团扇诗》（又称《怨歌行》）相较而论：江诗假借团扇上的图画表达女主对爱人的忠贞，班诗则直接叙写。

⑤ "出入"四句：出班婕妤《团扇诗》。

⑥ 掩映：遮蔽，压倒。

⑦ "画作"二句：出江淹《班婕妤咏扇》。

⑧ "兴生"二句：意谓上两句诗虽涉及弄玉乘鸾之事典，然而只是兴象自发于心，心中并无事典。

⑨ 莫偕：无可匹拟。

弃草间。顾闻号泣声,挥涕独不还。未知身死处,何能两相完。驱马弃之去,不忍听此言。"此中事在耳目,故伤见乎辞。及至"南登灞陵岸,回首望长安",察思则已极,览辞则不伤①。一篇之功,并在于此,使今古作者味之无厌。末句因"南登灞陵岸""悟彼下泉人",盖以逝者不返,吾将何亲,故有"伤心肝"之叹。沈约云:"不傍经史,直举胸臆。"吾许其知诗者也。如此之流,皆名为上上逸品者矣。

卷　二

评曰:古人于上格分三品等,有上上逸品。今不同此评,但以格情并高,可称上上品,不合分三。又虽有事非用事,若论其功,合入上格。又有三字物名之句,仗语而成,用功殊少。如襄阳孟浩然云:"气蒸云梦泽,波撼岳阳城。"②自天地二气初分,即有此六字。假孟生之才,加其四字③,何功可伐,即欲索入上流邪?若情格极高,则不可屈。若稍下,吾请降之于高等之外,以惩后滥。如此,则诗人堂奥,非好手安可扪其枢哉?又宫阙之句,或壮观可嘉,虽有功而情少,谓无含蓄之情也。宜入直用事中,不入第二格,无作用故也。今所评不论时代近远,从国朝以降,其中无爵命有幽芳可采者④,拔出于九泉之中,与两汉诸公并列,使攻言之子体变道丧之谈⑤,于兹绝矣。

三良诗

评曰:陈王诗云:"秦穆先下世,三臣皆自残。"⑥王粲云:"秦穆

① "察思"二句:读者可以察觉诗人的极度哀思,然而字面却无明显哀辞。
② "气蒸"二句:出孟浩然《望洞庭湖赠张丞相》。
③ 六字:指云梦泽、岳阳城;四字:指气蒸、波撼。
④ 爵命:官爵。幽芳:被埋没的佳作。
⑤ 攻言之子:巧言善辩之徒。攻:同工。
⑥ "秦穆"二句:出曹植《三良诗》。

杀三良，惜哉空尔为。"①盖以陈王徙国、任城被害已后②，常有忧生之虑。故其词婉娩，存讥谏也③。王粲显责穆公，正言其过，存直谏也。二诗体格高逸，才藻相邻。至如"临穴呼苍天，泪下如绠縻"，斯乃迥出情表④，未知陈王将何以敌。

西北有浮云

评曰：魏文帝有吞东南之意，军至扬子江口，观其洪涛汹涌，乃叹曰："此天地之所以限南北也。"遂赋诗而还。检魏文集，且无此诗，不知史臣凭何编录。且魏文雄才智略，本非庸主，如何有此一篇示弱于孙权、取笑于刘备？夫诗者，志之所之也，魏文志气若此，何以缵定鸿业、显致太平邪？足明此诗非魏文所作，陈寿史笔讹谬矣。钟嵘所评"华美体赡"，钟子一节至此，其余不足观矣。

"池塘生春草""明月照积雪"

评曰：客有问予，谢公此二句优劣奚若？余因引梁征远将军记室钟嵘评为"隐秀"之语⑤。且钟生既非诗人，安可辄议，徒欲聋瞽后来耳目。且如"池塘生春草"，情在言外；"明月照积雪"，旨冥句中。风力虽齐，取兴各别。古今诗中，或一句见意，或多句显情。王昌龄云"日出而作，日入而息"，谓一句见意为上⑥。事殊不尔。夫诗人作用，势有通塞，意有盘礴。势有通塞者，谓一篇之中，后势特起，前势似断，如惊鸿背飞，却顾俦侣⑦。即曹植诗云："浮沈各异势，会合何时

---

① "秦穆"二句：出王粲《咏史》。

② 陈王徙国：曹植因受当权者排挤，曾多次迁徙封地。任城：曹操第二子曹彰，封为任城王。

③ 婉娩：温和委婉。存讥谏：曹植诗言三良"自残"，暗讥秦穆公以良臣为殉，并以此影射曹丕。

④ 迥出情表：远超凡情之外。

⑤ "隐秀"：出自刘勰而非钟嵘。

⑥ "王昌龄"二句：《文镜秘府论·南卷》引王昌龄《诗格》："古诗云：'日出而作，日入而息，凿井而饮，耕田而食。'……夫诗，一句即须见其居地处。"

⑦ "惊鸿"二句：背飞：分飞。双鸿分飞，身虽分而心相系，比喻诗句文似断而意相连。

谐？愿因西南风，长逝入君怀"是也①。意有盘礴者，谓一篇之中，虽词归一旨，而兴乃多端②，用识与才，蹂践理窟③，如卞子采玉，徘徊荆岑④，恐有遗璞。其有二义：一情一事⑤。事者如刘越石诗曰："邓生何感激，千里来相求。白登幸曲逆，鸿门赖留侯。重耳任五贤，小白相射钩。苟能隆二伯，安问党与仇"是也⑥。情者，如康乐公"池塘生春草"是也。抑由情在言外，故其辞似淡而无味，常手览之，何异文侯听古乐哉⑦！《谢氏传》曰："吾尝在永嘉西堂作诗，梦见惠连，因得'池塘生春草'。岂非神助乎？"

律诗

评曰：楼烦射雕⑧，百发百中，如诗人正律破题之作⑨，亦以取中为高手。洎有唐已来，宋员外之问、沈给事佺期，盖有律诗之龟鉴也⑩。但在矢不虚发，情多、兴远、语丽为上，不问用事格之高下。宋诗曰："象溟看落景，烧劫辨沈灰。"⑪沈诗曰："咏歌《麟趾》合，箫管《凤雏》来。"⑫凡此之流，尽是诗家射雕之手。假使曹、刘降格来作律诗，与二子并驱，未知孰胜。

----

① "浮沈"四句：出曹植《七哀诗》。

② "虽词"二句：围绕同一主旨而多方取兴。

③ 蹂践理窟：广搜义理。理窟，事理之渊薮。

④ 卞子：楚人卞和。荆岑：荆山，泛指古楚国境内的高山。

⑤ 一情一事：盘礴法有两种铺陈之法，一是抒情铺陈，二是用事铺陈。

⑥ "邓生"八句：出刘琨《重赠卢谌》。

⑦ 文侯听古乐：《礼记·乐记》："魏文侯问子夏曰：'吾端冕而听古乐，唯恐卧；听郑卫之音则不知倦。'"

⑧ 楼烦：中国古代北方游牧民族，精骑射。

⑨ 正律：律诗分古、正、俗三种，正律指遵守常法的律诗。破题：律诗首联道破题旨，故称破题。

⑩ 龟鉴：楷模。

⑪ "象溟"二句：出宋之问《奉和晦日幸昆明池应制》。

⑫ "咏歌"句：出沈佺期《乐安郡主满月侍宴应制》，《全唐诗》作《岁夜安乐公主满月侍宴》。

卷　三

论卢藏用《陈子昂集序》

评曰：卢黄门《序》评贾谊、司马迁"宪章礼乐，有老成之风"；让长卿、子云"王公大人之言，溺于流辞"。又云："道丧五百年而有陈君乎！"予因请论之曰：司马子长《自序》云，周公卒五百岁而有孔子，孔子卒五百岁而有司马公。迩来年代既遥，作者无限。若论笔语，则东汉有班、张、崔、蔡①；若但论诗，则魏有曹、刘、三傅②，晋有潘岳、陆机、阮籍、卢谌，宋有谢康乐、陶渊明、鲍明远，齐有谢吏部，梁有柳文畅、吴叔庠，作者纷纭，继在青史，如何五百之数独归于陈君乎？藏用欲为子昂张一尺之罗，盖弥天之宇，上掩曹、刘，下遗康乐，安可得耶？又子昂《感寓》三十首，出自阮公《咏怀》，《咏怀》之作，难以为俦。子昂诗曰："荒哉穆天子，好与白云期。宫女多怨旷，层城闭蛾眉。"曷若阮公"三楚多秀士，朝云进荒淫。朱华振芬芳，高蔡相追寻。一为黄雀哀，涕下谁能禁。"此序或未湮沦，千载之下，当有识者，得无抚掌乎？

卷　四

齐梁诗

评曰：夫五言之道，惟工惟精。论者虽欲降杀齐梁，未知其旨。

---

① 笔语：无韵之散文；班、张、崔、蔡：班固、张衡、崔骃、蔡邕。
② 曹刘：曹植，刘桢。三傅：疑为"三祖"，指曹操、曹丕、曹睿。

若据时代道丧几之矣，诗人不用此论①。何也？如谢吏部诗："大江流日夜，客心悲未央。"②柳文畅诗："太液沧波起，长杨高树秋。"③王元长诗："霜气下孟津，秋风度函谷。"④亦何减于建安？若建安不用事，齐梁用事，以定优劣，亦请论之。如王筠诗："王生临广陌，潘子赴黄河。"⑤庾肩吾诗："秦皇观大海，魏帝逐飘风。"⑥沈约诗："高楼切思妇，西园游上才。"⑦格虽弱，气犹正。远比建安，可言体变，不可言道丧。大历中，词人多在江外⑧。皇甫冉、严维、张继、刘长卿、李嘉祐、朱放，窃占青山、白云、春风、芳草以为已有。吾知诗道初丧，正在于此。何得推过齐梁作者？迄今余波尚寖，后生相效，没溺者多。大历末年，诸公改辙，盖知前非也。如皇甫冉《和王相公玩雪诗》："连营鼓角动，忽似战桑干。"严维《代宗挽歌》："波从少海息，云自大风开。"刘长卿《山鸲鹆歌》："青云杳杳无力飞，白露苍苍抱枝宿。"李嘉祐《少年行》："白马撼金珂，纷纷侍从多。身居骠骑幕，家近滹沱河。"张继《咏镜》："汉月经时掩，胡尘与岁深。"朱放诗："爱彼云外人，来取涧底泉。"⑨已上诸公，方于南朝张正见、何胥、徐摛、王筠，吾无间然矣⑩。

---

① "若据"二句：谓若以时变道丧来贬低齐梁诗，诗人们是不会同意的。时代：时序代迁。道丧：诗道丧亡。几：通讯，谴责。

② "大江"二句：出谢朓《暂使下都夜发新林至京邑赠西府同僚》。

③ "太液"二句：出柳恽《从武帝登景阳楼》。

④ "霜气"二句：出王融《古意》。

⑤ "王生"二句：出王筠《早出巡行瞻望山海》。

⑥ "秦皇"二句：不见于今传庾肩吾诗。

⑦ "高楼"二句：出沈约《应王中丞思远咏月》。

⑧ 江外：江南。

⑨ "爱彼"二句：朱放诗逸句。

⑩ 无间然：无可挑剔。《论语·泰伯》："禹，吾无间然矣。"

卷　五

　　夫诗人造极之旨，必在神诣。得之者妙无二门，失之者邈若千里，岂名言之所知乎？故工之愈精，鉴之愈寡，此古人所以长太息也。若非通识四面之手，皆有好丹非素之失僻①，况异于此乎？今所撰《诗式》，列为等第，五门互显②，风韵铿锵。使偏嗜者归于正气，功浅者企而可及，则天下无遗才矣。时在吴兴西山，殊少诗集，古今敏手，不无阙遗。俟乎博求，续更编次，冀览之者悉此意焉。

复古通变体

　　评曰：作者须知复变之道。反古曰复，不滞曰变。若惟复不变，则陷于相似之格，其状如驽骥同厩，非造父不能辨③。能知复变之手，亦诗人之造父也。以此相似一类，置于古集之中，能使弱手视之眩目，何异宋人以燕石为玉璞，岂知周客嘘唧而笑哉④？又复变二门，复忌太过。诗人呼为膏盲之疾，安可治也？如释氏顿教，学者有沈性之失，殊不知性起之法，万象皆真⑤。夫变若造微⑥，不忌太过。苟不失正，亦何咎哉？如陈子昂复多而变少，沈、宋复少而变多。今代作者，不能尽举。吾始知复变之道，岂惟文章乎？在儒为权，在文为变，在道

---

　　① 好丹非素：意即喜红厌白，喻赏诗的偏嗜。

　　② 五门：即《诗式》五卷。

　　③ 造父：古之御者，善相马。

　　④ "何异"二句：《太平御览》引《阙子》："宋之愚人，得燕山之石于梧台之东，归而藏之，以为大宝。周客闻而观焉。……客见之卢胡而笑曰：'此燕石耳，与瓦甓不异。'"嘘唧：喉间笑声。

　　⑤ "释氏"四句：顿教：依说法之方式，佛教分为顿教与渐教。循序渐进而证得佛果之教法，称为渐教；一跃顿至佛果之教法，称为顿教。沈性之失：执着于"性空"之边见。沈，通沉。性起之法，万象皆真：因缘合和而生起的万事万物，都是本性之空的外显，也就是《心经》所说的"色即是空，空即是色"。

　　⑥ 造微：到达微妙境界。

为方便①。后辈若乏天机，强效复古，反令思扰神沮。何则？夫不工剑术，而欲弹抚干将、大阿之铗②，必有伤手之患，宜其诫之哉！

立意总评

评曰：前无古人，独生我思③。驱江、鲍、何、柳为后辈④，于其间或偶然中者，岂非神会而得也⑤？其例曰："迢迢牵牛星，皎皎河汉女。"⑥"枯桑知天风，海水知天寒。"⑦又"河中之水向东流，洛阳女儿名莫愁。"⑧"临河濯长缨，念别怅悠悠。"⑨"画作秦王女，乘鸾向烟雾。"⑩鲍照："刬蘖染黄丝，梦乱不可治。"⑪吴均："鹓雏若上天，寄声向明月。"⑫又古诗："客从远方来，遗我双鲤鱼。呼童烹鲤鱼，中有尺素书。"⑬又"门有车马客，驾言发故乡。念君久不归，濡迹滞江湘。"⑭柳恽："汀洲采白苹，日落江南春。洞庭送归客，潇湘逢故人"⑮之例是也。诗人意立变化，无有倚傍，得之者悬解其间⑯。若论降格⑰，更须评之。如潘岳《悼亡诗》："庶几有时衰，庄缶犹可击"，思之极也。虽有依倚，吾无恨焉。如"明月入绮窗，仿佛想蕙质"⑱，斯不及矣。

---

① 权：权变。方便：佛语，指引导人开悟的方法或手段。

② 弹抚：玩耍。干将、太阿：古宝剑名。铗：剑柄。

③ "前无"二句：谓作诗当心无古人，独抒性灵，独标新意。

④ 江、鲍、何、柳：分别指江淹、鲍照、何逊、柳恽。

⑤ "于其"二句：其诗偶与前人相合者，皆因心神相契，而非有意抄袭。

⑥ "迢迢"二句：出《古诗十九首》之十。

⑦ "枯桑"二句：出汉代佚名《饮马长城窟行》。

⑧ "河中"二句：出萧衍《莫愁歌》。

⑨ "临河"二句：出汉代佚名《别诗三首》其二。

⑩ "画作"二句：出江淹《班婕妤咏扇》。

⑪ "刬蘖"二句：出鲍照《拟行路难》。

⑫ "鹓雏"二句：出吴均《赠柳秘书》。

⑬ "客从"二句：出汉代佚名《饮马长城窟行》。

⑭ "门有"四句：出陆机《门有车马客》。

⑮ "汀洲"四句：出柳恽《江南曲》。

⑯ 悬解：发自性灵，无有倚傍。

⑰ 降格：品格略逊一筹。

⑱ "明月"二句：出江淹《潘黄门岳述哀》。

导　读

　　皎然，俗姓谢，字清昼，一说名昼，湖州长城（今浙江长兴）人。约生于唐玄宗开元八年（720），卒于德宗贞元九年至十四年间（793—798）。出身于儒学世家，自幼发愤苦读，博览群书。"安史之乱"爆发后剃度出家，其禅学思想出入于南北二宗，一生多居于吴兴杼山。皎然历来被公推为唐代诗僧之冠，严羽称其"在唐诸僧之上"，刘禹锡称其"能备众体"，唐人选唐诗《极玄集》《又玄集》《才调集》都选有其诗。皎然诗文集编成于贞元八年，称《昼上人集》，总十卷。宋时以抄本传世，又称《杼山集》《皎然集》《吴兴集》。然而，皎然引起后人广泛关注的不是其诗文，而是诗学理论。其诗论著作主要有《诗式》五卷及《诗议》（或称《诗评》）一卷。《诗式》是唐代最具系统性、深刻度的诗学论著。

　　《诗式》版本十分复杂。有一卷本、二卷本、三卷本、五卷本及不分卷本等系统。《吟窗杂录》本，不分卷，是目前所能见到的最早的版本，而流传最广的则是一卷本与五卷本系统。五卷本系统中，最完备的本子是毛晋校明抄本，清陆心源《十万卷楼丛书》所录即为此本。一卷本是五卷本的简本，收入五卷本卷一《中序》以前的部分内容，删去其中所有的诗例及卷首总序。陶宗仪编《说郛》、何文焕编《历代诗话》、曹溶编《学海类编》等所收录的都是一卷本。本书以《十万卷楼丛书》本为底本。为了方便阅读，删去了"五格"品诗的所有诗例。

　　《诗式》五卷，以"中序"为界分两大部分。前部分总论"作诗之法"，后部分主要以"五格"品诗。全书体系较为完备，以"自然"为总纲，从作诗之法、评诗之法、风格论、复变观四方面展开论述，涉及意境、风格、体势、格调、用事、声韵等众多诗学问题。

皎然所提倡的"自然",并非不思而得,而是经过作家艰苦构思与精心陶炼后向"自然"的回归。如论"取境":"夫不入虎穴,焉得虎子。取境之时,须至难至险,始见奇句;成篇之后,观其气貌,有似等闲。"论"诗有二废":"虽欲废巧尚质,而思致不得置;虽欲废言尚意,而典丽不得遗。"论"诗有六至":"至险而不僻,至奇而不差,至丽而自然,至苦而无迹,至近而意远,至放而不迂。"论"对句":"夫对者,如天尊地卑、君臣父子,盖天地自然之数。若斤斧迹存,不合自然,则非作者之意。"皎然对历代诗人的评价也始终贯穿着"自然"原则。评李陵、苏武诗:"发言自高,未有作用";评《古诗十九首》:虽"见作用之功",然"皆合于语而生自然";评谢灵运诗:"不顾词彩而风流自然"。总之,"自然"是皎然全部诗学理论的总纲,其诗法论、取境论、风格论、通变论等,无不是在这一总纲统领之下展开。

一、诗法论

《诗式》"诗有四深"云:"气象氤氲,由深于体势;意度盘礴,由深于作用;用律不滞,由深于声对;用事不直,由深于义类。"体势、作用、声对、义类四者,是皎然诗法论的纲领。

(一)体势

势,在先秦哲学及军事论著中频繁出现。《孙子》有《势》篇,其曰:"善战者,求之于势,不责于人,故能择人而任势。"《管子》也有《势》《形势》等篇。汉魏时期,势被用于书画理论之中,如崔瑗《草书势》、蔡邕《篆势》《隶势》等。最早把这一概念用于文学批评者为《文心雕龙》,其《定势》篇云:"夫情致异区,文变殊术,莫不因情立体,即体成势也。势者,乘利而为制也,如机发矢直,涧曲湍回,自然之取也。"唐代,势在文学理论中的应用更为广泛,意蕴也更加丰富。遍照金刚编《文镜秘府论》录《十七势》,晚唐齐己《风骚旨格》有"诗有十势"篇等。

皎然《诗式》设"明势"条。其所谓"势"，指作品的文势，即结构布局等方面呈现出的总体风貌，是立意谋篇首先应该注意的问题。皎然借山川变化之势来谈诗歌之势，以其起伏变化、气脉连属，比喻诗篇呈现出的自由流转、姿态横生之文势。《诗式》把势分为两大类：一是雄阔壮伟之势，如极天高峙之山，萦回盘礴，举焉不群；二是绵邈深远之势，如长江大河，万里无极，静流无波。

如何营造文势？《诗式》"池塘生春草，明月照积雪"条云："势有通塞，意有盘礴。势有通塞者，谓一篇之中，后势特起，前势似断，如惊鸿背飞，却顾俦侣。……意有盘礴者，谓一篇之中，虽词归一旨而兴乃多端。"皎然把造"势"之法分为两种，一是通塞法，二是盘礴法。所谓"通塞"法，指诗人在叙述过程中有意中断意脉，营造一种文断意连，前后相属之势，这是一种纵向的叙述法。所谓"盘礴"法，指围绕一个中心层层铺写，多方面阐明题意，这是一种横向的铺陈法。

（二）作用

"作用"一词，本为佛家语。佛学认为，虚明为心之体，思维为心之用，所以常用"作用"代指思维活动。皎然借用这一术语表达诗歌创作过程中的经营活动。《诗式序》："其作用也，放意须险，定句须难。虽取由我衷，而得若神授。"这是皎然对作用的全面界定。作用包括"放意"与"定句"两个方面，前者指艺术构思方面的经营活动，后者指艺术表达方面的经营活动。"险"与"难"都是"取由我衷"即心之经营的结果，"取由我衷"即"作用"。

关于"放意"之作用，《诗式》"池塘生春草，明月照积雪"条解释说："夫诗人作用，势有通塞，意有盘礴。"用"通塞"与"盘礴"两种方法创造文势，这个过程就是作用。关于"定句"之作用，"明作用"篇谓："虽有声律，不妨作用。如壶公瓢中自有天地日月，时时抛针掷线，似断而复续，此为诗中之仙。拘忌之徒，非可企及矣。"虽有声律，而不拘忌于声律；虽不离语言，而又能冲破语言的障碍，制造一种似断而复续的艺术效果。这种在声律与语言方面的经营活动也是作用。

皎然不但把"作用"运用于诗歌创作，而且运用于诗歌批评。

> 二子天予真性，发言自高，未有作用。《十九首》辞精义炳，婉而成章，始见作用之功，盖是汉之文体。（"李少卿并古诗十九首"条）
> 囊者尝与诸公论康乐为文，真于情性，尚于作用，不顾词彩，而风流自然。（"文章宗旨"条）

苏武、李陵的诗，"发言自高"，是未经刻意经营即"未有作用"的。《古诗十九首》"始见作用之功"，但作用的痕迹并不明显，因此仍可归为"汉之文体"。谢灵运诗，"尚于作用"，在情性、词彩方面都经过功夫的陶炼，但至苦而无迹，不失风流自然。在皎然心目中，"尚于作用"的谢灵运诗与"未有作用"的苏李诗，都是无上精品，是不可轩轾的。

（三）声对

声对，指诗歌的声律、属对等形式技巧问题。南朝，永明声律理论的产生标志着中国诗歌创作进入声韵美的自觉追求阶段，声律、属对也成为诗歌创作中最为重要的形式问题。踵武前朝，初唐诗人也醉心于声韵、属对的追求。

《诗式》"明四声"："乐章有宫商五音之说，不闻四声。近自周颙、刘绘流出，宫商畅于诗体，轻重低昂之节，韵合情高，此之未损文格。沈休文酷裁八病，碎用四声，故风雅殆尽。后之才子，天机不高，为沈生弊法所娟，懵然随流，溺而不返。"五音即宫、商、角、徵、羽五种乐调，四声即平、上、去、入四种声调。我国音韵之学，虽起源很早，但刘宋之前只有"五音"，并无"四声"。永明年间，沈约等人提出"四声八病"，过分讲究声韵，致使风雅殆尽。皎然并不是反对声韵，他反对的只是"酷裁八病，碎用四声"的过激作法，而提倡"韵合情高"的自然声韵。

关于对偶，皎然也提倡自然原则。《诗式》"对句不对句"云："夫对者，如天尊、地卑，君臣、父子，盖天地自然之数。若斤斧迹存，不合自然，则非作者之意。"认为诗中对语乃天地自然之数，运用时不能有斤斧之迹。在《诗议》中，皎然提出"八种对"，也强调属对的自然。

（四）义类

义类，即事物内部之义蕴与外部之状类。诗人常常根据内部之义或外部之类的相似，援引古事而证成已说，因此义类又称事类或用事。《文心雕龙·事类》最早从理论上给"事类"以定义："据事以类义，援古以证今。"作为一种表现手法，义类、事类或用事，离不开征古，因此人们往往把征古与用事等同起来，把所有征古都视为用事。皎然认为这是错误的。《诗式》"用事"：

> 评曰：诗人皆以征古为用事，不必尽然也。今且于六义之中，略论比兴。取象曰比，取义曰兴，义即象下之意。凡禽鱼、草木、人物、名数，万象之中义类同者，尽入比兴。《关雎》即其义也。如陶公以"孤云"比"贫士"，鲍昭以"直"比"朱丝"、以"清"比"冰壶"。时人呼比为用事，呼用事为比。如陆机诗："鄙哉牛山叹，未及至人情。爽鸠苟已徂，吾子安得停？"此规谏之忠，是用事，非比也。如康乐公诗："偶与张邴合，久欲归东山。"此叙志之忠是比，非用事也。详味可知。

皎然辨析两种"征古"方法：一是比兴，二是用事。比兴是以内部之义或外部之象上的相似，而从"万象之中"抽取一个"名物"来打比方。用事则是通过完整叙述古事以寄寓作者情志。皎然又以具体事例作了说明。谢灵运《还旧园作呈颜范二中书》："偶与张邴合，久欲归东山。"谢灵运提及张良与邴曼容，只是为了表达自己的隐居之志，是比而非用事。陆机《齐讴行》："鄙哉牛山叹，未及至人情。爽鸠苟已徂，吾子安得停？"

前两句用《晏子春秋》所载齐景公"牛山叹"事，后两句用《左传·昭公二十年》所载"爽鸠氏"之事，通过完全叙说古事而表达规谏之意，因此是用事而非比。《诗式》"语似用事义非用事"篇对用事的阐释，观点与此相同。皎然十分重视诗歌创作中的用事，将其视为"作用"的一部分，用事的好坏直接决定了诗格的高低。

二、诗境论

情与景是构成诗歌意境的两大要素，关于两者之间的关系，皎然提出"诗情缘境发"命题。此命题是说诗"情"因"境"而起，并通过创设和描绘"境"来表达。他解释"情"说："缘境不尽曰情"，再次强调"情"与"境"不可分，并提出"情"要有不尽之余味。皎然所谓"境"，不是纯客观的外境，而是主客观相融相契而形成的能够表达特定思想感情的生活环境或精神状态。《诗式》说："静，非如松风不动，林狖未鸣，乃谓意中之静。远，非如渺渺望水，杳杳看山，乃谓意中之远。""意中之静"与"意中之远"，清楚地把意境与常境区别开来，同时说明了意境情景交融的特征。

皎然不但指出意境情景交融的形象特征，还指出其虚实相生的结构特点。关于这一点，他提出"意在言外""采奇于象外""假象见意"等命题。在《诗式》中，皎然说："两重意以上，皆文外之旨。若遇高手，如康乐公，览而察之，但见性情，不睹文字，盖诗道之极也。""两重意以上"，指诗歌应当在语言文字之外包含更丰富、更深刻的意蕴。按照皎然的说法，诗歌还应当有"两重意""三重意""四重意"等，这些都属于"文外之旨"，"但见性情，不睹文字"是诗的最高境界。这里，"文外之旨""但见性情，不睹文字"等，都深刻地揭示了意境虚实相生的根本特点。

关于意与象之间的关系，皎然提出"假象见意"，强调诗中之"意"要借助外"象"来表现。同时又指出，"意"虽靠"象"来表达，但"意"并不在"象"之内，而在其外，这就是"采奇于象外"。他赞谢灵运诗说：

"且如'池塘生春草'，情在言外；'明月照积雪'，旨冥句中。""情在言外""旨冥句中"，明确指出了意境虚实相生的特点。

那么，虚境与实境之间的关系怎样呢？皎然说："夫诗人之思初发，取境偏高，则一首举体便高；取境偏逸，则一首举体便逸。"这里说的"取境"，是指对虚境的提炼与构设。皎然认为，虚境在意境结构中处于统帅地位。虚境是实境的升华，体现着实境创造的意向和目的，决定着整个意境的艺术品位和审美效果。

意境是一个充满了人的宇宙意识和生命情调的诗意空间，这是一个鸢飞鱼跃的空灵动荡的世界。《诗式》提出诗境要"状飞动之趣"，即要具有动态之美。意境的这一审美特征是与其"势"紧紧联系在一起的。皎然十分重视诗歌中的"势"，把"明势"置于全篇之首，并在"诗有四深"节中说："气象氤氲，由深于体势。"皎然认为，在诗歌意境的动态之美即"势"的背后，"情"起着关键作用。他说："语与兴驱，势逐情起，不由作意，气格自高。""势逐情起"，指出"势"的形成要以"情"为出发点，并随着"情"的发展而展开，在这整个过程中，"情"都起着决定性的作用。他认为，谢灵运的诗之所以具有"庆云从风，舒卷万状"之势，最主要的原因在于"真于情性"。

"自然"是皎然诗论的基本原则，也是其意境理论的核心。皎然说："真于情性，尚于作用，不顾词彩，而风流自然。"一方面要求诗歌充分抒发作者的真情实感，另一方面又要求精巧构思，使情感的表达含蓄蕴藉，情在言外，给人以味之不尽的审美享受。这实际上是对诗境及其特征的概括和描述，揭示了好的诗歌所应具备的审美质素。

在意境的创造即"取境"上，皎然提出要正确处理"自然"与"苦思"之间的关系。他说："又云：'不要苦思，苦思则丧自然之质。'此亦不然。夫不入虎穴，焉得虎子。取境之时，须至难至险，始见奇句。成篇之后，观其气貌，有似等闲，不思而得，此高手也。""苦思"，即艰苦的艺术锤炼与构思。皎然提倡"苦思"，认为"苦思"并不妨碍"自然"，相反，只有经过精心琢磨、苦心经营，才能创作出好的作品。皎然说，"苦思"与"自然"之间的关系，应是"至苦而无迹"，"成篇之后，观其气貌，有似等闲，不思而得"。

三、风格论

《诗式》风格论有两大内容：一是"诗家中道"，二是"辩体有一十九字"。

(一)"诗家中道"

遍照金刚编《文镜秘府论》南卷《论文意》引皎然《诗议》语：

> 且文章关其本性。识高才劣者，理周而文窒；才多识微者，句佳而味少。是知溺情废语，则语朴情暗；事语轻情，则情阙语淡。巧拙清浊，有以见贤人之志矣。大抵而论，属于至解，其犹空门证性，有中道乎？何者？或虽有态而语嫩，虽有力而意薄，虽正而质，虽直而鄙，可以神会，不可言得，此所谓诗家之中道也。①

在这段文字中，皎然提出"诗家中道"概念。这个概念直接来源于佛门"中道"观。中道是大乘佛教尤其是空宗最基本的思维方式，以"不落两边"为基本特征，反对"滞有"与"沉空"之"边见"，认为只有"非有非无"之"中道"才是证得佛性的正道，即皎然所谓"空门证性有中道"。皎然把"释家中道"演变为"诗家中道"，以此全面论述诗歌创作与鉴赏诸因素之间的矛盾关系，如险与僻、近与远、放与迂、劲与露、清与浊、动与静、典丽与自然、才力与识度等，认为要处理好这些矛盾关系，就要以"中道"为原则，不可执于一端。

关于"诗家中道"，《诗式》卷一"诗有四不""诗有二要""诗有二废""诗有四离""诗有七至"等条有集中论述。如"诗有四不"："气高而不怒，怒则失于风流；力劲而不露，露则伤于斤斧；情多而不暗，暗则撅

---

① （日）遍照金刚撰，卢盛江校考：《文镜秘府论汇校汇考》(三)，中华书局，2006年，第1442页。

于拙钝；才赡而不疏，疏则损于筋脉。"又如"诗有四离"："虽有道情，而离深僻；虽用经史，而离书生；虽尚高逸，而离迂远；虽欲飞动，而离轻浮。"

皎然"诗家中道"也与儒家"诗教"有着密切关系。《左传·襄公二十九年》记载，季札观乐，赞《颂》诗云："直而不倨，曲而不屈；迩而不逼，远而不携；迁而不淫，复而不厌；哀而不愁，乐而不荒；用而不匮，广而不宣；施而不费，取而不贪；处而不底，行而不流。五声和，八风平；节有度，守有序。盛德之所同也！"孔子赞美《关雎》曰："乐而不淫，哀而不伤。"这些都是提倡中和之美。《礼记·经解》把这种美学原则概括为"温柔敦厚"的诗教。皎然融合儒家"诗教"与佛家"中道"而提出"诗家中道"概念，也时常称"诗家中道"为"诗教"，如说《诗式》"有益于诗教"，批评元兢及诗僧元鉴"无益于诗教"等。

（二）"辩体有一十九字"

作为诗学概念，体有两种基本义涵：一是体裁，如曹丕《典论·论文》："盖奏议宜雅，书论宜理，铭诔尚实，诗赋欲丽。此四科不同，故能之者偏也。惟通才能备其体。"二是风格，如刘勰《文心雕龙·体性》："若总其归途，则数穷八体：一曰典雅，二曰远奥，三曰精约，四曰显附，五曰繁缛，六曰壮丽，七曰新奇，八曰轻靡。"曹丕之"八体"，指八种体裁；刘勰之"八体"，则指八种风格。皎然所辩之"体"是指风格。

《诗式》论"体"之形成曰："诗人之思初发，取境偏高，则一首举体便高；取境偏逸，则一首举体便逸。"这里提到三个重要概念：思、境、体。思，是就主体而言的；体，是就客体而言的；境，则是主客的融合，它将主体之"思"与客体之"体"联结起来，使思境体三者圆融而无间。在皎然看来，诗之"体"决定于诗人基于"思"而选取的"境"，取境高则体高，取境逸则体逸，境的选取决定了风格的类型。

皎然将诗之"体"分为十九类，每类以一字概括，以期达到"一字之下，风律外彰，体德内蕴"之效果。这"一十九体"大略可分为五类。品德类：贞、忠、节、志、德、诚六体；风貌类：高、逸、气、思、闲、达六体；情趣类：情、悲、怨三体；境界类：静、远二体；文笔类：意、力二体。可以看出，皎然划分诗歌作品风格的标准并不统一，或立足于内在情感，或立足于外在风貌，或立足于艺术境界。尽管如此，其比前人还是要细密、系统得多，继刘勰之后而把风格论又向前推进一大步。

四、复变观

"复"与"变"（继承与创新），是《诗式》的又一项重要内容。

关于"复"，皎然定义曰"反古曰复"。在他看来，"反"并不是对前人辞句等外在形式的机械模仿，而是对其"势"的领悟与吸收。在《诗式》"三不同"中，皎然把"反古"分为偷语、偷意、偷势三种。偷语：剿袭辞句，公开剽窃；偷意：袭其意而不袭其辞；偷势：学其神韵而不露痕迹。对偷语，皎然十分反感，讥之为"钝贼"；对偷势，则曰"吾亦赏俊，从其漏网"。可见，皎然复古的基本原则是：师其势而不师其辞。关于所"复"之对象，《诗式》没有明确说明，但从"五格评诗"所选取之例句可以看出。五格之中，共选取汉唐诗500余例，其中第一二格的150余例中，汉魏六朝诗占百分之八十以上，由此可见皎然心目中的"复古"对象。

皎然重"复"，更重"变"。他说："惟复不变，则陷于相似之格"，又用"驽骥同厩""燕石玉璞"故事，说明复之"太过"所带来的危害，并对"复多而变少"的陈子昂表示不满。与此不同，皎然认为变"不忌太过"，只要"不失正"，就没什么问题，因此对变太过所导致的不良后果只字未提，对"复少而变多"的沈佺期、宋之问也无微词。由此可见，皎然重"变"甚于"复"。

立足于这一"复变观"，皎然对陈子昂的诗学贡献评价较低。陈子昂论诗提倡"汉魏风骨"，以复古为革新，横扫初唐以沈佺期、宋之问为代表的齐梁文风，迎来雄浑刚健的盛唐气象。卢藏用在《右拾遗陈子昂文集序》中高度赞扬陈氏这一贡献："横掣颓波，天下翕然，质文一变。"对此观点，皎然表示反对。《诗式》专设"论卢藏用《陈子昂集序》"条，认为卢氏对陈子昂评价过高，所谓"道丧五百年而有陈君"乃过誉之辞。在皎然心目中，陈子昂的诗学贡献根本赶不上沈佺期、宋之问。在"五格评诗"中，第二格选宋之问5例、沈佺期3例，陈子昂一例未选；第三格选宋之问7例、沈佺期2例，选陈子昂3例。将陈子昂置于沈宋之下的倾向性非常明显。

对陈子昂的评价为什么这么低呢？主要原因在于，皎然认为陈子昂"复多变少"，缺少创新，即便是陈氏最为人称道的《感遇》组诗，也是对阮籍《咏怀》的承袭，难与阮诗相提并论。相形之下，沈宋"复少变多"，在唐律诗定型方面做出巨大贡献，有创体之功，因此皎然称赞他们为"律诗之龟鉴""诗家射雕手"。由此可见皎然对"变"更为重视。

二十四诗品

雄浑

大用外腓，真体内充①。返虚入浑，积健为雄②。具备万物，横绝太空③。荒荒油云，寥寥长风④。超以象外，得其环中⑤。持之匪强⑥，来之无穷。

冲淡

素处以默，妙机其微⑦。饮之太和⑧，独鹤与飞。犹之惠风，苒苒在衣⑨。阅音修篁，美曰载归⑩。遇之匪深，即之愈稀。脱有形似，握手已违⑪。

纤秾

采采流水，蓬蓬远春⑫。窈窕深谷，时见美人⑬。碧桃满树，风日

---

① "大用"二句："大用"与"真体"相对举，即中国古代哲学中的一对重要范畴：本体与作用。本体是根本的、内在的、本质的，作用是本体的外在表现、表象。此处，真体指雄浑之气，大用指雄浑之气所表现出来的震撼人心的力量。外腓，即向外伸张。

② "返虚"二句：虚为道之所在，《庄子·人间世》："唯道集虚。"返虚：即返归于道。入浑：入于混沌无端之境，即道的境界。积健为雄：积累雄浑之气。

③ "具备"二句：雄浑之气，笼罩万物，横贯太空。具备：笼罩。

④ "荒荒"二句：荒荒：广漠貌；油云：流动的云。寥寥：空阔貌；长风：来自远处的风。

⑤ "超以"二句：象外：具体物象之外；环中：圆环之中。《庄子·齐物论》："彼是莫得其偶，谓之道枢。枢始得其环中，以应无穷。"内持雄浑之气而超然物外，如同处于圆环的中心，以静御动，以虚御实，以应无穷。

⑥ 匪：不。强：勉强。

⑦ "素处"二句：素处：平素自处。机：心灵；微：微妙。平素以静默自处，心灵感触事物多么微妙。

⑧ 太和：冲和之气。《周易·乾卦·彖传》："保合太和，乃利贞。"

⑨ 惠风：温和的风。苒苒：微风吹拂貌。

⑩ 阅音修篁：感受修竹之音韵。阅，经历、感受；修篁，修竹。美曰载归：载美而归，获得充分的审美感受。曰：语助词。

⑪ 脱：若。违：违背。

⑫ 采采：鲜明貌。蓬蓬：繁盛貌。远春：韶华满眼，无远不至，故曰远春。

⑬ "窈窕"二句：窈窕：山谷幽深貌。杜甫《佳人》："绝代有佳人，幽居在空谷。"

水滨^①。柳阴路曲，流莺比邻^②。乘之愈往，识之愈真^③。如将不尽，与古为新^④。

沉著

绿杉野屋，落日气清。脱巾独步^⑤，时闻鸟声。鸿雁不来，之子远行^⑥。所思不远，若为平生^⑦。海风碧云，夜渚月明^⑧。如有佳语，大河前横^⑨。

高古

畸人乘真，手把芙蓉^⑩。泛彼浩劫，窅然空踪^⑪。月出东斗，好风相从^⑫。太华夜碧^⑬，人闻清钟。虚伫神素，脱然畦封^⑭。黄唐在独，落

① 碧桃：高蟾《下第后上永崇高侍郎》："天上碧桃和露种，日边红杏倚云栽。"风日：风和日暖之略语。

② 流莺：婉转歌唱的莺。司空图《移桃栽》："禅客笑移山上看，流莺直到槛前来。"比邻：近邻。

③ "乘之"二句：心沉浸于这纤秾之境，便能体会其中之真意，而不会执迷于其鲜丽之外表。乘：趁，随。

④ "如将"二句：纤秾之境的描写，如求不尽，要能以故为新。将：求。古：通故。

⑤ 脱巾：脱去头巾，形容潇洒自若的神态。颜延年《秋胡诗》："脱巾千里外，结绶登王畿。"李善注："巾，处士所服。绶，仕者所佩。"

⑥ 鸿雁：代书信。之子：这个人，所思念之人。

⑦ "所思"二句：所思之人，虽远在天边，却时时浮现在眼前。平生：平素、平时。

⑧ 渚：水中的小岛。

⑨ "如有"二句：沉著之境，无以言表，眼前这绵延千里的大河，是最好的诠释。

⑩ 畸人：奇异之人。《庄子·大宗师》："畸人者，畸于人而侔于天。"乘真：乘天地之真气。芙蓉：莲花。道教中，仙人常持之花。李白《古风》之十九："素手把芙蓉，虚步蹑太清。"

⑪ "泛彼"二句：泛：漂流。浩劫：无数劫。劫，为佛教的时间单位，世界经历成住坏空四阶段为一劫。窅然：无影无踪。前句超越时间，即古；后句讲超越空间，即高。

⑫ "月出"二句：东斗：斗宿，二十八宿之一。斗宿在东方，为夜晚。苏轼《赤壁赋》："月出于东山之上，徘徊于斗牛之间。"好风：陶潜《读山海经十三首》之一："微雨从东来，好风与之俱。"

⑬ 太华：华山，为道教之仙境，在今陕西省渭南县。

⑭ "虚伫"二句：虚伫，即伫虚，指与道合一之真心存于虚空。神素：真心。脱然：超脱。畦封：界限，畛域。《庄子·齐物论》："夫道，未始有封；言，未始有常。为是而有畛也。"此二句意思是说，心超脱世俗情欲、语言、知识之界限，而归于至虚之大道。

落玄宗①。

典雅

玉壶买春②，赏雨茅屋。坐中佳士，左右修竹。白云初晴，幽鸟相逐。眠琴绿荫③，上有飞瀑。落花无言，人淡如菊。书之岁华，其曰可读④。

洗炼

犹矿出金，如铅出银⑤。超心炼冶，绝爱缁磷⑥。空潭泻春，古镜照神⑦。体素储洁，乘月返真⑧。载瞻星辰，载歌幽人⑨。流水今日，明月前身⑩。

劲健

行神如空，行气如虹。巫峡千寻，走云连风⑪。饮真茹强，蓄素守

---

① "黄唐"二句："黄唐在独"，语出陶渊明《时运》："黄唐莫逮，慨独在余。"黄唐：黄帝、唐尧。落落：孤独貌。玄宗：玄妙之宗，即"道"。此二句谓，心摆脱了时间的拘限，融入玄奥的大道之中，当下即永恒。

② 春：酒之代称，唐人酒名多带"春"字。

③ 眠琴：枕琴而眠。

④ "书之"二句：书写这美妙时光，一定值得诵读。岁华：年华、时光。其：语助词。

⑤ 矿：金矿石。铅：即方铅质，含铅质和银质。

⑥ "超心"二句：超心：精心、专心。绝爱：根绝怜爱之心，即舍弃、抛弃。缁磷：黑色的云母石，冶金时必须去除。

⑦ "空潭"二句：洗炼的风格，纯洁如空潭中流泻的春水，明净如照神之古镜。

⑧ "体素"二句：体：悟解。储：存、贮。素：洁：纯而不杂。返真：返归本心。《庄子·秋水》："无以人灭天，无以故灭命，无以得殉名。谨守而勿失，是谓反其真。"这两句是说，陶冶性灵，使其归于至纯至洁之境。

⑨ 载：语助词，无义。瞻：仰望，指瞻望星辰。幽人：隐士。李白《望终南山寄紫阁隐者》："何当造幽人，灭迹栖绝巘。"

⑩ "流水"二句：李白《把酒问月》："今人不见古时月，今月曾经照古人。古人今人若流水，共看明月皆如此。"明月亘古不变，流水新新不止。古老之月印入今日之水，古今时空在此叠合，刹那即永恒。

⑪ "行神"四句：以虹山云风等自然之物，比喻劲健之精神、气质的阔大、挺拔、灵动、无所滞碍。寻：古以八尺为一寻。这里说"千寻"，形容巫山极高。

中①。喻彼行健，是谓存雄②。天地与立，神化攸同③。期之以实，御之以终④。

绮丽

神存富贵，始轻黄金。浓尽必枯，淡者屡深⑤。露余山青，红杏在林。月明华屋，画桥碧阴⑥。金尊酒满，伴客弹琴。取之自足，良殚美襟⑦。

自然

俯拾即是，不取诸邻⑧。俱道适往，着手成春。如逢花开，如瞻岁新⑨。真予不夺，强得易贫⑩。幽人空山，过雨采蘋⑪。薄言情悟，悠悠天钧⑫。

含蓄

不着一字，尽得风流⑬。语不涉难，已不堪忧⑭。是有真宰，与之

---

① "饮真"二句：饮自然之真气，涵强劲之力量，养素朴之精神，守冲和之性灵。守中：《老子》第五章："多言数穷，不如守中。"中：空，喻中和空灵之心。

② 行健：《周易·乾·象》："天行健，君子以自强不息。"存雄：积健为雄。

③ "天地"二句：与天地并立，与自然造化合一。攸：所。

④ "期之"二句：期：求。只有心存劲健之气，文才能恒御劲健之风。

⑤ "浓尽"二句：外枯而中膏，外浅而中深。

⑥ 画桥：雕刻如画的桥。

⑦ "取之"二句：殚：尽。襟：胸怀。酌取这绮丽美景，足以慰我求美之胸怀。

⑧ "俯拾"二句：随手拈来，不作强求。

⑨ "俱道"四句：俱道：随顺大道。《庄子·天运》："道可载而与之俱也。"此四句谓，构思时，随顺自然，出手即成妙章，如花开花落，如斗转星移，一切自然而然。

⑩ "真予"二句：自然而得，不会失去；勉强而来，终究必失。

⑪ 蘋：水生植物，类浮萍，夏末秋初开花，花色洁白，可入药。

⑫ 薄言：语首助词。情悟：即悟情，情乃"实"意，此处指自然之道。天钧：《庄子·齐物论》："是以圣人和之以是非，而休乎天钧，是之谓两行。"钧，古人制作陶器时所用的转轮。天钧，此处指天地万物的运转。悠悠：永久貌。此二句谓，悟解天地万物永恒运转之道，也就明白了"自然"一品的真谛。

⑬ 风流：超逸之美。

⑭ "语不"二句：语虽未涉及患难和痛苦，而读起来却令人痛苦不堪。

沉浮①。如渌满酒，花时返秋②。悠悠空尘，忽忽海沤。浅深聚散，万取一收③。

豪放

观化匪禁，吞吐大荒④。由道返气，处得以狂⑤。天风浪浪，海山苍苍⑥。真力弥满，万象在旁⑦。前招三辰⑧，后引凤凰。晓策六鳌，濯足扶桑⑨。

精神

欲返不尽，相期与来⑩。明漪绝底，奇花初胎⑪。青春鹦鹉，杨柳楼台。碧山人来，清酒深杯。生气远出，不著死灰⑫。妙造自然，伊谁与裁⑬？

---

① 是有：确有。真宰：主宰万有之道。《庄子·齐物论》："若有真宰，而特不得其朕。"

② "如渌"二句：渌：同漉，过滤意。满酒：刚完成发酵的酒。此二句谓，如过滤满酒，汁液慢慢滴下，渗漉不尽；又如乍放的花，忽遇寒流，放而又止。

③ "悠悠"四句：悠悠：众多；空尘：空中的微尘。忽忽：倏忽，急速貌。海沤：海中水泡，佛教常用来比喻事物的起灭与生命的空幻。此四句谓，空中飘浮的无数微尘，或聚或散，然皆归于一尘；海中瞬息生灭的水泡，或浅或深，然皆归于一沤。一即一切，一切即一。此思想来自佛教。《黄檗断际禅师宛陵录》："见一尘，十方世界山河大地皆然；见一滴水，即见十方世界一切性水。"

④ "观化"二句：观化：洞察造化。语本《庄子·至乐》："且吾与子观化，而化及我，我又何恶焉？"匪禁：无有滞碍。观化匪禁：纵身大化，心无挂碍，意近李白《送岑征君归鸣皋山》："探元入窅默，观化游无垠。"大荒：莽莽原野。纵身大化，吞吐八荒，极言豪放之气势。

⑤ "由道"二句：道充于内而气发于外，狂放不羁，自由自在。

⑥ 浪浪：流动貌。苍苍：深青色。

⑦ 真力：得之于道的力。弥满：充实。万象：万物。

⑧ 三辰：日月星。

⑨ 策：鞭策。六鳌：《列子·汤问》："龙伯之国有大人，举足不盈数步而暨五山之所，一钓而连六鳌。"扶桑：神话传说中太阳初升的地方。

⑩ "欲返"二句：本心乃精神流淌不尽之源头，一旦返归本心，精神会应期而致。

⑪ "明漪"二句：精神就像清澈见底的水面荡漾着的涟漪，又像奇花异卉初开的花蕾。

⑫ "生气"二句：诗必须有生气，而不能如槁木死灰。死灰：《庄子·齐物论》："形固可使如槁木，而心固可使如死灰乎？"

⑬ "妙造"二句：精神之妙源于自然造化，岂是人工安排？伊：句首语助词，加强语气或感情色彩。裁：安排取舍。

缜密

是有真迹，如不可知①。意象欲出，造化已奇②。水流花间，清露未晞。要路愈远，幽行为迟③。语不欲犯，思不欲痴④。犹春于绿，明月雪时⑤。

疏野

惟性所宅，真取弗羁⑥。拾物自富，与率为期⑦。筑室松下，脱帽看诗。但知旦暮，不辨何时。倘然适意，岂必有为⑧。若其天放⑨，如是得之。

清奇

娟娟群松，下有漪流⑩。晴雪满汀⑪，隔溪渔舟。可人如玉，步屧寻幽⑫。载瞻载止，空碧悠悠⑬。神出古异⑭，淡不可收。如月之曙，如气之秋⑮。

---

① "是有"二句：真迹：真宰之迹，真宰即真实自然之心。《文心雕龙·情采》："真宰弗存，翮其反矣。"此二句谓，缜密之诗出于真实自然之心，此心虽真却无迹可求。

② "意象"二句：意象：古代文论的重要范畴，指主体内在之"意"与外在之"象"的浑融契合。《文心雕龙·神思》："独具之匠，窥意象而运斤。"此二句谓，意象出于奇妙的自然造化。

③ "要路"二句：要路：必经之路，这里指崎岖之山路。此二句谓，山路崎岖遥远，幽人缓缓独行。

④ "语不"二句：语句不落言诠，情思不滞重呆板。痴：呆板。

⑤ "犹春"二句：缜密之诗，如绿色之于春天，明月之于白雪，浑然一体，无迹可求。

⑥ "惟性"二句：随性所适，不加约束。性、真：皆本性意。宅：寄寓。羁：约束。

⑦ "拾物"二句：随物婉转，自在自足。拾物：自然而然，即"自然"品所谓"俯拾即是"。自富：自足。与率：率真。期：期许。

⑧ 有为：有所企求。

⑨ 天放：随任自然。《庄子·马蹄》："彼民有常性，织而衣，耕而食，是谓同德；一而不党，命曰天放。"

⑩ 娟娟：秀美。漪流：微波荡漾的流水。

⑪ 汀：水边平地。

⑫ 可人：心心相印的人。屧：木屐。

⑬ 载：语助词。空碧：蔚蓝的天空。

⑭ 神出古异：神情幽古、淡泊。

⑮ "如月"二句：如破晓之月，如初秋之气。

委曲

登彼太行，翠绕羊肠①。杳霭流玉②，悠悠花香。力之于时，声之于羌③。似往已回，如幽匪藏。水理漩洑，鹏风翱翔④。道不自器，与之圆方⑤。

实境⑥

取语甚直，计思匪深。忽逢幽人，如见道心⑦。晴涧之曲，碧松之阴。一客荷樵，一客听琴⑧。情性所至，妙不自寻。遇之自天，泠然希音⑨。

悲慨

大风卷水，林木为摧。意苦欲死，招憩不来⑩。百岁如流，富贵冷灰。大道日丧，若为雄才⑪。壮士拂剑，浩然弥哀⑫。萧萧落叶，漏雨

---

① 羊肠：盘旋曲折的山间小路。

② 杳霭流玉：朦朦胧胧的雾霭之中，一股清泉蜿蜒流泻。

③ 力之于时：时力，古代强弩名。《史记·苏秦列传》裴骃《集解》："时力者，谓作之得时，力倍于常，故名时力也。"声之于羌：笛声之声，以婉转缠绵见长。此二句以时力、羌笛形容诗的委婉之态。

④ "似往"四句：曲折盘旋的山路，蜿蜒幽深的峡谷，回旋往复的水纹，乘风翱翔的鲲鹏。此四句皆以自然景物形容诗的委婉之态。

⑤ "道不"二句：道不以具体形器自拘，而是随物赋形，与万物优游徘徊。器：事物之具体形态。

⑥ 实境：此品义涵，歧解纷纭，朱良志颇得其真："'实境'，即'实存的世界'。这里的'实'，不是外在实存的物象，不是强调它的知识性、科学性，它是人在当下纯粹体验（妙悟）中所发现（或者创造）的一个价值世界，是一个敞开的澄明的生命世界，其中包含人们独特的生命感觉和智慧，所以它是一个'显现生命真实的价值世界'。"（朱良志《〈二十四诗品〉讲记》，中华书局，2017年，第154页）

⑦ "取语"四句：表面语直思浅的诗句，如遇高人，深藏背后的本真之境便会自我显现出来。道心：生命的本真之心。

⑧ "晴涧"四句：以曲涧碧松之景与荷樵听琴之人，形容生命的真实境界。

⑨ "性情"四句：实境来自于本心的自我显现，而非人为的外在追求，轻盈曼妙，无迹可求。泠然：轻盈曼妙的样子。希音：无声。《老子》第41章："大音希声。"

⑩ 招：邀。憩：安慰。

⑪ "大道"二句：世道沦丧，谁为雄才？若：谁。

⑫ 拂剑：拔剑。弥哀：心中充满悲哀。

苍苔①。

形容②

绝伫灵素，少回清真③。如觅水影，如写阳春。风云变态，花草精神④。海之波澜，山之嶙峋。俱似大道，妙契同尘⑤。离形得似，庶几斯人⑥。

超诣⑦

匪神之灵，匪几之微。如将白云，清风与归。⑧远引若至，临之已非⑨。少有道气，终与俗违⑩。乱山乔木，碧苔芳晖。诵之思之，其声愈稀⑪。

飘逸

落落欲往，矫矫不群⑫。缑山之鹤，华顶之云⑬。高人惠中，令色絪

---

① "萧萧"二句：悲慨之情如秋风扫落叶，漏雨滴苍苔。

② 形容：指形貌、形象。本品论艺术形象的描绘。

③ 绝伫：凝神专注。灵素：纯而不杂的心灵。绝伫灵素，意近《高古》品"虚伫神素"，即陆机《文赋》所谓"馨澄心以凝思，眇众虑而为言"。少：些许时间。清真：清真之气。

④ 变态：风云变幻之形态。精神：花草旺盛的生命力。

⑤ "俱似"二句：似、契：皆契合意。同尘：意近"大道"，出《老子》第4章："和其光，同其尘。"王弼注："和光而不污其体，同尘而不渝其真。"

⑥ "离形"二句：得似：得其神似。斯人：指善于形容的人。此二句谓，善形容者，不求形似，但求神似。

⑦ 超诣：超越尘俗的造诣。刘义庆《世说新语·文学》："诸葛宏年少，不肯学问，始与王夷甫谈，便已超诣。"

⑧ "匪神"四句：超逸之境，非必关涉精神之灵妙，心灵之玄奥，它就体现在现实世界的白云、清风之中。将：与。

⑨ "远引"二句：远招之，其若至；近临之，其已非。超诣之境，若即若离，不执一端。

⑩ "少有"二句：超逸者身上的仙道之气是一种内在的精神境界，而一旦道气外显，道气即俗。只有脱略道气，才是真正的超尘脱俗。

⑪ "乱山"四句：指出超逸境界的物我合一之性。乱山乔木之中，斑斑余辉洒满芳草、绿苔。面对此景，诗人渐渐脱略自我，融入这美妙的大自然之中。

⑫ 落落、矫矫：皆孤独、不合群之意。欲往：欲离开世俗。

⑬ 缑山之鹤：刘向《列仙传》："王子乔者，周灵王太子晋也。好吹笙，作凤凰鸣，游伊洛之间，道人浮丘公接以上嵩高山。三十余年后，求之于山上，见桓良曰：'告我家，七月七日待我于缑氏山巅。'至时，果乘鹤驻山头，望之不可到。举手谢时人，数日而去。"缑山，在今河南偃师县南。华顶：华山顶峰，华山为道教圣地。

缊①。御风蓬叶，泛彼无垠②。如不可执，如将有闻③。识者已领，期之愈分④。

旷达

生者百岁，相去几何⑤。欢乐苦短，忧愁实多。何如尊酒，日往烟萝⑥。花覆茅檐，疏雨相过。倒酒既尽，杖藜行歌⑦。孰不有古，南山峨峨⑧。

流动

若纳水辐，如转丸珠⑨。夫岂可道，假体遗愚⑩。荒荒坤轴，悠悠天枢⑪。载要其端，载同其符⑫。超超神明，返返冥无⑬。来往千载，是之谓乎！

---

① "高人"二句：惠中：即慧心，惠通慧。令色：美好的容颜。缊缊：云雾缭绕。此二句言高人心灵空寂渊深，神情洒落、超然。

② 御风：乘风。蓬叶：蓬草之叶，代指小舟。泛：漂流。

③ "如不"二句：既不可把握，又似有所闻。

④ "识者"二句：对于飘逸之境，善识者悟之于内心；强求者，用力愈勤，离之愈远。领：领悟。期：求。分：分离、得不到。

⑤ 相去：距离死期。

⑥ 烟萝：草树茂密，烟聚萝缠，喻幽僻或修真之处。

⑦ 杖藜：拄着以藜木制成的手杖。

⑧ 古：死。《说文》："古，故也。"南山：通常指终南山，在今西安市南。峨峨：高峻貌。

⑨ 纳水辐：汲水之轮。水辐，即水车。佛教常以"汲井轮"比喻三界轮回，如竺法护译《身观经》："循环三界内，犹如汲井轮。"丸珠：圆珠。《南史》卷二十二《王筠传》："谢朓常见语云：好诗圆美流转如弹丸。"

⑩ "夫岂"二句：道体流动不息，岂可言说？假借物象以示众人。遗愚：明示未能悟道之众人。

⑪ 坤轴、天枢：宇宙运转之轮轴。《宋书·乐志》："天枢凝耀，地纽俪辉。"

⑫ "载要"二句：回归道之本源，契合道之精神。载：语助词。要：求得。端：端绪、本源。符：符节，如虎符（虎形的兵符）。同其符，即与道契合。

⑬ "超超"二句：超然于万物之上的道，于冥无之中往返不息。神明：天地万物的创造者，即道。此二句，语意源于《老子》第25章："有物混成，先天地生，寂兮寥兮，独立而不改，周行而不殆，可以为天地母。吾不知其名，强字之曰道，强为之名曰大。大曰逝，逝曰远，远曰反。"

导　读

　　受人物品评风气的影响，魏晋六朝文艺品评成为一时风气，出现了钟嵘《诗品》、谢赫《画品》、庾肩吾《书品》等著作。钟嵘《诗品》论诗，重在品评风格、追溯流别和判定品第。此后，诗学专题批评著作层出不穷，而直接沿用"诗品"命题者，以题署"唐司空图"的《二十四诗品》最为著名。

　　关于《二十四诗品》的作者，争议颇多，有唐司空图、元虞集等多种说法，目前仍无定论。就经见文献来看，《二十四诗品》最早见于元人所编诗法类杂纂，未题署作者姓名，直到晚明才被单独析出，题为"唐司空图"作。此后，无论是诸家征引还是书目编纂，皆将著作权归于司空图名下。《二十四诗品》历经元、明、清数代文人的转述、抄写、刊刻、阐释，从而确立其在中国诗学史上的经典地位，影响广泛而深远。

　　《二十四诗品》版本十分复杂。主要有：1.《虞侍书诗法》本，题为元虞集撰，现存明正统年间（1436—1449）刻本，题"二十四品"，这是目前所能见到的最早版本。仅存十六品，缺八品。2.怀悦《诗家一指》本，刊于明成化二年（1466），前有怀悦序。3.杨成校刊《诗法》本，刻于明成化十六年（1480），该书五卷，卷二收《诗家一指》，内含《二十四诗品》。后依此本翻刻或重新编校刊行者，有黄省曾《名家诗法》本，朱绂《名家诗法汇编》本，谢天瑞《诗法大成》本等。4.毛晋《津逮秘书》本，该书刻于明崇祯年间，第八集收《诗品二十四则》，这是目前所知《二十四诗品》从《诗家一指》中独立出来、署名司空图的最早版本。此外，还有清顺治四年（1647）宛委山堂刊陶珽重辑《说郛》本、乾隆三十五年

（1770）刻《历代诗话》本等。本书以黄省曾《名家诗法》本为底本。

《二十四诗品》注重对诗歌艺术境界的探寻，每一品讨论一个或数个有关诗学的关键问题，合而为一篇兴象玲珑、意蕴丰赡的诗学著作。作者甄别出二十四类诗歌意境、风格，加以描画与勾勒。这里所谓"风格"，是指"风神气格"，是诗境内含的精神气度。这二十四个品类分别为：雄浑、冲淡、纤秾、沉著、高古、典雅、洗炼、劲健、绮丽、自然、含蓄、豪放、精神、缜密、疏野、清奇、委曲、实境、悲慨、形容、超诣、飘逸、旷达、流动。每品十二句，每句四字，通过意象组合，以诗的形式呈现出各具特色的意境描绘与风格喻托。所论境界、风格类型虽多，然有四个主体审美风格。

第一，雄浑之美。首品即为《雄浑》：

> 大用外腓，真体内充。返虚入浑，积健为雄。具备万物，横绝太空。荒荒油云，寥寥长风。超以象外，得其环中。持之匪强，来之无穷。

积健为雄，返虚为浑，雄浑的核心特征是"健"与"虚"，前者强调力量之雄壮，后者强调空间之浩瀚，时间之绵延。这是一种至大至刚而又无边无际的艺术境界。除《雄浑》外，《二十四诗品》中还有不少品目论及这种艺术风格。如《豪放》：

> 观化匪禁，吞吐大荒。由道返气，处得以狂。天风浪浪，海山苍苍。真力弥满，万象在旁。前招三辰，后引凤凰。晓策六鳌，濯足扶桑。

再如《劲健》：

> 行神如空，行气如虹。巫峡千寻，走云连风。饮真茹强，蓄素守

中。喻彼行健，是谓存雄。天地与立，神化攸同。期之以实，御之
以终。

主体人格"真力弥满""行气如虹"，具有囊括宇宙，吞吐大荒的气概，驱
天地万象乃至神话世界于笔端，从而创造出"雄浑"的艺术境界。

第二，冲淡之美。紧接《雄浑》即为《冲淡》，两者位置有似于《周
易》的乾坤二卦，一阳刚一阴柔。

素处以默，妙机其微。饮之太和，独鹤与飞。犹之惠风，荏苒在
衣。阅音修篁，美曰载归。遇之匪深，即之愈稀。脱有形似，握手
已违。

与雄浑的健壮、阔大相反，冲淡是一种冲和、平淡之美。主体"素处以
默""独鹤与飞"，如兰似菊之气质表现于作品，则为"遇之匪深，即之愈
稀。脱有形似，握手已违"之风格。冲淡是《二十四诗品》的主体风格，
这一风格特征贯穿于诸多品目之中。如《疏野》："倘然适意，岂必有为"；
《形容》："俱似大道，妙契同尘"；《清奇》："神出古异，淡不可收"；《典
雅》："落花无言，人淡如菊"。

《二十四诗品》中，还有《绮丽》《纤秾》二品，似与"冲淡"相反，
其实不然，这二品的实质仍是冲淡。《纤秾》："采采流水，蓬蓬远春。窈
窕深谷，时见美人。"艳丽的外表掩不住冲淡的本质。《绮丽》："浓尽必
枯，淡者屡深。""浓"与"淡"之间的关系是辩证的，近于苏轼《书黄子
思诗集后》所谓"发纤秾于简古，寄至味于淡泊"。

第三，自然之美。《二十四诗品》专辟《自然》一品，其曰："俯拾即
是，不取诸邻。俱道适往，着手成春。"这一审美原则贯穿全书始终。如
《实境》："性情所至，妙不自寻。遇之自天，泠然希音。"《雄浑》："持之
匪强，来之无穷。"《精神》："妙造自然，伊谁与裁？"《沉著》："如有佳
语，大河前横。"《绮丽》："取之自足，良殚美襟。"

第四，流动之美。最后一品为《流动》，曰："若纳水輨，如转丸珠。夫岂可道，假体遗愚。荒荒坤轴，悠悠天枢。载要其端，载同其符。超超神明，返返冥无。来往千载，是之谓乎！"流动，是中国哲学、艺术的根本精神。《周易·泰卦》："无往不复，天地际也。"《老子》（25章）："独立而不改，周行而不殆。"《坛经》："无住为本。"受此影响，中国诗学以"流动"作为审美的基本原则，所谓"好诗圆美流转如弹丸"。《流动》品，以"转丸""天枢""坤轴"等意象表达不可言说的流动之美，并以之通往"冥无"之大道。《流动》是《二十四诗品》的最后一品，带有总结全文的性质，其他诸品无不贯穿这一精神。如《雄浑》："荒荒油云，寥寥长风。超以象外，得其环中。"《冲淡》："脱有形似，握手已违。"《委曲》："道不自器，与之圆方。"《精神》："生气远出，不著死灰。"《劲健》："行神如空，行气如虹。"《洗炼》："空潭泻春，古镜照神"；"流水今日，明月前身"。这是一种不即不离、不粘不滞、圆融无碍之美。

哲学思想上，《二十四诗品》儒、释、道三家思想兼而有之，但玄远超然的禅、道思想是其底色。如论"雄浑"："超以象外，得其环中"；论"冲淡"："素机处默，妙机以微"；论"流动"："超超神明，返返冥无"等。作者倾心于超然玄远的境界及冲淡、自然、超诣之美。这种美感浸染着一层禅心与道玄相融的清空、超脱、古淡的色彩，带有遁隐避世、超尘脱俗的思想特质，表现出对道、禅二家自然超逸、无住无念之超越境界的向往。

艺术形式上，《二十四诗品》最大的特色是诗化。每品，一个两字标题加十二句四言古诗，全为优美的山水田园诗。二十四首诗，通过意象铺排所渲染的风格意境，正好诠释了两字标题的审美意蕴。如"玉壶买春，赏雨茅屋。坐中佳士，左右修竹。白云初晴，幽鸟相逐。眠琴绿荫，上有飞瀑。落花无言，人淡如菊。书之岁华，其曰可读。""茅屋""修竹""白云""幽鸟"等意象一字排开，虽未讲"典雅"二字，却已经把人引入典雅之境，让人真切体验典雅之美，从而收到"不着一字，尽得风流""超以象外，得其环中"之功效。相较于一些寡淡无味的诗法类著作，《二十

二十四诗品

四诗品》以诗的形式阐发诗学理论与审美旨趣，更符合中国诗学的意象批评传统。这种诗化的批评形式，虽然在理解上会有模糊性和不确定性，但是其所指向的深层义理却更加丰富，可供解读和赏玩的空间也更大，而且诗句简洁整饬，读起来朗朗上口，易于传诵。

总体来说，《二十四诗品》在诗学及艺术上的贡献主要有以下两个方面：

一是强调诗歌意境类型的多样性。《四库全书总目提要》称其"所列诸体毕备，不主一格"，把二十四品并列，不分高低优劣，充分体现了其对诗歌意境风格多样性的认识与提倡。作者通过意象与意象组合的书写，把自身的心灵体悟注入其中，试图再现不同风格气貌的诗歌意境。作者既欣赏"雄浑""豪放"的风格，也称赞"绮丽""纤秾"的风格，对于"冲淡""超诣""自然"的风格更是推崇备至。对艺术境界风格多样化的强调，可以有效避免艺术风格的单一性，对于艺术创作与鉴赏都是有益的，是符合艺术内在规律的。

二是借境悟理式的风格体察。《二十四诗品》的作者将其对艺术精神的体悟与风格境界的论述都笼罩在诗意的氛围里，在一个个流动意象的连缀中描绘出极具感兴功能的审美意境，使得读者在对此类意境的感受中，体悟到诗歌境界多样化的风格特征与审美意蕴。可以说，《二十四诗品》开启的是一条借境悟理的论诗之路，这对中国诗学、美学都有重要影响。围绕这一经典，后世通过模仿、续补，产生了许多衍生性文本，如清人黄钺《二十四画品》，以二十四种境界类型论画，明显是受《二十四诗品》的影响。其他续补类的著作，还有袁枚的《续诗品》、江顺诒的《续词品二十则》等。

总的来说，《二十四诗品》于外创设各类诗境与风格，于内蕴藏诗性思维与精神，是中国文论中极具代表性的一篇传神之作，具有极高的理论价值与审美价值，对后世艺术评论与创作都有着十分重要的影响。

沧浪诗话

诗　辩

一

禅家者流，乘有小大，宗有南北①，道有邪正。学者须从最上乘，具正法眼，悟第一义②。若小乘禅，声闻、辟支果③，皆非正也。论诗如论禅，汉、魏、晋与盛唐之诗，则第一义也。大历以还之诗，则小乘禅也，已落第二义矣；晚唐之诗，则声闻、辟支果也。学汉魏晋与盛唐诗者，临济下也④。学大历以还之诗者，曹洞下也⑤。

大抵禅道惟在妙悟⑥，诗道亦在妙悟，且孟襄阳学力下韩退之远甚，而其诗独出退之之上者，一味妙悟而已。惟悟乃为当行，乃为本色。然悟有浅深，有分限，有透彻之悟，有但得一知半解之悟。汉魏尚矣，不假悟也⑦。谢灵运至盛唐诸公，透彻之悟也。他虽有悟者，皆非第一义也。

我评之非僭也，辩之非妄也⑧。天下有可废之人，无可废之言。诗

---

①　宗有南北：中国禅宗，五祖弘忍圆寂以后，分化为以惠能为代表的南宗与以神秀为代表的北宗。

②　最上乘：至高无上的教法，即圆顿教，亦即一佛乘。正法眼：即正法眼藏，佛的心眼彻见正法，名正法眼；深广而含藏万德，名藏。禅宗用正法眼藏来称其教外别传的心印。第一义：即真谛，指至高无上的真理。

③　声闻、辟支果：佛教术语，佛家有三乘：菩萨乘、辟支乘、声闻乘。菩萨乘普济众生，故称大乘；辟支、声闻仅求自渡，故称小乘。辟支乘，又作缘觉乘，指独自悟道者。声闻，指直接听闻佛陀说法而证悟者。

④　临济下：即临济宗人。临济宗，禅宗五家之一，因其开创者义玄的道场在河北镇州（今河北省正定县）临济禅院，故称临济宗。

⑤　曹洞下：即曹洞宗人。曹洞宗，禅宗五家之一，由于此宗的开创者良价和他的弟子本寂先后在江西高安县的洞山、吉水县的曹山，举扬一家宗风，故被后世称为曹洞宗。

⑥　妙悟：佛教术语，殊妙之觉悟。僧肇《涅槃无名论》："玄道在于妙悟，妙悟在于即真。"

⑦　不假悟：佛教术语，指不需要假借外力而自行开悟。

⑧　僭：超越本分。妄：虚妄、无根据。

道如是也。若以为不然，则是见诗之不广，参诗之不熟耳①。试取汉、魏之诗而熟参之②，次取晋、宋之诗而熟参之，次取南北朝之诗而熟参之，次取沈、宋、王、杨、卢、骆、陈拾遗之诗而熟参之，次取开元、天宝诸家之诗而熟参之，次独取李、杜二公之诗而熟参之，又取大历十才子之诗而熟参之③，又取元和之诗而熟参之，又尽取晚唐诸家之诗而熟参之，又取本朝苏黄以下诸家之诗而熟参之，其真是非自有不能隐者。倘犹于此而无见焉，则是野狐外道④，蒙蔽其真识⑤，不可救药，终不悟也。

二

夫学诗者以识为主⑥，入门须正，立志须高；以汉、魏、晋、盛唐为师，不作开元、天宝以下人物。若自退屈，即有下劣诗魔入其肺腑之间，由立志之不高也。行有未至，可加工力；路头一差，愈骛愈远；由入门之不正也。故曰：学其上，仅得其中；学其中，斯为下矣。又曰：见过于师，仅堪传授；见与师齐，减师半德也⑦。

工夫须从上做下，不可从下做上。先须熟读《楚辞》，朝夕讽咏，

---

①参：禅林术语，参究之意，参禅即是通过反究内心而达明心见性之境。

②熟参：禅林术语，又称饱参或参饱，充分悟得之意。《从容录》卷一："不是饱参人不知，参饱明知无所求。"

③大历十才子：指活跃于唐代宗大历年间的一个诗歌群体，此称号最早见于姚合《极玄集》："李端……与卢纶、吉中孚、韩翃、钱起、司空曙、苗发、崔峒、耿沣、夏侯审唱和，号十才子。"

④野狐外道：禅林术语，比喻似是而非之禅法。此语出自唐代禅僧百丈怀海开导野狐之公案。《无门关》第二则："百丈和尚，凡参次，有一老人，常随众听法，众人退，老人亦退。忽一日不退，师遂问：'面前立者复是何人？'老人云：'诺！某甲非人也。于过去迦叶佛时，曾住此山。因学人问：大修行底人还落因果也无？某甲对云：不落因果。五百生堕野狐身。今请和尚代一转语，贵脱野狐。'遂问：'大修行底人，还落因果也无？'师云：'不昧因果。'老人于言下大悟。"外道：佛教徒用以指称佛教以外的一切宗教，此语本无贬义，后被用以指称持异见邪说者，遂成贬称。

⑤真识：佛教三识之一，即自性清净心，也即离生灭相的真心。

⑥识：佛教术语，心之别名，了别之义。这里指心辨别事物真伪、邪正的能力。

⑦"见过"四句：《百丈怀海禅师语录》："见与师齐，减师半德。见过于师，方堪传授。"自己的见识超过老师，才可以授徒；如果仅与老师相当，是不可授徒的，否则功德只相当于老师的一半。

以为之本；及读《古诗十九首》，乐府四篇，李陵、苏武、汉魏五言皆须熟读，即以李、杜二集枕藉观之，如今人之治经，然后博取盛唐名家，酝酿胸中，久之自然悟入①。虽学之不至，亦不失正路。此乃是从顶顭上做来②，谓之向上一路③，谓之直截根源④，谓之顿门⑤，谓之单刀直入也⑥。

三

诗之法有五：曰体制⑦，曰格力⑧，曰气象⑨，曰兴趣⑩，曰音节。

四

诗之品有九：曰高，曰古，曰深，曰远，曰长，曰雄浑，曰飘逸，曰悲壮，曰凄婉。其用工有三：曰起结，曰句法，曰字眼。其大概有二：曰优游不迫，曰沉着痛快。诗之极致有一，曰入神⑪。诗而入神，至矣，尽矣，蔑以加矣！惟李、杜得之，他人得之盖寡也。

---

① 悟入：悟实相之理，入于实相之理。《法华经·方便品》："佛陀欲令众生悟佛知见故，出现于世；欲令众生入佛知见道，故出现于世。"

② 顶顭：头顶。《五灯会元》卷十八："忽然踏着释迦顶顭，磕着圣僧额头。"

③ 向上一路：禅林术语，指禅宗所谓不可思议的彻悟境界。《景德传灯录》卷七："向上一路，千圣不传。学者劳形，如猿捉影。"

④ 直截根源：直契心源，明心见性。永嘉玄觉《证道歌》："直截根源佛所印，摘叶寻枝我不能。"

⑤ 顿门：顿悟法门，禅宗六祖惠能开创的宗门。宗密《禅源诸诠集都序》卷上之一："原夫佛说顿教、渐教，禅开顿门、渐门。"

⑥ 单刀直入：禅林术语，提单刀而直入敌阵，比喻舍弃一切文字义解而直彻心性本源。《人天眼目》卷二："大用天旋，赤手杀人，单刀直入，人境俱夺，照用并行。"

⑦ 体制：严羽又称之为"体"，有两种含义，一是体裁，二是风格。这里应指体裁。

⑧ 格力：劲健爽朗的风格。陶明濬《文艺丛考初编》卷一《诗说杂记》七："格力如人之筋骨，必须劲健。"

⑨ 气象：通过语言、节奏等因素所表现出的气韵、风貌。日本中《童蒙训》卷中："气象者，辞令容止，轻重疾徐，足以见之矣。不唯君子小人于此焉分，亦贵贱寿夭之所由定也。"

⑩ 兴趣：言有尽意无穷的审美趣味。

⑪ 入神：入于神妙之境。

五

　　夫诗有别材，非关书也；诗有别趣，非关理也。然非多读书、多穷理，则不能极其至，所谓不涉理路、不落言筌者[①]，上也。

　　诗者，吟咏情性也。盛唐诸人惟在兴趣，羚羊挂角，无迹可求[②]。故其妙处，透彻玲珑，不可凑泊[③]，如空中之音，相中之色[④]，水中之月，镜中之象，言有尽而意无穷。

　　近代诸公乃作奇特解会，遂以文字为诗，以才学为诗，以议论为诗。夫岂不工？终非古人之诗也。盖于一唱三叹之音，有所歉焉。且其作多务使事，不问兴致[⑤]，用字必有来历，押韵必有出处，读之反复终篇，不知着到何在。其末流甚者，叫噪怒张，殊乖忠厚之风，殆以骂詈为诗。诗而至此，可谓一厄也。

　　然则近代之诗无取乎？曰：有之。吾取其合于古人者而已。国初之诗尚沿袭唐人：王黄州学白乐天[⑥]，杨文公、刘中山学李商隐[⑦]，盛

---

　　①"不涉"二句：没有理性与语言之痕迹。《大慧普觉禅师书》卷第十九《答王教授》："若是曾于理性上得滋味，经教中得滋味，祖师言句上得滋味……都不济事。若要直下休歇，应是从前得滋味处，都莫管他，却去没捞摸处、没滋味处，试着意看。若着意不得，捞摸不得，转觉得没把柄捉把，理路、义路、心意识都不行，如土木瓦石相似时，莫怕落空，此是当人放身命处，不可忽，不可忽。"

　　②"羚羊"二句：羚羊以角挂树而眠，故无迹可寻。《碧岩录》卷一："羚羊挂角，未可以形迹求。"

　　③凑泊：凑近、止泊，捉摸。《景德传灯录》卷十一："我今分明向汝说圣边事，且莫将心凑泊，但向自己性海如实而修。"

　　④相：佛教术语，与性对举，指诸法之形象。色：佛学中，指眼根所对之境，有显色、形色二种，前者有青、黄、赤、白等；后者有长、短、方、圆等。这里，色应指物之颜色。

　　⑤兴致：感兴。

　　⑥王黄州：王禹偁（954—1001），字元之，有《小畜集》，曾任黄州知州，世称王黄州。白乐天：白居易（772—846），字乐天。

　　⑦杨文公：杨亿（974—1020），字大年，"西昆体"代表作家，累官翰林学士，谥文。刘中山：刘筠（970—1030），字子仪，官至翰林学士承旨，谥文恭。文与杨亿齐名，号"杨刘"。

文肃学韦苏州①，欧阳公学韩退之古诗②，梅圣俞学唐人平澹处③，至东坡、山谷始自出己意以为诗④，唐人之风变矣。山谷用工尤为深刻，其后法席盛行，海内称为江西宗派⑤。

近世赵紫芝、翁灵舒辈⑥，独喜贾岛、姚合之诗⑦，稍稍复就清苦之风，江湖诗人多效其体⑧，一时自谓之唐宗⑨；不知止入声闻、辟支之果，岂盛唐诸公大乘正法眼者哉⑩？嗟乎！正法眼之无传久矣！唐诗之说未唱⑪，唐诗之道或有时而明也。今既唱其体曰唐诗矣，则学者谓唐诗诚止于是耳，得非诗道之重不幸邪！故余不自量度，辄定诗之宗旨，且借禅以为喻，推原汉魏以来，而截然谓当以盛唐为法，后舍汉魏

① 盛文肃：盛度(968—1041)，字公量，官至参知政事，谥文肃。韦苏州：韦应物，字义博，曾任苏州刺史，有《韦苏州集》。

② 欧阳公：欧阳修(1007—1072)，字永叔，号六一居士，官至枢密副使参知政事。韩退之：韩愈(768—824)，字退之，世称"韩昌黎""昌黎先生"，晚年官至吏部侍郎，世称"韩吏部"。谥号"文"，故称"韩文公"。

③ 梅圣俞：梅尧臣(1002—1060)，字圣俞，世称宛陵先生。与苏舜钦并称"苏梅"，又与欧阳修并称"欧梅"。有《宛陵集》。

④ 东坡：苏轼号。山谷：黄庭坚号。

⑤ 江西诗派：吕本中《江西诗社宗派图》把以黄庭坚为核心而形成的诗人群体称为"江西诗派"，该派成员多学杜甫、黄庭坚、陈师道、陈与义，此四人被称作"一祖三宗"。

⑥ 赵紫芝：赵师秀(1170—1219)，字紫芝，号灵秀，亦称灵芝，有《清苑斋集》。翁灵舒：翁卷，生卒年不详，字灵舒，有《西岩集》。赵师秀、翁卷与徐照(号灵晖)、徐玑(号灵渊)，四人俱为永嘉(今浙江温州)人，字号皆有"灵"字，号"永嘉四灵"。

⑦ 贾岛(779—843)：字阆仙，一作浪仙，范阳人(今河北涿州)。早年出家为僧，法号无本。后还俗参加科举，累举不中。曾任遂州长江县(今四川遂宁市大英县)主簿，故称贾长江。作诗尚苦吟，多写荒凉枯寂之境，有《贾长江集》。姚合(777—843)：陕州(今河南陕县)人，宰相姚崇曾侄孙。元和进士，授武功主簿，世称姚武功。与贾岛并称"姚贾"。有《少监集》。

⑧ 江湖诗人：即江湖诗派，继"永嘉四灵"后而兴起的一个诗派，因陈起刊刻的《江湖集》而得名。江湖诗人或为布衣，或为下层官吏，大都身份卑微，诗作多抒发欣羡隐逸、鄙弃仕途情绪。成就较著者为戴复古与刘克庄。

⑨ 唐宗：宗唐之诗派。

⑩ 正法眼：禅宗术语，指释尊所说的无上正法，亦即佛祖相传的心印。《释氏稽古略》："佛在灵鹫山中，大梵天王以金色波罗华持以献佛。世尊拈华示众，人天百万悉皆罔摄，独有迦叶，破颜微笑。世尊曰：吾有正法眼藏涅槃妙心，分付迦叶。"

⑪ 唐诗之说：指永嘉四灵、江湖诗派提出的师法晚唐之说，严羽认为其说不合唐诗之道。

而独言盛唐者，谓古律之体备也①。虽获罪于世之君子，不辞也。

诗　体

一

　　《风》《雅》《颂》既亡，一变而为《离骚》，再变而为西汉五言，三变而为歌行、杂体②，四变而为沈、宋律诗③。五言起于李陵、苏武或云枚乘④，七言起于汉武《柏梁》⑤，四言起于汉楚王傅韦孟⑥，六言起于汉司农谷永⑦，三言起于晋夏侯湛⑧，九言起于高贵乡公⑨。

二

　　以时而论，则有：建安体。汉末年号。曹子建父子及邺中七子之诗。⑩黄

　　①"后舍"二句：这是严羽对其"以盛唐为法"主张的解释：只提盛唐而不提汉魏，是因为汉魏只有古体，而盛唐既有古体，又有律体，其古体可以代表汉魏。因此，讲"以盛唐为法"其实是包括汉魏古体的。

　　②杂体：即杂体诗，如回文诗等。

　　③沈宋：沈佺期与宋之问。元稹《唐故工部员外郎杜君墓系铭序》："沈、宋之流，研练精切，稳顺声势，谓之为律诗。由是而后，文体之变极焉。"

　　④或云枚乘：徐陵《玉台新咏》卷一载枚乘《杂诗九首》，其中有八首见于《古诗十九首》。刘勰《文心雕龙·明诗》："古诗佳丽，或云枚叔。"

　　⑤柏梁：汉武帝筑柏梁台，于台上与群臣联句，称《柏梁诗》。

　　⑥韦孟：西汉彭城（今江苏徐州）人，为楚元王傅，又傅其子夷王及孙刘戊。戊荒淫无道，孟作诗讽谏。

　　⑦谷永：字子云，长安（今陕西西安）人，曾任大司农。

　　⑧夏侯湛：字孝若，西晋沛国谯（今安徽亳州）人，其诗已佚。

　　⑨高贵乡公：曹髦（241—260），字彦士，沛国谯县（今安徽亳州）人，魏文帝曹丕之孙。正始五年（244），封郯县高贵乡公。传世文章有《伤魂赋并序》《颜子论》等。

　　⑩建安：汉献帝年号（196—220）。曹子建：名植，曹操第三子，封陈王，谥思。邺中七子：即建安七子。

初体①。魏年号，与建安相接，其体一也。正始体。魏年号，嵇、阮诸公之诗。②太康体。晋年号，左思、潘岳、二张、二陆诸公之诗。③元嘉体。宋年号，颜、鲍、谢诸公之诗。④永明体⑤。齐年号，齐诸公之诗。齐梁体。通两朝而言之。南北朝体。通魏、周而言之，与齐梁体一也。唐初体。唐初犹袭陈、隋之体。盛唐体。景云以后，开元、天宝诸公之诗⑥。大历体。大历十才子之诗。元和体。元、白诸公。⑦晚唐体⑧。本朝体。通前后而言之。元祐体。苏、黄、陈诸公。⑨江西宗派体。山谷为之宗。

三

以人而论，则有：苏李体⑩。李陵、苏武。曹刘体⑪。子建、公干。陶体。渊明。谢体。灵运。徐庾体。徐陵、庾信。沈宋体。佺期、之问。陈拾遗体。陈子昂。王杨卢骆体。王勃、杨炯、卢照邻、骆宾王。张曲江体。始兴文献公九龄。少陵体。太白体。高达夫体。高常侍适。孟浩然体。岑嘉州体。岑参。王右丞体。王维。韦苏州体。韦应物。韩昌黎体。柳子厚体。韦柳体。苏州与仪曹合言之⑫。李长吉体。李商隐体。即西昆体也⑬。卢仝体。白乐天体。元白体。微之、乐天，其体一也。杜牧之体。张藉、王建体。谓乐

---

① 黄初：魏文帝年号（220—226）。

② 正始：魏废帝齐王芳年号（240—249）。嵇、阮：嵇康、阮籍。

③ 太康：西晋武帝年号（280—289）。二张：指张载、张协兄弟。二陆：指陆机、陆云兄弟。

④ 元嘉：南朝宋文帝刘义隆年号（424—453）。颜、鲍、谢：颜延之、鲍照、谢灵运。

⑤ 永明：齐武帝萧赜年号（483—494）。

⑥ 景云：唐睿宗年号（710—711）。开元：唐玄宗年号（713—741）。天宝：玄宗年号（742—756）。

⑦ 元和：唐宪宗李纯年号（806—820）。元、白：元稹、白居易。

⑧ 晚唐体：晚唐诗歌，此处指贾岛、姚合一派。

⑨ 元祐：宋哲宗年号（1086—1093）。苏、黄、陈：苏轼、黄庭坚、陈师道。

⑩ 苏李：指苏武、李陵。惠洪《天厨禁脔》卷上："……皆引韵失粘，既失粘则若不拘声律。然其对偶精到，谓之骨含苏李体。"

⑪ 曹刘：曹植、刘桢，并称为建安诗歌的代表。唐皎然有《奉和陆使君长源水堂纳凉效曹刘体》。

⑫ 仪曹：柳宗元曾官礼部元外郎，旧称仪曹。

⑬ 西昆：得名于《西昆酬唱集》，该书是以杨亿为首的17位馆阁文臣相互唱和、点缀升平的诗歌总集。《西昆酬唱集》之诗，艺术上师法李商隐，具有整饬、典丽的风格特征，被称为"西昆体"。宋人也以"西昆体"称李商隐诗及风格近似的温庭筠诗。

府之体同也①。贾浪仙体。孟东野体。杜荀鹤体。东坡体。山谷体。后山体②。后山本学杜，其语似之者但数篇，他或似而不全，又其他则本其自体耳。王荆公体。公绝句最高，其得意处，高出苏、黄、陈之上，而与唐人尚隔一关③。邵康节体。陈简斋体。陈去非与义也④。亦江西之派而小异。杨诚斋体。其初学半山、后山，最后亦学绝句于唐人。已而尽弃诸家之体，而别出机杼，盖其自序如此也。

四

又有所谓选体。选诗时代不同，体制随异，今人例谓五言古诗为选体⑤，非也。柏梁体。汉武帝与群臣共赋七言，每句用韵，后人谓此体为柏梁。玉台体。《玉台集》乃徐陵所序，汉、魏、六朝之诗皆有之，或者但谓纤艳者为玉台体，其实则不然⑥。西昆体。即李商隐体，然兼温庭筠及本朝杨、刘诸公而名之也。香奁体。韩偓之诗，皆裾裙脂粉之语。有《香奁集》⑦。宫体。梁简文伤于轻靡，时号宫体⑧。

其他体制，尚或不一，然大概不出此耳。

---

① 乐府之体同：宋人论张籍、王建乐府多并称。张戒《岁寒堂诗话》卷上："张籍、王建乐府，专以道得人心中事为工。"

② 后山：陈师道（1053—1101），字履常，一字无己，自号后山居士，彭城（今江苏徐州）人。有《后山集》。

③ 与唐人尚隔一关：杨万里《读唐人及半山诗》："不分唐人与半山，无端横欲割诗坛。半山便遣能参透，犹有唐人是一关。"

④ 陈简斋：陈与义（1090—1138），字去非，号简斋，洛阳人。有《简斋集》。

⑤ 选体：也称选诗，对《文选》所选诗的通称。宋人常以"选体"专指五言诗。刘克庄《后村先生大全集》卷98《林子显诗序》："五言诗，《三百五篇》中间有之，逮汉魏李、苏、曹、刘之作，号为选体。"严羽对这种说法表示反对。

⑥ "玉台集"四句：《玉台新咏》十卷，南朝徐陵编，收汉魏以来与女性相关的作品。序：编次。此书有徐陵序云："选录艳歌，凡为十卷。曾无参于雅颂，亦靡滥于风人。"汉魏六朝之诗皆有之：胡应麟《诗薮》外编卷二："《玉台》所集，于汉魏六朝无所诠择，凡言情皆录之。"在严羽看来，"玉台体"之"艳"是指内容上的"言情"，而非艺术上的"纤艳"。

⑦ "韩偓之诗"三句：韩偓（844—923），字致光，一字致尧，自号玉山樵人，京兆万年（今陕西省西安）人。官至兵部侍郎。有《香奁集》。擅写艳情，词藻华丽，人称"香奁体"。

⑧ 梁简文：萧纲（503—551），梁武帝萧衍第三子，昭明太子萧统同母弟。《梁书》卷四《简文帝本纪》："雅好赋诗，其自序云：'七岁有诗癖，长而不倦。'然伤于轻靡，时号宫体。"

五

　　有古诗。有近体。即律诗也。有绝句。有杂言。有三五七言。自三言而终以七言，隋郑世翼有此诗："秋风清，秋月明。落叶聚还散，寒鸦栖复惊。相思相见知何日，此时此夜难为情。"①有半五六言。晋傅休奕《鸿雁生塞北》之篇是也②。有一字至七字。唐张南史《雪》《月》《花》《草》等篇是也③。又隋人应诏有三十字，凡三句七言，一句九言，不足为法，故不列于此也。有三句之歌。高祖《大风歌》是也。古《华山畿》二十五首④，皆三句之词。其他古诗多如此者。有两句之歌。荆卿《易水歌》是也。又古诗有《青骢白马》《共戏乐》《女儿子》之类，皆两句之词也。⑤有一句之歌。《汉书》"枹鼓不鸣董少年"，一句之歌也。又汉童谣"千乘万骑上北邙"，梁童谣"青丝白马寿阳来"，皆一句也。

　　有口号⑥。或四句，或八句。有歌行。古有《鞠歌行》《放歌行》《长歌行》《短歌行》。又有单以歌名者，行名者，不可枚述。有乐府。汉成帝定郊祀，立乐府，采赵、代、秦、楚之讴以入乐府，以其音调可被于弦管也。乐府俱备诸体⑦，兼统众名也。有楚词。屈原以下仿楚词者，皆谓之楚词。有琴操。古有《水仙操》，辛德源所作；《别鹤操》高陵牧子所作。⑧有谣。沈炯有《独酌谣》，王昌龄有《箜篌谣》，

---

① 郑世翼：荥阳(今属河南)人，弱冠有盛名，官扬州录事参军。"秋风清"六句：载五代后蜀韦縠编《才调集》卷十，题《秋思》，署无名氏。

② 半五六言：一联中，一句六言，一句五言。傅玄(217—278)：字休奕。其《鸿雁生塞北》，载郭茂倩《乐府诗集》卷三七，全诗十八句，每两句皆五六言成句。

③ 张南史：字季直，幽州(今北京)人，《全唐诗》卷二九六收其诗一卷。

④ 古《华山畿》二十五首：载《乐府诗集》卷四十六。

⑤ 易水歌：《史记·刺客列传》："高渐离击筑，荆轲和而歌，为变徵之声，士皆垂泪涕泣。又前而歌曰：风萧萧兮易水寒，壮士一去兮不复还。"《青骢白马》《共戏乐》《女儿子》：皆见《乐府诗集》卷四十九所引《古今乐录》。

⑥ 口号：又称口占，口头号吟之义。或四句，或八句，多为触景生情，不假思索，脱口而出。现存最早者为鲍照《还都口号》。

⑦ 乐府俱备诸体：指乐府包括各种诗体，如四言、五言、七言、杂言等。

⑧ 琴操：古琴曲。蔡邕《琴操》列十二操，九曰《别鹤操》，十一《水仙操》。辛德源：字孝基，陇西狄道(今甘肃临洮)人，历北齐、周、隋三朝，未见其作《水仙操》。高陵牧子：不详。

《穆天子传》有《白云谣》也。①曰吟②。古词有《陇头吟》，孔明有《梁父吟》，文君有《白头吟》。曰词。《选》有汉武《秋风词》,乐府有《木兰词》)。曰引③。古曲有《霹雳引》《走马引》《飞龙引》。曰咏。《选》有《五君咏》,唐储光羲有《群鸦咏》。曰曲。古有《大堤曲》,梁简文有《乌栖曲》。曰篇。《选》有《名都篇》《京洛篇》《白马篇》。曰唱。魏武帝有《气出唱》。曰弄④。古乐府有《江南弄》。曰长调⑤。曰短调。

有四声,有八病⑥。四声设于周颙,八病严于沈约。八病谓平头、上尾、蜂腰、鹤膝、大韵、小韵、旁纽、正纽之辨。作诗正不必拘此,弊法不足据也。又有以叹名者。古词有《楚妃叹》,有《明君叹》。以愁名者。《文选》有《四愁》⑦,乐府有《独处愁》。以哀名者。《选》有《七哀》,少陵有《八哀》。以怨名者。古词有《寒夜怨》《玉阶怨》。以思名者。太白有《静夜思》。以乐名者。齐武帝有《估客乐》,宋臧质有《石城乐》。以别名者。子美有《无家别》《垂老别》《新婚别》。

有全篇双声叠韵者。东坡经字韵诗是也。⑧有全篇字皆平声者。天随子

---

①谣:《尔雅·释乐》:"徒歌谓之谣。"沈炯:字初明,一作礼明,南朝梁武康(今浙江德清)人。明张溥编选《汉魏六朝百三家集》辑有《沈炯集》。其《独酌谣》载《乐府诗集》卷八十七《杂歌谣辞》。王昌龄《箜篌谣》:王有《箜篌引》,未见《箜篌谣》。《穆天子传》:六卷,西晋时期发现的汲冢竹书之一种,撰者不详。所记乃周穆王西行之事。卷三有西王母为穆天子所唱《白云谣》。

②吟:古代诗歌体裁的一种。姜夔《白石道人诗说》:"悲如蛩螀曰吟,通乎俚俗曰谣,委曲尽情曰曲。"

③引:琴曲体裁。元稹《乐府古题序》:"其在琴瑟者,为操,为引。"

④弄:明胡震亨《唐音癸签》卷一:"咏以永其言,吟以呻其郁,叹以抒其伤,唱则吐于喉吻,弄则被诸丝管,此皆以其声为名者也。"

⑤长调:指七言诗,短调指五言诗。

⑥四声:齐永明间,周颙作《四声切韵》,提出以平上去入四声制韵。八病:沈约《四声谱》根据汉字四声和双声叠韵的特点来研究诗句中声、韵、调的配合,指出八种五言诗应该避免的弊病,即平头、上尾、蜂腰、鹤膝、大韵、小韵、旁纽、正纽,称为八病。

⑦《四愁》:张衡《四愁诗》。

⑧双声叠韵:两个字的古声母相同为双声,古韵母相同为叠韵。东坡经字韵诗:指苏轼《西山戏题武昌王居士》:"江干高居坚关扃,犍耕躬稼角挂经。篙竿系舸菰交隔,笳鼓过军鸡狗惊。解襟顾影各箕踞,击剑赓歌几举觥。荆笋供脍愧搅聒,干锅更戛甘瓜羹。"

《夏日诗》①，四十字皆是平。又有一句全平，一句全仄者。有全篇字皆仄声者。梅圣俞"酌酒与妇饮"之诗是也。②有律诗上下句双用韵者。第一句，第三、五、七句，押一仄韵；第二句，第四、六、八句，押一平韵。唐章碣有此体③，不足为法。漫列于此，以备其体耳。又有四句平入之体，四句仄入之体，无关诗道，今皆不取。有辘轳韵者。双出双入。④有进退韵者。一进一退。⑤有古诗一韵两用者。《文选》曹子建《美女篇》有两"难"字，谢康乐《述祖德诗》有两"人"字，其后多有之。有古诗一韵三用者。《文选》任彦升《哭范仆射》诗三用"情"字也。有古诗三韵六七用者。古《焦仲卿妻诗》是也。有古诗重用二十许韵者。《焦仲卿妻诗》是也。有古诗旁取六七许韵者。韩退之"此日足可惜"篇是也⑥。凡杂用东、冬、江、阳、庚、青六韵。欧阳公谓：退之遇宽韵则故旁入他韵，非也。此乃用古韵耳，于《集韵》自见之。有古诗全不押韵者。古《采莲曲》是也。有律诗至百五十韵者。少陵有古韵律诗，白乐天亦有之，而本朝王黄州有百五十韵五言律。有律诗止三韵者。唐人有六句五言律，如李益诗"汉家今上郡，秦塞古长城。有日云常惨，无风沙自惊。当今天子圣，不战四方平"是也。

　　有律诗彻首尾对者。少陵多此体，不可概举。有律诗彻首尾不对者。盛唐诸公有此体，如孟浩然诗："挂席东南望，青山水国遥。轴轳争利涉，来往接风潮。问我今何适，天台访石桥。坐看霞色晚，疑是赤城标。"又"水国无边际"之篇，又太白"牛渚西江夜"之篇。皆文从字顺，音韵铿锵，八句皆无对偶者。有后章字接前章者⑦。曹子建《赠白马王彪》之诗是也。有四句通义者。如少陵"神女峰娟妙，昭君宅有无，曲留明怨惜，梦尽失欢娱"是也。有绝句折腰者⑧。有八句折

---

① 天随子：陆龟蒙，字鲁望，吴郡（今江苏苏州）人，号天随子。有《夏日闲居作四声诗寄袭美》四首，第一首40字皆平声。

② "梅圣俞"句：梅尧臣《舟中夜与家人饮》："月出断岸口，影照别舸背。且独与妇饮，颇胜俗客对。月渐上我席，暝色亦稍退。岂必在秉烛，此景已可爱。"

③ 章碣（836—905）：字丽山，章孝标之子。乾符三年（876）登进士。著有《章碣集》。

④ 辘轳韵：律诗用韵的一种格式。第二、四两句押一韵，第六、八两句押与之相通的另一韵，双出双入，此起彼落，有似辘轳。

⑤ 进退韵：律诗用韵的一种格式。一首诗押两个相近的韵部，隔句一换韵，一进一退，故名。

⑥ 此日足可惜：韩愈《此日足可惜赠张籍》。

⑦ 有后章字接前章：后章首二字与前章尾二字相同。

⑧ 折腰：即失粘，指绝句或律诗中平仄失误，声韵不相粘。

腰者。

有拟古。有连句①。有集句②。有分题③。古人分题，或各赋一物，如云送某人分题得某物也。或曰探题。有分韵④。有用韵。有和韵。有借韵。如押七支韵，可借八微或十二齐韵是也。有协韵。《楚词》及《选》诗多用协韵。有今韵。有古韵。如退之《此日足可惜》诗用古韵也，《选》诗盖多如此。有古律。陈子昂及盛唐诸公多此体。有今律。有颔联。有颈联。有发端。有落句。结句也。

有十字对⑤。刘眘虚"沧浪千万里，日夜一孤舟"是也。有十字句⑥。常建"曲径通幽处，禅房花木深"等是也。有十四字对。刘长卿"江客不堪频北望，塞鸿何事又南飞"是也。有十四字句。崔颢"黄鹤一去不复返，白云千载空悠悠"。又太白"鹦鹉西飞陇山去，芳洲之树何青青"是也。有扇对。又谓之隔句对。如郑都官"昔年共照松溪影，松折碑荒僧已无。今日还思锦城事，雪消花谢梦何如"是也。盖以第一句对第三句，第二句对第四句。有借对⑦。孟浩然"厨人具鸡黍，稚子摘杨梅"；太白"水舂云母碓，风扫石楠花"；少陵"竹叶于人既无分，菊花从此不须开"是也。有就句对⑧。又曰当句有对。如少陵"小院回廊春寂寂，浴凫飞鹭晚悠悠"，李嘉佑"孤云独鸟川光暮，万里千山海气秋"是也。前辈于文亦多此体，如王勃"龙光射斗牛之墟，徐孺下陈蕃之榻"，乃就句对也。

六

论杂体则有：风人⑨。上句述一语，下句释其义，如古《子夜歌》《续曲歌》

---

① 连句：又称联句，两人以上共赋诗，每人一句或数句，连缀成篇。

② 集句：集他人诗句以成诗。

③ 分题：古人燕集或送别，分题赋诗，题目随机分配，又称探题。

④ 分韵：多人选择若干字为韵赋诗，拈得某字即以某字之韵为诗，是谓分韵。

⑤ 十字对：一联十字叙一件事，而上下句对偶。十四字对，同。

⑥ 十字句：一联叙述一件事，上下句不完全对偶。十四字句，同。

⑦ 借对：对仗之一种，也称假对。指借字面或字音构成对偶。

⑧ 就句对：指一句中的词语自成对偶，又称当句对。

⑨ 风人：原指采集民间歌谣之人，后也指民间歌谣。

之类，则多用此体。槁砧^①。古乐府"槁砧今何在，山上复安山；何当大刀头，破镜飞上天"，僻辞隐语也。五杂俎^②。见乐府。两头纤纤^③。亦见乐府。盘中^④。《玉台集》有此诗。苏伯玉妻作，写之盘中，屈曲成文也。回文。起于窦滔之妻，织锦以寄其夫也。反复。举一字而诵，皆成句，无不押韵，反覆成文也。李公《诗格》有此二十字诗。^⑤离合^⑥。字相拆合成文，孔融"渔父屈节"之诗是也。虽不关诗之轻重，其体制亦古。建除。鲍明远有《建除诗》，每句首冠以"建除平定"等字。其诗虽佳，盖鲍本工诗，非因建除之体而佳也。字谜、人名、卦名、数名、药名、州名。如此诗，只成戏谑，不足法也。又有六甲、十属之类^⑦，及藏头、歇后等体。今皆削之。近世有李公《诗格》，泛而不备，惠洪《天厨禁脔》，最为误人。今此卷有旁参二书者，盖其是处不可易也。

诗　法

一

学诗先除五俗：一曰俗体^⑧，二曰俗意，三曰俗句，四曰俗字，五曰俗韵。

---

① 槁砧：古时妇女称呼丈夫的隐语，这里指隐语诗。

② 五杂俎：或作五杂组，三言六句，以首句名篇。《艺文类聚》卷五十六有《古五杂组诗》。南朝以后，颇有拟作。

③ 两头纤纤：《艺文类聚》卷五十六有《古两头纤纤诗》。

④ 盘中：即盘中诗。《玉台新咏》卷九《盘中诗》，列于傅玄诗后。

⑤ 反复：从诗中任意一字读起皆可成诗。李公《诗格》：李淑《诗苑类格》，已佚。

⑥ 离合：通过字的拆（离）与合组成新字，纯属文字游戏。

⑦ 六甲：沈炯《六甲诗》，诗句依次使用甲乙丙丁戊己庚辛壬癸十字。十属：指十二属相诗。沈炯有《十二属诗》。

⑧ 俗体：此处既指体裁之俗，也指风格之俗。

二

有语忌，有语病①，语病易除，语忌难除。语病古人亦有之，惟语忌则不可有。

三

须是本色，须是当行②。

四

对句好可得，结句好难得，发句好尤难得③。

五

发端忌作举止，收拾贵在出场④。

六

不必太著题⑤，不必多使事。

七

押韵不必有出处，用字不必拘来历⑥。

---

①语忌：语言上的忌讳，指因书写习惯或趣味而形成的写作痼疾。语病：指措辞失当、不合逻辑等毛病。

②本色、当行：皆指契合诗体的本质特征。《诗辩》："唯悟乃为当行，乃为本色。"

③对句：律诗的中间两联，即颔联、颈联。结句：尾联。发句：首联。

④发端：发句。举止：装模作样。收拾：结尾。出场：杂剧演出的收场，以打诨、切题为贵。此二句谓，发句忌造作，结尾贵在照应主旨，让人回味。

⑤不必太着题：扣题过紧显得生硬，不够洒脱，苏轼《书鄢陵王主簿所画折枝二首（其一）》所谓"赋诗必此诗，定非知诗人"。《朱子语类》卷一百四十："先生因说：古人做诗，不十分着题，却好；今人做诗，愈着题，愈不好。"

⑥用字：原作"用事"，据《诗人玉屑》本改。《诗辩》云："近代诸公乃作奇特解会，遂以文字为诗，以才学为诗，以议论为诗。……且其作多务使事，不问兴致，用字必有来历，押韵必有出处。"

八

下字贵响，造语贵圆①。

九

意贵透彻，不可隔靴搔痒；语贵脱洒，不可拖泥带水②。

十

最忌骨董，最忌趁贴③。

十一

语忌直，意忌浅，脉忌露，味忌短，音韵忌散缓，亦忌迫促。

十二

诗难处在结裹④，譬如番刀，须用北人结裹，若南人便非本色。

十三

须参活句，勿参死句⑤。

---

① 下字贵响：响，指音节响亮。于诗句的关键处，如五言的第三字、七言的第五字，用响亮音节的字。造语贵圆：《南史》卷二十二《王筠传》："谢朓常见语云：好诗圆美流转如弹丸。"圆：语句圆熟，给人以信手拈来、毫不费力之感。

② 透彻、隔靴搔痒、脱洒：皆当时禅林习用语。透彻：指对佛法彻底圆满的体验。《五灯会元》卷二十："婺州双溪保初禅师上堂：'未透彻，不须呈。十方世界廓然明，孤峰顶上通机照，不用看他北斗星。'"隔靴搔痒：对佛法的理解不够透彻。《五灯会元》卷八："师曰：'辨得也未？'曰：'恁么则识性无根去也。'师曰：'隔靴搔痒。'"脱洒：指破除一切外相而达于无执无着的境界。《五灯会元》卷三："上堂曰：'即心即佛是无病求药句，非心非佛是药病对治句。'僧问：'如何是脱洒底句？'师曰：'伏牛山下古今传。'"

③ 骨董：用语故作高深。趁贴：生搬硬套。趁，通"衬"。

④ 结裹：局部、细节方面的处理。下句所谓番刀之结裹，指番刀刀柄上缠裹的丝绸之类的装饰。

⑤ 活句、死句：禅林用语，又称活语、死语。意在言外之句为活句，意尽于中之句为死句，又称死于句下。惠洪《林间录》卷上，举出洞山初禅师之语："语中有语，名为死句；语中无语，名为活句。"参，即参究。

十四

词气可颉颃，不可乖戾①。

十五

律诗难于古诗，绝句难于八句，七言律诗难于五言律诗，五言绝句难于七言绝句。

十六

学诗有三节：其初不识好恶，连篇累牍，肆笔而成；既识羞愧，始生畏缩，成之极难；及其透彻，则七纵八横，信手拈来，头头是道矣。

十七

看诗须着金刚眼睛，庶不眩于旁门小法②。禅家有金刚眼睛之说。

十八

辨家数如辨苍白③，方可言诗。荆公评文章先体制，而后文之工拙。

十九

诗之是非不必争，试以己诗置之古人诗中，与识者观之而不能辨，则真古人矣。

---

　　①颉颃：刚直不屈。乖戾：古怪偏执，不合情理。

　　②金刚眼睛：佛教术语，指洞彻宇宙、人生真谛的慧眼。《景德传灯录》卷二十五："唯有金刚眼睛凭助汝发明真心。汝若会得，能破无名黑暗。"小法：佛教术语，指小乘之法。《法华经·方便品》："钝根乐小法。"

　　③家数：原指家族之秘方，应用于诗，指某派之总体风格，近于下文的"体制"。苍白：青白。

诗　评

一

大历以前，分明别是一副言语；晚唐，分明别是一副言语；本朝诸公，分明别是一副言语。如此见，方许具一只眼①。

二

盛唐人，有似粗而非粗处，有似拙而非拙处。

三

五言绝句：众唐人是一样，少陵是一样，韩退之是一样，王荆公是一样，本朝诸公是一样。

四

盛唐人诗，亦有一二滥觞晚唐者，晚唐人诗，亦有一二可入盛唐者，要当论其大概耳。

五

唐人与本朝人诗，未论工拙，直是气象不同②。

六

唐人命题③，言语亦自不同。杂古人之集而观之，不必见诗，望其

① 一只眼：禅林用语，指真实正见之慧眼，非凡夫之肉眼。义同顶门眼、正眼、活眼、明眼。《碧岩录》第八则："具一只眼，可以坐断十方，壁立千仞。"
② 气象，源于皎然《诗式》，指诗歌的整体风貌和内在气质。
③ 命题：给诗歌确定题目。

题引而知其为唐人今人矣①。

七

大历之诗，高者尚未失盛唐，下者渐入晚唐矣。晚唐之下者，亦堕野狐外道鬼窟中②。

八

或问："唐诗何以胜我朝？"唐以诗取士，故多专门之学，我朝之诗所以不及也。

九

诗有词理意兴③。南朝人尚词而病于理；本朝人尚理而病于意兴；唐人尚意兴而理在其中；汉魏之诗，词理意兴，无迹可求。

十

汉魏古诗，气象混沌，难以句摘④。晋以还方有佳句，如渊明"采菊东篱下，悠然见南山"，谢灵运"池塘生春草"之类。谢所以不及陶者，康乐之诗精工、渊明之诗质而自然耳。

十一

谢灵运之诗，无一篇不佳。

---

①题引：诗题及序引。

②鬼窟：禅林用语，指幽鬼所栖之处，即暗黑之处。比喻拘泥于情识、盲昧无所见之境界；或指习禅求悟之过程，陷入空之一端而执之为悟，滞碍不通，反成邪见。《联灯会要》卷四："南泉被这僧一问，不免向鬼窟里作活计。"

③词：语句辞采。理：义理。意兴：即兴趣，指言有尽而意无穷的审美趣味。

④气象混沌：浑然一体、不可分剖的审美风貌。句摘：即摘句。

十二

黄初之后①，惟阮籍《咏怀》之作，极为高古，有建安风骨。晋人舍陶渊明、阮籍嗣宗外，惟左太冲高出一时②，陆士衡独在诸公之下③。

十三

颜不如鲍，鲍不如谢。文中子独取颜，非也。④

十四

建安之作，全在气象，不可寻枝摘叶。灵运之诗，已是彻首尾成对句矣⑤，是以不及建安也。

十五

谢朓之诗，已有全篇似唐人者，当观其集方知之。

十六

戎昱在盛唐为最下⑥，已滥觞晚唐矣。戎昱之诗，有绝似晚唐者。权德舆之诗⑦，却有绝似盛唐者。权德舆或有似韦苏州、刘长卿处。

十七

顾况诗多在元白之上，稍有盛唐风骨处。

---

① 黄初：魏文帝曹丕年号（220—226）。

② 左太冲：左思（约250—305），字太冲，有《左太冲集》。

③ 陆士衡：陆机（261—303），字士衡。

④ 颜：颜延之。鲍：鲍照。谢：谢灵运。文中子：王通（584—617），字仲淹，河东龙门（今山西万荣）人，门人私谥文中子。

⑤ 彻首尾成对句：谓谢灵运诗全为工整的对句，虽精工，然缺少气象混沌之美感。

⑥ 戎昱：荆州（今湖北江陵）人，宪宗时人，虔州、辰州刺史。

⑦ 权德舆（759—818）：字载之，天水（今属甘肃）人。有《权文公集》五十卷，佚。

十八

冷朝阳在大历才子中为最下①。马戴在晚唐诸人之上②。刘沧、吕温亦胜诸人③。李频不全是晚唐，间有似刘随州处④。陈陶之诗⑤，在晚唐人中，最无可观。薛逢最浅俗⑥。

十九

大历以后，我所深取者，李长吉、柳子厚、刘言史、权德舆、李涉、李益耳⑦。

二十

大历后，刘梦得之绝句，张籍、王建之乐府，吾所深取耳。

二一

李、杜二公，正不当优劣。太白有一二妙处，子美不能道；子美有一二妙处，太白不能作。

① 冷朝阳：江宁（今南京）人，代宗大历四年（769）进士。辛文房《唐才子传》卷四称其"在大历诸才子，法度稍弱，字韵清越不减"。

② 马戴（799—869）：字虞臣，华州（今属陕西）人。唐武宗会昌四年（844）进士，官至国子博士，曾与贾岛等唱和。

③ 刘沧：字蕴灵，汶阳（今山东宁阳）人。唐宣宗大中八年（854）进士。吕温（772—811），字和叔，又字化光，河中（今山西运城）人。德宗贞元十四年（798）进士，次年又中博学宏词科。得王叔文推荐，迁左拾遗。因与宰相李吉甫有隙，贬道州刺史，后徙衡州，世称"吕衡州"。有《吕温集》十卷。

④ 李频：字德新，睦州清溪（今浙江淳安）人。宣宗大中八年（854）进士。《新唐书·艺文志》著录《李频诗》一卷。刘随州：刘长卿，字文房，宣城（今属安徽）人。唐玄宗天宝年间进士。官终随州刺史，世称刘随州。

⑤ 陈陶：字嵩伯，剑浦（今福建漳州）人。屡举进士不第，自称三教布衣。

⑥ 薛逢：字陶臣，蒲州河东（今山西永济）人。唐武宗会昌元年（841）进士。《全唐诗》卷五四八录其诗一卷。

⑦ 刘言史：赵州（今河北赵县）人。与李贺同时，工诗。《新唐书》著录《刘言史歌诗》六卷，《全唐诗》卷四六八录其诗一卷。李涉：字清溪，洛阳（今河南）人。《全唐诗》卷四七七录其诗一卷。李益（746—829）：字君虞，陇西姑臧（今甘肃武威）人。大历四年（769）进士，"大历十才子"之一。《全唐诗》卷二八二、二八三录其诗二卷。

二二

子美不能为太白之飘逸，太白不能为子美之沉郁。太白《梦游天姥吟》《远别离》等，子美不能道；子美《北征》《兵车行》《垂老别》等，太白不能作。论诗以李、杜为准，挟天子以令诸侯也。

二三

少陵诗法如孙吴，太白诗法如李广①。少陵如节制之师②。

二四

少陵诗，宪章汉魏，而取材于六朝；至其自得之妙，则前辈所谓集大成者也③。

二五

观太白诗者，要识真太白处。太白天材豪逸，语多率然而成者。学者于每篇中，要识其安身立命处可也④。

二六

太白发句，谓之开门见山。

---

① 孙吴：孙武、孙膑、吴起，三人用兵法度谨严。见《史记·孙子吴起列传》。李广：李广用兵，不以法度。见《史记·李将军列传》。

② 节制之师：法度谨严之师，此指杜甫诗法度严密。

③ 集大成：陈师道《后山诗话》："苏子瞻曰：子美之诗，退之之文，鲁公之书，皆集大成者也。"

④ 安身立命处：精神寄托之处。《大慧普觉禅师普说》卷十六："敢保诸人十二时中未有安身立命处。"朱熹《晦庵集》卷三十二《答张敬夫》："乃知浩浩大化之中，一家自有一个安宅，正是自家安身立命、主宰知觉处。"严羽以"安身立命处"指代李白诗的根本旨趣。

二七

李、杜数公，如金翅擘海、香象渡河①，下视郊、岛辈，直虫吟草间耳②。

二八

人言太白仙才，长吉鬼才。③不然，太白天仙之词，长吉鬼仙之词耳。

二九

玉川之怪④，长吉之瑰诡，天地间自欠此体不得。

三十

高、岑之诗悲壮，读之使人感慨；孟郊之诗刻苦，读之使人不欢。

三一

楚词⑤，惟屈、宋诸篇当读之。外此，惟贾谊《怀长沙》、淮南王《招隐》、严夫子《哀时命》宜熟读⑥。此外亦不必也。

---

① 金翅擘海：金翅，即金翅鸟。佛教常以金翅鸟王比喻佛法，谓其能以巨力拨开生死苦海。此处，严羽以金翅擘海比喻李杜诗歌雄健有力。香象渡河：佛教比喻彻悟教法。《阿毗达磨大毗婆沙论》卷一四三："故经喻以三兽渡河，谓兔、马、象。兔于水上但浮而渡，马或履地或浮而渡，香象恒时蹈底而渡。声闻、独觉及与如来，渡缘起河，如次亦尔。"严羽此处以"香象渡河"比喻李杜诗歌雄浑透彻。

② "郊岛"句：郊、岛，孟郊与贾岛。欧阳修《读李白集》："下视区区郊与岛，萤飞露湿吟秋草。"

③ "人言"二句：王得臣《尘史》卷二："庆历间，宋景文诸公在馆尝评唐人诗云：太白仙才，长吉鬼才。"

④ 玉川：卢仝，号玉川子，济源（今属河南）人。

⑤ 楚辞：泛指楚辞体，而非专指刘向所编《楚辞》。

⑥ 贾谊《怀长沙》：指《史记·贾谊传》所载贾谊《吊屈原赋》。淮南王《招隐》：王逸《楚辞章句》卷十二载淮南小山《招隐士》；李善注《文选》卷三十三收录此篇，作者为淮南王刘安。严夫子《哀时命》：严忌，本姓庄，西汉人，东汉时因避明帝刘庄讳，改为严，人称严夫子。辞赋现存《哀时命》一篇。

三二

《九章》不如《九歌》，《九歌》《哀郢》尤妙。

三三

前辈谓《大招》胜《招魂》①，不然。

三四

读《骚》之久，方识真味。须歌之抑扬，涕泪满襟，然后为识《离骚》。否则如戞釜撞瓮耳②。

三五

唐人惟柳子厚深得骚学③，退之、李观，皆所不及。若皮日休《九讽》④，不足为骚。

三六

韩退之《琴操》极高古，正是本色，非唐贤所及。

三七

释皎然之诗，在唐诸僧之上。唐诗僧有法震、法照、无可、护国、灵一、清江、无本、齐己、贯休也。

---

① "前辈"句：《大招》，王逸《楚辞章句》卷十："《大招》者，屈原之所作也，或曰景差，疑不能明也。"朱熹《楚辞集注》卷七《大招》题解，认为《大招》为景差所作，并于理学家立场，谓《大招》所体现的有关天道、政治方面的见解高过《招魂》。《招魂》为宋玉所作。

② 戞釜撞瓮：敲击瓦锅与陶罐，比喻粗俗之音。戞，敲击。

③ 柳子厚深得骚学：柳宗元贬永州，创作十余篇骚体文，严羽认为深得屈原作品之精髓。

④ 皮日休《九讽》：皮日休，字袭美，襄阳（今属湖北）人。咸通八年（867）进士，官太常博士。有《皮子文薮》十卷。皮日休拟屈原《九章》《九歌》而作《九讽》，包括《正俗》《遇谤》《见逐》《悲游》《悯邪》《端忧》《纪祀》《舍慕》《洁死》九篇。

三八

集句惟荆公最长，《胡笳十八拍》浑然天成①，绝无痕迹，如蔡文姬肺肝间流出。

三九

拟古惟江文通最长，拟渊明似渊明，拟康乐似康乐，拟左思似左思，拟郭璞似郭璞，独拟李都尉一首②，不似西汉耳。

四十

虽谢康乐拟邺中诸子之诗③，亦气象不类。至于刘休玄《拟行行重行行》等篇④，鲍明远《代君子有所思》之作，仍是其自体耳。

四一

和韵最害人诗⑤。古人酬唱不次韵⑥，此风始盛于元、白、皮、陆。本朝诸贤，乃以此而斗工⑦，遂至往复有八九和者。

四二

孟郊之诗，憔悴枯槁，其气局促不伸⑧，退之许之如此⑨，何耶？

---

① 胡笳十八拍：中国古琴曲，载郭茂倩《乐府诗集》卷五十九，题汉蔡琰作。学界多认为是唐人作品。此处《胡笳十八拍》指王安石的集句诗，载《王安石集》卷三十七。

② 李都尉：李陵。

③ 谢康乐拟邺中诸子之诗：《文选》卷三十载谢灵运《拟魏太子邺中集诗八首》，拟曹丕及建安七子之诗各一首。

④ 刘休玄：刘铄（431—453），字休玄，南朝宋文帝刘义隆第四子，《文选》卷三十一载刘休玄《拟行行重行行》。

⑤ 和韵：和其诗用其韵。

⑥ 次韵：和诗不但韵脚、用字与原诗相同，而且次序也同。

⑦ 斗工：在用韵的精工上争短长。

⑧ 局促不伸：束手束脚，意气不舒展。

⑨ 退之许之如此：韩愈在《荐士》《醉赠张秘书》《送孟东野序》等诗文中大力推举孟郊。

诗道本正大，孟郊自为之艰阻耳。

四三

孟浩然之诗，讽咏之久，有金石宫商之声。

四四

唐人七言律诗，当以崔颢《黄鹤楼》为第一。

四五

唐人好诗，多是征戍、迁谪、行旅、离别之作，往往能感动激发人意。

四六

苏子卿诗："幸有弦歌曲，可以喻中怀。请为游子吟，泠泠一何悲！丝竹厉清声，慷慨有余哀。长歌正激烈，中心怆以摧。欲展清商曲，念子不能归。"今人观之，必以为一篇重复之甚①，岂特如《兰亭》"丝竹管弦"之语邪？古诗正不当以此论之也。

四七

《十九首》："青青河畔草，郁郁园中柳。盈盈楼上女，皎皎当窗牖。娥娥红粉妆，纤纤出素手。"一连六句，皆用叠字，今人必以为句法重复之甚。古诗正不当以此论之也。

四八

任昉《哭范仆射》诗②，一首中凡两用"生"字韵，三用"情"字

① 一篇重复之甚：指苏武上诗中反复出现"弦歌曲""游子吟""清商曲"等，语意重复。下文引王羲之《兰亭序》"丝竹管弦"，也是此意。

② 任昉（460—508）：字彦升，乐安（今山东省寿光）人，谥号敬子。

韵。"夫子值狂生""千龄万恨生"，犹是两义①。"犹我故人情""生死一交情""欲以遣离情"，三"情"字皆用一意。

《天厨禁脔》谓②："平韵可重押，若或平或仄，则不可。"彼但以《八仙歌》言之耳，何见之陋邪？《诗话》谓："东坡两'耳'韵，两'耳'义不同，故可重押。"③要之亦非也④。

四九

刘公干《赠五官中郎将》诗："昔我从元后，整驾至南乡。过彼丰沛都，与君共翱翔。"元后，盖指曹操也。至南乡，谓伐刘表之时。丰沛都，喻操谯郡也。王仲宣《从军诗》云："筹策运帷幄，一由我圣君。"圣君亦指曹操也。又曰："窃慕负鼎翁，愿厉朽钝姿。"是欲效伊尹负鼎干汤以伐桀也。是时，汉帝尚存，而二子之言如此，一曰元后，一曰圣君，正与荀彧比曹操为高、光同科⑤。或以公干平视美人为不屈⑥，是未为知人之论。《春秋》诛心之法，二子其何逃⑦？

五十

古人赠答，多相勉之词。苏子卿云："愿君崇令德，随时爱景光。"李少卿云："努力崇明德，皓首以为期。"刘公干云："勉哉修令德，北面自宠珍。"杜子美云："君若登台辅，临危莫爱身。"往往是此意。有

---

① 犹是两义：前者为"人"意，后者为"产生"意。

②《天厨禁脔》：惠洪诗格类著作。

③ "东坡"三句：苏轼《送江公著知吉州》，自注曰："二耳义不同，故得重用。"《王直方诗话》曾引此诗及注，严羽此处所谓《诗话》，似指《王直方诗话》。

④ 要之亦非：严羽认为，古体诗的押韵要服从情感表达的需要，不必刻意回避重复押韵问题。

⑤ 荀彧比曹操为高、光：荀彧将曹操比作汉高祖、光武帝，事见《三国志·魏书·荀彧传》。同科：同类。

⑥ "公干"句：《三国志·魏书·王粲传》注引《文士传》："桢辞旨巧妙皆如是。由是特为诸公子所亲爱。其后太子尝请诸文学，酒酣坐欢，命夫人甄氏出拜，坐中众人咸伏，而桢独平视。太祖闻之，乃收桢，减死，输作。"

⑦ "春秋"二句：诛心之法：指《春秋》对人不良动机的责罚。二子其何逃：刘桢、王粲在汉献帝尚在位时就以"元后""圣君"称曹操，按《春秋》诛心之法，二人有弑君之罪。

如高达夫《赠王彻》云："我知十年后，季子多黄金。"金多何足道，又甚于以名位期人者。此达夫偶然漏逗处也^①。

考　证

一

少陵与太白，独厚于诸公，诗中凡言太白十四处。至谓"世人皆欲杀，吾意独怜才"；"醉眠秋共被，携手日同行"；"三夜频梦君，情亲见君意"：其情好可想。《遁斋闲览》谓二人"名既相逼，不能无相忌"^②，是以庸俗之见，而度贤哲之心也。予故不得不辩。

二

《古诗十九首》，非止一人之诗也。《行行重行行》，乐府以为枚乘之作，则其他可知矣。

三

《古诗十九首》《行行重行行》，《玉台》作两首，自"越鸟巢南枝"以下，别为一首，当以《选》为正。

四

《文选》长歌行，只有一首《青青园中葵》者。郭茂倩《乐府》有两篇，次一首乃《仙人骑白鹿》者。《仙人骑白鹿》之篇，予疑此词"岧岧山上亭"以下，其义不同，当又别是一首，郭茂倩不能辨也。

---

① 漏逗：疏忽。
② 《遁斋闲览》：北宋陈正敏撰写。

五

《文选》《饮马长城窟》古词，无人名，《玉台》以为蔡邕作。

六

古词之不可读者，莫如《巾舞歌》，文义漫不可解也。又古《将进酒》《芳树》《石留》《豫章行》等篇，皆使人读之茫然。又《朱鹭》《雉子班》《艾如张》《思悲翁》《上之回》等，只二三句可解。岂非岁久文字舛讹而然邪？

七

《木兰歌》"促织何唧唧"，《文苑英华》作"唧唧何切切"，又作"唧唧"；《乐府》作"唧唧复唧唧"，又作"促织何唧唧"。当从《乐府》也。

八

"愿驰千里足"，郭茂倩《乐府》作"愿借明驼千里足"，《酉阳杂俎》作"愿驰千里明驼足"。渔隐不考[1]，妄为之辩。

九

《木兰歌》最古，然"朔气传金柝，寒光照铁衣"之类，已似太白，必非汉魏人诗也。

十

《木兰歌》，《文苑英华》直作韦元甫名字[2]，郭茂倩《乐府》有两篇，其后篇乃元甫所作也。

---

[1] 渔隐：胡仔，字元任，宋绩溪（今属安徽）人。卜居湖州（今属浙江），号苕溪渔隐。著有《苕溪渔隐丛话》前集六十卷，后集四十卷。

[2] 韦元甫（710—771）：字宣宪，京兆（今陕西西安）人。有《木兰诗》。

十一

班婕妤《怨歌行》，《文选》直作班姬之名，《乐府》以为颜延年作。

十二

孔明《梁父吟》："步出齐东门，遥望荡阴里。"《乐府解题》作"遥望阴阳里"。青州有阴阳里。"田疆古冶子"，《解题》作"田疆固野子"。

十三

南北朝人，惟张正见诗最多①，而最无足省发，所谓"虽多亦奚以为"。

十四

《西清诗话》②载：晁文元家所藏陶诗③，有《问来使》一篇，云："尔从山中来，早晚发天目。我屋南山下，今生几丛菊。蔷薇叶已抽，秋兰气当馥。归去来山中，山中酒应熟。"予谓此篇诚佳，然其体制气象，与渊明不类，得非太白逸诗，后人谩取以入陶集耳。

十五

《文苑英华》有太白《代寄翁参枢先辈》七言律一首，乃晚唐之下者。又有五言律三首：其一《送客归吴》，其二《送友生游峡中》，其

---

①张正见：字见赜，清河东武城(今属山东)人。少有英才，十三岁得太子萧纲赏识。累官至通直散骑侍郎。

②《西清诗话》：三卷，蔡绦编，或以为使其门客所编。蔡绦(1096—1162)，字约之，别号无为子，号百衲居士，仙游(今属福建莆田)人。蔡京第四子。

③晁文元：晁迥(948—1031)，字明远，澶州清丰(今河南濮阳)人。真宗时，累官工部尚书，由太子少保致仕，谥文元。著有《翰林集》30卷等，藏书甚丰。陶诗：指陶渊明诗。

三《送袁明甫任长江》，集本皆无之。其家数在大历、贞元间，亦非太白之作。又有五言《雨后望月》一首，《对雨》一首，《望夫石》一首，《冬月归旧山》一首，皆晚唐之语。又有"秦楼出佳丽"四句，亦不类太白，皆是后人假名也。

十六

《文苑英华》有《送史司马赴崔相公幕》一首云："峥嵘丞相府，清切凤凰池。羡尔瑶台鹤，高栖琼树枝。归飞晴日好，吟弄惠风吹。正有乘轩乐，初当学舞时。珍禽在罗网，微命若游丝。愿托周周羽，相衔汉水湄。"此或太白之逸诗也。不然，亦是盛唐人之作。

十七

《太白集》中《少年行》，只有数句类太白，其他皆浅近浮俗，决非太白所作，必误也。

十八

"酒渴爱江清"一诗，《文苑英华》作畅当①，而黄伯思注《杜集》②，编作少陵诗，非也。

十九

"迎旦东风骑蹇驴"绝句，决非盛唐人气象，只似白乐天言语。今世俗图画以为少陵诗，渔隐亦辩其非矣；而黄伯思编入《杜集》，何也？

二十

少陵有《避地》逸诗一首云："避地岁时晚，窜身筋骨劳。诗书遂墙壁，奴仆且旌旄。行在仅闻信，此生随所遭。神尧旧天下，会见出

---

① "文苑"句：《文苑英华》卷二一五畅当《军中醉饮寄沈八刘叟》："酒渴爱江清，余酣漱晚汀。"
② 黄伯思(1079—1118)：字长睿，别字霄宾，号云林子，邵武(今属福建)人。

腥臊。"题下公自注云："至德三载丁酉作"，此则真少陵语也。今书市集本，并不见有。

二一

旧蜀本杜诗，并无注释，虽编年而不分古近二体，其间略有公自注而已。今豫章库本，以为翻镇江蜀本，虽无杂注，又分古律，其编年亦且不同。近宝庆间，南海漕台雕杜集，亦以为蜀本，虽删去假坡之注，亦有王原叔以下九家，而赵注比他本最详，皆非旧蜀本也。

二二

《杜集》注中"坡曰"者，皆是托名假伪。渔隐虽尝辩之，而人尚疑者，盖无至当之说以指其伪也。今举一端，将不辩而自明矣。如"楚岫八峰翠"，注云："景差《兰亭春望》：'千峰楚岫碧，万木郢城阴。'"且五言始于李陵、苏武，或云枚乘。汉以前五言古诗尚未有之，宁有战国时已有五言律句邪？观此可以一笑而悟矣。虽然，亦幸而有此漏逗也。

二三

《杜注》中"师曰"者，亦"坡曰"之类，但其间半伪半真，尤为淆乱惑人。此深可叹，然具眼者自默识之耳。

二四

崔颢《渭城少年行》，《百家选》作两首，自"秦川"已下别为一首。郭茂倩《乐府》止作一首，《文苑英华》亦止作一首，当从《乐府》《英华》为是。

二五

玉川子"天下薄夫苦耽酒"之诗，荆公《百家诗选》止作一篇，本集自“天上白日悠悠悬”以下，别为一首，当从荆公为是。

二六

太白诗：“斗酒渭城边，炉头耐醉眠。”乃岑参之诗误入。

二七

太白《塞上曲》“骝马新跨紫玉鞍”者，乃王昌龄之诗，亦误入。昌龄本有二篇，前篇乃“秦时明月汉时关”也。

二八

孟浩然有《赠孟郊》一首。按东野乃贞元、元和间人，而浩然终于开元二十八年，时代悬远，其诗亦不似浩然，必误入。

二九

杜诗：“五云高太甲，六月旷抟扶。”太甲之义殆不可晓，得非高太乙耶？乙与甲盖亦相近，以星对风，亦从其类也。至于“杳杳东山携汉妓”，亦无义理，疑是“携妓去”。盖子美每于绝句，喜对偶耳。臆度如此，更俟宏识。

三十

王荆公《百家诗选》，盖本于唐人《英灵》《间气集》①。其初，明皇、德宗、薛稷、刘希夷、韦述之诗，无少增损，次序亦同。孟浩然止增其数。储光羲后，方是荆公自去取。前卷读之尽佳，非其选择之精，盖盛唐人诗无不可观者。至于大历以后，其去取深不满人意。况唐人如沈、宋、王、杨、卢、骆、陈拾遗、张燕公，张曲江、贾至、王维、独孤及、韦应物、孙逖、祖咏、刘眘虚、綦毋潜、刘长卿、李

---

① 百家诗选：《唐百家诗选》二十卷，旧题王安石编。《英灵》：殷璠编《河岳英灵集》二卷。《间气集》：高仲武编《中兴间气集》二卷。

长吉诸公，皆大名家。李、杜、韩、柳以家有其集，故不载，而此集无之。荆公当时所选，当据宋次道之所有耳①。其序乃言"观唐诗者观此足矣"，岂不诬哉！今人但以荆公所选，敛衽而莫敢议②，可叹也。

三一

荆公有一家但取一二首而不可读者，如曹唐二首③，其一首云："年少风流好丈夫，大家望拜汉金吾。闲眠晓日听啼鴂，笑倚春风仗辘轳。深院吹笙从汉婢，静街调马任奚奴。牡丹花下钩帘畔，独倚红肌捋虎须。"此不足以书屏障，可以与闾巷小人文背之词④。又《买剑》一首云："青天露拔云霓泣，黑地潜惊鬼魅愁。"但可与师巫念诵耳⑤。

三二

予尝见《方子通墓志》："唐诗有八百家，子通所藏有五百家。"今则世不见有，惜哉！

三三

柳子厚"渔翁夜傍西岩宿"之诗，东坡删去后二句，使子厚复生，亦必心服。谢朓"洞庭张乐地，潇湘帝子游。云去苍梧野，水还江汉流。停桡我怅望，辍棹子夷犹。广平听方籍，茂陵将见求。心事俱已矣，江上徒离忧。"予谓"广平听方籍，茂陵将见求"一联删去，只用八句，方为浑然。不知识者以为何如？

---

① 宋次道：宋敏求（1019—1079），字次道，赵州平棘（今河北省赵县）人。燕国公宋绶之子。累迁至工部郎中。家藏书甚富，编著《唐大诏令集》。

② 敛衽：整理衣襟，表示恭敬。

③ 曹唐：字尧宾，桂州（今广西桂林）人。初为道士，后返俗，为邵州、容管等使府从事。工诗，与杜牧等友善。所作《游仙诗》，为世传诵。

④ 屏障：屏风。文背：书于衣衫背后。

⑤ 师巫：即巫师。

附

答出继叔临安吴景仙书①

　　仆之《诗辩》，乃断千百年公案，诚惊世绝俗之谈，至当归一之论②。其间说江西诗病，真取心肝刽子手。以禅喻诗，莫此亲切。是自家实证实悟者，是自家闭门凿破此片田地，即非傍人篱壁、拾人涕唾得来者③。李杜复生，不易吾言矣。而吾叔靳靳疑之④，况他人乎？所见难合固如此，深可叹也！

　　吾叔谓："说禅，非文人儒者之言。"本意但欲说得诗透彻，初无意于为文，其合文人儒者之言与否，不问也。

　　高意又使回护，毋直致褒贬⑤。仆意谓辩白是非、定其宗旨，正当明目张胆而言，使其词说沉着痛快，深切著明，显然易见，所谓"不直则道不见"⑥，虽得罪于世之君子，不辞也。吾叔《诗说》，其文虽胜，然只是说诗之源流、世变之高下耳。虽取盛唐，而无的然使人知所趋向处⑦。其间异户同门之说，乃一篇之要领⑧。然晚唐、本朝谓其如此，可也。谓唐

----

　　①临安：临安府，今杭州市。吴景仙：名吴陵，字景仙，严羽表叔。

　　②至当归一：最恰当，可以作为最终结论。

　　③实证实悟：佛教术语，与解悟相对。由理解真理而得知者，称为解悟，又称开悟；由实践而体得真理者，称为证悟，又称悟入。田地：禅宗术语，指本心、本性。篱壁：篱笆与墙壁，这里指依傍他人。

　　④靳靳：固执。

　　⑤"高意"二句：高意：尊意。回护：袒护。直致褒贬：直接批评，指回避严重问题，隐匿尖锐批评。

　　⑥深切著明：深刻而显明。不直则道不见：见《孟子·滕文公上》。

　　⑦取盛唐：承认盛唐诗价值高。的然：鲜明，显著的样子。

　　⑧异户同门：谓诗人个体之间的差异是局部的，大的方面是相同的。这是吴景仙《诗说》的基本观点。

初以来至大历之异户同门，已不可矣；至于汉、魏、晋、宋、齐、梁之诗，其品第相去，高下悬绝，乃混而称之，谓"锱铢而较，实有不同处，大率异户而同门"，岂其然乎？

又谓：韩柳不得为盛唐，犹未落晚唐。以其时则可矣，韩退之固当别论；若柳子厚五言古诗，尚在韦苏州之上，岂元、白同时诸公所可望耶？高见如此，毋怪来书有甚不喜分诸体制之说，吾叔诚于此未了然也。作诗正须辨尽诸家体制，然后不为旁门所惑。今人作诗，差入门户者，正以体制莫辨也。世之技艺，犹各有家数，市缣帛者，必分道地①，然后知优劣，况文章乎？仆于作诗，不敢自负，至识则自谓有一日之长，于古今体制，若辨苍素，甚者望而知之。

来书又谓："忽被人捉破发问②，何以答之？"仆正欲人发问而不可得者，不遇盘根，安别利器？我叔试以数十篇诗，隐其姓名，举以相试，为能别得体制否？惟辨之未精，故所作惑杂而不纯③。今观盛集中，尚有一二本朝立作处④，毋乃坐视而然耶？

又谓："盛唐之诗，雄深雅健。"仆谓此四字，但可评文，于诗则用"健"字不得。不若《诗辨》"雄浑悲壮"之语为得诗之体也。毫厘之差，不可不辨。坡、谷诸公之诗，如米元章之字⑤，虽笔力劲健，终有子路事夫子时气象⑥。盛唐诸公之诗，如颜鲁公书⑦，既笔力雄壮，又气象浑厚，其不同如此。只此一字，便见我叔脚根未点地处也⑧。

所论屈原《离骚》，则深得之，实前辈之所未发，此一段文亦甚佳。

---

① "市缣帛"二句：买绢帛者一定问其产生。道地：原产地。

② 捉破：抓出破绽。

③ "惟辨"二句：严羽认为，吴景仙对诗之体制辨析不精，因此创作也杂而不纯。

④ 盛集：对别人著作的敬称。立作：作品。

⑤ 米元章：米芾（1051—1107），字元章，襄阳（今属湖北）人。北宋书法家，与蔡襄、苏轼、黄庭坚合称"宋四家"。

⑥ 子路事夫子时气象：力量外露。

⑦ 颜鲁公：颜真卿（709—785），字清臣，琅琊临沂（今属山东）人。被封鲁郡公，世人称"颜鲁公"。唐著名书法家。

⑧ 脚跟未点地：见解不透彻。

大概论武帝以前皆好，无可议者。但李陵之诗①，非房中感故人还汉而作，恐未深考，故东坡亦惑"江汉"之语②，疑非少卿之诗，而不考其胡中也。

妙喜是径山名僧宗杲也③。自谓参禅精子④，仆亦自谓参诗精子。尝谒李友山论古今人诗⑤，见仆辨析毫芒，每相激赏，因谓之曰："我论诗，若那吒太子析骨还父，析肉还母。"⑥友山深以为然。当时临川相会匆匆，所惜多顺情放过，盖倾盖执手，无暇引惹，恐未能卒竟其辨也⑦。鄙见若此，若不以为然，却愿有以相复，幸甚！

---

① 李陵之诗：指《文选》卷二十九所载《与苏武三首》。李陵，字少卿。

② "江汉"之语：指苏武诗四首之四"俯观江汉流"一句。

③ 宗杲(1089—1163)：字昙晦，号妙喜，宣州(今属安徽)人。临济宗杨岐派僧，"看话禅"之倡导者。

④ 参禅精子：精研禅学之人。

⑤ 李友山：李贾，字友山，光泽(今属福建)人。

⑥ 析骨还父，析肉还母：《景德传灯录》卷第十五："问：那吒太子析骨还父，析肉还母，如何是那吒本来身？师放下手中杖子。"禅宗以此指代人的本来面目。严羽以那吒自喻，自谓论诗精严，辨析毫芒。

⑦ 顺情放过：多叙旧情，未及多辩论诗学问题。倾盖执手：指途中相遇，停车交谈，双方车盖往一起倾斜，形容关系密切。无暇引惹：没来得及引出辩题。卒竟其辨：充分展开辩论。

导　读

严羽，字仪卿，一字丹邱，邵武（今属福建）人。生卒年不详，约活动于宋宁宗和理宗期间（1195—1264）。虽怀伤时忧国之思，然与当时政治环境不相容，而走上隐居之路。居于邵武樵川莒溪与沧浪水合流处，因而自称"沧浪逋客"。有诗集《沧浪吟》和诗学专著《沧浪诗话》。

《沧浪诗话》有三个版本系统：一是宋人魏庆之编《诗人玉屑》所载文本，《诗辩》《诗法》《诗评》《诗体》《考证》被分别编入不同卷次门目。这是现存最早的版本。二是《沧浪严先生吟卷》所载文本。《沧浪吟卷》为严羽卒后李南叔所编，现存最早刊本为元世祖前至元二十七年（1290）黄公绍序刊本。该书三卷，后两卷为严羽诗词作品，卷一为论诗著作，分别为《诗辩》《诗体》《诗法》《诗评》《考证》，附《答吴景仙书》。三是单行本系统，系从《沧浪吟卷》析出。现知最早者为明正德二年（1507）刊刻的《沧浪严先生诗谈》，最早以"诗话"命名者为正德十一年（1516）序刊本《严沧浪诗话》。从此以后，《沧浪诗话》单行本层出不穷，如明毛晋辑《津逮秘书》本，明陶宗仪纂、陶珽重辑《说郛》本，清何文焕辑《历代诗话》本等。本书以《历代诗话》本为底本。

《沧浪诗话》共分《诗辩》《诗体》《诗法》《诗评》《考证》五个部分，后附《答出继叔临安吴景仙书》作为全书序言。《诗辩》阐述诗学理论，是整部《沧浪诗话》的总纲；《诗体》从不同角度、不同侧面对诗歌体制、风格、流派进行分类；《诗法》从谋篇布局、字法、句法、声韵等角度探讨诗歌的写作方法；《诗评》评论历代诗人、诗作，时间跨度从战国到宋代，可谓一部诗歌简史；《考证》采取直觉鉴赏的方法，对一些诗篇的文

沧
浪
诗
话

字、篇章、写作年代和撰者进行考辨。五个部分加一个序，既各自独立又相互联系，合成一部体系严整的诗歌理论著作，这在诗话史上是空前的。

一、以盛唐为法

严羽论诗重"诗道"。《诗辩》说："天下有可废之人，无可废之言，诗道如是也。"诗道，是诗歌创作与批评的总规律，若从不同角度来看，其内涵则有不同表现："就本体论方面说，是诗歌的本质、原理；就创作论方面说，是创作的法则；就批评论方面说，是评价的标准。而从诗歌史角度说，则是诗歌的审美传统。"①《沧浪诗话》通篇贯穿着"诗道"精神。

在严羽看来，汉魏古诗与盛唐诗歌是"诗道"的集中体现，因此提出"以盛唐为法"命题。所谓"盛唐"是个宽泛的概念，也包括汉魏，因为汉魏只有古体，盛唐则古体、近体兼备，因此"舍汉魏而独言盛唐"。

严羽认为，盛唐诗歌的根本精神在于"盛唐气象"，具有如下审美特征：一是浑融圆整。在《答出继叔临安吴景仙书》中，严羽用"笔力雄壮，气象浑厚"概括盛唐诗歌，突出其风骨刚健而又浑融圆整审美特征。吴景仙曾用"雄深雅健"概括盛唐诗，严羽认为"健"字用得不妥，因为"健"字力量外张，破坏了诗的浑融圆整之美。他赞扬汉魏古诗"气象混沌，不可句摘"，赞建安诗"全在气象，不可寻枝摘叶"，强调的都是浑融之美。二是含而不露，韵味深长。《诗法》说"语忌直，脉忌露，味忌短"，又说"不必太着题"，都是强调诗境的含蓄隽永、韵味悠长。三是自然天成。《诗评》论盛唐诗："有似粗而非粗处，有似拙而非拙处"；又论李白诗："太白天生豪逸，语多率然而成者"。都是强调盛唐诗自然天成的艺术特征。

二、妙悟说

"悟"本是佛教尤其是禅宗的一个术语，所谓"道由心悟"说的是对

---

① 张健：《沧浪诗话校笺》，上海古籍出版社，2012年，第31页。

佛理的领悟要靠心领神会，而不能靠逻辑推理、文字解说。严羽"以禅喻诗"，用"妙悟"来表示人们通过长时期潜心欣赏、把味优秀诗歌作品而养成的艺术感受能力，其特点在于不凭借理性思考而对诗歌形象内含的情趣韵味作直接的领会与把握。

> 论诗如论禅。……大抵禅道惟在妙悟，诗道亦在妙悟。且孟襄阳学力下韩退之远甚，而其诗独出退之之上者，一味妙悟故也。惟悟乃为当行，乃为本色。然悟有浅深，有分限之悟，有透彻之悟，有但得一知半解之悟。汉魏尚矣，不假悟也。谢灵运至盛唐诸公，透彻之悟也。他虽有悟者，皆非第一义也。

"悟"是学诗、作诗的基本思维方式。严羽认为，禅与诗在"妙悟"上是相通的。他说："大抵禅道惟在妙悟，诗道亦在妙悟"；"惟悟乃为当行，乃为本色"。认为只有"妙悟"才是诗歌创作的正路。他举例说，孟浩然在"学力"上不如韩愈，而在"悟"性上超越于他，因此孟诗超过韩诗。

"妙悟"离不开"熟参"。"参"，探究并领会之意。禅宗有"参禅"之说，形式不一，或坐禅，或参公案，或参话头，以期对禅机的领悟。"参"是"悟"的必由之路，经过长期参学佛法而达到彻悟，称为"参饱"或"饱参"。受禅宗影响，宋代文人常把读诗与参禅联系在一起，如苏轼说："暂借好诗消永昼，每逢佳处辄参禅。"（《夜值玉堂携李之仪端叔诗百余首读至夜半书其后》）

严羽认为，诗人"妙悟"能力的获得离不开长期的参究与学习，即"熟参"。

> 工夫须从上做下，不可从下做上。先须熟读《楚辞》，朝夕讽咏以为之本；及读《古诗十九首》、乐府四篇，李陵、苏武、汉魏五言皆须熟读；即以李、杜二集枕藉观之，如今人之治经；然后博取盛唐名字，酝酿胸中，久之自然悟入。

这段话包含以下几层意思：第一，"妙悟"能力是从阅读前人的优秀作品中培养出来的。严羽主张学习艺术性最高的诗歌："工夫须从上做下，不可从下做上。"这就需要有鉴别诗歌艺术高低的能力，这种能力称为"识"。他说："学诗者以识为主，入门须正，立志须高，以汉、魏、盛唐为师，不作开元、天宝以下人物。"第二，"熟参"不是理性思考与逻辑分析，而是一种熟读、讽咏、朝夕把玩的工夫，这是一种对诗歌感性之美的欣赏。《诗评》说："读《骚》之久，方识真味；须歌之抑扬，涕洟满襟，然后为识《离骚》。"第三，"妙悟"能力的获得是一个由浅入深的过程。严羽教人学诗，先熟读历代名家诗作，酝酿于心，久之则自然悟入。

严羽还把"悟"之深浅作为衡量诗歌艺术境界的标准。他提出"悟有浅深"，并把"悟"分为"透彻之悟"与"一知半解之悟"，认为谢灵运与盛唐诗属"透彻之悟"，而中晚唐诗人及四灵、江湖派则只能属"一知半解之悟"。

三、别材别趣

《沧浪诗话·诗辩》：

> 夫诗有别材，非关书也；诗有别趣，非关理也。然非多读书、多穷理，则不能极其至，所谓不涉理路、不落言筌者，上也。诗者，吟咏情性也。盛唐诸人惟在兴趣，羚羊挂角，无迹可求。故其妙处，透彻玲珑，不可凑泊，如空中之音，相中之色，水中之月，镜中之象，言有尽而意无穷。

关于"别材"说，历来有两种不同的解释。第一种，把"别材"的"材"理解为"才"。按这种理解，"别才"是指诗人所特有的艺术直观感悟能力，它是诗歌创作的原动力，与创作主体学问的大小没有直接关系。第二种，"别材"指诗歌所特有的适于"吟咏情性"的题材。《诗评》曰："唐人好诗，多是征戍、迁谪、行旅、离别之作，往往能感动激发人意。""征戍""迁谪""行旅""离别"等，就是诗之"别材"，因为它们适于"吟咏情性"，能够感动人。

所谓"别趣"，即特别的旨趣，也就是"兴趣"，这是诗歌作品有别于一般学理性著作的特别之处。严羽"兴趣"说，来源于前人"兴"与"趣"概念。

对于孔子"诗可以兴"之"兴"，朱熹解释为"感发志意""托物兴辞"，也就是说，诗由托物兴辞而构成的意象，能够使人产生精神振奋、情绪激动的效果。汉儒讲"兴"，把它作为讽喻社会政治时所采用的委婉含蓄的表现手法。魏晋南北朝以后，"兴"被文学批评家从重教化与重审美两个方向发展：前者如陈子昂的"兴寄"说、白居易的"美刺比兴"说，后者的代表则是钟嵘与皎然。钟嵘说："文已尽而意有余，兴也"；皎然说："取象曰比，取义曰兴，义即象下之意"。这里，"兴"都是指诗歌言有尽而意无穷的审美特征。

《文心雕龙》十五处论"趣"，如"理殊趣合""趣幽旨深"。这里，"趣"与"理""旨"相对，指蕴含在作品形象之中的艺术情趣。司空图《与王驾评诗书》评王维、韦应物的诗曰"趣味澄澹"，所谓"趣味"是指诗歌表情达意含蓄不露的特点，与钟嵘对"兴"的解释是相一致的。

以上是严羽"兴趣"说的两大来源。严氏解释"兴趣"："羚羊挂角，无迹可求""透彻玲珑，不可凑泊""空中之音，相中之色，水中之月，镜中之象""言有尽而意无穷"。可见，"兴趣"是诗人的"性情"融铸于诗歌整体形象之中而形成的浑然无迹又蕴藉深沉的审美趣味。

关于"兴趣"与"理"的关系，严羽说"诗有别趣，非关理也"，又批评宋人曰"尚理而病于意兴"。"意兴"即"兴趣"。他似乎认为"兴趣"与"理"是水火不相容的，其实不然。在批评宋人"尚理而病于意兴"的同时，严羽也批评南朝人"尚词而病于理"，可见他并不是全然否定"理"。他同时批评南朝人与宋人，是因为他们的诗未能将词、理、意兴合成一个整体，因而缺少浑成而含蓄的审美特质。相反，他十分赞许汉魏诗与盛唐诗，认为唐诗"尚意兴而理在其中"，汉魏诗"词理意兴，无迹可求"，即"理"与"趣"妙合无垠。严羽认为，有"兴趣"的诗应该"不涉理路，不落言筌"。所谓"不涉理路"，不是不要"理"，而是不直接发表议论；"不落言筌"，不是脱离语言，而是具有言外之意。这是强调诗歌意象应具有整体美与含蓄美。

原诗

内篇上

一

诗始于《三百篇》，而规模体具于汉。自是而魏，而六朝、三唐[①]，历宋、元、明，以至昭代，上下三千余年间，诗之质文[②]、体裁、格律、声调、辞句，递嬗升降不同。而要之，诗有源必有流，有本必达末；又有因流而溯源，循末以返本。其学无穷，其理日出。乃知诗之为道，未有一日不相续相禅而或息者也。但就一时而论，有盛必有衰；综千古而论，则盛而必至于衰，又必自衰而复盛。非在前者之必居于盛，后者之必居于衰也。

乃近代论诗者，则曰《三百篇》尚矣，五言必建安、黄初，其余诸体，必唐之初、盛而后可。非是者，必斥焉。如明李梦阳不读唐以后书，李攀龙谓唐无古诗，又谓陈子昂以其古诗为古诗，弗取也。自若辈之论出，天下从而和之，推为诗家正宗，家弦而户习。习之既久，乃有起而掊之，矫而反之者，诚是也。然又往往溺于偏畸之私说。其说胜，则出乎陈腐而入乎颇僻；不胜，则两敝，而诗道遂沦而不可救。由称诗之人，才短力弱，识又蒙焉而不知所衷。既不能知诗之源流、本末、正变、盛衰，互为循环；并不能辨古今作者之心思才力深浅、高下、长短，孰为沿为革，孰为创为因，孰为流弊而衰，孰为救衰而盛，一一剖析而缕分之，兼综而条贯之。徒自诩矜张，为郛廓隔膜之谈[③]，以欺人而自欺也。于是百喙争鸣，互自标榜，胶固一偏，剿猎成

---

① 三唐：初唐、盛唐和晚唐。

② 质文：中国古代诗学的一对重要范畴，有多层含义：就内容、形式关系而言，质谓内在本质，文谓外在表现；就风格而言，质谓质朴、本色，文谓华丽、雕琢。

③ 自诩矜张：夸夸其谈。郛廓：即肤廓，浮泛、不切实际。

原

诗

167

说①。后生小子，耳食者多，是非淆而性情汩②，不能不三叹于风雅之日衰也！

二

盖自有天地以来，古今世运气数，递变迁以相禅③。古云："天道十年而一变。"此理也，亦势也，无事无物不然，宁独诗之一道，胶固而不变乎？今就《三百篇》言之，《风》有正风，有变风④；《雅》有正雅，有变雅⑤。《风》《雅》已不能不由正而变，吾夫子亦不能存正而删变也。则后此为风雅之流者，其不能伸正而诎变也，明矣。

汉苏、李始创为五言，其时又有亡名氏之《十九首》，皆因乎《三百篇》者也。然不可谓即无异于《三百篇》，而实苏、李创之也。建安、黄初之诗，因于苏、李与《十九首》者也。然《十九首》止自言其情，建安、黄初之诗，乃有献酬、纪行、颂德诸体，遂开后世种种应酬等类，则因而实为创，此变之始也。《三百篇》一变而为苏、李，再变而为建安、黄初。建安、黄初之诗，大约敦厚而浑朴，中正而达情。一变而为晋，如陆机之缠绵铺丽，左思之卓荦磅礴，各不同也。其间屡变而为鲍昭之逸俊，谢灵运之警秀，陶潜之澹远，又如颜延之之藻缋，谢朓之高华，江淹之韶妩，庾信之清新。此数子者，各不相师，咸矫然自成一家。不肯沿袭前人以为依傍，盖自六朝而已然矣。其间健者，如何逊，如阴铿，如沈炯，如薛道衡，差能自立。

此外繁辞缛节，随波日下，历梁、陈、隋以迄唐之垂拱⑥，踵其习

---

①胶固：固执。剿猎：因袭。

②耳食：轻信传言。汩：扰乱。

③世运：世道之变迁。禅：更替。

④正风：《周南》《召南》中的二十五篇为正风。变风：自《邶风》至《豳风》一百三十五篇为变风。

⑤正雅：自《文王》至《卷阿》十八篇为正大雅，自《鹿鸣》至《菁菁者莪》二十二篇为正小雅。变雅：自《民劳》至《召旻》十三篇为变大雅，自《六月》至《何草不黄》五十八篇为变小雅。

⑥垂拱：唐武则天年号（685—688）。

而益甚，势不能不变。小变于沈、宋、云、龙之间①，而大变于开元、天宝高、岑、王、孟、李②。此数人者，虽各有所因，而实一一能为创。而集大成如杜甫，杰出如韩愈，专家如柳宗元，如刘禹锡，如李贺，如李商隐，如杜牧，如陆龟蒙诸子，一一皆特立兴起。其他弱者，则因循世运，随乎波流，不能振拔，所谓唐人本色也。

宋初，诗袭唐人之旧，如徐铉、王禹偁辈，纯是唐音。苏舜卿③、梅尧臣出，始一大变，欧阳修亟称二人不置④。自后诸大家迭兴，所造各有至极，今人一概称为宋诗者也。自是南宋、金、元，作者不一。大家如陆游、范成大、元好问为最，各能自见其才。

有明之初，高启为冠，兼唐、宋、元人之长，初不于唐、宋、元人之诗有所为轩轾也。自"不读唐以后书"之论出，于是称诗者必曰唐诗，苟称其人之诗为宋诗，无异于唾骂。谓"唐无古诗"，并谓"唐中、晚且无诗也"。噫，亦可怪矣！今之人岂无有能知其非者？然建安、盛唐之说，锢习沁入于中心，而时发于口吻，弊流而不可挽，则其说之为害烈也。

三

原夫作诗者之肇端而有事乎此也，必先有所触以兴起其意，而后措诸辞，属为句，敷之而成章⑤。当其有所触而兴起也，其意、其辞、其句劈空而起，皆自无而有，随在取之于心，出而为情、为景、为事。人未尝言之，而自我始言之，故言者与闻其言者，诚可悦而永也。使

---

① 沈、宋：沈佺期、宋之问。云、龙：云指唐睿宗年号景云(710—711)，龙指唐中宗年号神龙、景龙(705—710)。沈、宋的文学活动，在云、龙之间。

② 开元、天宝：唐玄宗年号。岑：即岑参；王：即王维；孟：即孟浩然；李：即李白。

③ 苏舜卿：即苏舜钦(1008—1048)，字子美，梓州铜山(今四川省中江县)人。与梅尧臣合称"苏梅"。

④ 欧阳修亟称二人不置：欧阳修在《六一诗话》及《梅圣俞诗集序》《苏子美文集序》等文中对苏梅二人的作品称赞很多。不置：不止。

⑤ 属为句：连缀为句。属，连缀。敷：展开、铺开。

即此意、此辞、此句，虽有小异，再见焉，讽咏者已不击节①，数见则益不鲜；陈陈踵见，齿牙余唾，有掩鼻而过耳。譬之上古之世，饭土簋，啜土铏②。当饮食未具时，进以一胾③，必为惊喜。逮后世臛腼炰脍之法兴④，罗珍搜错，无所不至，而犹以土簋土铏之庖进，可乎？上古之音乐，击土鼓而歌康衢⑤，其后乃有丝、竹、匏、革之制⑥，流至于今，极于《九宫南谱》⑦。声律之妙，日异月新，若必返古而听《击壤》之歌⑧，斯为乐乎？古者穴居而巢处，乃制为宫室，不过卫风雨耳。后世遂有璇题瑶室⑨，土文绣而木绨锦⑩。古者俪皮为礼⑪，后世易之以玉帛，遂有千纯百璧之侈⑫。使今日告人居以巢穴，行礼以俪皮，孰不嗤之者乎？大凡物之踵事增华⑬，以渐而进，以至于极。故人之智慧心思，在古人始用之，又渐出之，而未穷未尽者，得后人精求之，而益用之出之。乾坤一日不息，则人之智慧心思，必无尽与穷之日。惟叛于道，戾于经，乖于事理，则为反古之愚贱耳。苟于此数者无尤焉，此如治器然，切磋琢磨，屡治而益精，不可谓后此者不有加乎其前也。

---

① 击节：喻称赏。节，一种点拍的乐器。

② 簋：上古用以盛饭的陶器。铏：用以盛汤的陶器。

③ 胾：切成小块的肉。

④ 臛腼炰脍：四种烹饪之法。臛，肉羹；腼，汁少的肉羹；炰，古同"炮"，把肉用泥包好放在火上烧烤；脍，切得很细的肉。

⑤ 土鼓：以陶土为框、上下两面蒙皮的一种原始打击乐器。康衢：称颂盛世之歌。

⑥ 丝、竹、匏、革之制：指琴、瑟、箫、管、笙、竽、鼓等乐器。

⑦ 《九宫南谱》：即明嘉靖时蒋孝编《南九宫谱》，沈璟在其基础上增补为《南九宫十三调曲谱》二十一卷，附录一卷。

⑧ 《击壤》之歌：《帝王世纪》："帝尧之世，天下大和，百姓无事，有八九十老人击壤而歌曰：'日出而作，日入而息。凿井而饮，耕田而食。帝力于我何有哉！'"

⑨ 璇题瑶室：以美玉饰梁、筑室。璇、瑶：皆美玉。

⑩ 土文绣：砖瓦雕刻花纹。木绨锦：门窗雕绘图案。绨锦，均为丝织品

⑪ 俪皮为礼：以成对的鹿皮作为订婚礼物。

⑫ 纯：同一颜色的丝织品。璧：古代的一种玉器，扁平，圆形，中间有小孔。

⑬ 踵事增华：萧统《文选序》："盖踵其事而增华，变其本而加厉。物既有之，文亦宜然。"

彼虞廷"喜""起"之歌①，诗之土簋、击壤、穴居、俪皮耳。一增华于《三百篇》，再增华于汉，又增华于魏，自后尽态极妍，争新竞异，千状万态，差别井然。苟于情、于事、于景、于理，随在有得，而不戾乎风人永言之旨，则就其诗论工拙可耳，何得以一定之程格之，而抗言《风》《雅》哉②？如人适千里者，唐虞之诗如第一步，三代之诗如第二步，彼汉魏之诗，以渐而及，如第三、第四步耳。作诗者知此数步为道途发始之所必经，而不可谓行路者之必于此数步焉为归宿，遂弃前途而弗迈也。且今之称诗者，祧唐虞而禘商周③，宗祀汉魏于明堂④，是也。何以汉魏以后之诗，遂皆为不得入庙之主？此大不可解也。譬之井田、封建，未尝非治天下之大经，今时必欲复古而行之，不亦天下之大愚也哉？且苏、李五言与亡名氏之《十九首》，至建安、黄初，作者既已增华矣；如必取法乎初，当以苏、李与《十九首》为宗，则亦吐弃建安、黄初之诗可也。诗盛于邺下，然苏、李、《十九首》之意，则寝衰矣。使邺中诸子，欲其一一摹仿苏、李，尚且不能，且亦不欲；乃于数千载之后，胥天下而尽仿曹、刘之口吻，得乎哉？

或曰："'温柔敦厚，诗教也'。汉魏去古未远，此意犹存，后此者不及也。"不知温柔敦厚，其意也，所以为体也，措之于用，则不同；辞者，其文也，所以为用也，返之于体则不异。汉魏之辞，有汉魏之温柔敦厚，唐宋元之辞，有唐宋元之温柔敦厚。譬之一草一木，无不得天地之阳春以发生。草木以亿万计，其发生之情状，亦以亿万计，而未尝有相同一定之形，无不盎然皆具阳春之意。岂得曰若者得天地之阳春，而若者为不得者哉？且温柔敦厚之旨，亦在作者神而明

---

① 虞廷：指虞舜之朝廷。喜起之歌：《尚书·益稷》："帝（虞舜）乃歌曰：股肱喜哉！元首起哉！百工熙哉！"

② 程：程式、规范。格：衡量、限制。抗言《风》《雅》：与《风》《雅》之旨相背。

③ 祧、禘：古代祭祀祖先的隆重仪式，这里有继承之意。

④ 明堂：古代帝王举行朝会、祭祀等大典之处。

之；如必执而泥之，则《巷伯》"投界"之章①，亦难合于斯言矣。

从来豪杰之士，未尝不随风会而出②，而其力则尝能转风会。人见其随乎风会也，则曰："其所作者，真古人也！"见能转风会者，以其不袭古人也，则曰："今人不及古人也！"无论居古人千年之后，即如左思，去魏未远，其才岂不能为建安诗耶？观其纵横踸踏，睥睨千古，绝无丝毫曹、刘余习。鲍照之才，迥出侪偶③，而杜甫称其俊逸。夫俊逸则非建安本色矣。千载后无不击节此两人之诗者，正以其不袭建安也。奈何去古益远，翻以此绳人耶？

且夫《风》《雅》之有正有变，其正变系乎时，谓政治、风俗之由得而失，由隆而污，此以时言诗。时有变而诗因之，时变而失正，诗变而仍不失其正，故有盛无衰，诗之源也。吾言后代之诗，有正有变，其正变系乎诗，谓体格、声调、命意、措辞、新故，升降之不同。此以诗言时，诗递变而时随之。故有汉、魏、六朝、唐、宋、元、明之互为盛衰，惟变以救正之衰，故递衰递盛，诗之流也。从其源而论，如百川之发源，各异其所从出，虽万派而皆朝宗于海④，无弗同也。从其流而论，如河流之经行天下，而忽播为九河⑤，河分九而俱朝宗于海，则亦无弗同也。

历考汉魏以来之诗，循其源流升降，不得谓正为源而长盛，变为流而始衰。惟正有渐衰，故变能启盛。如建安之诗，正矣，盛矣；相沿久而流于衰。后之人力大者大变，力小者小变。六朝诸诗人，间能

①《巷伯》"投界"之章：见《诗·小雅·巷伯》第六章："彼谮人者，谁适与谋？取彼谮人，投界豺虎。豺虎不食，投界有北。有北不受，投界有昊。"

②风会：时势。

③侪偶：同辈人。

④朝宗于海：《尚书·夏书·禹贡》："江汉朝宗于海。"旧题孔安国传曰："二水经此州而入海，有似于朝，百川以海为宗。宗，尊也。"朝宗，原指诸侯朝见天子。《周礼·春官·大宗伯》："春见曰朝，夏见曰宗。"

⑤九河：古代黄河下游众多支流的总称。《尚书·夏书·禹贡》载，黄河流经河北平原中部后，"又北播为九河"。《尔雅·释水》："徒骇、太史、马颊、覆鬴、胡苏、简、洁、钩盘、鬲津，九河。后之说者不一。"

172

小变，而不能独开生面。唐初沿其卑靡浮艳之习，句栉字比，非古非律，诗之极衰也。而陋者必曰："此诗之相沿至正也。"不知实正之积弊而衰也。迨开、宝诸诗人，始一大变，彼陋者亦曰："此诗之至正也。"不知实因正之至衰，变而为至盛也。盛唐诸诗人，惟能不为建安之古诗，吾乃谓唐有古诗。若必摹汉魏之声调字句，此汉魏有诗，而唐无古诗矣。且彼所谓陈子昂以其古诗为古诗，正惟子昂能自为古诗，所以为子昂之诗耳。然吾犹谓子昂古诗，尚蹈袭汉魏蹊径，竟有全似阮籍《咏怀》之作者，失自家体段，犹訾子昂不能以其古诗为古诗，乃翻勿取其自为古诗，不亦异乎！

杜甫之诗，包源流，综正变。自甫以前，如汉魏之浑朴古雅，六朝之藻丽秾纤、澹远韶秀，甫诗无一不备。然出于甫，皆甫之诗，无一字句为前人之诗也。自甫以后，在唐如韩愈、李贺之奇杰[1]，刘禹锡、杜牧之雄杰，刘长卿之流利，温庭筠、李商隐之轻艳，以至宋、金、元、明之诗家，称巨擘者，无虑数十百人，各自炫奇翻异，而甫无一不为之开先。此其巧无不到，力无不举，长盛于千古，不能衰，不可衰者也。今之人固群然宗杜矣，亦知杜之为杜，乃合汉魏、六朝并后代千百年之诗人而陶铸之者乎？唐诗为八代以来一大变[2]，韩愈为唐诗之一大变，其力大，其思雄，崛起特为鼻祖。宋之苏、梅、欧、苏、王、黄[3]，皆愈为之发其端，可谓极盛。而俗儒且谓愈诗大变汉魏，大变盛唐，格格而不许[4]。何异居蚯蚓之穴，习闻其长鸣，听洪钟之响而怪之，窃窃然议之也？

且愈岂不能拥其鼻[5]，肖其吻，而效俗儒为建安、开、宝之诗乎

---

① 奇杰：奇肆矫健貌。

② 八代：苏轼《潮州韩文公庙碑》："文起八代之衰，道济天下之溺。"八代，一般指东汉、魏、晋、宋、齐、梁、陈、隋。

③ 苏、梅、欧、苏、王、黄：苏舜钦、梅尧臣、欧阳修、苏轼、王安石、黄庭坚。

④ 格格：抵触。

⑤ 拥其鼻：《晋书》卷七十九《谢安列传》："安本能为洛下书生咏，有鼻疾，故其音浊，名流爱其咏而弗能及，或手掩鼻以学之。"

哉？开、宝之诗，一时非不盛，递至大历、贞元、元和之间，沿其影响字句者且百年。此百余年之诗，其传者已少殊尤出类之作，不传者更可知矣。必待有人焉起而拨正之，则不得不改弦而更张之。愈尝自谓"陈言之务去"，想其时陈言之为祸，必有出于目不忍见、耳不堪闻者。使天下人之心思智慧，日腐烂理没于陈言中，排之者比于救焚拯溺，可不力乎？而俗儒且栩栩然俎豆愈所斥之陈言①，以为秘异而相授受，可不哀耶！故晚唐诗人，亦以陈言为病，但无愈之才力，故日趋于尖新纤巧。俗儒即以此为晚唐诟厉②。呜呼，亦可谓愚矣！至于宋人之心手，日益以启，纵横钩致③，发挥无余蕴，非故好为穿凿也。譬之石中有宝，不穿之凿之，则宝不出。且未穿未凿以前，人人皆作模棱皮相之语④，何如穿之凿之之实有得也？如苏轼之诗，其境界皆开辟古今之所未有，天地万物，嬉笑怒骂，无不鼓舞于笔端，而适如其意之所欲出。此韩愈后之一大变也，而盛极矣。自后或数十年而一变，或百余年而一变；或一人独自为变，或数人而共为变，皆变之小者也。其间或有因变而得盛者，然亦不能无因变而益衰者。

大抵古今作者，卓然自命，必以其才智与古人相衡，不肯稍为依傍，寄人篱下，以窃其余唾。窃之而似，则优孟衣冠⑤；窃之而不似，则画虎不成矣⑥。故宁甘作偏裨⑦，自领一队，如皮、陆诸人是也⑧。乃才不及健儿，假他人余焰，妄自僭王称霸，实则一土偶耳。生机既无，

---

① 栩栩然：欣然自得貌。俎豆：古代祭祀之器皿，引申为祭祀、崇奉之义。

② 诟厉：讥评。

③ 钩致：钩沉深隐之意而达深远之境。

④ 棱模皮相之语：含糊肤浅之论。

⑤ 优孟衣冠：《史记·滑稽列传》载，楚相孙叔敖死后，其子穷困潦倒，优孟着叔敖衣冠见楚庄王。庄王深受感动，遂封叔敖之子。优孟：春秋时楚国演杂戏者，擅长滑稽讽谏。

⑥ 画虎不成：《后汉书·马援传》："效伯高不得，犹为谨敕之士，所谓刻鹄不成尚类鹜者也。效季良不得，陷为天下轻薄子，所谓画虎不成反类狗者也。"

⑦ 偏裨：偏将和裨将，辅佐主将者。

⑧ 皮、陆：即皮日休、陆龟蒙。

面目涂饰，洪潦一至①，皮骨不存。而犹侈口而谈，亦何谓耶？

惟有明末造②，诸称诗者专以依傍临摹为事，不能得古人之兴会神理，句剽字窃，依样葫芦。如小儿学语，徒有喔咿，声音虽似，都无成说，令人哕而却走耳。乃妄自称许曰："此得古人某某之法。"尊盛唐者，盛唐以后，俱不挂齿。近或有以钱、刘为标榜者③，举世从风，以刘长卿为正派。究其实，不过以钱、刘浅利轻圆，易于摹仿，遂呵宋斥元。又，推崇宋诗者，窃陆游、范成大与元之元好问诸人婉秀便丽之句④，以为秘本。昔李攀龙袭汉魏古诗乐府，易一二字便居为己作；今有用陆、范及元诗句，或颠倒一二字，或全窃其面目，以盛夸于世，俨主骚坛，傲睨今古，岂惟风雅道衰，抑可窥其术智矣。

内篇下

一

大凡人无才，则心思不出；无胆，则笔墨畏缩；无识，则不能取舍；无力，则不能自成一家。而且谓古人可罔，世人可欺，称格称律，推求字句，动以法度紧严，扳驳铢两⑤。内既无具，援一古人为门户，藉以压倒众口。究之何尝见古人之真面目，而辨其诗之源流、本末、正变、盛衰之相因哉？更有窃其腐余，高自论说，互相祖述，此真诗运之厄！故窃不揣，谨以数千年诗之正变、盛衰之所以然，略为发明，以俟古人之复起。更列数端于左。

---

① 洪潦：暴雨后的大水。

② 末造：末世，末代。

③ 钱、刘：钱起与刘长卿。钱起（722？—780），字仲文，吴兴（今浙江湖州）人。天宝十年（751）进士。曾任考功郎中，世称"钱考功"。"大历十才子"之一，与郎士元并称"钱郎"。

④ 便丽：流畅轻丽。

⑤ 扳驳铢两：计较细枝末节。扳驳：批驳；铢两，一铢一两，比喻极轻的分量。

二

或问于余曰："诗可学而能乎？"曰："可。"曰："多读古人之诗而求工于诗而传焉，可乎？"曰："否。"曰："诗既可学而能，而又谓读古人之诗以求工为未可，窃惑焉。其义安在？"

余应之曰：诗之可学而能者，尽天下之人皆能读古人之诗而能诗，今天下之称诗者是也；而求诗之工而可传者，则不在是。何则？大凡天资人力，次序先后，虽有生学困知之不同，而欲其诗之工而可传，则非就诗以求诗者也。我今与子以诗言诗，子固未能知也。不若借事物以譬之，而可晓然矣。

今有人焉，拥数万金而谋起一大宅，门堂楼庑，将无一不极轮奂之美。是宅也，必非凭空结撰，如海上之蜃，如三山之云气①。以为楼台，将必有所托基焉。而其基必不于荒江、穷壑、负郭、僻巷、湫隘②、卑湿之地，将必于平直高敞、水可舟楫、陆可车马者，然后始基而经营之，大厦乃可次第而成。我谓作诗者，亦必先有诗之基焉。诗之基，其人之胸襟是也。有胸襟，然后能载其性情、智慧、聪明、才辨以出，随遇发生，随生即盛。千古诗人推杜甫，其诗随所遇之人之境之事之物，无处不发其思君王、忧祸乱、悲时日、念友朋、吊古人、怀远道，凡欢愉、幽愁、离合、今昔之感，一一触类而起，因遇得题，因题达情，因情敷句，皆因甫有其胸襟以为基。如星宿之海③，万源从出；如钻燧之火，无处不发；如肥土沃壤，时雨一过，夭矫百物，随类而兴，生意各别，而无不具足。即如甫集中《乐游园》七古一篇，时甫年才三十余，当开、宝盛时，使今人为此，必铺陈扬颂，藻丽雕缋，无所不极。身在少年场中，功名事业，来日未苦短也，何有乎身世之感？乃甫此诗，前半即景事无多排场，忽转年年人醉一段，悲白

---

① 三山：传说中东海三个仙人聚居的神山，即瀛洲、蓬丘（蓬莱）、方丈。

② 湫隘：低洼狭小。

③ 星宿之海：即星宿海，位于今青海省曲麻莱县东北，古人认为是黄河的发源地。

发，荷皇天，而终之以"独立苍茫"，此其胸襟之所寄托何如也！余又尝谓晋王羲之，独以法书立极，非文辞作手也。兰亭之集，时贵名流毕会，使时手为序，必极力铺写，谀美万端，决无一语稍涉荒凉者。而羲之此序，寥寥数语，托意于仰观俯察，宇宙万汇，系之感慨，而极于死生之痛。则羲之之胸襟，又何如也！由是言之，有是胸襟以为基，而后可以为诗文。不然，虽日诵万言，吟千首，浮响肤辞，不从中出，如剪彩之花，根蒂既无，生意自绝，何异乎凭虚而作室也？

乃作室者，既有其基矣，必将取材。而材非培塿之木、拱杷之桐梓，取之近地阛阓村市之间而能胜也①。当不惮远且劳，求荆、湘之梗楠，江汉之豫章②，若者可以为栋为榱，若者可以为楹为柱③，方胜任而愉快，乃免支离屈曲之病。则夫作诗者，既有胸襟，必取材于古人，原本于《三百篇》《楚骚》，浸淫于汉、魏、六朝、唐、宋诸大家，皆能会其指归，得其神理。以是为诗，正不伤庸，奇不伤怪，丽不伤浮，博不伤僻，决无剽窃吞剥之病。乃时手每每取捷径于近代当世之闻人，或以高位，或以虚名，窃其体裁、字句，以为秘本。谓既得所宗主，即可以得其人之赞扬奖借。生平未尝见古人，而才名已早成矣。何异方寸之木，而遽高于岑楼耶④！若此等之材，无论不可为大厦，即数椽茅把之居，用之亦不胜任，将见一朝堕地，腐烂而不可支。故有基之后，以善取材为急急也。

既有材矣，将用其材，必善用之而后可。得工师大匠指挥之，材乃不枉。为栋为梁，为榱为楹，悉当而无丝毫之憾。非然者，宜方者圆，宜圆者方，枉栋之材而为桷，枉柱之材而为楹，天下斫小之匠人

---

① 阛阓：街市、街道。

② 梗楠：黄楩木与楠木。豫章：樟树。

③ 榱：椽子。楹：厅堂前部的柱子。

④ "何异"二句：此用《孟子·告子下》："不揣其本而齐其末，方寸之木可使高于岑楼。"岑楼：高楼。

宁少耶①？世固有成诵古人之诗数万首，涉略经史集亦不下数十万言，逮落笔则有俚俗庸腐，窒板拘牵，隘小肤冗种种诸习。此非不足于材，有其材而无匠心，不能用而枉之之故也。夫作诗者，要见古人之自命处、着眼处、作意处、命辞处、出手处，无一可苟，而痛去其自己本来面目。如医者之治结疾，先尽荡其宿垢，以理其清虚②，而徐以古人之学识神理充之。久之，而又能去古人之面目，然后匠心而出。我未尝摹拟古人，而古人且为我役。彼作室者，既善用其材而不枉，宅乃成矣。

宅成，不可无丹膜赭垩之功③；一经俗工绚染，徒为有识所嗤。夫诗，纯淡则无味，纯朴则近俚，势不能如画家之有不设色。古称非文辞不为功；文辞者，斐然之章采也。必本之前人，择其丽而则、典而古者而从事焉，则华实并茂，无夸缛斗炫之态，乃可贵也。若徒以富丽为工，本无奇意，而饰以奇字；本非异物，而加以异名别号，味如嚼蜡。展诵未竟，但觉不堪。此乡里小儿之技，有识者不屑为也。故能事以设色布采终焉。

然余更有进：此作室者，自始基以至设色，其为宅也既成而无余事矣。然自康衢而登其门，于是而堂，而中门，又于是而中堂，而后堂，而闺閤，而曲房④，而宾席东厨之室，非不井然秩然也。然使今日造一宅焉如是，明日易一地而更造一宅焉而亦如是，将百十其宅，而无不皆如是，则亦可厌极矣。其道在于善变化。变化岂易语哉！终不可易曲房于堂之前，易中堂于楼之后，入门即见厨，而联宾坐于闺閤也。惟数者一一各得其所，而悉出于天然位置，终无相踵沓出之病，是之谓变化。变化而不失其正，千古诗人惟杜甫为能。高、岑、王、孟诸子，设色止矣，皆未可语以变化也。夫作诗者，至能成一家之言

---

① "天下"句：谓无胸襟之人每大材小用。

② 理其清虚：涤除郁塞之物，使脏腑清净。

③ 丹膜：可供涂饰的红色颜料。赭垩：赤土和白土，古时的建筑涂料。

④ 曲房：内室、密室。

足矣。此犹清、任、和三子之圣，各极其至，而集大成、圣而不可知之之谓神，惟夫子①。杜甫，诗之神者也。夫惟神，乃能变化。子言"多读古人之诗而求工于诗"者，乃囿于今之称诗者论也。

三

或曰："今之称诗者，高言法矣。作诗者果有法乎哉？且无法乎哉？"

余曰：法者，虚名也，非所论于有也；又法者，定位也，非所论于无也。子无以余言为惝恍河汉，当细为子晰之。自开辟以来，天地之大，古今之变，万汇之赜，日星河岳，赋物象形，兵刑礼乐，饮食男女，于以发为文章，形为诗赋，其道万千。余得以三语蔽之：曰理、曰事、曰情，不出乎此而已。然则，诗文一道，岂有定法哉？先揆乎其理，揆之于理而不谬，则理得；次征诸事，征之于事而不悖，则事得；终絜诸情②，絜之于情而可通，则情得。三者得而不可易，则自然之法立。故法者，当乎理，确乎事，酌乎情，为三者之平准，而无所自为法也。故谓之曰"虚名"。又法者，国家之所谓律也。自古之五刑宅就以至于今③，法亦密矣。然岂无所凭而为法哉？不过揆度于事、理、情三者之轻重、大小、上下，以为五服五章④、刑赏生杀之等威、差别，于是事理情当于法之中。人见法而适惬其事理情之用，故又谓之曰"定位"。

乃称诗者，不能言法所以然之故，而哓哓曰法。吾不知其离一切以为法乎？将有所缘以为法乎？离一切以为法，则法不能凭虚而立；有所缘以为法，则法仍托他物以见矣。吾不知统提法者之于何属也。

原

诗

① "此犹"四句：《孟子·万章下》："孟子曰：伯夷，圣之清者也；伊尹，圣之任者也；柳下惠，圣之和者也；孔子，圣之时者也。孔子之谓集大成，集大成也者，金声而玉振之也。"

② 絜诸情：以情来衡量。絜，衡量。

③ 五刑：唐以笞、杖、徒、流、死为五刑，明清沿唐律。

④ 五服五章：《尚书·皋陶谟》："天命有德，五服五章哉。"孔传："五服：天子、诸侯、卿、大夫、士之服也。尊卑彩章各异，所以命有德。"

彼曰："凡事凡物皆有法，何独于诗而不然？"是也。然法有死法，有活法。若以死法论，今誉一人之美，当问之曰："若固眉在眼上乎？鼻口居中乎？若固手操作而足循履乎？"夫妍媸万态，而此数者必不渝，此死法也。彼美之绝世独立，不在是也。又朝庙享燕以及士庶宴会，揖让升降，叙坐献酬，无不然者，此亦死法也。而格鬼神[①]，通爱敬，不在是也。然则，彼美之绝世独立，果有法乎？不过即耳目口鼻之常，而神明之。而神明之法，果可言乎？彼享宴之格鬼神、合爱敬，果有法乎？不过即揖让献酬而感通之。而感通之法，又可言乎？死法，则执涂之人能言之[②]。若曰活法，法既活而不可执矣，又焉得泥于法？而所谓诗之法，得毋平平仄仄之拈乎？村塾中曾读《千家诗》者，亦不屑言之。若更有进，必将曰：律诗必首句如何起，三四如何承，五六如何接，末句如何结；古诗要照应，要起伏；析之为句法，总之为章法。此三家村词伯相传久矣[③]，不可谓称诗者独得之秘也。若舍此两端，而谓作诗另有法，法在神明之中，巧力之外，是谓变化生心。变化生心之法，又何若乎？则死法为定位，活法为虚名；虚名不可以为有，定位不可以为无。不可为无者，初学能言之；不可为有者，作者之匠心变化，不可言也。

夫识辨不精，挥霍无具，徒倚法之一语，以牢笼一切。譬之国家有法，所以儆愚夫愚妇之不肖而使之不犯；未闻与道德仁义之人讲论习肄，而时以五刑五罚之法恐惧之而迫胁之者也。惟理、事、情三语，无处不然。三者得，则胸中通达无阻，出而敷为辞，则夫子所云"辞达"。达者，通也，通乎理、通乎事、通乎情之谓。而必泥乎法，则反有所不通矣。辞且不通，法更于何有乎？

---

①格鬼神：感通鬼神。格，通。

②执：固执、拘泥。涂之人：道路所遇之人，即普通人。

③三家村词伯：乡村老儒。三家村，僻远乡村。唐代王季友《代贺若令誉赠沈千运》："相逢问姓名亦存，别时无子今有孙。山上双松长不改，百家唯有三家村。"词伯，擅长文词的大家。宋之问《伤王七秘书监》："书乃墨场绝，文称词伯雄。"

曰理、曰事、曰情三语，大而乾坤以之定位，日月以之运行，以至一草一木、一飞一走，三者缺一，则不成物。文章者，所以表天地万物之情状也。然具是三者，又有总而持之、条而贯之者，曰气。事、理、情之所为用，气为之用也。譬之一木一草，其能发生者，理也。其既发生，则事也。即发生之后，夭矫滋植，情状万千，咸有自得之趣，则情也。苟无气以行之，能若是乎？又如合抱之木，百尺干霄，纤叶微柯以万计，同时而发，无有丝毫异同，是气之为也。苟断其根，则气尽而立萎。此时理、事、情俱无从施矣。吾故曰：三者借气而行者也。得是三者，而气鼓行于其间，纲缊磅礴，随其自然，所至即为法。此天地万象之至文也，岂先有法以驭是气者哉？不然，天地之生万物，舍其自然流行之气，一切以法绳之，夭矫飞走[1]，纷纷于形体之万殊，不敢过于法，不敢不及于法，将不胜其劳，乾坤亦几乎息矣。

草木气断则立萎，理、事、情俱随之而尽，固也。虽然，气断则气无矣，而理、事、情依然在也。何也？草木气断则立萎，是理也；萎则成枯木，其事也；枯木岂无形状？向背、高低、上下，则其情也。由是言之：气有时而或离，理、事、情无之而不在。向枯木而言法，法于何施？必将曰：法将析之以为薪，法将斫之而为器。若果将以为薪、为器，吾恐仍属之事理情矣，而法又将遁而之他矣。

天地之大文，风云雨雷是也。风云雨雷，变化不测，不可端倪，天地之至神也，即至文也。试以一端论：泰山之云，起于肤寸，不崇朝而遍天下。吾尝居泰山之下者半载，熟悉云之情状：或起于肤寸，弥沦六合；或诸峰竞出，升顶即灭；或连阴数月，或食时即散；或黑如漆，或白如雪；或大如鹏翼，或乱如散髻[2]；或块然垂天[3]，后无继者；或联绵纤微，相续不绝。又忽而黑云兴，土人以法占之，曰将雨，

----

① 夭矫飞走：矫健的飞禽走兽。

② 髻：散乱的头发。

③ 块然：孤独貌。

竟不雨。又晴云出，法占者曰将晴，乃竟雨。云之态以万计，无一同也。以至云之色相，云之性情，无一同也。云或有时归，或有时竟一去不归；或有时全归，或有时半归，无一同也。此天地自然之文，至工也。若以法绳天地之文，则泰山之将出云也，必先聚云族而谋之曰："吾将出云而为天地之文矣。先之以某云，继之以某云；以某云为起，以某云为伏；以某云为照应，为波澜，以某云为逆入，以某云为空翻，以某云为开，以某云为阖，以某云为掉尾。"如是以出之，如是以归之，一一使无爽，而天地之文成焉。无乃天地之劳于有泰山，泰山且劳于有是云，而出云且无日矣！苏轼有言："我文如万斛源泉，随地而出。"亦可与此相发明也。

四

　　或曰：先生言作诗，法非所先，言固辨矣。然古帝王治天下，必曰大经大法，然则法且后乎哉？

　　余曰：帝王之法，即政也。夫子言"文武之政，布在方策"①，此一定章程，后人守之。苟有毫发出入，则失之矣。修德贵日新，而法者旧章，断不可使有毫发之新。法一新，此王安石之所以亡宋也。若夫诗，古人作之，我亦作之。自我作诗，而非述诗也。故凡有诗，谓之新诗。若有法，如教条政令而遵之，必如李攀龙之拟古乐府然后可。诗，末技耳，必言前人所未言，发前人所未发，而后为我之诗。若徒以效颦效步为能事，曰此法也，不但诗亡，而法亦且亡矣。余之后法，非废法也，正所以存法也。夫古今时会不同，即政令尚有因时而变通之；若胶固不变，则新莽之行周礼矣。奈何风雅一道，而踵其谬戾哉！

　　曰理，曰事，曰情，此三言者足以穷尽万有之变态。凡形形色色，音声状貌，举不能越乎此。此举在物者而为言，而无一物之或能去此

①"夫子"句：出《礼记·中庸》："哀公问政，子曰：'文武之政，布在方策。其人存，则其政举；其人亡，则其政息。'"方策，指上古书写用的方板和竹简，后代指典籍。

者也。曰才，曰胆，曰识，曰力，此四言者所以穷尽此心之神明。凡形形色色，音声状貌，无不待于此而为之发宣昭著。此举在我者而为言，而无一不如此心以出之者也。以在我之四，衡在物之三，合而为作者之文章。大之经纬天地，细而一动一植，咏叹讴吟，俱不能离是而为言者矣。

在物者前已论悉之。在我者虽有天分之不齐，要无不可以人力充之。其优于天者①，四者具足，而才独外见，则群称其才；而不知其才之不能无所凭而独见也。其歉乎天者，才见不足，人皆曰才之歉也，不可勉强也，不知有识以居乎才之先。识为体而才为用，若不足于才，当先研精推求乎其识。人惟中藏无识，则理、事、情错陈于前，而浑然茫然，是非可否，妍媸黑白，悉眩惑而不能辨，安望其敷而出之为才乎？文章之能事，实始乎此。今夫诗，彼无识者既不能知古来作者之意，并不自知其何所兴感触发而为诗。或亦闻古今诗家之论，所谓体裁、格力、声调、兴会等语，不过影响于耳，含糊于心，附会于口，而眼光从无着处，腕力从无措处。即历代之诗陈于前，何所决择？何所适从？人言是，则是之；人言非，则非之。夫非必谓人言之不可凭也，而彼先不能得我心之是非而是非之，又安能知人言之是非而是非之也。有人曰：诗必学汉魏，学盛唐。彼亦曰：学汉魏，学盛唐。从而然之。而学汉魏与盛唐所以然之故，彼不能知，不能言也。即能效而言，而终不能知也。又有人曰：诗当学晚唐，学宋，学元。彼亦曰：学晚唐，学宋，学元。又从而然之。而置汉魏与盛唐所以然之故，彼又终不能知也。或闻诗家有宗刘长卿者矣，于是群然而称刘随州矣。又或闻有崇尚陆游者矣，于是人人案头无不有《剑南集》，以为秘本，而遂不敢他及矣。如此等类，不可枚举一概。人云亦云，人否亦否，何为者耶？

夫人以著作自命，将进退古人，次第前哲，必具有只眼而后泰然

---

① 优于天者：独得自然造化之优势。

有自居之地。倘议论是非，聋瞽于中心，而随世人之影响而附会之，终日以其言语笔墨为人使令驱役，不亦愚乎！且有不自以为愚，旋愚成妄，妄以生骄，而愚益甚焉！原其患始于无识，不能取舍之故也。是即吟咏不辍，累牍连章，任其涂抹，全无生气。其为才耶？为不才耶？惟有识，则是非明，是非明，则取舍定。不但不随世人脚跟，并亦不随古人脚跟。非薄古人为不足学也，盖天地有自然之文章，随我之所触而发宣之，必有克肖其自然者，为至文以立极。我之命意发言，自当求其至极者。昔人有言："不恨我不见古人，恨古人不见我。"又云："不恨臣无二王法，但恨二王无臣法。"①斯言特论书法耳，而其人自命如此。等而上之，可以推矣。譬之学射者，尽其目力臂力，审而后发。苟能百发百中，即不必学古人，而古有后羿、养由基其人者②，自然来合我矣。我能是，古人先我而能是，未知我合古人欤？古人合我欤？高适有云："乃知古时人，亦有如我者。"③岂不然哉？故我之著作与古人同，所谓其揆之一④；即有与古人异，乃补古人之所未足，亦可言古人补我之所未足，而后我与古人交为知己也。惟如是，我之命意发言，一一皆从识见中流布。识明则胆张，任其发宣而无所于怯，横说竖说，左宜而右有，直造化在手，无有一之不肖乎物也。

且夫胸中无识之人，即终日勤于学，而亦无益，俗谚谓为"两脚书橱"。记诵日多，多益为累。及伸纸落笔时，胸如乱丝，头绪既纷，无从割择，中且馁而胆愈怯，欲言而不能言。或能言而不敢言，矜持于铢两尺矱之中⑤，既恐不合于古人，又恐贻讥于今人。如三日新妇，动恐失体；又如跛者登临，举恐失足。文章一道，本摅写挥洒乐事，

---

① "昔人"下诸句：《南史·张融传》："（融）常叹云：'不恨我不见古人，所恨古人又不见我。'"又："融善草书，常自美其能。帝曰：'卿书殊有骨力，但恨无二王法。'答曰：'非恨无二王法，亦恨二王无臣法。'"二王：王羲之与其子王献之。

② 养由基：嬴姓，养氏，字叔，名由基，养国（今安徽阜阳）人。春秋时楚国将领，神射手。

③ "乃知"二句：出高适《苦雪》。

④ 其揆之一：《孟子·离娄下》："先圣后圣，其揆之一。"揆：道理、准则。

⑤ 尺矱：尺度、规矩。

反若有物焉以桎梏之，无处非碍矣。于是，强者必曰："古人某某之作如是，非我则不能得其法也。"弱者亦曰："古人某某之作如是，今之闻人某某传其法如是，而我亦如是也。"其黠者心则然，而秘而不言；愚者心不能知其然，徒夸而张于人，以为我自有所本也。更或谋篇时，有言已尽，本无可赘矣，恐方幅不足，而不合于格，于是多方拖沓以扩之，是蛇添足也。又有言尚未尽，正堪抒写，恐逾于格而失矩度，亟阖而已焉[1]，是生割活剥也。之数者，因无识，故无胆，使笔墨不能自由，是为操觚家之苦趣[2]，不可不察也。

昔贤有言："成事在胆"[3]，"文章千古事"[4]。苟无胆，何以能千古乎？吾故曰：无胆则笔墨畏缩。胆既诎矣，才何由而得伸乎？惟胆能生才，但知才受于天，而抑知必待扩充于胆耶？吾见世有称人之才，而归美之曰：能敛才就法。斯言也，非能知才之所由然者也。夫才者，诸法之蕴隆发现处也。若有所敛而为就，则未敛未就以前之才，尚未有法也。其所为才，皆不从理、事、情而得，为拂道悖德之言，与才之义相背而驰者，尚得谓之才乎？夫于人之所不能知，而惟我有才能知之，于人之所不能言，而惟我有才能言之。纵其心思之氤氲磅礴，上下纵横，凡六合以内外，皆不得而囿之。以是措而为文辞，而至理存焉，万事准焉，深情托焉，是之谓有才。若欲其敛以就法，彼固掉臂游行于法中久矣。不知其所就者，又何物也？必将曰：所就者乃一定不迁之规矩。此千万庸众人皆可共趋之而由之，又何待于才之敛耶？故文章家止有以才御法而驱使之，决无就法而为法之所役，而犹欲栅其才者也。吾故曰无才则心思不出，亦可曰无心思则才不出。而所谓规矩者，即心思之肆应各当之所为也。盖言心思，则主乎内以言才；

---

① 阖：煞尾。

② 操觚家：写作者。觚：古代用以书写的木简。苦趣：苦处。

③ 成事在胆：强至《韩忠献公遗事》："公（韩琦）平日谓'成大事在胆'。未尝以胆许人，往往自许也。"韩琦，陕西经略安抚招讨史，与范仲淹齐名，时称"韩范"。

④ 文章千古事：杜甫《偶题》："文章千古事，得失寸心知。"

言法，则主乎外以言才。主乎内，心思无处不可通，吐而为辞，无物不可通也。夫孰得而范围其心，又孰得而范围其言乎？主乎外，则囿于物而反有所不得于我心，心思不灵而才销铄矣。

吾尝观古之才人，合诗与文而论之，如左丘明、司马迁、贾谊、李白、杜甫、韩愈、苏轼之徒，天地万物皆递开辟于其笔端，无有不可举，无有不能胜。前不必有所承，后不必有所继，而各有其愉快。如是之才，必有其力以载之。惟力大而才能坚，故至坚而不可摧也。历千百代而不朽者以此。昔人有云："掷地须作金石声。"①六朝人非能知此义者，而言金石，喻其坚也。此可以见文家之力。力之分量，即一句一言，如植之则不可仆②，横之则不可断，行则不可遏，住则不可迁。《易》曰："独立不惧。"③此言其人，而其人之文当亦如是也。譬之两人焉，共适于途，而值羊肠蚕丛④、峻栈危梁之险。其一弱者，精疲于中，形战于外，将裹足而不前，又必不可已而进焉。于是步步有所凭借，以为依傍。或借人之推之挽之，或手有所持而扪，或足有所缘而践，即能前达，皆非其人自有之力，仅愈于木偶，为人舁之而行耳⑤。其一为有力者，神旺而气足，径往直前，不待有所攀援假借，奋然投足，反趋弱者扶掖之前。此直以神行而形随之，岂待外求而能者。故有境必能造，有造必能成。吾故曰："立言者，无力则不能自成一家。"夫家者，吾固有之家也。人各自有家，在己力而成之耳，岂有依傍想象他人之家以为我之家乎？是犹不能自求家珍，穿窬邻人之物以为己有⑥，即使尽窃其连城之璧，终是邻人之宝，不可为我家珍。而识者窥见其里，适供其哑然一笑而已。故本其所自有者而益充而广大之

---

①掷地须作金石声：刘义庆《世说新语·文学》："孙兴公作《天台赋》成，以示范荣期，云：'卿试掷地，要作金石声。'范曰：'恐子之金石，非宫商中声。'"

②植：树立。仆：倒伏。

③独立不惧：语本《易·大过》："君子以独立不惧，遁世无闷。"

④蚕丛：古代神话传说中的蚕神，蜀国首位称王的人，后引申为艰险的蜀道。

⑤舁：抬。

⑥穿窬：挖墙洞与爬墙头，代指偷窃。

以成家，非其力之所自致乎！

　　然力有大小，家有巨细。吾又观古之才人，力足以盖一乡，则为一乡之才；力足以盖一国，则为一国之才；力足以盖天下，则为天下之才。更进乎此，其力足以十世，足以百世，足以终古，则其立言不朽之业，亦垂十世，垂百世，垂终古，悉如其力以报之。试合古今之才，一一较其所就，视其力之大小远近，如分寸铢两之悉称焉[①]。又观近代著作之家，其诗文初出，一时非不纸贵，后生小子，以耳为目，互相传诵，取为模楷；及身没之后，声问即泯[②]，渐有起而议之者。或间能及其身后，而一世再世，渐远而无闻焉。甚且诋毁丛生，是非竞起，昔日所称其人之长，即为今日所指之短。可胜叹哉！即如明三百年间，王世贞、李攀龙辈盛鸣于嘉、隆时，终不如明初之高、杨、张、徐[③]，犹得无毁于今日人之口也。钟惺、谭元春之矫异于末季[④]，又不如王、李之犹可及于再世之余也。是皆其力所至远近之分量也。统百代而论诗，自《三百篇》而后，惟杜甫之诗，其力能与天地相终始，与《三百篇》等。自此以外，后世不能无入者主之，出者奴之[⑤]，诸说之异同，操戈之不一矣。其间又有力可以百世，而百世之内，互有兴衰者：或中湮而复兴，或昔非而今是，又似世会使之然。生前或未有推重之，而后世忽崇尚之，如韩愈之文。当愈之时，举世未有深知而尚之者。二百余年后，欧阳修方大表章之，天下遂翕然宗韩愈之文，以至于今不衰。信乎，文章之力有大小远近，而又盛衰乘时之不同如是。欲成一家言，断宜奋其力矣。夫内得之于识而出之而为才，惟胆以张其才，惟力以克荷之[⑥]。得全者其才见全，得半者其才见半，而又

　　① 分寸铢两：指极少的数量。王安石《上仁宗皇帝言事书》："不使有铢两分寸之加焉。"

　　② 声问：即声闻。问，通闻。

　　③ 高、杨、张、徐：即高启、杨基、张羽、徐贲，号称"吴中四杰"。

　　④ 钟惺：字伯敬，一作景伯，号退谷、止公居士。谭元春：字友夏，号鹄湾，别称蓑翁。

　　⑤ 入者主之，出者奴之：韩愈《原道》："其言道德仁义者，不入于杨，则归于墨；不入于老，则归于佛。入于彼，必出于此。入者主之，出者奴之；入者附之，出者污之。"入，信奉；出，排斥。

　　⑥ 克荷：能够承受。克，能。荷，负担。

非可矫揉蹴至之者也，盖有自然之候焉。千古才力之大者，莫有及于神禹。神禹平成天地之功①，此何等事！而孟子以为行所无事②，不过顺水流行坎止自然之理，而行疏瀹、排决之事③，岂别有治水之法，有所矫揉以行之者乎？不然者，是行其所有事矣。大禹之神力，远及万万世。以文辞立言者，虽不敢几此，然异道同归，勿以篇章为细务，自逊处于没世无闻已也。

大约才、识、胆、力，四者交相为济。苟一有所歉，则不可登作者之坛。四者无缓急，而要在先之以识；使无识，则三者俱无所托。无识而有胆，则为妄、为卤莽、为无知，其言背理、叛道，蔑如也④。无识而有才，虽议论纵横，思致挥霍，而是非淆乱，黑白颠倒，才反为累矣。无识而有力，则坚僻、妄诞之辞，足以误人而惑世，为害甚烈。若在骚坛，均为风雅之罪人。惟有识，则能知所从、知所奋、知所决，而后才与胆、力皆确然有以自信。举世非之，举世誉之，而不为其所摇。安有随人之是非以为是非者哉？其胸中之愉快自足，宁独在诗文一道已也。然人安能尽生而具绝人之姿，何得易言有识？其道宜如《大学》之始于格物。诵读古人诗书，一一以理、事、情格之，则前后、中边、左右、向背，形形色色，殊类万态，无不可得，不使有毫发之罅，而物得以乘我焉⑤。如以文为战，而进无坚城，退无横阵矣。若舍其在我者，而徒日劳于章句诵读，不过剿袭、依傍、摹拟、窥伺之术，以自跻于作者之林，则吾不得而知之矣。

---

① 平成天地：《尚书·大禹谟》："地平天成。"孔安国传："水土治曰平，五行叙曰成。"

② 行所无事：《孟子·离娄下》："禹之行水也，行其所无事也。如智者亦行其所无事，则智亦大矣。"

③ 坎止：遇险而止。疏瀹：疏浚河床。排决：挖掘堤岸。

④ 蔑如：不足道。

⑤ "不使"二句：意出《文心雕龙·论说》："故其义贵圆通，辞忌枝碎。必使心与理合，弥缝莫见其隙；辞共心密，敌人不知所乘。斯其要也。"罅，缝隙。乘，利用。

五

或曰：先生发挥理、事、情三言，可谓详且至矣。然此三言，固文家之切要关键。而语于诗，则情之一言，义固不易；而理与事，似于诗之义，未为切要也。先儒云："天下之物，莫不有理。"①若夫诗，似未可以物物也②。诗之至处，妙在含蓄无垠，思致微渺，其寄托在可言不可言之间，其指归在可解不可解之会，言在此而意在彼，泯端倪而离形象，绝议论而穷思维，引人于冥漠恍惚之境，所以为至也。若一切以理概之，理者，一定之衡，则能实而不能虚，为执而不为化，非板则腐。如学究之说书，闾师之读律③，又如禅家之参死句，不参活句，窃恐有乖于风人之旨。以言乎事，天下固有有其理而不可见诸事者。若夫诗，则理尚不可执，又焉能一一征之实事者乎？而先生断断焉必以理事二者与情同律乎诗④，不使有毫发之或离，愚窃惑焉。此何也？予曰：子之言诚是也。子所以称诗者，深有得乎诗之旨者也。然子但知可言可执之理之为理，而抑知名言所绝之理之为至理乎？子但知有是事之为事，而抑知无是事之为凡事之所出乎？可言之理，人人能言之，又安在诗人之言之？可征之事，人人能述之，又安在诗人之述之？必有不可言之理，不可述之事，遇之于默会意象之表，而理与事无不灿然于前者也。今试举杜甫集中一二名句，为子晰而剖之，以见其概，可乎？

如《玄元皇帝庙》作"碧瓦初寒外"句，逐字论之：言乎"外"，与内为界也。初寒何物，可以内外界乎？将碧瓦之外，无初寒乎？寒者，天地之气也。是气也，尽宇宙之内，无处不充塞，而碧瓦独居其

---

① "天下"二句：朱熹《四书章句集注·大学章句》："盖人心之灵，莫不有知，而天下之物，莫不有理。"

② 物物：以物物之，即把物当作物看到，前"物"为名词，后"物"为动词。《庄子·山木》："浮游乎万物之祖，物物而不物于物。"

③ 闾师：里巷之塾师。闾，里巷。

④ 断断：强辩貌。

外，寒气独盘踞于碧瓦之内乎？寒而曰初，将严寒或不如是乎？初寒无象无形，碧瓦有物有质，合虚实而分内外，吾不知其写碧瓦乎？写初寒乎？写近乎？写远乎？使必以理而实诸事以解之，虽稷下谈天之辨，恐至此亦穷矣。然设身而处当时之境会，觉此五字之情景，恍如天造地设，呈于象，感于目，会于心。意中之言，而口不能言；口能言之，而意又不可解。划然示我以默会想象之表，竟若有内有外，有寒有初寒，特借碧瓦一实相发之；有中间有边际，虚实相成，有无互立，取之当前而自得，其理昭然，其事的然也。昔人云王维诗中有画，凡诗可入画者，为诗家能事。如风云雨雪，景象之至虚者，画家无不可绘之于笔。若初寒内外之景色，即董、巨复生①，恐亦束手搁笔矣。天下惟理事之入神境者，固非庸凡人可摹拟而得也。

又《宿左省》作"月傍九霄多"句，从来言月者，只有言圆缺，言明暗，言升沉，言高下，未有言多少者。若俗儒，不曰"月傍九霄明"，则曰"月傍九霄高"，以为景象真而使字切矣。今曰"多"，不知月本来多乎？抑傍九霄而始多乎？不知月多乎？月所照之境多乎？有不可名言者。试想当时之情景，非言明、言高、言升可得，而惟此"多"字可以尽括此夜宫殿当前之景象。他人共见之，而不能知，不能言，惟甫见而知之，而能言之。其事如是，其理不能不如是也。

又《夔州雨湿不得上岸》作"晨钟云外湿"句，以晨钟为物而湿乎？云外之物，何啻以万万计！且钟必于寺观，即寺观中，钟之外，物亦无算，何独湿钟乎？然为此语者，因闻钟声有触而云然也。声无形，安能湿？钟声入耳而有闻，闻在耳，止能辨其声，安能辨其湿？曰云外，是又以目始见云，不见钟，故云云外。然此诗为雨湿而作，有云然后有雨，钟为雨湿，则钟在云内，不应云外也。斯语也，吾不知其为耳闻耶？为目见耶？为意揣耶？俗儒于此，必曰"晨钟云外度"，又必曰"晨钟云外发"，决无下"湿"字者。不知其于隔云见钟，

---

①董、巨：董即董源，字叔达，世称董北苑；巨：即巨然，五代宋初画家。

声中闻湿，妙悟天开，从至理实事中领悟，乃得此境界也。

又《摩诃池泛舟》作"高城秋自落"句，夫秋何物，若何而落乎？时序有代谢，未闻云落也。即秋能落，何系之以高城乎？而曰高城落，则秋实自高城而落，理与事俱不可易也。

以上偶举杜集四语，若以俗儒之眼观之，以言乎理，理于何通？以言乎事，事于何有？所谓言语道断[①]，思维路绝；然其中之理，至虚而实，至渺而近，灼然心目之间，殆如鸢飞鱼跃之昭著也[②]。理既昭矣，尚得无其事乎？古人妙于事理之句，如此极多，姑举此四语，以例其余耳。其更有事所必无者，偶举唐人一二语，如"蜀道之难，难于上青天""似将海水添宫漏""春风不度玉门关""天若有情天亦老""玉颜不及寒鸦色"等句，如此者何止盈千累万。决不能有其事，实为情至之语。夫情必依乎理，情得然后理真。情理交至，事尚不得耶！要之作诗者，实写理、事、情，可以言言，可以解解，即为俗儒之作。惟不可名言之理，不可施见之事，不可径达之情，则幽渺以为理，想象以为事，惝恍以为情，方为理至、事至、情至之语。此岂俗儒耳目心思界分中所有哉？则余之为此三语者，非腐也，非僻也，非锢也。得此意而通之，宁独学诗，无适而不可矣。

六

或曰：先生之论诗，深源于正变、盛衰之所以然，不定指在前者为盛，在后者为衰。而谓明二李之论为非[③]，是又以时人之模棱汉魏、貌似盛唐者，熟调陈言，千首一律，为之反复以开其锢习，发其愦蒙。乍闻之，似乎矫枉而过正；徐思之，真膏肓之针砭也[④]。然则，学诗

①言语道断：佛教术语，谓微妙佛法，不可言传。《缨络经》："言语道断，心行处灭。"

②鸢飞鱼跃：《礼记·中庸》："《诗》云：'鸢飞戾天，鱼跃于渊。'言其上下察也。"郑玄注："察，犹著也。"

③二李：李梦阳、李攀龙。

④膏肓之针砭：绝症之良方。针砭，古以砭石为针，后泛指以针灸治疗。

者，且置汉魏、初盛唐诗勿即寓目，恐从是入手，未免熟调陈言，相因而至，我之心思终于不出也。不若即于唐以后之诗而从事焉，可以发其心思，启其神明，庶不堕蹈袭相似之故辙，可乎？

余曰：吁，是何言也？余之论诗，谓近代之习，大概斥近而宗远，排变而崇正，为失其中而过其实，故言非在前者之必盛，在后者之必衰。若子之言，将谓后者之居于盛，而前者反居于衰乎？吾见历来之论诗者，必曰苏李不如《三百篇》，建安、黄初不如苏李，六朝不如建安、黄初，唐不如六朝。而斥宋者，至谓不仅不如唐，而元又不如宋。惟有明二三作者，高自位置，惟不敢自居于《三百篇》，而汉、魏、初盛唐居然兼总而有之，而不少让。平心而论，斯人也，实汉、魏、唐人之优孟耳。窃以为相似而伪，无宁相异而真，故不必泥前盛后衰为论也。

夫自《三百篇》而下，三千余年之作者，其间节节相生，如环之不断；如四时之序，衰旺相循而生物，而成物，息息不停，无可或间也。吾前言踵事增华，因时递变，此之谓也。故不读"明""良"①、《击壤》之歌，不知《三百篇》之工也；不读《三百篇》，不知汉魏诗之工也；不读汉魏诗，不知六朝诗之工也；不读六朝诗，不知唐诗之工也；不读唐诗，不知宋与元诗之工也。夫惟前者启之，而后者承之而益之；前者创之，而后者因之而广大之。使前者未有是言，则后者亦能如前者之初有是言；前者已有是言，则后者乃能因前者之言而另为他言。总之，后人无前人，何以有其端绪？前人无后人，何以竟其引伸乎？譬诸地之生木然：《三百篇》，则其根，苏、李诗则其萌芽由蘖②，建安诗则生长至于拱把，六朝诗则有枝叶，唐诗则枝叶垂荫，宋诗则能开花，而木之能事方毕。自宋以后之诗，不过花开而谢，花谢而复开。其节次虽层层积累，变换而出，而必不能不从根柢而生者也。

---

① "明""良"：《尚书·益稷》："乃赓载歌曰：'元首明哉，股肱良哉，庶事康哉！'"

② 由蘖：树木枯槁或被砍伐后重发的枝条。

故无根，则由蘖何由生？无由蘖，则拱把何由长？不由拱把，则何自而有枝叶垂荫，而花开花谢乎？

若曰审如是，则有其根斯足矣，凡根之所发不必问也；且有由蘖及拱把成其为木斯足矣，其枝叶与花不必问也。则根特蟠于地而具其体耳，由蘖萌芽仅见其形质耳，拱把仅生长而上达耳，而枝叶垂荫，花开花谢，可遂以已乎？故止知有根芽者，不知木之全用者也；止知有枝叶与花者，不知木之大本者也。由是言之，诗自《三百篇》以至于今，此中终始相承相成之故，乃豁然明矣，岂可以臆画而妄断者哉！

大抵近时诗人，其过有二：其一奉老生之常谈，袭古来所云忠厚和平、浑朴典雅、陈陈皮肤之语，以为正始在是，元音复振，动以道性情、托比兴为言。其诗也，非庸则腐，非腐则俚。其人且复鼻孔撩天，摇唇振履，面目与心胸，殆无处可以位置，此真虎豹之鞟耳[1]。其一好为大言，遗弃一切，掇采字句，抄集韵脚[2]。睹其成篇，句句可画[3]；讽其一句，字字可断。其怪戾则自以为李贺，其浓抹则自以为李商隐，其涩险则自以为皮、陆，其拗拙则自以为韩、孟。土苴建安[4]，弁髦初盛[5]，后生小子，诧为新奇，竞趋而效之，所云牛鬼蛇神、夔蚿魍魉[6]。揆之风雅之义，风者真不可以风，雅者则已丧其雅，尚可言耶？吾愿学诗者，必从先型以察其源流[7]，识其升降。读《三百篇》而知其尽美矣，尽善矣，然非今之人所能为；即今之人能为之，而亦无为之之理，终亦不必为之矣。继之而读汉魏之诗，美矣，善矣，今之

---

① 虎豹之鞟：《论语·颜渊》："虎豹之鞟，犹犬羊之鞟。"鞟，去毛之皮。

② 掇采字句：摘抄前人佳句以拼凑自己作品。抄集韵脚：袭取前人作品中押韵的词。

③ 句句可画：句与句都不连贯，可以断开。画，划分。

④ 土苴：渣滓、糟粕，作动词用时为贱视之意。

⑤ 弁髦初盛：抛弃初唐、盛唐。弁髦：古代男子行加冠礼时用来束发的黑布帽，三次加冠后即弃而不用，因以"弁髦"喻弃置无用之物，引申为鄙视、抛弃。

⑥ 牛鬼蛇神：佛教故事中，阴间的牛头鬼卒、蛇首神人。夔蚿魍魉：夔，古代传说中的龙形独足动物；蚿，多足虫；魍魉，传说中的精怪。

⑦ 先型：古代经典。

人庶能为之^①，而无不可为之；然不必为之，或偶一为之，而不必似之。又继之而读六朝之诗，亦可谓美矣，亦可谓善矣，我可以择而间为之，亦可以恝而置之^②。又继之而读唐人之诗，尽美尽善矣，我可尽其心以为之，又将变化神明而达之。又继之而读宋之诗、元之诗，美之变而仍美，善之变而仍善矣，吾纵其所如，而无不可为之，可以进退出入而为之。此古今之诗相承之极致，而学诗者循序反复之极致也。原夫创始作者之人，其兴会所至，每无意而出之，即为可法可则。如《三百篇》中，里巷歌谣、思妇劳人之吟咏居其半。彼其人非素所诵读讲肆推求而为此也，又非有所研精极思、腐毫辍翰而始得也^③。情偶至而感，有所感而鸣，斯以为风人之旨，遂适合于圣人之旨而删之为经以垂教。非必谓后之君子，虽诵读讲习，研精极思，求一言之几于此而不能也。乃后之人，颂美、训释《三百篇》者，每有附会。而于汉魏、初盛唐亦然，以为后人必不能及。乃其弊之流，且有逆而反之：推崇宋元者，菲薄唐人；节取中、晚者，遗置汉魏。则执其源而遗其流者，固已非矣；得其流而弃其源者，又非之非者乎！然则，学诗者，使竟从事于宋、元近代，而置汉、魏、唐人之诗而不问，不亦大乖于诗之旨哉！

外篇上

一

五十年前，诗家群宗"嘉隆七子"之学^④。其学五古必汉魏，七古

---

① 庶：庶几，表示希望的语气词，或许可以。

② 恝：漫不经心、不经意。

③ 腐毫辍翰：语本刘勰《文心雕龙·神思》："相如含笔而腐毫，杨雄辍翰而惊梦。"

④ 嘉隆七子：即后七子，明嘉靖、隆庆年间（1522—1572）的一个文学流派。成员有李攀龙、王世贞、谢榛、宗臣、梁有誉、徐中行、吴国伦，以李攀龙、王世贞为代表。

及诸体必盛唐。于是以体裁、声调、气象、格力诸法，著为定则。作诗者动以数者律之，勿许稍越乎此。又凡使事、用句、用字，亦皆有一成之规，不可以或出入。其所以绳诗者，可谓严矣。惟立说之严，则其途必归于一，其取资之数皆如有分量以限之①，而不得不隘。是何也？以我所制之体，必期合裁于古人；稍不合，则伤于体，而为体有数矣。我启口之调，必期合响于古人；稍不合，则戾于调，而为调有数矣。气象、格力无不皆然，则亦俱为有数矣。其使事也，唐以后之事戒勿用，而所使之事有数矣。其用字句也，唐以前未经用之字与句，戒勿入，则所用之字与句亦有数矣。夫其说亦未始非也，然以此有数之则，而欲以限天地景物无尽之藏，并限人耳目心思无穷之取，即优于篇章者，使之连咏三日，其言未有不穷，而不至于重见叠出者寡矣。

夫人之心思，本无涯涘可穷尽、可方体②，每患于局而不能摅，扃而不能发③，乃故囿之而不使之摅，键之而不使之发，则萎然疲苶④，安能见其长乎？故百年之间，守其高曾⑤，不敢改物⑥，熟调肤辞，陈陈相因，而求一轶群之步、弛跅之材⑦，盖未易遇矣。

于是楚风惩其弊⑧，起而矫之，抹倒体裁、声调、气象、格力诸说，独辟蹊径，而栩栩然自是也。夫必主乎体裁诸说者或失，则固尽抹倒之，而入于琐屑、滑稽、隐怪、荆棘之境，以矜其新异，其过殆又甚焉。故楚风倡于一时，究不能入人之深，旋趋而旋弃之者，以其说之益无本也。

---

① 取资：可以采取的方式。

② 涯涘：水的边际，此指极限。方体：限制范围。

③ 扃：闭塞。

④ 疲苶：疲倦，精神不振。

⑤ 高曾：高祖、曾祖。

⑥ 改物：改变前代文物制度，后指改朝换代。

⑦ 弛跅之材：《晋书·周处传论》："周子隐以弛跅之材，负不羁之行。"弛跅，即"跅弛"，放纵不羁。

⑧ 楚风：本义为楚地民歌，这里特指明代活跃于楚地的公安三袁（宗道、宏道、中道）与竟陵派（以钟惺、谭元春为代表）。

近今诗家，知惩"七子"之习弊，扫其陈熟余派，是矣。然其过，凡声调字句之近乎唐者，一切屏弃而不为；务趋于奥僻，以险怪相尚，目为生新，自负得宋人之髓，几于句似秦碑，字如汉赋①。新而近于俚，生而入于涩，真足大败人意。夫厌陈熟者，必趋生新；而厌生新者，则又返趋陈熟。以愚论之，陈熟、生新，不可一偏，必二者相济，于陈中见新，生中得熟，方全其美。若主于一，而彼此交讥，则二俱有过。然则诗家工拙美恶之定评，不在乎此，亦在其人神而明之而已。

二

陈熟、生新，二者于义为对待。对待之义，自太极生两仪以后，无事无物不然：日月、寒暑、昼夜，以及人事之万有——生死、贵贱、贫富、高卑、上下、长短、远近、新旧、大小、香臭、深浅、明暗，种种两端，不可枚举。大约对待之两端，各有美有恶，非美恶有所偏于一者也。其间惟生死、贵贱、贫富、香臭，人皆美生而恶死，美香而恶臭，美富贵而恶贫贱。然逢、比之尽忠②，死何尝不美？江总之白首③，生何尝不恶？幽兰得粪而肥，臭以成美；海木生香则萎，香反为恶④。富贵有时而可恶，贫贱有时而见美，尤易以明。即庄生所云"其成也毁，其毁也成"之义⑤。对待之美恶，果有常主乎⑥？生熟、新旧二义，以凡事物参之：器用以商、周为宝，是旧胜新；美人以新知为佳，是新胜旧；肉食以熟为美者也，果食以生为美者也，反是则两恶。推之诗，独不然乎？舒写胸襟，发挥景物，境皆独得，意自天成，能

---

① "几于"二句：谓句多晦涩，字多生僻。

② "逢、比"句：逢，指关龙逢，夏代贤臣，因谏桀而被杀；比，指比干，殷纣王叔父，官少师，因屡劝谏纣而被戮。

③ 江总（519—594）：字总持，济阳考城（今河南兰考）人。陈后主时，江总任宰相，却不理政务，每日与后主饮酒作乐，致使国家灭亡。

④ 海木：楝科植物，花白色，可入药，具有清热解毒功能。

⑤ "其成"二句：《庄子·齐物论》："其分也，成也；其成也，毁也。"

⑥ 常主：固定的意义。

令人永言三叹，寻味不穷，忘其为熟，转益见新，无适而不可也。若五内空如①，毫无寄托，以剿袭浮辞为熟，搜寻险怪为生，均为风雅所摈。论文亦有顺、逆二义，并可与此参观发明矣。

三

诗家之规则不一端，而曰体格，曰声调，恒为先务，论诗者所谓总持门也②。诗家之能事不一端，而曰苍老，曰波澜，目为到家③，评诗者所为造诣境也④。以愚论之，体格、声调与苍老、波澜，何尝非诗家要言妙义，然而此数者，其实皆诗之文也，非诗之质也；所以相诗之皮也，非所以相诗之骨也。试一一论之。

言乎体格：譬之于造器，体是其制，格是其形也。将造是器，得般、倕运斤⑤，公轮挥削⑥，器成而肖形合制，无毫发遗憾，体格则至美矣。乃按其质，则枯木朽株也，可以为美乎？此必不然者矣。夫枯木朽株之质，般轮必且束手，而器亦乌能成？然则，欲般轮之得展其技，必先具有木兰、文杏之材也⑦，而器之体格方有所托以见也。

言乎声调：声则宫商叶韵⑧，调则高下得宜，而中乎律吕⑨，铿锵乎听闻也。请以今时俗乐之度曲者譬之⑩：度曲者之声调，先研精于平

---

① 五内：五脏。

② 总持门：佛教术语，总持之法门。总持，梵语陀罗尼之意译，指总摄无量佛法而不忘的智慧，有法、义、咒、忍四种。总持门，这里借用为总纲领之意。

③ 到家：犹言到位、达到足以成家的水平。

④ 造诣境：深造有成所达到的境界。

⑤ 般：亦作"班"，春秋时鲁国巧匠鲁班。倕：共工，传说为上古时代的巧匠。

⑥ 公轮：即鲁班。

⑦ 木兰：亦名杜兰、林兰，落叶小乔木，古以作舟；文杏：杏树的一种，木有文采，号称良材。

⑧ 叶韵：押韵。宋人不明古今语音演变的道理，凡今音不押韵的，就认为在古时改读为和韵的音，称叶韵，有吴才老者倡其说。明陈第即指其谬，清儒考核古书用韵之例，力驳其说之妄。

⑨ 中乎律吕：音调和谐，有音乐的美感。律吕，古代校正乐律的器具，用竹管或金属管制成，共十二管，以管之长短来确定音之高低。从低音管算起，奇数六管称律，偶数六管称吕，合名律吕。后用以指乐律或音律。

⑩ 度曲：作曲。

仄阴阳。其吐音也，分唇鼻齿腭、开闭撮抵诸法①，而曼以笙箫②，严以鼙鼓③，节以头、腰、截板④，所争在渺忽之间⑤。其于声调，可谓至矣。然必须其人之发于喉，吐于口之音以为之质，然后其声绕梁，其调遏云，乃为美也。使其发于喉者哑然，出于口者飒然⑥，高之则如蝉，抑之则如蚓，吞吐如振车之铎⑦，收纳如鸣窌之牛⑧，而按其律吕，则于平仄阴阳、唇鼻齿腭、开闭撮抵诸法，毫无一爽，曲终而无几微愧色。其声调是也，而声调之所丽焉以为传者⑨，则非也。则徒恃声调以为美，可乎？

以言乎苍老：凡物必由稚而壮，渐至于苍且老。各有其候，非一于苍老也。且苍老必因乎其质，非凡物可以苍老概也。即如植物，必松柏而后可言苍老。松柏之为物，不必尽干霄百尺⑩，即寻丈楹槛间，其鳞鬣夭矫，具有凌云盘石之姿。此苍老所由然也。苟无松柏之劲质，而百卉凡材，彼苍老何所凭借以见乎？必不然矣。

又如波澜之义，风与水相遭成文而见者也。大之则江湖，小之则池沼，微风鼓动而为波为澜，此天地间自然之文也。然必水之质，空虚明净，坎止流行，而后波澜生焉，方美观耳。若污莱之潴⑪，溷厕之

---

① 唇：唇音。鼻：鼻音。齿：齿音。腭：舌头音。开：开口音。闭：闭口音。撮：撮口音。抵：以齿抵腭，舌头音。

② 曼以笙箫：以笙、箫奏柔曼的旋律。

③ 严以鼙鼓：以小鼓和大鼓奏出肃杀的音乐。鼙鼓，战争时军队用的小鼓。

④ 头、腰、截板：王骥德《曲律·论板眼第十一》："盖凡曲，句有长短，字有多寡，调有紧慢，一视板以为节制，故谓之板眼。初启声即下者为实板，又曰劈头板（遇紧调，随字即下；细调亦俟声出，徐徐而下）；字半下者为制板，亦曰榍板（盖腰板之误）；声盘而下者为截板，亦曰底板。"

⑤ 渺忽：微妙。

⑥ 哑然：低沉不清晰。飒然：虚弱无力。

⑦ "吞吐"句：呼吸换气时，气息不齐，像颠簸马车上铃声。铎，马车上的铃。

⑧ 收纳如鸣窌之牛：收声时气息控制得不好，如同老牛在地窖中鸣叫。窌，同窖。

⑨ 丽：附丽，附着。

⑩ 干霄：高入云霄。干，本义为冒犯，此为触意。

⑪ 污莱之潴：乱草丛生的水洼。污莱，荒地。潴，水积聚之处。

沟渎①，遇风而动，其波澜亦犹是也。但扬其秽，曾是云美乎？然则波澜非能自为美也，有江湖池沼之水以为之地②，而后波澜为美也。

由是言之，之数者皆必有质焉以为之先者也。彼诗家之体格、声调、苍老、波澜、为规则，为能事，固然矣。然必其人具有诗之性情、诗之才调、诗之胸怀、诗之见解以为其质，如赋形之有骨焉，而以诸法傅而出之③，犹素之受绘④，有所受之地，而后可一一增加焉。故体格、声调、苍老、波澜，不可谓为文也，有待于质焉，则不得不谓之文也；不可谓为皮之相也，有待于骨焉，则不得不谓之皮相也。吾故告善学诗者，必先从事于格物，而以识充其才，则质具而骨立；而以诸家之论优游以文之，则无不得，而免于皮相之讥矣。

四

《虞书》称"诗言志"。志也者，训诂为"心之所之"；在释氏，所谓"种子"也⑤。志之发端，虽有高卑、大小、远近之不同，然有是志，而以我所云才、识、胆、力四语充之，则其仰观俯察，遇物触景之会，勃然而兴，旁见侧出，才气心思，溢于笔墨之外。志高则其言洁，志大则其辞弘，志远则其旨永。如是者，其诗必传，正不必斤斤争工拙于一字一句之间。乃俗儒欲炫其长以鸣于世，于片语只字，辄攻瑕索疵，指为何出，稍不胜，则又援前人以证。不知读古人书，欲著作以垂后世，贵得古人大意，片语只字，稍不合，无害也。必欲求其瑕疵，则古今惟吾夫子可免。《孟子》七篇，欲加之辞，岂无微有可议者？孟子引《诗》《书》，字句恒有错误，岂为子舆氏病乎⑥？

---

① 溷厕：污秽之厕所。沟渎：小水沟。

② 地：质地，引申为基础、依据。

③ 傅：同附，依附。

④ "犹素"句：语本《论语·八佾》："绘事后素。"谓绘画要先以素绢为质，而后施加五彩。

⑤ 种子：佛教唯识宗术语，阿赖耶识能生一切法，故如植物之种子。叶燮借以喻志。

⑥ "孟子"三句：《孟子》引《诗》《书》，多与今传本不同，一是因为传本之异，二是因为撮其大意，非必是错误。孟子，名轲，字子舆。

诗圣推杜甫，若索其瑕疵而文致之^①，政自不少，终何损乎杜诗？俗儒于杜，则不敢难，若今人为之，则喧呶不休矣。今偶录杜句，请正之俗儒，然乎否乎？如"自是秦楼压郑谷"，俗儒必曰：秦楼与郑谷不相属，"压郑谷"何出？"愚公谷口村"，必曰：愚公，谷也，从无村字，押韵杜撰。"参军旧紫髯"，必曰：止有髯参军，紫髯另是一人，杜撰牵合。"河陇降王款圣朝"，必曰：降则款矣，款则降矣，字眼重出，凑句。"王纲尚旒缀"，必曰："缀旒"倒用，何出？"不闻夏殷衰，中自诛褒妲"，必曰：褒、妲是殷、周，与夏无涉；遗却周，错误甚。"前军苏武节，左将吕虔刀"，必曰：苏武前军乎？吕虔左将乎？"第五桥边流恨水，皇陂亭北结愁亭"，必曰：恨水、愁亭何出？牵桥、陂，尤杜撰。"苏武看羊陷贼庭"，必曰：改牧作"看"，又"贼庭"，俱错。"但讶鹿皮翁，忘机对芳草"，必曰：鹿皮翁"对芳草"事，何出？"旧谙疏懒叔"，必曰：懒是嵇康，牵阮家不上。"囚梁亦固扃"，必曰："固扃"押韵，何出？"历下辞姜被，关西得孟邻"，必曰：姜被、孟邻岂历下、关西事耶？"处士祢衡俊"，必曰：祢衡称俊，何出？"斩木火井穷猿呼"，必曰：斩木一事，火井一事，穷猿呼一事，硬牵合。"片云天共远，永夜月同孤。落日心犹壮，秋风病欲苏"，必曰：言片云，言天，言永夜，言月，言落日，言秋风，二十字中，重见叠出，无法之甚。"永负蒿里饯"，必曰：蒿里饯何出？"不见杏坛丈"，必曰：函丈耶？可单用丈字耶？抑指称孔子耶？"侍祠恶先露"，必曰："恶先露"不成文，费解。"泾渭开愁容"，必曰：泾渭亦有愁容耶？"气劘屈贾垒，目短曹刘墙"，必曰：屈贾垒、曹刘墙，何出？"管宁纱帽净"，必曰：改"皂"为"纱"，取叶平仄，杜撰。"潘生骖阁远"，必曰：散骑省曰"骖阁"，有出否？"豺构哀登楚"，必曰：王粲《七哀诗》"豺虎方构患"。登荆州楼五字，何异"蛙翻白出阔"耶？"楚星南天黑，蜀月西雾重"，必曰：楚星、蜀月、西雾何出？"孔子释氏亲抱送"，必

───────────────

① 文致：玩弄法律条文、加人以罪名。

曰：杜撰，俗极。"倾银注玉惊人眼"，必曰：银瓶耶？玉碗耶？杜撰，不成文，且俗。"郭振起通泉"，必曰：郭元振去"元"字，何据？"严家聚德星"，必曰：简严遂州，以"聚德星"属严家，则一部《千家姓》家家可聚德星矣。"把文惊小陆"，必曰：小陆何人耶？若指陆云，何出？"师伯集所使"，必曰：据注，雨师、风伯也，杜撰极。"先儒曾抱麟"，必曰：即泣麟耶？"抱"字何出？"修文将管辂"，必曰：修文非管辂事。"莫徭射雁鸣桑弓"，必曰："桑弧"曰"桑弓"有出否？"悠悠伏枕左书空"，必曰："左"字何解？"只同燕石能星陨"，必曰：陨石也，称"燕石"，何出？"凉忆岷山巅"，必曰：岷山之凉，有出乎？"名参汉望苑"，必曰：博望苑去"博"字，何出？"冯招疾病缠"，必曰：左思诗"冯公岂不伟，自首不见招"，曰"冯招"可乎？以疾病属冯，尤无谓。"韦经亚相传"，必曰：韦玄成称亚相，有出否？"舌存耻作穷途哭"，必曰：不是一事，牵合。"投阁为刘歆"，必曰：刘歆子棻事，借叶韵可乎？"嫌疑陆贾装"，必曰：马援薏苡嫌疑，陆贾装有何嫌疑乎？"谷贵没潜夫"，必曰：王符以谷贵没乎？

以上偶录杜句，余代俗儒一一为之评驳。其他若此者甚多，亦何累乎杜哉？今有人，其诗能一一无是累，而通体庸俗浅薄，无一善，亦安用有此诗哉？故不观其高者、大者、远者，动摘字句，刻画评驳，将使从事风雅者，惟谨守老生常谈为不刊之律①，但求免于过，斯足矣，使人展卷，有何意味乎？而俗儒又恐其说之不足以胜也，于是遁于考订证据之学，骄人以所不知，而矜其博。此乃学究所为耳，千古作者心胸，岂容有此等铢两琐屑哉？司马迁作《史记》，往往改窜六经文句，后世无有非之者，以其所就者大也。然余为此言，非教人杜撰也。如杜此等句，本无可疵；今人惑于盲瞽之说，而以杜之所为无害者，反严以绳人，于是诗亡，而诗才亦且亡矣。余故论而明之。诗之工拙，必不在是，可无惑也。

201

---

① 不刊：不可改易。古代文书刻在竹简上，错了则削去，称"刊"。

五

杜句之无害者，俗儒反严以绳人，必且曰："在杜则可，在他人则不可。"斯言也，固大戾乎诗人之旨者也。夫立德与立言①，事异而理同。立德者曰："舜何人也，予何人也，有为者亦若是。"②乃以诗立言者，则自视与杜截然为二，何为者哉？将以杜为不可学耶？置其嫩之可而不能学③，因置其瑕之不可而不敢学，仅自居于调停之中道④，其志已陋，其才已卑，为风雅中无是无非之乡愿⑤，可哀也。将以杜为不足学耶？则以可者仅许杜而不愿学，而以不可者听之于杜而如不屑学，为风雅中无知无识之冥顽，益可哀已！然则，"在杜则可，在他人则不可"之言，舍此两端，无有是处。是其人既不能反而得之于心，而妄以古人为可不可之论，不亦大过乎？

六

"作诗者，在抒写性情。"此语夫人能知之，夫人能言之，而未尽夫人能然之者矣。作诗，有性情必有面目。此不但未尽夫人能然之，并未尽夫人能知之而言之者也。如杜甫之诗，随举其一篇，篇举其一句，无处不可见其忧国爱君，悯时伤乱，遭颠沛而不苟，处穷约而不滥⑥，崎岖兵戈盗贼之地，而以山川景物、友朋杯酒，抒愤陶情，此杜甫之面目也。我一读之，甫之面目跃然于前。读其诗一日，一日与之对；读其诗终身，日日与之对也。故可慕可乐而可敬也。举韩愈之一

---

① "立德"句：《左传·襄公二十四年》："太上有立德，其次有立功，其次有立言，虽久不废。此之谓不朽。"

② "舜何人"三句：出《孟子·滕文公上》："颜渊曰：舜何人也，予何人也，有为者亦若是。"此即人皆可为尧舜之意。

③ 嫩：同美。

④ 中道：儒家和佛家都有中道之说，儒家之中道指不偏不倚的折中态度。《孟子·尽心下》："孔子岂不欲中道哉？"此处叶燮所谓中道，是指儒家之中道。

⑤ 乡愿：无原则之人。《论语·阳货》："子曰：乡愿，德之贼也。"

⑥ 处穷约而不滥：《论语·卫灵公》："君子固穷，小人穷斯滥矣。"

篇一句，无处不可见其骨相棱嶒①，俯视一切，进则不能容于朝，退又不肯独善于野，疾恶甚严，爱才若渴，此韩愈之面目也。举苏轼之一篇一句，无处不可见其凌空如天马，游戏如飞仙，风流儒雅，无人不得，好善而乐与，嬉笑怒骂，四时之气皆备，此苏轼之面目也。此外诸大家，虽所就各有差别，而面目无不于诗见之。其中有全见者，有半见者。如陶潜、李白之诗，皆全见面目。王维五言则面目见，七言则面目不见。此外面目可见不可见，分数多寡，各各不同，然未有全不可见者。读古人诗，以此推之，无不得也。余尝于近代一二闻人，展其诗卷，自始至终，亦未尝不工；乃读之数过，卒未能睹其面目何若，窃不敢谓作者如是也。

七

杜甫之诗，独冠今古。此外上下千余年，作者代有，惟韩愈、苏轼，其才力能与甫抗衡，鼎立为三。韩诗无一字犹人，如太华削成②，不可攀跻。若俗儒论之，摘其杜撰，十且五六，辄摇唇鼓舌矣③。苏诗包罗万象，鄙谚小说，无不可用。譬之铜铁铅锡，一经其陶铸，皆成精金。庸夫俗子，安能窥其涯涘！并有未见苏诗一斑，公然肆其讥弹，亦可哀也。韩诗用旧事而间以己意易以新字者，苏诗常一句中用两事三事者，非骈博也，力大故无所不举。然此皆本于杜。细览杜诗，知非韩、苏创为之也。必谓一句止许用一事，此井底之蛙，未见韩、苏，并未见杜者也。且一句止用一事，如七律一句，上四字与下三字，总现成写此一事，亦非谓不可。若定律如此，是记事册，非自我作诗也。诗而曰作，须有我之神明在内。如用兵然，孙、吴成法④，懦夫守之不

① 棱嶒：本指山势高峻，这里指才气、品格卓越超群。
② 太华削成：《山海经·西山经》："太华之山，削成而四方，其高五千仞。"太华，西岳华山。削成，刻削而成，形容陡峻。
③ 摇唇鼓舌：卖弄口才。《庄子·盗跖》："不耕而食，不织而衣，摇唇鼓舌，擅生是非。"
④ 孙、吴：孙武、吴起。

变，其能长胜者寡矣；驱市人而战，出奇制胜，未尝不愈于教习之师。故以我之神明役字句，以我所役之字句使事，知此，方许读韩、苏之诗。不然，直使古人之事，虽形体眉目悉具，直如刍狗①，略无生气，何足取也？

八

诗是心声，不可违心而出，亦不能违心而出。功名之士，决不能为泉石淡泊之音；轻浮之子，必不能为敦庞大雅之响。故陶潜多素心之语，李白有遗世之句，杜甫兴"广厦万间"之愿，苏轼师"四海弟昆"之言②。凡如此类，皆应声而出。其心如日月，其诗如日月之光。随其光之所至，即日月见焉。故每诗以人见，人又以诗见。使其人其心不然，勉强造作，而为欺人欺世之语，能欺一人一时，决不能欺天下后世。究之阅其全帙，其陋必呈。其人既陋，其气必荼，安能振其辞乎？故不取诸中心而浮慕著作，必无是理也。

九

古人之诗，必有古人之品量。其诗百代者，品量亦百代。古人之品量，见之古人之居心，其所居之心，即古盛世贤宰相之心也。宰相所有事，经纶宰制③，无所不急，而必以乐善、爱才为首务，无毫发媢疾忌忮之心④，方为真宰相。百代之诗人亦然。如高适、岑参之才，远逊于杜，观甫赠寄高、岑诸作，极其推崇赞叹。孟郊之才，不及韩愈远甚，而愈推高郊，至"低头拜东野"，愿郊为龙身为云，"四方上下

---

①刍狗：古代祭祀时用草扎成的狗。《老子》第五章："天地不仁，以万物为刍狗；圣人不仁，以百姓为刍狗。"

②四海弟昆：苏轼《东坡八首》其七："吾师卜子夏，四海皆弟昆。"

③经纶：处理国家大事

④媢疾忌忮：嫉贤妒能。

逐东野"①。卢仝、贾岛、张籍等诸人，其人地与才②，愈俱十百之，而愈一一为之叹赏推美。史称其"奖借后辈，称荐公卿间，寒暑不避"③。欧阳修于诗，极推重梅尧臣、苏舜钦。苏轼于黄庭坚、秦观、张耒等诸人，皆爱之如己，所以好之者无不至。盖自有天地以来，文章之能事，萃于此数人，决无更有胜之而出其上者，及观其乐善爱才之心，竟若歉然不自足④。此其中怀阔大，天下之才皆其才，而何娼疾忌忮之有。不然者，自炫一长，自矜一得，而惟恐有一人之出其上，又惟恐人之议己，日以攻击诋毁其类为事。此其中怀狭隘，即有著作，如其心术，尚堪垂后乎？昔人惟沈约闻人一善，如万箭攒心，而约之所就，亦何足云？是犹以李林甫、卢杞之居心，而欲博贤宰相之名，使天下后世称之，亦事理所必无者尔。

<h2 style="text-align:center">一〇</h2>

诗之亡也，亡于好名。没世无称，君子羞之，好名宜亟亟矣。窃怪夫好名者，非好垂后之名，而好目前之名。目前之名，必先工邀誉之学，得居高而呼者倡誉之，而后从风者群和之，以为得风气。于是风雅笔墨，不求之古人，专求之今人，以为迎合。其为诗也，连卷累帙，不过等之揖让周旋，羔雁筐筥之具而已矣⑤！及闻其论，则亦盛言《三百篇》，言汉、言唐、言宋，而进退是非之，居然当代之诗人，而诗亡矣。

---

① "低头"三句：见韩愈《醉留东野》："昔年因读李白杜甫诗，长恨二人不相从。吾与东野生并世，如何复蹑二子踪。东野不得官，白首夸龙钟。韩子稍奸黠，自惭青蒿倚长松。低头拜东野，原得终始如驱蚣。东野不回头，有如寸莛撞巨钟。我愿身为云，东野变为龙。四方上下逐东野，虽有离别无由逢。"

② 人地：品学门第。

③ "史称"句：《旧唐书·韩愈传》："愈性弘通，与人交，荣悴不易。少时与洛阳人孟郊、东郡人张籍友善。二人名位未振，愈不避寒暑，称荐于公卿间，而籍终成科第，荣于禄仕。"

④ 歉然：不自足貌。

⑤ 羔雁：羊羔与大雁，古代卿、士大夫的贽礼。筐筥：盛物竹器，方为筐，圆为筥，代指礼品。

一一

诗之亡也，又亡于好利。夫诗之盛也，敦实学以崇虚名；其衰也，媒虚名以网厚实①。于是以风雅坛坫为居奇，以交游朋盍为牙市②，是非淆而品格滥，诗道杂而多端，而友朋切劚之义③，因之而衰矣。昔人言"诗穷而后工"④，然则诗岂救穷者乎！斯二者，好名实兼乎利，好利遂至不惜其名。夫三不朽，诗亦立言之一，奈何以之为垄断名利之区？不但有愧古人，其亦反而问之自有之性情可矣。

一二

诗道之不能长振也，由于古今人之诗评杂而无章，纷而不一。六朝之诗，大约沿袭字句，无特立大家之才。其时评诗而著为文者，如钟嵘，如刘勰，其言不过吞吐抑扬，不能持论。然嵘之言曰："迩来作者，竞须新事，牵挛补衲，蠹文已甚。"斯言为能中当时、后世好新之弊。勰之言曰："沉吟铺辞，莫先于骨。故辞之待骨，如体之树骸。"斯言为能探得本原。此二语外，两人亦无所能为论也。他如汤惠休"初日芙蓉"，沈约"弹丸脱手"之言，差可引伸，然俱属一斑之见，终非大家体段。其余皆影响附和，沉沦习气，不足道也。

唐宋以来，诸评诗者，或概论风气，或指论一人，一篇一语，单辞复句⑤，不可殚数。其间有合有离，有得有失。如皎然曰："作者须知复变，若惟复不变，则陷于相似，置古集中，视之眩目，何异宋人

① 媒虚名以网厚实：以虚名为工具来谋取利益。
② "于是"二句：风雅坛坫：文坛地位。居奇：视为稀有之奇货，留着卖大价钱。朋盍：朋友间的聚会。牙市：即互市，指古代国家或民族之间的贸易。
③ "友朋"句：《诗·卫风·淇奥》："有匪君子，如切如磋，如琢如磨。"劚，同磨，削、切之意。
④ "诗穷"句：欧阳修《梅圣俞诗集序》："盖世所传诗者，多出于古穷人之辞也。凡士之蕴其所有，而不得施于世者，多喜自放于山巅水涯，外见虫鱼草木、风云鸟兽之状类，往往探其奇怪；内有忧思感愤之郁积，其兴于怨刺，以道羁臣寡妇之所叹，而写人情之难言；盖愈穷则愈工。然则非诗之能穷人，殆穷者而后工也。"
⑤ 单辞：一人之独论。复句：二人之问对。

以燕石为璞。"刘禹锡曰："工生于才，达生于识，二者相为用而诗道备。"①李德裕曰："譬如日月，终古常见，而光景常新。"②皮日休曰："才犹天地之气，分为四时，景色各异；人之才变，岂异于是?"③以上数则语，足以启蒙砭俗，异于诸家悠悠之论，而合于诗人之旨，为得之。其余非戾则腐，如聋如瞆不少。而最厌于听闻、锢蔽学者耳目心思者，则严羽、高棅、刘辰翁及李攀龙诸人是也。羽之言曰："学诗者以识为主，入门须正，立意须高，以汉、魏、晋、盛唐为师，不作开元、天宝以下人物。若自退屈，即有下劣诗魔入其肺腑。"夫羽言学诗须识，是矣。既有识，则当以汉、魏、六朝、全唐及宋之诗，悉陈于前，彼必自能知所决择，知所依归，所谓信手拈来，无不是道。若云汉魏、盛唐，则五尺童子、三家村塾师之学诗者，亦熟于听闻，得于授受久矣。此如康庄之路，众所群趋，即瞽者亦能相随而行，何待有识而方知乎? 吾以为若无识，则一一步趋汉、魏、盛唐，而无处不是诗魔；苟有识，即不步趋汉、魏、盛唐，而诗魔悉是智慧，仍不害于汉、魏、盛唐也。羽之言何其谬戾而意且矛盾也！彼棅与辰翁之言，大率类是，而辰翁益觉悃恍无切实处。诗道之不振，此三人与有过焉。

至于明之论诗者，无虑百十家④。而李梦阳、何景明之徒，自以为得其正而实偏，得其中而实不及，大约不能远出于前三人之窠臼。而李攀龙益又甚焉。王世贞诗评甚多，虽祖述前人之口吻，而掇拾其皮毛，然间有大合处。如云："剽窃摹拟，诗之大病，割缀古语，痕迹宛然，斯丑已极。是病也，莫甚于李攀龙。"⑤世贞生平推重服膺攀龙，可谓极至，而此语切中攀龙之隐，昌言不讳。乃知当日之互为推重者，徒以虚声倡和，藉相倚以压倒众人，而此心之明，自不可掩耳。

---

① "工生"三句：见刘禹锡《董氏武陵集纪》。
② "譬如"三句：见李德裕《文章论》。
③ "才犹"五句：见皮日休《松陵集序》。
④ 无虑：大概。
⑤ "剽窃"七句：见王世贞《艺苑卮言》卷四。

夫自汤惠休以"初日芙蓉"拟谢诗，后世评诗者，祖其语意，动以某人之诗如某某：或人，或神仙，或事，或动植物，造为工丽之辞，而以某某人之诗一一分而如之。泛而不附，缛而不切，未尝会于心，格于物，徒取以为谈资，与某某之诗何与？明人递习成风，其流愈盛。自以为兼总诸家，而以要言评次之，不亦可哂乎？我故曰：历来之评诗者，杂而无章，纷而不一，诗道之不能常振于古今者，其以是故欤！

外篇下

一

《三百篇》如三皇五帝①，虽法制多有未备，然所以为君而治天下之道，无能外此者矣。汉魏诗如三王，已有质文治具②，焕然耳目，然犹未能穷尽事物之变。自此以后，作者代兴，极其所至，如汉祖、唐宗③，功业炳耀，其名王，其实则霸④。虽后人之才，或逊于前人，然汉、唐之天下，使以三王之治治之，不但不得王，并且失霸。故后代之诗，为王则不传，为霸则传。汉祖、唐宗之规模，而以齐桓、晋文之才与术用之⑤，业成而俨然王矣。知此，方可登作者之坛，绍前哲，垂后世。若徒窃汉、唐之规模，而无桓、文之才术，欲自雄于世，此

208

---

① 三皇五帝：历来说法不一。《尚书大传》以燧人、伏羲、神农为三皇。《吕氏春秋》以太昊、炎帝、黄帝、少昊、颛顼为五帝。

② 三王：夏禹、商汤、周文王。治具：治国措施。

③ 汉祖：汉高祖刘邦（前256—前195）。唐宗：唐太宗李世民（599—649）。

④ 王：即王道，以德化人。霸：霸道，以力服人。

⑤ 齐桓：齐桓公（前725—前643），春秋齐国第十五位国君，姜姓，吕氏，名小白。在位期间，任管仲为相，推行改革，实行军政合一、兵民合一的制度，使齐国逐渐强盛。晋文：晋文公（前697？—前628），姬姓晋氏，名重耳，春秋晋国第二十二任君主，与齐桓公并称"齐桓晋文"。

宋襄之一战而败[1]，身死名灭，为天下笑也。

二

汉魏之诗，如画家之落墨于太虚中，初见形象。一幅绢素，度其长短、阔狭，先定规模，而远近浓淡、层次脱卸，俱未分明。六朝之诗，始知烘染设色，微分浓淡，而远近层次，尚在形似意想间，犹未显然分明也。盛唐之诗，浓淡远近层次，方一一分明，能事大备。宋诗则能事益精，诸法变化，非浓淡、远近、层次所得而该，刻画博换，无所不极。

又尝谓汉魏诗不可论工拙，其工处乃在拙，其拙处乃见工，当以观商周尊彝之法观之。六朝之诗，工居十六七，拙居十三四，工处见长，拙处见短。唐诗诸大家、名家，始可言工，若拙者则竟全拙，不堪寓目。宋诗在工拙之外，其工处固有意求工，拙处亦有意为拙。若以工拙上下之，宋人不受也。此古今诗工拙之分剂也[2]。

又汉魏诗，如初架屋，栋梁柱础，门户已具，而窗棂楹槛等项，犹未能一一全备，但树栋宇之形制而已。六朝诗始有窗棂楹槛，屏蔽开阖。唐诗则于屋中设帏帐床榻器用诸物，而加丹垩雕刻之工。宋诗则制度益精，室中陈设，种种玩好，无所不蓄。大抵屋宇初建，虽未备物，而规模弘敞，大则宫殿，小亦听堂也。递次而降，虽无制不全，无物不具，然规模或如曲房奥室，极足赏心，而冠冕阔大，逊于广厦矣。夫岂前后人之必相远哉？运会世变使然，非人力之所能为也，天也。

三

六朝诗家，惟陶潜、谢灵运、谢朓三人最杰出，可以鼎立。三家

---

① 宋襄：宋襄公（？—前637年），子姓宋氏，名兹甫，春秋宋国第20位国君。前638年，宋军与楚军大战于泓水，襄公不听大臣司马子鱼建议，兵败受伤而死。

② 分剂：原指药的剂量，此喻所占比例。

之诗不相谋：陶澹远，灵运警秀，眺高华，各辟境界，开生面，其名句无人能道。左思、鲍照次之。思与照亦各自开生面，余子不能望其肩项。最下者潘安、沈约，几无一首一语可取，诗如其人之品也。齐梁骈丽之习，人人自矜其长。然以数人之作，相混一处，不复辨其为谁，千首一律，不知长在何处！其时脍炙之句，如"芙蓉露下落，杨柳月中疏"①"亭皋木叶下，陇首秋云飞"②等语，本色无奇，亦何足艳称也。

四

谢灵运高自位置，而推曹植之才独得八斗③，殊不可解。植诗独《美女篇》，可为汉魏压卷，《箜篌引》次之，余者语意俱平，无警绝处。《美女篇》意致幽渺，含蓄隽永，音节韵度，皆有天然姿态，层层摇曳而出，使人不可仿佛端倪④，固是空千古绝作。后人惟杜甫《新婚别》可以伯仲，此外谁能学步？灵运以八斗归之，或在是软？若灵运名篇，较植他作，固已优矣，而自逊处一斗，何也？

五

陶潜胸次浩然，吐弃人间一切，故其诗俱不从人间得。诗家之方外⑤，别有三昧也。游方以内者，不可学，学之犹章甫而适越也⑥。唐人学之者，如储光羲，如韦应物。韦既不如陶，储虽在韦前，又不如韦。总之，俱不能有陶之胸次故也。

①"芙蓉"二句：南朝梁萧悫《秋思》。

②"亭皋"二句：南朝梁柳恽《捣衣诗》。

③"谢灵运"二句：《南史·谢灵运传》载谢灵运语："天下才共一石，曹子建独得八斗，我得一斗，自古及今，共用一斗。"

④不可仿佛端倪：找不到头绪。形容其结构天衣无缝。

⑤方外：世俗之外，与方内相对。《庄子·大宗师》："孔子曰：彼游方之外者也，而丘游方之内者也。"

⑥章甫而适越：《庄子·逍遥游》："宋人资章甫而适诸越，越人断发文身，无所用之。"

六

六朝诸名家，各有一长，俱非全璧。鲍照、庾信之诗，杜甫以"清新""俊逸"归之①，似能出乎类者。究之拘方以内，画于习气②，而不能变通。然渐辟唐人之户牖，而启其手眼，不可谓庾不为之先也。

七

沈约云："好诗圆转如弹丸。"斯言虽未尽然，然亦有所得处。约能言之，及观其诗，竟无一首能践斯言者。何也？约诗惟"勿言一樽酒，明日难重持"二语稍佳③，余俱无可取。又约《郊居赋》初无长处，而自矜其"雌霓连蜷"数语，谓王筠曰："知音者稀，真赏殆绝。仆所相邀，在此数语。"数语有何意味，而自矜若此，约之才思，于此可推。乃为音韵之宗，以四声八病、叠韵双声等法，约束千秋风雅，亦何为也！

八

李白天才自然，出类拔萃，然千古与杜甫齐名，则犹有间④。盖白之得此者，非以才得之，乃以气得之也。从来节义、勋业、文章，皆得于天，而是于己，然其间亦岂能无分剂？虽所得或未至十分，苟有气以鼓之，如弓之括力至引满⑤，自可无坚不摧，此在彀率之外者也⑥。如白《清平调》三首，亦平平宫艳体耳。然贵妃捧砚，力士脱靴，无论懦夫于此，战栗趑趄万状⑦；秦舞阳壮士，不能不色变于秦皇殿上，

---

① "杜甫"句：杜甫《春日忆李白》："清新庾开府，俊逸鲍参军。"

② 画于习气：受制于习惯。

③ "勿言"二句：沈约《别范安成》。

④ 有间：有距离。

⑤ 括：箭的末端。

⑥ 彀率：弓拉开的程度。

⑦ 趑趄：脚步不稳，踟蹰不前。

则气未有不先馁者，宁暇见其才乎？观白挥洒万乘之前，无异长安市上醉眠时，此何如气也！大之即舜、禹之巍巍不与[1]，立勋业可以鹰扬牧野[2]，尽节义能为逄、比碎首。立言而为文章，韩愈所言"光焰万丈"[3]，此正言文章之气也。气之所用不同，用于一事，则一事立极；推之万事，无不可以立极。故白得与甫齐名者，非才为之，而气为之也。历观千古诗人有大名者，舍白之外，孰能有是气者乎？

九

　　盛唐大家，称高、岑、王、孟。高岑相似，而高为稍优，孟则大不如王矣。高七古为胜，时见沉雄，时见冲澹，不一色；其沉雄直不减杜甫。岑七古间有杰句，苦无全篇。且起结意调，往往相同，不见手笔。高、岑五七律相似，遂为后人应酬活套作俑[4]。如高七律一首中，叠用"巫峡啼猿""衡阳归雁""青枫江""白帝城"；岑一首中叠用"云随马""雨洗兵""花迎盖""柳拂旌"，四语一意。高、岑五律，如此尤多。后人行笈中携《广舆记》一部[5]，遂可吟咏遍九州，实高、岑启之也。总之以月白、风清、乌啼、花落等字，装上地头一名目，则一首诗成，可以活板印就也。王维五律最出色，七古最无味。孟浩然诸体，似乎澹远，然无缥缈幽深思致，如画家写意，墨气都无。苏轼谓"浩然韵高而才短，如造内法酒手，而无材料"[6]，诚为知言。后人胸无才思，易于冲口而出，孟开其端也。总而论之，高七古、王五律，可无遗议矣。

<hr>

　　① "大之"句：《论语·泰伯》："巍巍乎，舜禹之有天下也，而不与焉。"与：据为己有。

　　② 鹰扬牧野：《诗经·大雅·大明》："牧野洋洋，檀车煌煌，驷𫘧彭彭。维师尚父，时维鹰扬。"赞姜尚于牧野之战所立功勋。

　　③ 光焰万丈：韩愈《调张籍》："李杜文章在，光焰万丈长。"

　　④ 作俑：古代制造陪葬用的偶像，后指开恶例。《孟子·梁惠王》："孔子曰：始作俑者，其无后乎？为其象人而用之也。"

　　⑤ 广舆记：明陆应阳撰，清蔡方炳增订。全书二十四卷，分省、州、府叙述各地山川形胜、建置沿革、人物古迹、风俗物产等。

　　⑥ "浩然"三句：见陈师道《后山诗话》。

一〇

王世贞曰："十首以前，少陵较难入；百首以后，青莲较易厌。"斯言以蔽李、杜，而轩轾自见矣[1]。以此推之，世有阅至终卷皆难入，才读一篇即厌者，其过惟均[2]。究之难入者可加工，而即厌者终难药也。

一一

白居易诗，传为老妪可晓。余谓此言亦未尽然。今观其集，矢口而出者固多，苏轼谓其"局于浅切，又不能变风操，故读之易厌"[3]。夫白之易厌，更甚于李；然有作意处[4]，寄托深远。如《重赋》《不致仕》《伤友》《伤宅》等篇，言浅而深，意微而显，此风人之能事也。至五言排律，属对精紧，使事严切，章法变化中，条理井然，读之使人惟恐其竟，杜甫后不多得者。人每易视白，则失之矣。元稹作意胜于白，不及白舂容暇豫[5]。白俚俗处而雅亦在其中，终非庸近可拟。二人同时得盛名，必有其实，俱未可轻议也。

一二

李贺鬼才，其造语入险，正如仓颉造字，可使鬼夜哭。王世贞曰："长吉师心，故尔作怪，有出人意表；然奇过则凡，老过则稚，所谓不可无一，不可有二。"[6]余尝谓世贞评诗，有极切当者，非同时诸家可比。"奇过则凡"一语，尤为学李贺者下一痛砭也。

---

① "十首"四句：见王世贞《艺苑卮言》卷四。

② 其过惟均：其缺陷是一样的。

③ "局于"三句：见胡震亨《唐音癸签》卷七引苏轼语。

④ 作意：着意，用心。

⑤ 舂容：舒缓从容。暇豫：亦作暇誉，从容悠闲。

⑥ "长吉"七句：见王世贞《艺苑卮言》卷四。

论者谓"晚唐之诗，其音衰飒"。然衰飒之论，晚唐不辞；若以衰飒为贬，晚唐不受也。夫天有四时，四时有春秋。春气滋生，秋气肃杀。滋生则敷荣，肃杀则衰飒。气之候不同，非气有优劣也。使气有优劣，春与秋亦有优劣乎？故衰飒以为气，秋气也；衰飒以为声，商声也①。俱天地之出于自然者，不可以为贬也。又盛唐之诗，春花也。桃李之秾华，牡丹、芍药之妍艳，其品华美贵重，略无寒瘦俭薄之态，固足美也。晚唐之诗，秋花也。江上之芙蓉，篱边之丛菊，极幽艳晚香之韵，可不为美乎？夫一字之褒贬以定其评②，固当详其本末，奈何不察而以辞加人，又从而为之贬乎？则执"盛"与"晚"之见者，即其论以剖明之，当亦无烦辞说之纷纷也已。

开宋诗一代之面目者，始于梅尧臣、苏舜钦二人。自汉魏至晚唐，诗虽递变，皆递留不尽之意。即晚唐犹存余地，读罢掩卷，犹令人属思久之。自梅、苏变尽昆体，独创生新，必辞尽于言，言尽于意，发挥铺写，曲折层累以赴之，竭尽乃止。才人伎俩，腾踔六合之内，纵其所如，无不可者；然含蓄渟泓之意，亦少衰矣。欧阳修极伏膺二子之诗，然欧诗颇异于是。以二子视欧阳，其有狂与狷之分乎③？

古今诗集，多者或数千首，少者或千首，或数百首。若一集中首首俱佳，并无优劣，其诗必不传。又除律诗外，若五、七言古风长篇，

---

① 商声：秋于五行当金，于音为商，故称商声，其音凄厉。

② 一字之褒贬：杜预《春秋经传集解序》："《春秋》虽以一字为褒贬，然皆须数句以成言。"

③ 狂与狷：《论语·子路》："狂者进取，狷者有所不为也。"狂，积极进取，狂放不羁；狷，洁身自好，不随流俗。欧阳修《六一诗话》："圣俞、子美齐名于一时，而二家诗体特异。子美笔力豪俊，以超迈横绝为奇；圣俞覃思精微，以深远闲淡为意。各极其长，虽善论者不能优劣。"

句句俱佳，并无优劣，其诗亦必不传。即如杜集中，其率意之作，伤于俚俗率直者颇有。开卷数首中，如《为南曹小司寇》作"惟南将献寿，佳气日氤氲"等句，岂非累作乎？又如《丹青引》，真绝作矣，其中"学书须学卫夫人，但恨无过王右军"，岂非累句乎？譬之于水，一泓澄然，无纤翳微尘，莹净澈底，清则清矣，此不过涧汜潭沼之积耳①。非易竭，即易腐败，不可久也。若大海之水，长风鼓浪，扬泥沙而舞怪物，灵蠢毕汇，终古如斯，此海之大也。百川欲不朝宗，得乎？

一六

诗文集务多者，必不佳。古人不朽可传之作，正不在多。苏、李数篇，自可千古。后人渐以多为贵，元、白《长庆集》实始滥觞。其中颓唐俚俗，十居六七。若去其六七，所存二三，皆卓然名作也。宋人富于诗者，莫过于杨万里、周必大。此两人作，几无一首一句可采。陆游集佳处固多，而率意无味者更倍。由此以观，亦安用多也？王世贞亦务多者，觅其佳处，昔人云"排沙简金，尚有宝可见"②。至李维桢、文翔凤诸集③，动百卷外，益"彼哉"不足言矣④。

一七

作诗文有意逞博，便非佳处。犹主人勉强遍处请生客，客虽满坐，主人无自在受用处。多读古人书，多见古人，犹主人启户，客自到门，自然宾主水乳，究不知谁主谁宾。此是真读书人，真作手。若有意逞博，搦管时翻书抽帙，搜求新事、新字句，以此炫长，此贫儿称贷营

---

① 涧汜潭沼：皆小面积水域。

② "排沙"二句：刘义庆《世说新语·文学》："孙兴公云：潘文烂若披锦，无处不善；陆文若排沙简金，往往见宝。"

③ 李维桢（1547—1626）：字本宁，京山（今属湖北）人，隆庆二年（1568）进士，累官至礼部尚书，有《大泌山房集》一百三十四卷。文翔凤：字天瑞，号太青，三水（今属陕西）人。万历三十八年（1610）进士，官终太仆寺少卿。有《东极篇》及《文太青文集》二卷，《太微经》二十卷。

④ 彼哉：不足道。《论语·宪问》："或问子产，子曰：'惠人也。'问子西，曰：'彼哉彼哉！'"

生^①。终非己物，徒见蹴踖耳^②。

一八

应酬诗有时亦不得不作。虽是客料生活，然须见是我去应酬他，不是人人可将去应酬他者。如此，便于客中见主，不失自家体段，自然有性有情，非幕下客及捉刀人所得代为也^③。每见时人，一部集中，应酬居什九有余，他作居什一不足。以题张集，以诗张题^④，而我丧我久矣^⑤。不知是其人之诗乎？抑他人之诗乎？若惩噎而废食，尽去应酬诗不作，而卒不可去也。须知题是应酬，诗自我作，思过半矣。

一九

游览诗切不可作应酬山水语。如一幅画图，名手各各自有笔法，不可错杂；又名山五岳，亦各各自有性情气象，不可移换。作诗者以此二种心法^⑥，默契神会，又须步步不可忘我是游山人，然后山水之性情气象，种种状貌，变态影响，皆从我目所见、耳所听、足所履而出，是之谓游览。且天地之生是山水也，其幽远奇险，天地亦不能自剖其妙，自有此人之耳目手足一历之，而山水之妙始泄。如此方无愧于游览，方无愧乎游览之诗。

---

① 称贷营生：靠借贷度日。

② 蹴踖：窘迫貌。

③ 幕下客：掌文书的幕僚。捉刀人：代笔作文者。《世说新语·容止》："魏武将见匈奴使，自以形陋，不足雄远国，使崔季珪代，帝自捉刀立床头。既毕，令间谍问曰：'魏王何如？'匈奴使答：'魏王雅望非常，然床头捉刀人，此乃英雄也。'魏武闻之，追杀此使。"

④ "以题"二句：凭借那些应酬题目为诗集支撑门面，凭借那些客套句子为诗作支撑门面。张，支撑门面。

⑤ 我丧我：失去自我。语出《庄子·齐物论》南郭子綦所谓"吾丧我"。

⑥ 心法：佛学术语，指经典之外所传授的佛法，此处指作诗的心得与方法。

二〇

何景明与李梦阳书①，纵论历代之诗而上下是非之。其规梦阳也，则曰："近诗以盛唐为尚。宋人似苍老而实疏卤，元人似秀俊而实浅俗。今仆诗不免元习，而空同近作间入于宋。"夫尊初、盛唐而严斥宋、元者，何、李之坛坫也，自当无一字一句入宋、元界分上。乃景明之言如此，岂阳斥之而阴窃之，阳尊之而阴离之耶？且李不读唐以后书，何得有宋诗入其目中而似之耶？将未尝寓目，自为遥契吻合，则此心此理之同，其又可尽非耶？既已似宋，则自知之明且不有，何妄进退前人耶？其故不可解也。窃以为李之斥唐以后之作者，非能深入其人之心而洞伐其髓也，亦仅仿佛皮毛形似之间，但欲高自位置，以立门户，压倒唐以后作者，而不知己饮食之，而役隶于其家矣②。李与何彼唱予和，互相标榜，而其言如此，亦见诚之不可掩也。由是言之，则凡好为高论大言，故作欺人之语，而终不可以自欺也夫。

二一

从来论诗者，大约伸唐而绌宋。有谓："唐人以诗为诗，主性情，于《三百篇》为近；宋人以文为诗，主议论，于《三百篇》为远。"③何言之谬也！唐人诗有议论者，杜甫是也。杜五言古，议论尤多，长篇如《赴奉先县咏怀》《北征》及《八哀》等作，何首无议论？而以议论归宋人，何欤？彼先不知何者是议论，何者为非议论，而妄分时代耶？且《三百篇》中，二《雅》为议论者，正自不少。彼先不知《三百篇》，安能知后人之诗也？如言宋人以文为诗，则李白乐府长短句，何尝非文？杜甫前后《出塞》及《潼关吏》等篇，其中岂无似文之句？为此言者，不但未见宋诗，并未见唐诗。村学究道听耳食，窃一言以

---

① 与李梦阳书：何景明《与李空同论诗书》。

② 役隶：服役。

③ "有谓"下诸句：出元傅与砺《诗法源流》。

诧新奇，此等之论是也。

二二

五古汉、魏无转韵者，至晋以后渐多。唐时五古长篇，大都转韵矣，惟杜甫五古，终集无转韵者。毕竟以不转韵者为得。韩愈亦然。如杜《北征》等篇，若一转韵，首尾便觉索然无味。且转韵便似另为一首，而气不属矣。五言乐府，或数句一转韵，或四句一转韵，此又不可泥。乐府被管弦，自有音节，于转韵见宛转相生层次之妙。若写怀、投赠之作，自宜一韵，方见首尾联属。宋人五古，不转韵者多，为得之。

二三

七古终篇一韵，唐初绝少，盛唐间有之。杜则十有二三，韩则十居八九。逮于宋，七古不转韵者益多。初唐四句一转韵，转必蝉联双承而下，此犹是古乐府体。何景明称其"音韵可歌"①，此言得之而实非。七古即景即物，正格也。盛唐七古，始能变化错综。盖七古，直叙则无生动波澜，如平芜一望；纵横则错乱无条贯，如一屋散钱。有意作起伏照应，仍失之板；无意信手出之，又苦无章法矣。此七古之难，难尤在转韵也。若终篇一韵，全在笔力能举之，藏直叙于纵横中，即不患错乱，又不觉其平芜，似较转韵差易。韩之才无所不可，而为此者，避虚而走实，任力而不任巧，实启其易也。至如杜之《哀王孙》，终篇一韵，变化波澜，层层掉换，竟似逐段换韵者。七古能事，至斯已极，非学者所易步趋耳。

二四

《燕歌行》学柏梁体，七言句句叶韵不转，此乐府体则可耳。后人

---

① 音韵可歌：见何景明《明月篇序》。

作七古，亦间用此体，节促而意短，通篇竟似凑句，毫无意味，可勿效也。二句一转韵，亦觉局促。大约七古转韵，多寡长短，须行所不得不行，转所不得不转，方是匠心经营处。若曰柏梁体并非乐府，何不可效为之？柏梁体是众手攒为之耳，出于一手，岂亦如各人之自写一句乎？必以为古而效之，是以虞廷"喜""起"之歌，律今日诗也。

二五

杜甫七言长篇，变化神妙，极惨淡经营之奇。就《赠曹将军丹青引》一篇论之：起手"将军魏武之子孙"四句，如天半奇峰，拔地陡起。他人于此下便欲接"丹青"等语，用转韵矣。忽接"学书"二句，又接"老至""浮云"二句，却不转韵，诵之殊觉缓而无谓。然一起奇峰高插，使又连一峰，将来如何撒手？故即跌下陂陀，沙砾石确，使人褰裳委步①，无可盘桓。故作画蛇添足，拖沓迤里②，是遥望中峰地步。接"开元引见"二句，方转入曹将军正面③。他人于此下，又便写御马"玉花骢"矣。接"凌烟""下笔"二句，盖将军、丹青是主，先以学书作宾；转韵画马是主，又先以画功臣作宾。章法经营，极奇而整。此下似宜急转韵入画马，又不转韵，接"良相""猛士"四句，宾中之宾，益觉无谓。不知其层次养局④，故纡折其途，以渐升极高极峻处，令人目前忽划然天开也。至此方入画马正面，一韵八句，连峰互映，万笏凌霄，是中峰绝顶处。转韵接"玉花""御榻"四句，峰势稍平，蛇蟺游衍出之。忽接"弟子韩干"四句⑤。他人于此必转韵，更将

---

① 陂陀：斜坡。褰裳：撩其下裳。

② 拖沓：连绵不断。迤里：即迤逦，曲折连绵。

③ 曹将军：曹霸，唐代著名画家，谯县（今安徽亳州）人，三国高贵乡公曹髦后裔。善画马，有《九马图》《赢马图》，已佚。

④ 养局：布局。

⑤ 韩干（约706—783）：唐代画家，蓝田（今陕西蓝田）人。曾师曹霸，以画马著称，有《牧马图》传世。

韩干作排场。仍不转韵，以韩干作找足语①。盖此处不当更以宾作排场，重复掩主，便失体段。然后永叹将军善画，包罗收拾，以感慨系之篇终焉。章法如此，极森严，极整暇②。余论作诗者，不必言法，而言此篇之法如是，何也？不知杜此等篇，得之于心，应之于手，有化工而无人力，如夫子从心不逾之矩，可得以教人否乎？使学者首首印此篇以操觚③，则窒板拘牵，不成章矣。决非章句之儒，人功所能授受也。

二六

苏辙云："《大雅·绵》之八九章，事文不相属，而脉络自一，最得为文高致。"④辙此言讥白居易长篇，拙于叙事，寸步不遗，不得诗人法。然此不独切于白也。大凡七古，必须事文不相属，而脉络自一。唐人合此者，亦未能概得。惟杜则无所不可，亦有事文相属，而变化纵横，略无痕迹，竟似不相属者，非高、岑、王所能几及也。

二七

七言绝句，古今推李白、王昌龄。李俊爽，王含蓄，两人辞、调、意俱不同，各有至处。李商隐七绝，寄托深而措辞婉，实可空百代无其匹也。王世贞曰："七言绝句，盛唐主气，气完而意不尽；中、晚唐主意，意工而气不甚完，然各有至者。"⑤斯言为能持平。然盛唐主气之说，谓李则可耳，他人不尽然也。宋人七绝，种族各别，然出奇入幽，不可端倪处，竟有轶驾唐人者⑥，若必曰唐、曰供奉、曰龙标以律

① 找足语：补充之语。

② 整暇：严整而又从容。

③ 印：原样照搬。操觚：执笔作文。

④ "大雅"四句：见苏辙《诗病五事》。

⑤ "七言"六句：见王世贞《艺苑卮言》卷四。

⑥ 轶驾：超越、凌驾。

之①，则失之矣。

二八

杜七绝轮囷奇矫②，不可名状。在杜集中，另是一格。宋人大概学之。宋人七绝，大约学杜者什六七，学李商隐者什三四。

二九

七言律诗，是第一棘手难入法门。融各体之法、各种之意，括而包之于八句。是八句者，诗家总持三昧之门也。乃初学者往往以之为入门，而不知其难。三家村中称诗人，出其稿，必有律诗数十首。故近来诗之亡也，先亡乎律；律之亡也，在易视之而不知其难。难易不知，安知是与非乎？故于一部大集中，信手拈其七言八句一首观之，便可以知其诗之存与亡矣。

三〇

五言律句，装上两字即七言；七言律句，或截去头上两字，或抉去中间两字，即五言。此近来诗人通行之妙法也。又七言一句，其辞意算来只得六字。六字不可以句也，不拘于上下中间嵌入一字，而句成矣。句成而诗成，居然脍炙人口矣。又凡诗中活套，如剩有、无那、试看、莫教、空使、还令等救急字眼，不可屈指数，无处不可扯来，安头找脚。无怪乎七言律诗漫天遍地也。夫剩有、无那等字眼，古人用之，未尝不是玉尺金针。无如点金成铁手用之，反不如牛溲马勃之可奏效③。噫，亦可叹已。

原
诗

221

① 供奉：指李白，因其曾为翰林供奉。龙标：指王昌龄，字少伯，贬龙标尉卒。
② 轮囷：屈曲盘绕貌。奇矫：奇特雄健。
③ 牛溲马勃：指没有价值的东西。

三一

五言排律，近时作者动必数十韵，大约用之称功颂德者居多。其称颂处，必极冠冕阔大，多取之当事公卿大人先生高阁扁额上四字句，不拘上下中间，添足一字，便是五言弹丸佳句矣。排律如前半颂扬，后半自谦，杜集中亦有一二，今人守此法，而决不敢变。善于学杜者，其在斯乎？

三二

学诗者，不可忽略古人，亦不可附会古人。忽略古人，粗心浮气，仅猎古人皮毛。要知古人之意，有不在言者；古人之言，有藏于不见者；古人之字句，有侧见者，有反见者。此可以忽略涉之者乎？不可附会古人：如古人用字句，亦有不可学者，亦有不妨自我为之者。不可学者，即《三百篇》中极奥僻字，与《尚书》、殷《盘》、周《诰》中字义①，岂必尽可入后人之诗？古人或偶用一字，未必尽有精义，而吠声之徒，遂有无穷训诂以附会之，反非古人之心矣。不妨自我为之者，如汉魏诗之字句，未必一一尽出于三百篇；六朝诗之字句，未必尽出于汉魏，而唐及宋、元，等而下之，又可知矣。今人偶用一字，必曰本之昔人。昔人又推而上之，必有作始之人。彼作始之人，复何所本乎？不过揆之理、事、情，切而可，通而无碍，斯用之矣。昔人可创之于前，我独不可创于后乎？古之人有行之者，文则司马迁，诗则韩愈是也。苟乖于理、事、情，是谓不通。不通则杜撰，杜撰则断然不可。苟不然者，自我作古，何不可之有？若腐儒区区之见，句束而字缚之，援引以附会古人，反失古人之真矣。

---

① 殷《盘》、周《诰》：即《尚书》中的《商书·盘庚》及《周书》中的《大诰》《康诰》《酒诰》《召诰》《洛诰》《康王之诰》等篇，文字古奥艰深。

导 读

叶燮（1627—1703），字星期，号已畦，晚年定居吴江横山著书讲学，世称横山先生。叶燮出生于累世簪缨的书香门第，自幼聪颖过人，具有出众的文学天赋。康熙九年（1670）登进士第，曾任扬州宝应知县，一年半后因触犯权贵利益而罢官，从此躬耕田亩，著书讲学，直至去世。有《己畦诗文集》《原诗》存世。

《原诗》被认为是继《文心雕龙》之后，我国文论史上最具逻辑性和系统性的一部诗学著作。全书分内外两篇，共四卷。沈珩《原诗叙》曰："内篇，标宗旨也；外篇，肆博辨也。"《内篇》主要论述诗学理论，围绕源流、正变、盛衰等诗学基本问题，构建了一个以"理""事""情"与"才""胆""识""力"为中心的诗学体系；《外篇》则是《内篇》理论的实践化，对历代诗歌作品与诗学思想进行评论。

《原诗》版本不算复杂，主要有：清康熙间二弃草堂原刊本，民国梦篆楼重刊本，沈楙德辑《昭代丛书》己集广编补本，丁福保辑《清诗话》本。本书以《清诗话》本为底本。

一、诗歌发展观

（一）陈熟与生新

在《原诗·内篇》中，叶燮描述有明以来的诗坛说："李梦阳不读唐以后书，李攀龙谓唐无古诗。……自若辈之论出，天下从而和之，推为诗家正宗，家弦而户习。"明代前后七子标榜"诗必盛唐"，在诗坛掀起一股强劲的复古浪潮。对复古派的诗学主张，叶燮认为是"自以为得其正而实偏"。偏在何处？《原诗·外篇》说：

> 学五古必汉魏，七古及诸体必盛唐。于是以体裁、声调、气象、格力诸法，著为定则。作诗者动以数者律之，勿许稍越乎此。又凡使事、用句、用字，亦皆有一成之规，不可以或出入。其所以绳诗者，可谓严矣。

复古派学习唐人，仅在法度、格调等方面下功夫，"虽祖述前人之口吻，而掇拾其皮毛"（《原诗·外篇》）。名为复古，实为拟古、泥古，最终走上了食古不化的不归之路。对此，叶燮提出猛烈批判："建安、盛唐之说，锢习沁入于中心，而时发于口吻，弊流而不可挽，则其说之为害烈也。"（《原诗·内篇》）

为了对治复古派之流弊，以袁宏道为首的公安派和以钟惺、谭元春为代表的竟陵派，标榜"性灵"，企图扫除诗坛"陈熟"之弊，结果又走了"生新"一端。《原诗·外篇》说：

> 近今诗家，知惩"七子"之习弊，扫其陈熟余派，是矣。然其过，凡声调字句之近乎唐者，一切屏弃而不为；务趋于奥僻，以险怪相尚，目为生新，自负得宋人之髓，几于句似秦碑，字如汉赋。

"近今诗家"指的即是公安派与竟陵派，前者提倡"独抒性灵，不拘格套"，后者倡导"幽深孤峭"，本欲扫除复古派"陈熟"之病，结果走上了全盘否定唐人的另一极端，将诗坛引入奥僻、险怪的"生新"之途。

"陈熟"与"生新"，各居一端，都有违中庸之道。对此，叶燮批评说："新而近于俚，生而入于涩，真足大败人意。夫厌陈熟者，必趋生新；而厌生新者，则又返趋陈熟。"（《原诗·外篇》）那么，如何破除这两种偏见而达中庸之道呢？叶氏说："以愚论之，陈熟、生新，不可一偏，必二者相济，于陈中见新，生中得熟，方全其美。"（《原诗·外篇》）"陈中见新，生中得熟"，破除对两端的执着，既合儒家之中庸，又合佛家之中道。

（二）正变与盛衰

接着，叶燮分析"陈熟"与"生新"两种流弊产生的根源。《原诗·内篇》：

> 既不能知诗之源流、本末、正变、盛衰，互为循环；并不能辨古今作者之心思才力深浅、高下、长短，孰为沿为革，孰为创为因，孰为流弊而衰，孰为救衰而盛。

不懂诗之源流、正变、盛衰、沿革、因创之间的辩证关系，这是产生"胶固一偏"之论的主要根源。关于诗之源流、本末，《原诗·内篇》说：

> 诗始于《三百篇》，而规模体具于汉。自是而魏，而六朝、三唐，历宋、元、明，以至昭代，上下三千余年间，诗之质文体裁格律声调辞句，递升降不同。而要之，诗有源必有流，有本必达末；又有因流而溯源，循末以返本。其学无穷，其理日出。乃知诗之为道，未有一日不相续相禅而或息者也。

有源必有流，有本必有末，《三百篇》为源、为本，汉魏六朝以至于明清为流、为末，后世创作要不断学习前人精华，也就是因流而溯源，循末以返本。诗之道，相续相禅，传承不息。

源为正，流为变，有源必有流，有正必有变。诗虽然有源流、正变之分，但并不意味着前者必盛，后者必衰。《原诗·内篇》说：

> 历考汉魏以来之诗，循其源流升降，不得谓正为源而长盛，变为流而始衰。惟正有渐衰，故变能启盛。

接着，他又举例说明这一道理。就古诗而言，建安为正、为盛，六朝、初唐因多创少，相沿既久而流于衰，这就是叶燮所说的"正之积弊而衰"；至开元、天宝，"始一大变"，完全走出了属于自己的路子，一扫六朝、初唐之颓风，而迎来盛唐气象，这就是叶燮所说的"因正之至衰，变而为至盛"。《原诗·内篇》又说：

> 盛唐诸诗人，惟能不为建安之古诗，吾乃谓唐有古诗。若必摹汉魏之声调字句，此汉魏有诗，而唐无古诗矣。

盛唐之所以为盛唐，就是因为能"变"于建安。六朝、初唐"正"多而衰，盛唐"变"多而盛，因此不能把正变与盛衰画上等号。

叶燮看来，正变与盛衰之间的正确关系应为：

> 就一时而论，有盛必有衰；综千古而论，则盛而必至于衰，又必自衰而复盛。非在前者之必居于盛，后者之必居于衰也。（《原诗·内篇》）

从"一时"角度看，诗道是由盛而衰的，但从"千古"角度看，则是盛极而衰，衰极而复盛。诗道就是在这盛衰交替之中螺旋发展的。

（三）递变与相禅

关于诗道之变，叶燮提出"递变迁以相禅"命题。《原诗·内篇》：

> 盖自有天地以来，古今世运气数，递变迁以相禅。……此理也，亦势也，无事无物不然，宁独诗之一道胶固而不变乎？

"递变迁以相禅"，包含两层义涵：一是变迁，一是相禅。先谈变迁。叶氏说，诗道是"因时递变"的，这是世运气数使然，是不可违逆的规律。

变，虽有衰有盛，盛衰交替，但总体趋势是"踵事增华"的。《原诗·内篇》说：

> 大凡物之踵事增华，以渐而进，以至于极。故人之智慧心思，在古人始用之，又渐出之；而未穷未尽者，得后人精求之，而益用之出之。

提出"踵事增华"命题后，叶氏又以诗歌发展史来验证它。《原诗·内篇》：

> 一增华于《三百篇》，再增华于汉，又增华于魏，自后尽态极妍，争新竞异，千状万态，差别井然。
>
> 不读《三百篇》，不知汉魏诗之工也；不读汉魏诗，不知六朝诗之工也；不读六朝诗，不知唐诗之工也；不读唐诗，不知宋与元诗之工也。

以上言"变迁"，而在"变"中又有"不变"者在，即叶燮所谓"相禅"。那么，这个"相禅"而"不变"的东西是什么呢？叶燮在《汪秋原浪斋二集诗序》中回答："变之中有不变者存，请得一言以蔽之曰雅。雅也者，作诗之原，而可以尽乎诗之流者也。"雅，即"温柔敦厚"的诗教。《原诗·内篇》说：

> 温柔敦厚，其意也，所以为体也，措之于用，则不同；辞者，其文也，所以为用也，返之于体则不异。汉魏之辞，有汉魏之温柔敦厚，唐宋元之辞，有唐宋元之温柔敦厚。

"温柔敦厚"为诗之体，文辞为诗之用，文辞会随着时代的变迁而变化，"温柔敦厚"之旨却是永恒不变的。

基于以上对源流、正变、盛衰、因创的理解，叶燮又提出"相承相成"的诗学发展观。《原诗·内篇》：

> 前者启之，而后者承之而益之；前者创之，而后者因之而广大之。……后人无前人，何以有其端绪？前人无后人，何以竟其引伸乎？……诗《三百篇》以至于今，此中终始相承相成之故，乃豁然明矣。

指出源流、正变是"相承相成"的，因此学诗者对待古人的正确态度应是："不可忽略古人，亦不可附会古人。"（《原诗·外篇》）

二、诗歌创作论

关于诗之本原，叶燮从主客两方面进行探讨。《原诗·内篇》：

> 曰理，曰事，曰情，此三言者足以穷尽万有之变态。凡形形色色，音声状貌，举不能越乎此。此举在物者而为言，而无一物之或能去此者也。曰才，曰胆，曰识，曰力，此四言者所以穷尽此心之神明。凡形形色色，音声状貌，无不待于此而为之发宣昭著。此举在我者而为言，而无一不如此心以出之者也。以在我之四，衡在物之三，合而为作者之文章。

"在物者"，即客观方面，包括"理""事""情"三个方面；"在我者"，即主观方面，包括"才""胆""识""力"四个方面。

何谓理事情？《原诗·内篇》解释说："譬之一木一草，其能发生者，理也。其既发生，则事也。即发生之后，夭矫滋植，情状万千，咸有自得之趣，则情也。"理，事物发生的内在根据；事，事物存在的现实；情，事物表现出的姿态与情状。理事情是构成事物的三大要素，也是诗歌的表现对象。

叶燮说，作为审美对象的理事情，并不等于客观事物的理事情。那么，二者区别何在呢？《原诗·内篇》云：

> 惟不可名言之理，不可施见之事，不可径达之情，则幽渺以为理，想象以为事，惝恍以为情，方为理至、事至、情至之语。

诗之理，玄妙精深，不可名言；诗之事，出于想象而非生活实际；诗之情，朦胧惝恍，难以名状。总之，诗之理、事、情是超言绝象的，叶氏引用佛家语曰"言语道断，思维路绝"。虽不可名言，但比现实事物之理事情更为深刻，因此叶燮说：

> 可言之理，人人能言之，又安在诗人之言之？可征之事，人人能述之，又安在诗人之述之？必有不可言之理，不可述之事，遇之于默会意象之表，而理与事无不灿然于前者也。（《原诗·内篇》）

关于创作主体，叶燮特别强调胸襟的重要性。胸襟，即格局，指诗人的精神境界。叶氏将其视为创作的基础，《原诗·内篇》云：

> 诗之基，其人之胸襟是也。有胸襟，然后能载其性情、智慧、聪明、才辨以出，随遇发生，随生即盛。

又云：

> 夫作诗者，既有胸襟，必取材于古人，原本于《三百篇》《楚骚》，浸淫于汉、魏、六朝、唐、宋诸大家，皆能会其指归，得其神理。

又以王羲之创作《兰亭序》为例，云：

羲之此序，寥寥数语，托意于仰观俯察，宇宙万汇，系之感忆，而极于死生之痛。则羲之之胸襟，又何如也！由是言之，有是胸襟以为基，而后可以为诗文。

在叶燮诗学体系中，"胸襟"一词有多种称谓。有时也称作"品量"，如《原诗·外篇》：

古人之诗，必有古人之品量。其诗百代者，品量亦百代。古人之品量，见之古人之居心，其所居之心，即古盛世贤宰相之心也。

有时则直接称作"心"，如《原诗·外篇》：

诗是心声，不可违心而出，亦不能违心而出。……其心如日月，其诗如日月之光。随其光之所至，即日月见焉。故每诗以人见，人又以诗见。使其人其心不然，勉强造作，而为欺人欺世之语，能欺一人一时，决不能欺天下后世。

在叶燮诗学体系中，胸襟包括才、胆、识、力四个方面。"才"，诗人的艺术才能；识，把握诗歌艺术特点的审美鉴赏能力；"胆"，诗人艺术创新的胆略；"力"，诗人的艺术创造能力。关于四者的重要性，《原诗·内篇》说："大凡人无才则心思不出，无胆则笔墨畏缩，无识则不能取舍，无力则不能自成一家。"四者具备，方能写出好诗。在才、胆、识、力四要素中，叶氏认为"识"最重要，它是才、胆、力发挥作用的前提条件。《原诗·内篇》说："四者无缓急，而要在先之以识；使无识，则三者俱无所托。"如果作家之"识"有误，则不管他才有多高，胆、力有多大，都可能使创作误入歧途，既"误人"又"惑世"，成为"风雅罪人"。

三、诗歌批评论

外篇是内篇理论观点的实践化，即沈珂《原诗叙》所谓的"肆博辨"，内容涉及历代诗歌创作与诗学批评。叶燮十分重视"诗评"的价值，《原诗·外篇》云："诗道之不能长振也，由于古今人之诗评杂而无章，纷而不一。"把"诗道"之"不能长振"，归咎于"诗评"之"杂而无章"。在他看来，历代诗评之"杂而无章"主要表现在以下三个方面：

一是滥用意象比喻说诗。《原诗·外篇》云：

> 夫自汤惠休以"初日芙蓉"拟谢诗，后世评诗者，祖其语意，动以某人之诗如某某：或人，或神仙，或事，或动植物，造为工丽之辞，而以某某人之诗一一分而如之。泛而不附，缛而不切，未尝会于心，格于物，徒取以为谈资，与某某之诗何与？……我故曰：历来之评诗者，杂而无章，纷而不一，诗道之不能常振于古今者，其以是故欤！

二是繁琐考证。《原诗·外篇》云：

> 俗儒又恐其说之不足以胜也，于是遁于考订证据之学，骄人以所不知，而矜其博。此乃学究所为耳，千古作者心胸，岂容有此等铢两琐屑哉？

三是动摘字句，刻画评驳。《原诗·外篇》批评"俗儒"的评诗方法，云："不观其高者、大者、远者，动摘字句，刻画评驳。"又云：

> 乃俗儒欲炫其长以鸣于世，于片语只字，辄攻瑕索疵，指为何出，稍不胜，则又援前人以证。不知读古人书，欲著作以垂后世，贵得古人大意，片语只字，稍不合，无害也。

针对以上三种错误的评诗方法，叶燮提出诗学批评应"贵得古人大意"，应着眼于"高者、大者、远者"，而不应"动摘字句，刻画评驳"，同时结合其"源流正变"之发展论、"理事情"与"才胆识力"之创作论，从而建构起逻辑严密的文学批评方法体系。

(一)评历代诗人、诗作

在《原诗·外篇》中，叶燮梳理了一部从先秦到明代的诗歌发展简史，探索其源流，考察其正变，对一些重要诗人、经典诗作进行重点分析。对《三百篇》、汉魏古诗高度赞扬。对六朝诗人，论陶潜、谢灵运、谢朓、鲍照、庾信、沈约等，认为前三者最为杰出，又重点分析陶谢诗。对唐代诗人，重点评李白、杜甫、高适、岑参、王维、孟浩然、白居易、李贺等。对宋诗，重点评论苏轼、梅尧臣、苏舜钦、欧阳修等。此外，还讨论不同题材的诗，如应酬诗、游览诗；不同体裁的诗，如五古、五绝、五律、七古、七绝、七律等。

更值得注意的是，叶燮对诗学史上的一些主流观点提出反驳意见。针对"晚唐之诗，其音衰飒"之"贬晚唐"论调，叶氏提出辩证的看法："然衰飒之论，晚唐不辞；若以衰飒为贬，晚唐不受也。"在他看来，"衰飒"的确是晚唐诗的艺术特征，但不应该因此而贬斥它，因为"衰飒"也是一种美："晚唐之诗，秋花也。江上之芙蓉，篱边之丛菊，极幽艳晚香之韵，可不为美乎？"

叶燮也对诗学史上的"伸唐绌宋"观点提出反驳。《原诗·外篇》：

> 从来论诗者，大约伸唐而绌宋。有谓："唐人以诗为诗，主性情，于《三百篇》为近；宋人以文为诗，主议论，于《三百篇》为远。"何言之谬也！唐人诗有议论者，杜甫是也。……如言宋人以文为诗，则李白乐府长短句，何尝非文？杜甫前后《出塞》及《潼关吏》等篇，其中岂无似文之句？为此言者，不但未见宋诗，并未见唐诗。村学究道听耳食，窃一言以诧新奇，此等之论是也。

唐人以诗为诗，主性情；宋人以文为诗，主议论。此观点，叶氏直接引自元傅与砺《诗法源流》，其实这也是严羽《沧浪诗话》之后的主流观点。叶氏认为这是"村学究道听耳食"之言，不但不懂宋诗，而且不懂唐诗。

（二）评杜诗

叶燮大量评论历代作家作品，其中着墨最多、评价最高的是杜甫。《原诗·外篇》对44首杜诗作了具体批评，称赞杜诗"独冠今古"，甚至将其与《诗经》相提并论："统百代而论诗，自《三百篇》而后，惟杜甫之诗，其力能与天地相终始，与《三百篇》等。"

叶燮批评"俗儒"论杜诗的方法，先模仿"俗儒"对杜甫"自是秦楼压郑谷""愚公谷口村""参军旧紫髯"等诗句的批评，再指出其错误在于："不观其高者、大者、远者，动摘字句，刻画评驳。"叶氏本人的杜诗论，如其所言，着眼于"高者""大者""远者"。

1.以"源流""正变"论杜诗。《原诗·内篇》：

> 杜甫之诗，包源流，综正变。自甫以前，如汉魏之浑朴古雅，六朝之藻丽秾纤、澹远韶秀，甫诗无一不备。然出于甫，皆甫之诗，无一字句为前人之诗也。自甫以后，在唐如韩愈、李贺之奇异，刘禹锡、杜牧之雄杰，刘长卿之流利，温庭筠、李商隐之轻艳，以至宋、金、元、明之诗家，称巨擘者，无虑数十百人，各自炫奇翻异，而甫无一不为之开先。此其巧无不到，力无不举，长盛于千古，不能衰，不可衰者也。

2.以理事情论杜诗。从理事情角度，揭示"碧瓦初寒外""月傍九霄多""晨钟云外湿""高城秋自落"四句的审美义涵。如《原诗·内篇》：

> 初寒无象无形，碧瓦有物有质，合虚实而分内外，吾不知其写碧瓦乎？写初寒乎？写近乎？写远乎？使必以理而实诸事以解之，虽稷下谈天之辨，恐至此亦穷矣。然设身而处当时之境会，觉此五字之情

景，恍如天造地设，呈于象，感于目，会于心。意中之言，而口不能言；口能言之，而意又不可解。划然示我以默会想象之表，竟若有内有外，有寒有初寒，特借碧瓦一实相发之；有中间有边际，虚实相成，有无互立，取之当前而自得，其理昭然，其事的然也。

这一分析正好契合他对诗歌艺术之理事情的界定："幽渺以为理，想象以为事，惝恍以为情"。

3.以"胸襟"论杜诗。《原诗·内篇》：

千古诗人推杜甫，其诗随所遇之人之境之事之物，无处不发其思君王、忧祸乱、悲时日、念友朋、吊古人、怀远道，凡欢愉、幽愁、离合、今昔之感，一一触类而起，因遇得题，因题达情，因情敷句，皆因甫有其胸襟以为基。

4.以性情论杜诗。《原诗·外篇》：

作诗，有性情必有面目。此不但未尽夫人能然之，并未尽夫人能知之而言之者也。如杜甫之诗，随举其一篇，篇举其一句，无处不可见其忧国爱君，悯时伤乱，遭颠沛而不苟，处穷约而不滥，崎岖兵戈盗贼之地，而以山川景物、友朋杯酒，抒愤陶情，此杜甫之面目也。我一读之，甫之面目跃然于前。读其诗一日，一日与之对；读其诗终身，日日与之对也。

(三)评历代诗论家

在《原诗·外篇》中，叶燮对历代主要诗论家进行批评。对六朝诗论大家刘勰、钟嵘，贬多褒少，认为他们虽偶有中的之语，但整体缺少公允之论，"其言不过吞吐抑扬，不能持论"。对唐代的皎然、刘禹锡、李德裕及皮日休等，赞扬有加："足以启蒙砭俗，异于诸家悠悠之论，而合于诗人之旨。"对宋元时期的严羽、高棅、刘辰翁等，则大加鞭挞："锢蔽学者耳目心思"；"非庚则腐，如聋如瞆"。对明代前后七子及公安、竟陵派，毫不留情面，批评他们："自以为得其正而实偏，得其中而实不及。"由于过于自负，叶燮的许多观点难免偏激，但片面之中却不乏深刻之处。

原
诗

艺概·诗概

一

《诗纬含神雾》①曰："诗者，天地之心。"文中子曰："诗者，民之性情也。"②此可见诗为天人之合。

二

"诗言志"，《孟子》"文辞志"之说所本也③。"思无邪"④，子夏《诗序》"发乎情，止乎礼义"之说所本也。

三

《关雎》取"挚而有别"⑤，《鹿鸣》取"食则相呼"⑥。凡诗能得此旨，皆应乎《风》《雅》者也。

四

《诗序》："风，风也。风以动之。"可知风之义至微至远矣。观《二南》咏歌文王之化⑦，辞意之微远何如？

五

变风始《柏舟》。《柏舟》与《离骚》同旨，读之当兼得其人之志与遇焉。

六

《大雅》之变，具忧世之怀；《小雅》之变，多忧生之意。

---

① 《诗纬含神雾》：汉无名氏撰，谶纬类典籍，汉代三种《诗纬》之一。
② "诗者"句：见唐王通《中说》卷十《关朗》。
③ 文辞志：出《孟子·万章上》："故说《诗》者，不以文害辞，不以辞害志，以意逆志，是为得之。"
④ 思无邪：语见《论语·为政》："子曰：'《诗三百》，一言以蔽之，曰：思无邪。'"
⑤ 挚而有别：《关雎》"关关雎鸠"，《毛传》曰"鸟挚而有别"。挚而有别，谓感情真挚而懂得礼仪。
⑥ 食则相呼：《淮南子·泰族训》："鹿鸣兴于兽，君子大之，取其见食而相呼也。"
⑦ "二南"句：孔颖达《毛诗正义》："二南之风，实文王之化。"二南，指《国风》之《周南》《召南》。

七

颂固以美盛德之形容，然必原其所以至之之由，以寓劝勉后人之意，则义亦通于雅矣。

八

《雅》《颂》相通，如《颂·闵予小子》《访落》《敬之》《小毖》近《雅》①；《雅·生民》《笃公刘》近《颂》②。

九

"穆如清风""肃雍和鸣"③，《雅》《颂》之懿，两言可蔽。

一〇

《诗序正义》云："比与兴，虽同是附托外物，比显而兴隐，当先显后隐，故比居先也。《毛传》特言兴也，为其理隐故也。"案：《文心雕龙·比兴》篇云："毛公述《传》，独标兴体，岂不以风异而赋同，比显而兴隐哉？"《正义》盖本于此。

一一

"取象曰比，取义曰兴"，语出皎然《诗式》。即刘彦和所谓"比显兴隐"之意。

一二

《诗》，自乐是一种，"衡门之下"是也④；自励是一种，"坎坎伐檀

---

①《闵予小子》《访落》《敬之》《小毖》：均见《周颂》。

②《生民》《笃公刘》：见《大雅》。

③穆如清风：语见《诗·大雅·烝民》。肃雍和鸣：语见《诗·周颂·有瞽》。

④衡门之下：见《诗·陈风·衡门》。朱熹《诗集传》："此隐居自乐而无求者之词。"

兮"是也①；自伤是一种，"出自北门"是也②；自誉自嘲是一种，"简
兮简兮"是也③；自警是一种，"抑抑威仪"是也④。

一三

"心之忧矣，其谁知之"⑤，此诗人之忧过人也；"独寐寤言，永矢
弗告"⑥，此诗人之乐过人也。忧世乐天，固当如是。

一四

"皎皎白驹，在彼空谷"⑦，出乎外也；"我任我辇，我车我牛"⑧，
入乎中也。"雍雍鸣雁，旭日始旦"⑨，宜其始也；"风雨如晦，鸡鸣不
已"⑩，持其终也。

一五

真西山《文章正宗·纲目》云："《三百五篇》之诗，其正言义理
者盖无几，而讽咏之间，悠然得其性情之正，即所谓义理也。"⑪余谓
诗或寓义于情而义愈至，或寓情于景而情愈深，此亦《三百五篇》之
遗意也。

---

① 坎坎伐檀兮：见《诗·魏风·伐檀》。朱熹《诗集传》："诗人述其事而叹之，以为是真能不空食
者。后世若徐稚之流，非其力不食，其厉志盖如此。"

② 出自北门：见《诗·邶风·北门》。朱熹《诗集传》："卫之贤者处乱世，事暗君，不得其志，故因出
北门而赋以自比，又叹其贫窭，人莫知之，而归之于天也。"

③ 简兮简兮：见《诗·邶风·简兮》。朱熹《诗集传》："贤者不得志而仕于伶官，有轻世肆志之心
焉。故其言如此，若自誉而实自嘲也。"

④ 抑抑威仪：见《诗·大雅·抑》，朱熹《诗集传》："卫武公作此诗，使人日诵于其侧以自警。"

⑤ "心之忧"二句：语见《诗·魏风·园有桃》。

⑥ "独寐"二句：语见《诗·卫风·考槃》。

⑦ "皎皎"二句：语见《诗·小雅·白驹》。

⑧ "我任"二句：语见《诗·小雅·黍苗》。

⑨ "雝雝"二句：语见《诗·邶风·匏有苦叶》。

⑩ "风雨"二句：语见《诗·郑风·风雨》。

⑪ 真西山：真德秀(1178—1235)，字景元，又字希元，号西山，世称"西山先生"。浦城(今福建省
浦城县)人。南宋理学家，有《西山文集》传世。

一六

诗，喻物情之微者，近《风》；明人治之大者，近《雅》；通天地鬼神之奥者，近《颂》。

一七

《离骚》，淮南王比之《国风》《小雅》[①]，朱子《楚辞集注》谓"其语祀神之盛几乎《颂》"。李太白《古风》云："正声何微茫，哀怨起骚人。"盖有"《诗》亡《春秋》作"之意[②]，非抑《骚》也。

一八

刘勰《辨骚》谓《楚辞》"体慢于三代，风雅于战国"。顾论其体不如论其志，志苟可质诸三代，虽谓"易地则皆然"可耳[③]。

一九

汉武帝《秋风辞》[④]，《风》也；《瓠子歌》[⑤]，《雅》也。《瓠子歌》忧民之思，足继《云汉》[⑥]，文中子何但以《秋风》为"悔志之萌"耶？[⑦]

二〇

武帝《秋风辞》《瓠子歌》《柏梁与群臣赋诗》，后世得其一体，皆

---

① "淮南王"句：刘安《离骚传》："《国风》好色而不淫，小雅怨悱而不乱，若《离骚》者，可谓兼之矣。"

② 《诗》亡《春秋》作：《孟子·离娄下》："孟子曰：王者之迹熄而《诗》亡，《诗》亡然后《春秋》作。"

③ 易地则皆然：《孟子·离娄下》："孟子曰：禹稷颜回同道。禹思天下有溺者，由己溺之也；稷思天下有饥者，由己饥之也。是以如是其急也。禹稷颜子易地则皆然。"

④ 《秋风辞》：见《文选》卷四十五。

⑤ 《瓠子歌》：乐府歌辞名。《史记》卷二十九《河渠书》载《瓠子歌二首》，为汉武帝亲临黄河决口现场即兴而作，第一首写黄河瓠子河堤决口造成的危害，第二首堵塞河堤决口的场面。

⑥ 《云汉》：指《诗·大雅·云汉》。

⑦ 悔志之萌：王通《中说》卷四《周公》："《秋风》乐极哀来，其悔志之萌乎？"

足成一大宗，而帝之为大宗不待言矣。

二一

或问《安世房中歌》与孝武《郊祀》诸歌孰为奇正①？曰：《房中》，正之正也；《郊祀》，奇而正也。

二二

汉《郊祀》诸乐府，以乐而象礼者也②。所以典硕肃穆，视他乐府别为一格。

二三

秦碑有韵之文质而劲，汉乐府典而厚。如商、周二《颂》，气体攸别。

二四

质而文，直而婉，《雅》之善也。汉诗《风》与《颂》多，而《雅》少。《雅》之义，非韦傅《讽谏》③，其孰存之？

二五

李陵赠苏武五言，但叙别愁，无一语及于事实，而言外无穷，使人黯然不可为怀。至"径万里兮度沙幕"一歌④，意味颇浅，而《汉书·苏武传》载之以为陵作，其果然乎？

---

①《安世房中歌》：相传为汉初唐山夫人所作，《汉书·礼乐志》载十七章。《郊祀》：即《郊祀歌》，《汉书·礼乐志》谓汉武帝定郊祀之礼，立乐府，命司马相如等作《郊祀歌》十九章，以用于郊祀天地。

② 象：仿效、效法。

③ 韦傅：指韦孟，西汉彭城（今江苏徐州）人，为楚元王傅，又傅其子夷王及孙刘戊。戊荒淫无道，孟作诗讽谏。

④ "径万"句：见《汉书》卷五十四："径万里兮度沙幕，为君将兮奋匈奴。路穷绝兮矢刃催，士众灭兮名已溃。老母已死，虽欲报恩，将安归。"

《古诗十九首》与苏、李同一悲慨，然《古诗》兼有豪放旷达之意，与苏、李之一于委曲含蓄①，有阳舒阴惨之不同②。知人论世者，自能得诸言外，固不必如钟嵘《诗品》谓《古诗》"出于《国风》"，李陵"出于《楚辞》"也。

二七

《十九首》凿空乱道，读之自觉四顾踟蹰，百端交集。诗至此，始可谓其中有物也已！

二八

曹公诗气雄力坚③，足以笼罩一切，建安诸子，未有其匹也。子建则隐有"仁义之人，其言蔼如"之意④。钟嵘品诗，不以"古直悲凉"加于"人伦周孔"之上⑤，岂无见乎？

二九

曹子建《赠丁仪王粲》有云："欢怨非贞则，中和诚可经。"此意足推风雅正宗。至"骨气""情采"，则钟仲伟论之备矣。

三〇

公干气胜，仲宣情胜，皆有陈思之一体。后世诗率不越此两宗。

---

① 悲慨、豪放、旷达、委曲、含蓄：皆《二十四诗品》名目。

② 阳舒阴惨：语本张衡《西京赋》："夫人在阳时则舒，在阴时则惨。"阳舒，指舒畅的心情与宽松的气氛；阴惨，指悲伤的心情。南朝梁刘孝标《广绝交论》："阳舒阴惨，生民大情。忧合欢离，品物恒性。"

③ 曹公：指曹操。

④ "仁义"二句：见韩愈《答李翊书》。

⑤ 古直悲凉：《诗品》对曹操的品评。人伦周孔：《诗品》对曹植的品评。

三一

陆士衡诗，粗枝大叶，有失出，无失入①，平实处不妨屡见。正其无人之见存，所以独到处亦跻卓绝，岂如沾沾戋戋者②，才出一言，便欲人道好耶？

三二

刘彦和谓"士衡矜重"③。而近世论陆诗者，或以累句訾之。然有累句，无轻句④，便是大家品位。

三三

士衡乐府，金石之音，风云之气，能令读者惊心动魄。虽子建诸乐府，且不得专美于前，他何论焉！

三四

阮嗣宗《咏怀》，其旨固为渊远，其属辞之妙，去来无端，不可踪迹。后来如射洪《感遇》，太白《古风》，犹瞻望弗及矣。

三五

叔夜之诗峻烈，嗣宗之诗旷逸。夷、齐不降不辱，虞仲、夷逸隐居放言⑤，趣尚乃自古别矣。

---

　　①粗枝大叶：比喻陆机诗风之粗犷豪迈。失出：谓量刑过轻，这里比喻评价过宽松。失入：谓量刑过重，这里比喻评价过于严苛。

　　②沾沾：沾沾自喜者。戋戋：心胸狭小者。

　　③士衡矜重：语见《文心雕龙·体性》。

　　④轻句：轻薄、不厚重之句。

　　⑤"夷、齐"二句：《论语·微子》："子曰：不降其志，不辱其身，伯夷叔齐与？……谓虞仲、夷逸，隐居放言，身中清，废中权。"前二者比喻峻烈风格，后二者比喻旷逸风格。

三六

野者，诗之美也。故表圣《诗品》中有"疏野"一品。若钟仲伟谓左太冲"野于陆机"，野乃不美之辞。然太冲是豪放，非野也，观《咏史》可见。

三七

张景阳诗开鲍明远①。明远逋警绝人，然练不伤气，必推景阳独步，"苦雨"诸诗，尤为高作。故钟嵘《诗品》独称之。《文心雕龙·明诗》云："景阳振其丽。""丽"何足以尽景阳哉！

三八

刘公干、左太冲诗壮而不悲，王仲宣、潘安仁悲而不壮，兼悲壮者，其惟刘越石乎？

三九

孔北海《杂诗》："吕望老匹夫，管仲小囚臣。"刘越石《重赠卢谌》诗："惟彼太公望，昔在渭滨叟"；又称"小白相射钩"。于汉于晋，兴复之志同也。北海言："人生有何常，但患年岁暮。"越石言："时哉不我与，去乎若云浮。"其欲及时之志亦同也。钟嵘谓越石诗出于王粲，以格言耳。

四〇

刘越石诗，定乱扶衰之志；郭景纯诗，除残去秽之情。第以"清刚""隽上"目之②，殆犹未觇厥蕴。

---

① 张景阳：张协，字景阳，安平（今河北衡水）人，曾任黄门侍郎。与其兄张载、弟张亢，并称"三张"。鲍明远：鲍照，字明远，出生于京口（今江苏省镇江），与颜延之、谢灵运并称"元嘉三大家"。

② "清刚""隽上"：钟嵘《诗品序》："先是郭景纯用隽上之才，变创其体；刘越石仗清刚之气，赞成厥美。"

四一

嵇叔夜、郭景纯皆亮节之士，虽《秋胡行》贵玄默之致①，《游仙诗》假栖遁之言，而激烈悲愤，自在言外，乃知识曲宜听其真也②。

四二

曹子建、王仲宣之诗出于《骚》，阮步兵出于《庄》，陶渊明则大要出于《论语》③。

四三

陶诗有"贤哉回也""吾与点也"之意④，直可嗣洙泗遗音⑤。其贵尚节义，如咏荆卿、美田子泰等作⑥，则亦孔子贤夷、齐之志也。

四四

陶诗"吾亦爱吾庐"⑦，我亦具物之情也；"良苗亦怀新"⑧，物亦具我之情也。《归去来辞》亦云："善万物之得时，感吾生之行休。"

---

① 《秋胡行》贵玄默之致：《秋胡行》，嵇康作，又名《代秋胡歌诗》《重作四言诗》，共七章，其五曰："绝智弃学，游心于玄默。绝智弃学，游心于玄默。遇过而悔，当不自得。垂钓一壑，所乐一国。被发行歌，和气四塞。歌以言之，游心于玄默。"

② 识曲宜听其真：语出《古诗十九首》之四："令德唱高言，识曲听其真。"

③ "陶渊明"句：沈德潜《古诗源》卷九："晋人诗，旷达者征引《老》《庄》，繁缛者征引班扬，而陶公专用《论语》。汉人以下，宋儒以前，可推圣门弟子者，渊明也。"

④ 贤哉回也：语见《论语·雍也》；吾与点也：语见《论语·先进》。

⑤ 洙泗：即洙水和泗水，春秋时属鲁国。孔子在洙泗之间聚徒讲学，后因以"洙泗"代称孔子及儒家。

⑥ 咏荆卿：指《咏荆卿》。美田子泰：指《拟古》其二："闻有田子泰，节义为士雄。斯人久已死，乡里皆其风。生有高世名，既没传无穷。不学驱驰子，直在百年中。"

⑦ "吾亦爱吾庐"：语见陶渊明《读山海经》其一。

⑧ "良苗亦怀新"：语见陶渊明《癸卯岁始春怀古田舍二首》其二。

四五

陶诗云："愿言蹑清风，高举寻吾契。"[①]又云："即事如已高，何必升华嵩。"[②]可见其玩心高明，未尝不脚踏实地，不是"偶然无所归宿也"[③]。

四六

钟嵘《诗品》谓阮籍《咏怀》之作："言在耳目之内，情寄八荒之表。"余谓渊明《读山海经》，言在八荒之表，而情甚亲切，尤《诗》之深致也。

四七

诗可数年不作，不可一作不真。陶渊明自庚子距丙辰十七年间，作诗九首，其诗之真，更须问耶？彼无岁无诗，乃至无日无诗者，意欲何明？

四八

谢才颜学[④]，谢奇颜法，陶则兼而有之，大而化之[⑤]，故其品为尤上。

四九

陶、谢用理语各有胜境。钟嵘《诗品》称"孙绰、许询、桓、庾诸公诗，皆平典似《道德论》"，此由乏理趣耳[⑥]，夫岂尚理之过哉？

---

① "愿言"二句：见陶渊明《桃花源诗》。

② "即事"二句：见陶渊明《五月旦作和戴主簿》。

③ 偶然无所归宿：语出《荀子·非十二子》："尚法而无法，下修而好作。上则取听于上，下则取从于俗。终日言成文典，反巡察之，则偶然无所归宿，不可以经国定分。"偶然，浮泛，不切实际。

④ 谢：谢灵运。颜：颜延年。

⑤ 大而化之：语出《孟子·尽心下》："大而化之之谓圣。"发扬光大并融会贯通之意。

⑥ 理趣：寓哲理于形象之中，从而给人以无穷的审美趣味。

五〇

谢客诗刻画微渺，其造语似子处，不用力而功益奇，在诗家为独辟之境。

五一

康乐诗较颜为放手[①]，较陶为刻意，炼句用字，在生熟深浅之间。

五二

沈约《宋书·谢灵运传论》谓灵运"兴会标举"，延年"体裁明密"，所以示学两家者，当相济有功，不必如惠休上人好分优劣。

五三

颜延年诗体近方幅[②]，然不失为正轨，以其字字称量而出，无一苟下也。文中子称之曰："其文约以则，有君子之心。"[③]盖有以观其深矣。

五四

延年诗长于廊庙之体，然如《五君咏》，抑何善言林下风也[④]。所蕴之富，亦可见矣。

五五

左太冲《咏史》似论体，颜延年《五君咏》似传体。

---

① 放手：洒脱，不受约束。

② 方幅：方形笺册，古代典诰、诏命、表奏等皆用方形笺册，后以方幅指代这类文体，即下文"廊庙之体"。

③ "其文"二句：王通《中说》卷三《事君》："子谓：颜延之、王俭、任昉有君子之心焉，其文约以则。"

④ 廊庙：指殿下屋和太庙，后指代朝廷。林下风：隐居者恬淡自然的风韵气度。

五六

韦傅《讽谏诗》，经家之言；阮嗣宗《咏怀》，子家之言；颜延年《五君咏》，史家之言；张景阳《杂诗》，辞家之言。

五七

"孤蓬自振，惊沙坐飞。"①此鲍明远赋句也。若移以评明远之诗，颇复相似。

五八

明远长句②，慷慨任气，磊落使才，在当时不可无一，不能有二。杜少陵《简薛华醉歌》云："近来海内为长句，汝与山东李白好。何刘沈谢力未工，才兼鲍照愁绝倒。"③此虽意重推薛，然亦见鲍之长句，何、刘、沈、谢均莫及也。

五九

陈孔璋《饮马长城窟》机轴开鲍明远④。惟陈纯乎质，而鲍济以妍，所以涉其流者，忘其发源所自。

六〇

谢玄晖诗以情韵胜⑤，虽才力不及明远，而语皆自然流出，同时亦未有其比。

---

① "孤蓬"二句：见鲍照《芜城赋》。

② 长句：指七言歌行。

③《简薛华醉歌》：即《苏端薛复筵简薛华醉歌》。何刘沈谢：分别指何逊、刘孝绰、沈约、谢朓。

④ 陈孔璋：陈琳，字孔璋。机轴：织机上卷布帛的部件，比喻诗文的构思、风格、词采等。

⑤ 谢玄晖：谢朓，字玄晖，因曾担任宣城太守，世称"谢宣城"。与谢灵运并称"大小谢"。

六一

江文通诗，有凄凉日暮，不可如何之意。此诗之多情而人之不济也。虽长于杂拟①，于古人苍壮之作亦能肖吻②，究非其本色耳。

六二

庾子山《燕歌行》开唐初七古，《乌夜啼》开唐七律，其他体为唐五绝、五律、五排所本者，尤不可胜举。

六三

隋杨处道诗③，甚为雄深雅健。齐梁文辞之弊，贵清绮不重气质，得此可以矫之。

六四

唐初四子，源出子山。观少陵《戏为六绝句》专论四子，而第一首起句便云"庾信文章老更成"，有意无意之间，骊珠已得。

六五

唐初四子沿陈、隋之旧，故虽才力迥绝，不免致人异议。陈射洪、张曲江独能超出一格④，为李、杜开先。人文所肇，岂天运使然耶？

六六

曲江之《感遇》出于《骚》，射洪之《感遇》出于《庄》，缠绵超旷，各有独至。

---

① 杂拟：《文选》卷三十一收江淹拟古《杂体诗》三十首。
② 肖吻：模仿得惟妙惟肖。
③ 杨处道：杨素（544—606），字处道，弘农郡华阴县（今陕西省华阴市）人。
④ 陈射洪：陈子昂，字伯玉，梓州射洪（今属四川）人。曾任右拾遗，后世称陈拾遗。张曲江：张九龄（678—740），字子寿，谥文献。韶州曲江（今广东省韶关）人，世称"张曲江"或"文献公"。

六七

太白诗以《庄》《骚》为大源，而于嗣宗之渊放，景纯之隽上，明远之驱迈，玄晖之奇秀，亦各有所取，无遗美焉。

六八

《宣和书谱》称贺知章"草隶佳处，机会与造化争衡，非人工可到"，余谓太白诗佳处亦如之。

六九

太白诗举止极其高贵，不下商山采芝人语①。

七〇

海上三山，方以为近，忽又是远②。太白诗言在口头，想出天外，殆亦如是。

七一

李诗凿空而道，归趣难穷，由《风》多于《雅》，兴多于赋也。

七二

"有时白云起，天际自舒卷"③，"却顾所来径，苍苍横翠微"④，即此四语，想见太白诗境。

---

① 商山采芝人：《史记·留侯世家》记载，汉初商山四位隐士，因避秦乱而隐居商山，采芝而歌。这里比喻李白诗超尘脱俗。

② "海上"三句：《史记》卷二八《封禅书》："自威、宣、燕昭使人入海求蓬莱、方丈、瀛洲。此三神山者，其传在勃海中，去人不远，患且至，则船风引而去。……未至，望之如云；及到，三神山反居水下；临之，风辄引去，终莫能至云。"

③ "有时"二句：见李白《望终南山寄紫阁隐者》。

④ "却顾"二句：见李白《下终南山过斛斯山人宿置酒》。

七三

太白与少陵同一志在经世，而太白诗中多出世语者，有为言之也。屈子《远游》曰："悲时俗之迫厄兮，愿轻举而远游。"使疑太白诚欲出世，亦将疑屈子诚欲轻举耶[①]？

七四

太白云"日为苍生忧"[②]，即少陵"穷年忧黎元"[③]之志也；"天地至广大，何惜遂物情"[④]，即少陵"盘餐老夫食，分减及溪鱼"[⑤]之志也。

七五

太白诗虽若升天乘云，无所不之，然自不离本位。故放言实是法言[⑥]，非李赤之徒所能托也[⑦]。

七六

"幕天席地，友月交风"[⑧]，原是平常过活，非广己造大也[⑨]。太白诗当以此意读之。

---

① 轻举：飞升、登仙，喻隐遁、避世。

② "日为"句：见李白《赠清漳明府侄聿》。

③ "穷年"句：见杜甫《自京赴奉先县咏怀五百字》。

④ "天地"二句：见李白《雉子班》。

⑤ "盘餐"二句：见杜甫《秋野》五首其一。

⑥ 放言：无拘无束之言。法言：合乎法度之言。

⑦ 李赤：《柳宗元集》卷17《李赤传》："李赤，江湖浪人也。尝曰：'吾善为歌诗，诗类李白。'故自号曰李赤。"

⑧ "幕天"二句：语见唐王绩《答刺史杜之松书》："帷天席地，友月交风。"

⑨ 过活：生活。广己造大：《庄子·山木》："颜回端拱还目而窥之。仲尼恐其广己而造大也，爱己而造哀也，曰：'回，无受天损易，无受人益难。无始而非卒也，人与天一也。'"这里指自我膨胀，夸大其词。

七七

"以友天下之善士为未足，又尚论古之人。"①神仙，犹古之人耳。故知太白诗好言神仙，只是将神仙当贤友，初非鄙薄当世也。

七八

太白诗言侠、言仙、言女、言酒，特借用乐府形体耳。读者或认作真身，岂非皮相②。

七九

学太白诗，当学其体气高妙，不当袭其陈意。若言仙、言酒、言侠、言女亦要学之，此僧皎然所谓"钝贼"者也。

八〇

学太白者，常曰"天然去雕饰"足矣③。余曰：此得手处，非下手处也④。必取太白句意以为祈向，盍云"猎微穷至精"⑤乎？

八一

杜诗高、大、深，俱不可及。吐弃到人所不能吐弃，为高；涵茹到人所不能涵茹，为大；曲折到人所不能曲折，为深。

八二

"不敢要佳句，愁来赋别离"⑥二句，是杜诗全旨。凡其云"恋阙

---

① "以友"二句：语见《孟子·万章下》。

② 真身：佛教术语，《大智度论》卷三十："佛身有二种，一者真身，二者化身。众生见佛真身，无愿不满。佛真身者，遍于虚空，光明遍照十方，说法音声亦遍十方无量恒河沙等世界。"

③ "天然"句：见李白《经乱离后天恩流夜郎忆旧游书怀赠江夏韦太守良宰》。

④ 得手处：指创作的结果；下手处：指创作的方法。

⑤ "猎微"句：见李白《秋夕书怀》。

⑥ "不敢"二句：见杜甫《偶题》。

劳肝肺"①，"弟妹悲歌里"②，"穷年忧黎元"，无非离愁而已矣。

八三

颂其诗，贵知其人。先儒谓杜子美情多，得志必能济物，可为看诗之法。

八四

太白早好纵横，晚学黄、老，故诗意每托之以自娱。少陵一生却只在儒家界内。

八五

杜诗云"畏人嫌我真"③，又云"直取性情真"④。一自咏，一赠人，皆于论诗无与，然其诗之所尚可知。

八六

杜诗只"有""无"二字足以评之。有者，但见性情气骨也；无者，不见语言文字也。

八七

杜陵云："篇终接混茫。"⑤夫"篇终"而"接混茫"，则全诗亦可知矣。且有混茫之人，而后有混茫之诗，故《庄子》云："古之人在混茫之中。"⑥

————————

① "恋阙"句：见杜甫《楼上》。

② "弟妹"句：见杜甫《九日等登梓州城》。

③ "畏人"句：见杜甫《暇日小园散病将种秋菜督勒耕牛兼书触目》。

④ "直取"句：见杜甫《赠王二十四侍御契四十韵》。

⑤ "篇终"句：见杜甫《寄彭州高三十五使君适虢州岑二十七长史参三十韵》。

⑥ "古之人"句：见《庄子·缮性》。

八八

意欲沉着，格欲高古。持此以等百家之诗①，于杜陵乃无遗憾。

八九

少陵云："诗清立意新。"②又云："赋诗分气象。"③作者本取"意"与"气象"相兼，而学者往往奉一以为宗派焉。

九〇

杜陵五七古叙事，节次波澜，离合断续，从《史记》得来，而苍莽雄直之气，亦逼近之。毕仲游但谓杜甫似司马迁，而不系一辞，正欲使人自得耳④。

九一

"细筋入骨如秋鹰，字外出力中藏棱"⑤。《史记》、杜诗其有焉。

九二

近体气格"高古"尤难。此少陵五排、五七律所以品居最上。

九三

少陵以前律诗，枝枝节节为之，气断意促，前后或不相管摄，实由于古体未深耳。少陵深于古体，运古于律，所以开阖变化，施无不宜。

---

①沉着、高古：皆为《二十四诗品》论诗术语。第：品第。

②"诗清"句：见杜甫《奉和严中丞西城晚眺十韵》。

③"赋诗"句：见杜甫《秋日寄题郑监湖上亭三首》。

④"毕仲游"三句：苏轼《东坡志林》卷十一："仆尝问荔枝何所似？或曰'荔枝似龙眼'，坐客皆笑其陋，荔枝实无所似也。仆云'荔枝似江瑶柱'，应者皆恍然，仆亦不辨。昨日见毕仲游，问'杜甫似何人'？仲游曰'似司马迁'。仆喜而不答，盖与曩言会也。"

⑤"细筋"句：见苏轼《孙莘老求墨妙亭诗》。

九四

杜诗有不可解及看不出好处之句。"文章千古事，得失寸心知"①，少陵尝自言之。作者本不求知，读者非身当其境，亦何容强臆耶？

九五

昌黎炼质，少陵炼神。昌黎无疏落处②，而少陵有之。然天下之至密，莫少陵若也。

九六

少陵于鲍、庾、阴、何乐推不厌③。昌黎云："齐梁及陈隋，众作等蝉噪。"④韩之论高而疏，不若杜之大而实也。

九七

论李、杜诗者，谓太白志存复古，少陵独开生面；少陵思精，太白韵高。然真赏之士，尤当有以观其合焉。

九八

王右丞诗，一种近孟襄阳，一种近李东川⑤，清高名隽，各有宜也。

九九

王摩诘诗，好处在无世俗之病。世俗之病，如恃才骋学，做身分，好攀引，皆是。

———————

① "文章"二句：见杜甫《偶题》。

② 疏落：稀疏、零落。

③ 鲍、庾、阴、何：分别指鲍照、庾信、阴铿、何逊。

④ "齐梁"句：见韩愈《荐士》。

⑤ 李东川：李颀（690—751），颍阳（今河南省登封市）人，开元二十三年（735）进士，曾任新乡县尉，后辞官归隐于颍阳之东川别业。

刘文房诗[①]，以研炼字句见长，而清赡闲雅，蹈乎大方。其篇章亦尽有法度，所以能断截晚唐家数。

一〇一

高适诗，两《唐书》本传并称其"以气质自高"。今即以七古论之，体或近似唐初，而魄力雄毅，自不可及。

一〇二

高常侍、岑嘉州两家诗，皆可亚匹杜陵。至岑超高实，则趣尚各有近焉。

一〇三

元道州著书有《恶圆》《恶曲》等篇[②]，其诗亦一肚皮不合时宜。然刚者必仁，此公足以当之。

一〇四

孔门如用诗，则于元道州必有取焉，可由"思狂狷"知之[③]。

一〇五

"独挺于流俗之中，强攘于已溺之后。"[④]元次山以此序沈千运诗，亦以自寓也。

---

① 刘文房：刘长卿，字文房，宣城（今属安徽）人。唐玄宗天宝年间进士。官终随州刺史，世称刘随州。有《刘长卿集》十卷。

② 元道州：元结（719—772），字次山，曾任道州刺史，有《元次山集》。

③ 狂狷：《论语·子路》："子曰：不得中行而与之，必也狂狷乎？狂者进取，狷者有所不为也。"

④ "独挺"二句：见《元次山集》卷七《箧中集序》，为元结为沈千运诗所作序。

次山诗令人想见立意较然①，不欺其志。其疾官邪、轻爵禄，意皆起于恻怛为民，不独《舂陵行》及《贼退示官吏作》，足使杜陵感喟也。

一〇七

元、韦两家皆学陶。然苏州犹多一"慕陶直可庶"②之意，吾尤爱次山以不必似为真似也。

一〇八

韦苏州忧民之意如元道州，试观《高陵书情》云："兵凶久相践，徭赋岂得闲。促戚下可哀，宽政身致患。日夕思自退，出门望故山。"此可与《舂陵行》《贼退示官吏》作并读，但气别婉劲耳。

一〇九

钱仲文、郎君胄大率衍王、孟之绪③，但王、孟之浑成，却非钱、郎所及。

一一〇

王、孟及大历十子诗，皆尚清雅，惟格止于此而不能变，故犹未足笼罩一切。

一一一

诗文一源。昌黎诗有正、有奇。正者，即所谓"约六经之旨而成

---

① 较然：明显貌。
② 直：当作"真"。
③ 钱仲文、郎君胄：钱起、郎士元。

文"；奇者，即所谓"时有感激怨怼奇怪之辞"①。

一一二

昌黎《赠张籍》云："此日足可惜，此酒不足尝。"儒者之言，所由与任达者异。

一一三

太白诗多有羡于神仙者，或以喻超世之志，或以喻死而不亡，俱不可知。若昌黎云："安能从汝巢神山。"②此固鄙夷不屑之意，然亦何必非寓言耶？

一一四

昌黎诗陈言务去，故有倚天拔地之意。《山石》一作，辞奇意幽，可为《楚辞·招隐士》对，如柳州《天对》例也③。

一一五

昌黎七古出于《招隐士》，当于意思刻画，音节遒劲处求之。使第谓出于《柏梁》，犹未之尽。

一一六

"若使乘酣骋雄怪"，此昌黎《酬卢云夫望秋作》之句也。统观昌黎诗，颇以雄怪自喜。

一一七

昌黎诗往往以丑为美，然此但宜施之古体，若用之近体，则不受矣。是以言各有当也。

———————

① "约六经""时有"二句：见韩愈《上宰相书》。
② "安能"句：见韩愈《记梦》。
③《天对》：柳宗元作，以对屈原《天问》。

一一八

昌黎自言"其行己不敢有愧于道"[①]，余谓其取友亦然。观其《寄卢仝》云："先生事业不可量，惟用法律自绳己。"《荐孟郊》云："行身践规矩，甘辱耻媚灶。"以卢、孟之诗名，而韩所盛推，乃在人品，真千古论诗之极则也哉！

一一九

昌黎《送孟东野序》称其诗以附于古之作者；《荐士》诗以"横空盘硬语，妥帖力排傲"目之。又《醉赠张秘书》云："东野动惊俗，天葩吐奇芬。"韩之推孟也至矣。后人尊韩抑孟，恐非韩意。

一二〇

昌黎、东野两家诗，虽雄富清苦不同，而同一好难争险。惟中有质实深固者存，故较李长吉为老成家数[②]。

一二一

孟东野诗好处，黄山谷得之，无一软熟句；梅圣俞得之，无一热俗句。

一二二

陶、谢并称，韦、柳并称，苏州出于渊明，柳州出于康乐，殆各得其性之所近。

一二三

韦云"微雨夜来过，不知春草生"[③]，是道人语。柳云"回风一萧

艺概·诗概

① "其行"句：见韩愈《感二鸟赋》。

② 家数：指技艺、诗文等方面的风格传统。

③ "微雨"二句：见韦应物《幽居》。

瑟，林影久参差”①，是骚人语。

一二四

刘梦得诗稍近径露②，大抵骨胜于白，而韵逊于柳，要其名隽独得之句，柳亦不能掩也。

一二五

尊老杜者病香山③，谓其“拙于纪事，寸步不移，犹恐失之”，不及杜之“注坡蓦涧”④，似也。至《唐书·白居易传赞》引杜牧语，谓其诗“纤艳不逞，非庄士雅人所为。流传人间，交口教授，入人肌骨不可去”。此文人相轻之言，未免失实。

一二六

白香山《与元微之书》曰：“仆志在兼济，行在独善，奉而始终之则为道，言而发明之则为诗。谓之讽谕诗，兼济之志也；谓之闲适诗，独善之义也。”余谓诗莫贵于知道，观香山之言，可见其或出或处，道无不在。

一二七

代匹夫匹妇语最难。盖饥寒劳困之苦，虽告人，人且不知，知之必物我无间者也。杜少陵、元次山、白香山不但如身入闾阎⑤，目击其事，直与疾病之在身者无异。颂其诗，顾可不知其人乎？

---

① “回风”二句：见柳宗元《南涧中题》。

② 径露：直露，不含蓄。

③ 香山：白居易，字乐天，号香山居士。

④ “拙于”四句：见苏辙《诗病五事》。

⑤ 闾阎：古代平民居住区。

历代诗学经典导读

一二八

常语易，奇语难，此诗之初关也；奇语易，常语难，此诗之重关也。香山用常得奇，此境良非易到。

一二九

白香山乐府，与张文昌、王仲初同为自出新意①。其不同者，在此平旷而彼峭窄耳。

一三〇

杜樊川诗雄姿英发，李樊南诗深情绵邈②。其后李成宗派而杜不成，殆以杜之较无棐臼与？

一三一

诗有借色而无真色，虽藻缋实死灰耳。李义山却是绚中有素。敖器之谓其"绮密瑰妍，要非适用"③，岂尽然哉？至或因其《韩碑》一篇，遂疑气骨与退之无二，则又非其质矣。

一三二

宋王元之诗自谓乐天后进④，杨大年、刘子仪学义山为西昆体⑤，格虽不高，五代以来，未能有其安雅。

---

① 张文昌、王仲初：张籍（约766—约830），字文昌，和州乌江（今安徽和县）人。王建（765—830），字仲初，许州颍川（今河南许昌）人。两人以乐府诗并称"张王乐府"。

② 杜樊川：杜牧，字牧之，曾居长安城南樊川别墅，世称"杜樊川"。李樊南：李商隐，字义山，号玉谿生、樊南生。

③ "绮密"二句：见宋敖陶孙《诗评》。敖陶孙：字器之。

④ 王元之：王禹偁，字元之。其《自贺》诗曰："本与乐天为后进，敢期子美是前身。"

⑤ 杨大年：杨亿，字大年。刘子仪：刘筠，字子仪。二人诗法李商隐，为西昆体的代表。

一三三

东坡谓欧阳公"论大道似韩愈，诗赋似李白"①。然试以欧诗观之，虽曰似李，其刻意形容处，实于韩为逼近耳。

一三四

欧阳永叔出于昌黎，梅圣俞出于东野。欧之推梅不遗余力，与昌黎推东野略同。

一三五

圣俞诗深微难识，即观欧阳公云："知圣俞者莫如修，常问圣俞生平所最好句，圣俞所自负者，皆修所不好，圣俞所卑下者，皆修所极赏。"②是其苦心孤诣，且不欲徇非常人之意，况肯徇常人意乎③？

一三六

梅、苏并称④。梅诗幽淡极矣，然幽中有隽，淡中有旨；子美雄快，令人见便击节。然雄快不足以尽苏，犹幽淡不足以尽梅也。

一三七

王荆公诗学杜得其瘦硬，然杜具热肠，公惟冷面，殆亦如其文之学韩，同而未尝不异也。

一三八

东坡诗打通后壁说话，其精微超旷，真足以开拓心胸，推倒豪杰。

---

① "论大道"二句：见苏轼《六一居士集叙》。欧阳修，字永叔，号醉翁、六一居士。

② "知圣"六句：见宋张镃《仕学规范》卷三十八。

③ 徇：迎合。

④ 梅、苏：梅尧臣，字圣俞；苏舜钦，字子美。

一三九

东坡诗推倒扶起，无施不可，得诀只在能透过一层及善用翻案耳①。

一四〇

东坡诗善于空诸所有，又善于无中生有，机括实自禅悟中来②。以辩才三昧而为韵言，固宜其舌底澜翻如是③。

一四一

滔滔汩汩说去，一转便见主意，《南华》《华严》最长于此④。东坡古诗，惯用其法。

一四二

陶诗醇厚，东坡和之以清劲。如宫商之奏⑤，各自为宫，其美正复不相掩也。

一四三

东坡《题与可画竹》云："无穷出清新。"余谓此句可为坡诗评语，

---

① 透过一层：沈德潜《说诗晬语》卷上："文有透过一层法，如《无家别》篇中云：'县吏知我至，召令习鼓鼙。'无家而遣之从征，极不堪事也；然明说不堪，其味便浅，此云'家乡既荡尽，远近理亦齐'，转作旷达，弥见沉痛矣。"翻案：反用前人成句的表现方法。杨万里《诚斋诗话》："杜诗云：'忽忆往时秋井塌，古人白骨生苍苔，如何不饮令心哀。'东坡云：'何须更待秋井塌，见人白骨方衔杯。'此皆翻案法也。"

② 机括：弩上的扳机，引申为关键意。

③ 三昧：佛教术语，又译为三摩地，意译为正定，离诸邪乱、摄心不散之意。澜翻：水势翻腾貌，比喻言辞滔滔不绝或文章气势奔放、跌宕。

④ 《南华》：即《庄子》，该书在汉代以后被称为《南华经》，庄子被称为南华真人。《华严》：即《大方广佛华严经》。

⑤ 宫商：本指五音中的宫音与商音，这里指乐曲。

岂偶借与可以自寓耶？杜于李亦以"清新"相目①，诗家"清新"二字均非易得。元遗山于坡诗，何乃以"新"讥之？②

一四四

东坡、放翁两家诗，皆有豪有旷。但放翁是有意要做诗人，东坡虽为诗而仍有夷然不屑之意，所以尤高。

一四五

退之诗豪多于旷，东坡诗旷多于豪。豪旷非中和之则，然贤者亦多出入于其中，以其与龊龊之肠胃，固远绝也③。

一四六

遇他人以为极艰极苦之境，而能"外形骸以理自胜"④，此韩、苏两家诗意所同。

一四七

东坡诗，意颓放而语遒警，颓放过于太白，遒警亚于昌黎。

一四八

太白长于风，少陵长于骨，昌黎长于质，东坡长于趣。

一四九

诗以出于《骚》者为正，以出于《庄》者为变。少陵纯乎《骚》，

---

① "杜于"句：杜甫《春日忆李白》："白也诗无敌，飘然思不群。清新庾开府，俊逸鲍参军。渭北春天树，江东日暮云。何时一樽酒，重与细论文。"

② "元遗山"句：元好问《论诗三十首·二十六》："金入洪炉不厌频，精真那计受纤尘。苏门果有忠臣在，肯放坡诗百态新？"元好问（1190—1257）：字裕之，号遗山，世称遗山先生。太原秀容（今山西忻州）人。

③ 龊龊：谨小慎微。肠胃：心胸。

④ "外形骸"句：韩愈《与孟尚书书》："实能外形骸以理自胜，不为事物侵乱。"

太白在《庄》《骚》间，东坡则出于《庄》者十之八九。

<h2 style="text-align:center">一五〇</h2>

山谷诗未能若东坡之行所无事①，然能于诗家因袭语漱涤务尽，以归独得，乃如"潦水尽而寒潭清"矣②。

<h2 style="text-align:center">一五一</h2>

山谷诗取过火一路③，妙能出之以深隽，所以露中有含，透中有皱，令人一见可喜，久读愈有致也。

<h2 style="text-align:center">一五二</h2>

无一意一事不可入诗者，唐则子美，宋则苏、黄。要其胸中具有炉锤，不是金银铜铁强令混合也。

<h2 style="text-align:center">一五三</h2>

唐诗以情韵气格胜。宋苏、黄皆以意胜，惟彼胸襟与手法俱高，故不以精能伤浑雅焉④。

<h2 style="text-align:center">一五四</h2>

陈言务去，杜诗与韩文同。黄山谷、陈后山诸公学杜在此⑤。

<h2 style="text-align:center">一五五</h2>

杜诗雄健而兼虚浑。宋西江名家学杜几于瘦硬通神⑥，然于水深林茂之气象则远矣。

---

① 行所无事：行文举重若轻。
② "潦水"句：见王勃《滕王阁序》。
③ 过火：超过适当的分寸。
④ 精能：精通熟练。浑雅：浑成、雅致。
⑤ 陈后山：陈师道（1053—1102），字履常，一字无己，号后山居士，彭城（今江苏徐州）人。
⑥ 西江名家：即江西诗派中的代表人物。

一五六

西昆体贵富，实贵清，襞积非所尚也①；西江体贵清，实贵富，寒寂非所尚也。

一五七

西昆体所以未入杜陵之室者，由文灭其质也。质文不可偏胜。西江之矫西昆，浸而愈甚，宜乎复诒口实与②！

一五八

西江名家好处，在锻炼而归于自然。放翁本学西江者，其云："文章本天成，妙手偶得之。"③平昔锻炼之功，可于言外想见。

一五九

放翁诗明白如话，然浅中有深，平中有奇，故足令人咀味。观其《斋中弄笔》诗云："诗虽苦思未名家。"虽自谦实自命也。

一六〇

诗能于易处见工，便觉亲切有味。白香山、陆放翁擅场在此④。

一六一

朱子《感兴诗》二十篇，高峻寥旷，不在陈射洪下。盖惟有理趣而无理障，是以至为难得。

---

① 襞积：衣服上的褶裥，此处指堆砌辞藻。
② 诒：留下。口实：话柄。
③ "文章"二句：见陆游《文章》。
④ 擅场：技艺超群。

一六二

婴孩始言，唯"俞"而已，渐乃由一字以至多字。字少者含蓄，字多者发扬也。是则五言七言，消息自有别矣。

一六三

五言如《三百篇》，七言如《骚》。《骚》虽出于《三百篇》，而境界一新，盖醇实瑰奇，分数较有多寡也①。

一六四

五言质，七言文；五言亲，七言尊。几见田家诗而多作七言者乎？几见骨肉间而多作七言者乎？

一六五

五言与七言因乎情境，如《孺子歌》"沧浪之水清兮"②，平澹天真，于五言宜；宁戚歌"沧浪之水白石粲"③，豪荡感激，于七言宜。

一六六

五言尚安恬，七言尚挥霍。安恬者，前莫如陶靖节，后莫如韦左司④；挥霍者，前莫如鲍明远，后莫如李太白。

一六七

五言要如山立时行，七言要如饕鼓轩舞⑤。

---

① 分数：比例。

② "孺子歌"句：《孟子·离娄上》载《孺子歌》："沧浪之水清兮，可以濯我缨。沧浪之水浊兮，可以濯我足。"

③ "宁戚"句：《艺文类聚》卷四十三："齐宁戚扣牛角歌曰：沧浪之水白石粲，中有鲤鱼长尺半。"

④ 韦左司：韦应物，曾任检校左司郎中，世称"韦左思"。

⑤ 山立时行：喻小心谨慎。饕鼓轩舞：击鼓歌舞，喻尽情挥洒。

一六八

五言无闲字易，有余味难；七言有余味易，无闲字难。

一六九

七言于五言，或较易，亦或较难；或较便，亦或较累。盖善为者如多两人任事，不善为者如多两人坐食也。

一七〇

或谓七言如挽强用长①。余谓更当挽强如弱，用长如短，方见能事。

一七一

潘邠老谓七言诗第五字要响②，如"返照入江翻石壁，归云拥树失山村"，"翻"字、"失"字；五言诗第三字要响，如"圆荷浮小叶，细麦落轻花"，"浮"字、"落"字。余谓此例何可尽拘？但论句中自然之节奏，则七言可以上四字作一顿，五言可以上二字作一顿耳。

一七二

五言上二字下三字，足当四言两句，如"终日不成章"之于"终日七襄，不成报章"是也。七言上四字下三字，足当五言两句，如"明月皎皎照我床"之于"明月何皎皎，照我罗床帏"是也。是则五言乃四言之约，七言乃五言之约矣。太白尝有"寄兴深微，五言不如四言，七言又其靡也"之说③。此特意在尊古耳，岂可不达其意而误增闲字以为五七哉？

---

① 挽强用长：出杜甫《前出塞》："挽弓当挽强，用箭当用长。"比喻锋芒毕露。

② 潘邠老：潘大临，字邠老，黄州（今湖北黄冈）人，江西派诗人。

③ "李白"句：语见孟棨《本事诗·高逸》。

诗有合两句成七言者，如"君子有酒旨且多""夜如何其夜未央"是也；有合两句成五言者，如"祈父亶不聪"是也。后世七言每四字作一顿，五言每两字作一顿，而五言亦或第三字属上，上下间皆可以"兮"字界之。

一七四

七言讲音节者，出于《汉·郊祀》诸乐府；罗事实者，出于《柏梁诗》。

一七五

七言为五言之慢声，而长短句互用者，则以长句为慢声，以短句为急节。此固不当与句句七言者并论也。

一七六

五言第二字与第四字，第三字与第五字，七言第二字与第四字，第四字与第六字，第五字与第七字，平仄相同则音拗，异则音谐。讲古诗声调者，类多避谐而取拗，然其间盖有天籁，不当止以能拗为古。

一七七

善古诗必属雅材，俗意、俗字、俗调，苟犯其一，皆古之弃也。

一七八

凡诗不可以助长，五古尤甚。故诗不善于五古，他体虽工弗尚也。《书谱》云："思虑通审，志气和平，不激不厉，而风规自远。"为五古者，宜亦有取于斯言。

一七九

七古可命为古近二体。近体曰骈、曰谐、曰丽、曰绵，古体曰单、曰拗、曰瘦、曰劲。一尚风容，一尚筋骨。此齐梁、汉魏之分，即初、盛唐之所以别也。

一八〇

论诗者谓唐初七古气格虽卑，犹有乐府之意；亦思乐府非此体所能尽乎？豪杰之士，焉得不更思进取！

一八一

唐初七古，节次多而情韵婉，咏叹取之；盛唐七古，节次少而魄力雄，铺陈尚之。

一八二

伏应转接，夹叙夹议，开阖尽变，古诗之法，近体亦俱有之。惟古诗波澜较为壮阔耳。

一八三

律与绝句，行间字里须有暖暖之致①。古体较可发挥尽意，然亦须有不尽者存。

一八四

律诗取律吕之义，为其和也；取律令之义，为其严也。

一八五

律诗要处处打得通，又要处处跳得起。草蛇灰线②，生龙活虎，两

---

① 暖暖：昏暗不明，此处指含蓄蕴藉的情调。
② 草蛇灰线：比喻隐约可寻的线索与痕迹。

般能事，当以一手兼之。

<h2 align="center">一八六</h2>

律诗主意拏得定^①，则开阖变化，惟我所为。少陵得力在此。

<h2 align="center">一八七</h2>

律诗主句或在起，或在结，或在中，而以在中为较难。盖限于对偶，非高手为之，必至物而不化矣^②。

<h2 align="center">一八八</h2>

律诗声谐语俪，故往往易工而难化。能求之章法，不惟于字句争长，则体虽近而气脉入古矣。

<h2 align="center">一八九</h2>

起有分合缓急，收有虚实顺逆，对有反正平串，接有远近曲直。欲穷律法之变，必先于是求之。

<h2 align="center">一九〇</h2>

律诗既患旁生枝节，又患如琴瑟之专壹^③。融贯变化，兼之斯善。

<h2 align="center">一九一</h2>

律诗篇法，有上半篇开，下半篇合；有上半篇合，下半篇开。所谓半篇者，非但上四句与下四句之谓，即二句与六句，六句与二句，亦各为半篇也。

---

① 主意：主旨。拏：通"拿"，把握之意。
② 物而不化：张载《正蒙·太和》："徇生执有者物而不化。"这里指拘滞而不能融通。
③ 专壹：即专一，这里指单一、缺少变化。

一九二

律诗一联中，有以上下句论开合者；一句中，有以上下半句论开合者，惟在相篇法而知所避就焉①。

一九三

律诗手写此联，眼注彼联，自觉减少不得，增多不得。若可增可减，则于"律"字名义失之远矣。

一九四

律诗之妙，全在无字处。每上句与下句转关接缝，皆机窍所在也。

一九五

律有似乎无起无收者，要知无起者后必补起，无收者前必豫收。

一九六

律诗中二联必分宽紧远近，人皆知之。惟不省其来龙去脉，则宽紧远近为妄施矣。

一九七

律体中对句用开合、流水、倒挽三法，不如用遮表法为最多②。或前遮后表，或前表后遮。表谓如此，遮谓不如彼，二字本出禅家。昔人诗中有用"是""非""有""无"等字作对者，"是""有"即表，"非""无"即遮。惟有其法而无其名，故为拈出。

---

① 相：审视。

② 遮表法：佛教术语，遮诠与表诠之并称。《宗镜录》卷三十四："遮，谓遣其所非；表，谓显其所是。"遮诠，从反面作否定表述，排除对象不具有之属性，以诠释事物之义；表诠，从正面作肯定表述，以显示事物自身之属性而诠释其义。

一九八

律诗不难于凝重，亦不难于流动，难在又凝重又流动耳。

一九九

律体可喻以僧家之律。狂禅破律，所宜深戒；小禅缚律，亦无取焉。

二〇〇

绝句取径贵深曲，盖意不可尽，以不尽尽之。正面不写写反面，本面不写写对面、旁面，须如睹影知竿乃妙。

二〇一

绝句于六义多取风、兴，故视他体尤以"委曲""含蓄""自然"为尚。

二〇二

"以鸟鸣春""以虫鸣秋"，此造物之借端托寓也[①]。绝句之小中见大似之。

二〇三

绝句意法，无论先宽后紧，先紧后宽，总须首尾相衔，开阖尽变。至其妙用，惟在借端托寓而已。

二〇四

诗以律绝为近体，此就声音言之也。其实古体与律绝，俱有古近体之分，此当于气质辨之。

---

① 借端托寓：即托物言志。端，此处指事物。

二〇五

古体劲而质，近体婉而妍，诗之常也。论其变，则古婉近劲，古妍近质，亦多有之。

二〇六

论古近体诗，参用陆机《文赋》，曰：绝，"博约而温润"；律，"顿挫而清壮"；五古，"平彻而闲雅"；七古，"炜晔而谲诳"。

二〇七

乐之所起，雷出地，风过箫，发于天籁，无容心焉①，而乐府之所尚可知。

二〇八

文辞志合而为诗，而乐则重声。《风》《雅》《颂》之入乐者，姑不具论，即汉乐府《饮马长城窟》之"青青河畔草"，与《古诗十九首》之"青青河畔草"，其音节可微辨矣。

二〇九

《九歌》，乐府之先声也。《湘君》《湘夫人》是南音，《河伯》是北音，即设色选声处可以辨之。

二一〇

《楚辞·大招》云："四上竞气，极声变只。"此即古乐节之"升歌、笙入、间歌、合乐"也②。屈子《九歌》全是此法。乐府家转韵、转意、转调，无不以之。

---

① 容心：犹言留心，在意。
② 升歌、笙入、间歌、合乐：周代五礼之正乐，由升歌、笙入（或下管）、间歌、合乐四节组成。四节有不同的演奏场所与演奏方式。

乐府声律居最要，而意境即次之，尤须意境与声律相称，乃为当行。

二一二

乐府之出于《颂》者，最重形容。《楚辞·九歌》状所祀之神，几于恍惚有物矣。后此如《汉书》所载《郊祀》诸歌，其中亦若有胕夐之气①，蒸蒸欲出。

二一三

乐府有"陈善纳诲"之意者②，《雅》之属也，如《君子行》便是。

二一四

《汉书·艺文志》云："自孝武立乐府而采歌谣，于是有代、赵之讴，秦、楚之风，皆感于哀乐，缘事而发。"由是观之，后世乐府近《风》之体多于《雅》《颂》，其由来亦已久矣。

二一五

乐府是代字诀③，故须先得古人本意。然使不能自寓怀抱，又未免为无病而呻吟。

二一六

乐府易不得，难不得。深于此事者，能使豪杰起舞，愚夫愚妇解颐，其神妙不可思议。

---

　　① 胕夐：缥缈，隐约。

　　② 陈善纳诲：陈述善言接纳教诲。朱熹《诗集传》卷十《鹤鸣》："此诗之作，不可知其所由，然必陈善纳诲之辞也。"

　　③ 代字诀：古乐府来自民间，代表下层人民的心声。

艺概·诗概

二一七

乐府调有疾徐，韵有疏数。大抵徐疏在前，疾数在后者，常也；若变者，又当心知其意焉。

二一八

古题乐府要超，新题乐府要稳。如太白可谓超，香山可谓稳。

二一九

杂言歌行，音节似乎无定，而实有不可易者存。盖歌行皆乐府支流，乐不离乎本宫①。本宫之中，又有自然先后也。

二二○

赋不歌而诵，乐府歌而不诵，诗兼歌诵，而以时出之。

二二一

《诗》，一种是歌，"君子作歌"是也；一种是诵，"吉甫作诵"是也。《楚辞》有《九歌》与《惜诵》，其音节可辨而知。

二二二

《九歌》，歌也；《九章》，诵也。诗如少陵近《九章》，太白近《九歌》。

二二三

诵显而歌微。故长篇诵，短篇歌；叙事诵，抒情歌。

二二四

诗以意法胜者宜诵，以声情胜者宜歌。古人之诗，疑若千支万派，

---

① 本宫：指开初以宫声为主的调式。

然曾有出于歌诵外者乎？

二二五

文有文律，陆机《文赋》所谓"普辞条与文律"是也。杜诗云："晚节渐于诗律细。"①使将诗律"律"字解作五律七律之律，则文律又何解乎？大抵只是以法为律耳。

二二六

诗之局势非前张后歙，则前歙后张，古体律绝无以异也。

二二七

诗以离合为跌宕，故莫善于用远合近离。近离者，以离开上句之意为接也。离后复转，而与未离之前相合，即远合也。

二二八

篇意前后摩荡，则精神自出。如《豳风·东山》诗，种种景物，种种情思，其摩荡只在"徂""归"二字耳。

二二九

问短篇所尚，曰："咫尺应须论万里。"②问长篇所尚，曰："万斛之舟行若风。"③二句皆杜诗，而杜之长短篇即如之。杜诗又云："大城铁不如，小城万丈余。"④其意亦可相通相足。

艺概·诗概

---

① "晚节"句：见杜甫《遣闷戏呈路十九曹长》。
② "咫尺"句：见杜甫《戏题画山水图歌》。
③ "万斛"句：见杜甫《夔州歌十绝句》。
④ "大城"二句：见杜甫《潼关吏》。

二三〇

长篇宜横铺，不然则力单①；短篇宜纡折，不然则味薄。

二三一

大起大落，大开大合，用之长篇，此如黄河之百里一曲，千里一曲一直也。然即短至绝句，亦未尝无尺水兴波之法②。

二三二

长篇以叙事，短篇以写意，七言以"浩歌"，五言以"穆诵"③。此皆题实司之④，非人所能与。

二三三

伏应、提顿、转接、藏见、倒顺、绾插、浅深、离合诸法，篇中、段中、联中、句中均有取焉。然非浑然无迹，未善也。

二三四

少陵寄高达夫诗云："佳句法如何？"⑤可见句之宜有法矣。然欲定句法，其消息未有不从章法、篇法来者。

---

① 单：通"殚"，尽。

② 尺水兴波：孟郊《君子勿郁郁士有谤毁者作诗以赠之》："须知一尺水，日夜增高波。"原指小事引起大风波，后比喻文章虽短而有气势。尺水兴波法：指短篇经过布局而波澜起伏，逶迤婉转，引人入胜。

③ 浩歌：《楚辞·少司命》："望美人兮未来，临风恍兮浩歌。"穆诵：《诗·大雅·烝民》："吉甫作诵，穆如清风。"

④ 题实司之：由题目所决定的。司，决定。

⑤ "佳句"句：见杜甫《寄高三十五书记》。

"河水清且涟"①,"间关车之辖"②,皆是五言,且皆是上二字下三字句法,而意有顺倒之不同。

二三六

诗无论五七言及句法倒顺,总须将上半句与下半句比权量力③,使足相当。不然,头空足弱,无一可者。

二三七

炼篇、炼章、炼句、炼字,总之所贵乎炼者,是往活处炼,非往死处炼也。夫活亦在乎认取诗眼而已④。

二三八

诗眼,有全集之眼,有一篇之眼,有数句之眼,有一句之眼;有以数句为眼者,有以一句为眼者,有以一二字为眼者。

二三九

冷句中有热字,热句中有冷字;情句中有景字,景句中有情字。诗要细筋入骨⑤,必由善用此字得之。

二四〇

诗有双关字,有偏举字。如陶诗"望云惭高鸟,临水愧游鱼"⑥,

①"河水"句:见黄庭坚《玉芝园》。

②"间关"句:见《诗经·小雅·车辖》。

③比权量力:比较、权衡权势和力量的大小。贾谊《过秦论》:"试使山东之国与陈涉度长絜大,比权量力,则不可同年而语矣。"

④诗眼:诗之眼目,比喻关键字句。

⑤细筋入骨:描写细腻而深刻。

⑥"望云"二句:见陶渊明《始作镇军参军经曲阿作》。

"云""鸟""水""鱼"是偏举，"高""游"是双关。偏举，举物也；双关，关己也。

二四一

问：韵之相通与不相通，以何为凭？曰：凭古。古通者，吾亦通之。《毛诗》《楚辞》，汉魏、六朝诗，杜、韩诸大家诗，以及他古书中有韵之文，皆其准验也。

二四二

辨得平声韵之相通与不相通，斯上声去声之通不通，因之而定。东、冬、江通，则董、肿、讲通矣，送、宋、绛亦通矣。推之：支、微、齐、佳、灰通，则纸、尾、荠、蟹、贿通，置、未、霁、泰、卦、队通。鱼、虞通，则语、麌通，御、遇通。真、文、元、寒、删、先通，则轸、吻、阮、旱、潸、铣通，震、问、愿、翰、谏、霰通。萧、肴、豪通，则筱、巧、皓通，啸、效、号通。歌、麻通，则哿、马通，个、祃通。庚、青、蒸通，则梗、迥通，敬、径通。侵、覃、盐、咸通，则寝、感、俭、豏通，沁、勘、艳、陷通。阳无通，则养亦无通，漾亦无通。尤无通，则有亦无通，宥亦无通。

二四三

入声韵之通不通，亦于平声定之。东、冬、江通，则屋、沃、觉通。真、文、元、寒、删、先通，则质、物、月、曷、黠、屑通。庚、青、蒸通，则陌、锡、职通。侵、覃、盐、咸通，则缉、合、叶、洽通。阳无通，则药亦无通。

二四四

论诗者，或谓炼格不如炼意，或谓炼意不如炼格。惟姜白石《诗说》为得之，曰："意出于格，先得格也；格出于意，先得意也。"

二四五

文所不能言之意，诗或能言之。大抵文善醒，诗善醉，醉中语亦有醒时道不到者。盖其天机之发，不可思议也。故余论文旨曰："惟此圣人，瞻言百里。"[1]论诗旨曰："百尔所思，不如我所之。"[2]

二四六

诗之所贵于言志者，须是以"直温宽栗"为本[3]。不然，则其为志也荒矣，如《乐记》所谓"乔志""溺志"是也[4]。

二四七

诗之言持，莫先于内持其志，而外持风化从之。

二四八

古人因志而有诗，后人先去作诗，却推究到诗不可以徒作，因将志入里来，已是倒做了，况无与于志者乎？

二四九

《文心雕龙》云："嵇志清峻，阮旨遥深。"钟嵘《诗品》云："郭景纯用俊上之才，刘越石仗清刚之气。"余谓"志""旨""才""气"，人占一字，此特就其所尤重者言之，其实此四字，诗家不可缺一也。

二五〇

"思无邪"，"思"字中境界无尽，惟所归则一耳。严沧浪《诗话》

① "惟此"二句：见《诗经·大雅·桑柔》。
② "百尔"二句：见《诗经·鄘风·载驰》。
③ 直温宽栗：《尚书·舜典》："直而温，宽而栗，刚而无虐，简而无傲。"
④ "乔志""溺志"：《礼记·乐记》："子夏对曰：郑音好滥，淫志；宋音燕女，溺志；卫音趋数，烦志；齐音敖辟，乔志。此四者皆淫于色而害于德，是以祭祀弗用也。"

谓"信手拈来，头头是道"，似有得于此意。

二五一

雅人有深致，风人、骚人亦各有深致。后人能有其致，则《风》《雅》《骚》不必在古矣。

二五二

"昔我往矣，杨柳依依；今我来思，雨雪霏霏。"①雅人深致，正在借景言情。若舍景不言，不过曰春往冬来耳，有何意味？然"黍稷方华""雨雪载涂"②，与此又似同而异，须索解人。

二五三

夏侯湛作《周诗》成，示潘安仁，安仁曰："此非徒温雅，乃别见孝弟之性。"余谓"孝弟之性"，乃其所以"温雅"也。二而言之，安仁于是为不知诗矣。

二五四

谢灵运诗"事为名教用，道以神理超"③，下句意须离不得上句，不然，是名教外别有所谓神理矣。

二五五

不发乎情，即非礼义，故诗要有乐有哀④；发乎情，未必即礼义，故诗要哀乐中节⑤。

---

① "昔我"四句：见《诗经·小雅·采薇》。
② "黍稷"二句：见《诗经·小雅·出车》："昔我往矣，黍稷方华。今我来思，雨雪载涂。"
③ "事为"二句：见谢灵运《从游京口北固应诏诗》。
④ 有乐有哀：《逸周书》卷一《文酌解》："民生而有欲有恶，有乐有哀，有德有则。"
⑤ 哀乐中节：《中庸》："喜怒哀乐之未发谓之中，发而皆中节谓之和。"

二五六

天之福人也，莫过于予以性情之正；人之自福也，莫过于正其性情。从事于诗而有得，则"乐而不荒，忧而不困"[1]，何福如之！

二五七

景有大小，情有久暂。诗中言景，既患大小相混，又患大小相隔。言情亦如之。

二五八

兴与比有阔狭之分，盖比有正而无反，兴兼反正故也。

二五九

昔人谓"激昂之言出于兴"[2]，此"兴"字与他处言兴不同。激昂大抵只是情过于事，如太白诗"欲上青天览日月"是也[3]。

二六〇

山之精神写不出，以烟霞写之；春之精神写不出，以草树写之。故诗无气象，则精神亦无所寓矣。

二六一

诗格，一为品格之格，如人之有智愚贤不肖也；一为格式之格，如人之有贫富贵贱也。

---

① "乐而"二句：《后汉书》卷六十《马融传》："夫乐而不荒，忧而不困，先王所以平和府藏，颐养精神，致之无疆。"

② "激昂"句：胡仔《苕溪渔隐丛话》前集卷八："激昂之语，盖出于诗人之兴，'周余黎民，靡有孑遗'是也。"

③ "欲上"句：李白《宣州谢朓楼饯别校书叔云》："俱怀逸兴壮思飞，欲上青天揽明月。"

二六二

诗品出于人品。人品悃款朴忠者最上，超然高举、诛茅力耕者次之，送往劳来、从俗富贵者无讥焉①。

二六三

言诗格者必及气，或疑太炼伤气，非也。伤气者，盖炼辞不炼气耳。

二六四

气有清浊厚薄，格有高低雅俗。诗家泛言气格，未是。

二六五

林艾轩谓："苏黄之别，犹丈夫、女子之应接。丈夫见宾客，信步出将去，如女子则非涂泽不可。"②余谓此论未免诬黄而易苏③。然推以论一切之诗，非独女态当无，虽丈夫之贵贱贤愚，亦大有辨矣。

二六六

诗以悦人为心与以夸人为心，品格何在？而犹谯谯于品格④，其何异溺人必笑耶⑤？

二六七

或问诗偏于叙则掩意，偏于议则病格，此说亦辨意格者所不遗否？曰：遗则不是，执则浅矣。

---

① "人品"三句：语本《楚辞·卜居》："吾宁悃悃款款朴以忠乎？将送往劳来斯无穷乎？宁诛锄草茅以力耕乎？将游大人以成名乎？"悃款：诚挚。无讥：不值得评论。

② "苏黄"五句：见林光朝《艾轩集》卷五《读韩柳苏黄集》。

③ 易：轻视。

④ 谯谯：争辩。

⑤ 溺人必笑：语本《左传》哀公二十年。溺水之人犹自发笑，比喻做事本末倒置。

二六八

"其诗孔硕，其风肆好。"①后世为诗者，于"硕""好"二字须善认。使非真"硕"，必且迂；非真"好"，必且靡也。

二六九

诗不清则芜，不穆则露。"穆如清风"，宜吉甫合而言之。

二七〇

凡诗：迷离者要不闲，切实者要不尽，广大者要不廓，精微者要不僻。

二七一

诗要避俗，更要避熟。剥去数层方下笔，庶不堕"熟"字界里。

二七二

诗要超乎空、欲二界。空则入禅，欲则入俗。超之之道无他，曰"发乎情，止乎礼义"而已。

二七三

或问诗何为富贵气象？曰：大抵富，如昔人所谓"函盖乾坤"；贵，如所谓"截断众流"便是。②

---

① "其诗"二句：见《诗·大雅·崧高》。
② 函盖乾坤、截断众流：禅宗云门宗为接化学人而提出"德山三句"，即随波逐浪、截断众流、函盖乾坤。叶梦得《石林诗话》尝以此三句论诗："禅宗论云门有三种语：其一为随波逐浪句，谓随物应机，不主故常。其二为截断众流句，谓超出言外，非情识所到。其三为函盖乾坤句，谓泯然皆契，无间可伺。其浅深以是为序。予尝戏为学子言，老杜诗亦有此三种语，但先后不同。如'波漂菰米沉云黑，露冷莲房坠粉红'，当为函盖乾坤句；以'落花游丝白日静，鸣鸠乳燕青春深'，为随波逐浪句；以'百年地僻柴门迥，五月江深草阁寒'，为截断众流句。若有解此，当与渠同参。"

二七四

诗质要如铜墙铁壁，气要如天风海涛。

二七五

诗不可有我而无古，更不可有古而无我，"典雅""精神"①，兼之斯善。

二七六

钟嵘谓阮步兵诗"可以陶写性灵"，此为以性灵论诗者所本。杜诗亦云："陶冶性灵存底物，新诗改罢自长吟。"②

二七七

元微之作《杜工部墓志》，深薄宋、齐间吟写性灵、流连光景之文。其实性灵光景，自风雅肇兴便不能离，在辨其归趣之正不正耳。

二七八

诗涉修饰，便可憎鄙，而修饰多起于貌为有学，而不养本体。晋东海王越与阮瞻书曰③："学之所入浅，体之所安深。"善夫！

二七九

诗一往作遗世自乐语④，以为仙意，不知却是仙障。仙意须如阴长生古诗"游戏仙都，顾愍群愚"二语，庶为得之。抑《度人经》所谓"悲歌朗太空"也。

---

① "典雅""精神"：为《二十四诗品》之二品。

② "陶冶"二句：出杜甫《解闷》。

③ 东海王越：司马越，字元超，河内温县（今河南省温县）人，晋宣帝司马懿四弟曹魏东武城侯司马馗之孙，晋爵东海王。

④ 一往：一向、一律。

二八〇

诗一戒滞累尘腐，一戒轻浮放浪。凡"出辞气，当远鄙倍"①，诗可知矣。

二八一

诗中固须得微妙语，然语语微妙，便不微妙。须是一路坦易中，忽然触着，乃足令人神远。

二八二

花鸟缠绵，云雷奋发，弦泉幽咽，雪月空明。诗不出此四境。

二八三

《诗》："喓喓草虫"，闻而知也；"趯趯阜螽"，见而知也。②"有车邻邻"，知而闻也；"有马白颠"，知而见也。③诗有外于知与闻见者耶？

二八四

"清风明月不用一钱买"，上四字其知也，下五字独得也。凡佳章中必有独得之句，佳句中必有独得之字。惟在首在腰在足，则不必同。

二八五

"曲径通幽处，禅房花木深"④，六一赏之；"四更山吐月，残夜水明楼"⑤，东坡赏之。此等处古人自会心有在，后人或强解之，或故疑之，皆过矣。

---

① "出辞气"二句：语出《论语·泰伯》："君子所贵乎道者三：动容貌，斯远暴慢矣；正颜色，斯近信矣；出辞气，斯远鄙倍矣。"

② "喓喓草虫""趯趯阜螽"：见《诗经·召南·草虫》。

③ "有车邻邻""有马白颠"：见《诗经·秦风·车邻》。

④ "曲径"二句：见常建《题破山寺后禅院》。

⑤ "四更"二句：见杜甫《月》。

导 读

　　刘熙载（1813—1881），字伯简，号融斋，晚号寤崖子，江苏兴化人。道光二十四年（1844）进士，官至左春坊左中允、广东提学使，不久即辞官返乡，永离宦海。同治六年（1867）至光绪六年（1880），主讲于上海龙门书院。刘熙载一生潜心学术，学识渊博。俞樾在《左春坊左中允刘君墓碑》中说："自六经、子、史外，凡天文、算术、字学、韵学及仙释家言，靡不通晓。"刘熙载著述丰赡，亲自编定刊行《持志塾言》《艺概》《四音定切》《说文双声》《说文叠韵》《昨非集》，合称《古桐书屋六种》；去世后，其弟子门人又编刻《古桐书屋续刻三种》，包括《古桐书屋札记》《游艺约言》《制义书存》。

　　《艺概》是刘熙载平生谈文论艺心得之汇编。全书分为《文概》《诗概》《赋概》《词曲概》《书概》《经义概》六部分，对文、诗、赋、词曲、书法、经义等七种文艺形式进行全面而精辟的剖析。在《自叙》中，刘氏自谓平昔言艺"好言其概"，遵照"通道必简"原则，采取"举此以概乎彼，举少以盖乎多"方法而写作此书。这是书名之"概"的由来。"概"者，言其概要，明其大意，以少概多，触类旁通之意。全书六大部分，体例大体一致，先溯源探流，再结合具体作家作品加以评说，最后总结作法。

　　《诗概》为《艺概》之第二部分，遵循全书整体结构，首先简要阐述诗歌的文体特征，接着阐述其本末源流，再就创作上的具体问题进行精辟探讨，最后总结创作技巧与基本理论。言简意赅，见解精辟。夏敬观《刘融斋诗概诠说》赞曰："自来阐明作诗之法，能透彻明晓者，无过于刘融斋《艺概》中之《诗概》。"

《艺概》初刻于同治十二年（1873），次年刊刻《古桐书屋六种》本，依初刻版式，文字略有变化。光绪至民国时期，又出现多种刻本，总体来看，与初刻本差异不大。本书以《古桐书屋六种》本为底本。

一、诗歌本质论

刘熙载一生崇尚理学，儒家思想浓厚。《清史稿·儒林传》谓其"以正学教弟子，有胡安定风"。"正学"，即儒家道德文章；胡安定，即北宋理学先驱胡瑗，与孙复、石介并称"宋初三先生"。俞樾在《左春坊左中允刘君墓碑》中对刘熙载儒学思想大加赞扬："恭俭温良，粹然无滓"；"高论道德，下逮文章"；"躬行君子，久而弥芳"。除儒家思想外，刘熙载还对"仙释家言，靡不通晓"，以儒为主的三教合一思想，是其诗学思想的哲学基础。

刘熙载的诗学本质论是建立在"天人合一"宇宙观基础之上的。他在《持志塾言·天地》中说："天只是以人之心为心，人只当体天之心以为心"；"理之在天地万物，与理之在吾心，一而已矣。"从理学出发，他以"理"与"心"作为沟通"天"与"人"的绾合点。立足于此，提出"诗为天人之合"命题。《诗概》："《诗纬·含神雾》曰：'诗者，天地之心。'文中子曰：'诗者，民之性情也。'此可见诗为天人之合。"诗，既是"天地之心"，又是"民之性情"，因此为"天人之合"。

刘熙载继承儒家诗教传统，特别强调诗的教化作用。《诗概》说："诗之言持，莫先于内持其志，而外持风化从之。"训"诗"为"持"，从内外两方面界定诗之功能：内持其志，外持风化。先秦以来，儒家一直鼓吹"诗言志"，在充分肯定诗的教化功能的同时，也由于过于夸大诗的外在功能而压抑其艺术特性。对于这种现象，《诗概》也提出批评："古人因志而有诗，后人先去作诗，却推究到诗不可以徒作，因将志入里来，已是倒做了，况无与于志者乎。"这里指出两种错误，一是诗中无志，二是入志于诗，两者都把"志"与"诗"打为两橛，违背了"诗为天人之合"原则。

刘熙载强调诗的"言志"功能，并不乏低其"陶冶性灵"作用。《诗概》曰："不发乎情，即非礼义，故诗要有乐有哀。"礼义即志，情即性灵。"不发乎情，即非礼义"，其实是说离开"陶冶性灵"就无所谓"言志"。刘熙载又举例论证二者之间的关系。《诗概》："钟嵘谓阮步兵诗'可以陶写性灵'，此为以性灵论诗者所本。杜诗亦云：'陶冶性灵存底物，新诗改罢自长吟。'"举钟嵘对阮籍《咏怀诗》的评价，指出这是"以性灵论诗"之所本，又以杜甫《解闷》诗句为例论证诗歌"陶冶性灵"之作用。

刘熙载对夸大"言志"而否定"性灵"的诗学观念表示不满。《诗概》曰："元微之作《杜工部墓志》，深薄宋、齐间吟写性灵、流连光景之文。其实性灵光景，自风雅肇兴便不能离，在辨其归趣之正不正耳。"元稹鄙薄齐梁"吟写性灵、流连光景之文"，刘熙载对其表示不满，认为"性灵光景"是诗歌不可或缺的要素，不应该一棍子打死，而应该依据"归趣之正不正"对其进行客观评判。

对"温柔敦厚"的诗教原则，刘熙载也提出独到见解。《诗概》说："诗之所贵于言志者，须是以'直温宽栗'为本。""直温宽栗"即"温柔敦厚"。同时，刘熙载又说，对此原则的把握要灵活，不能执之过死。《诗概》："退之诗豪多于旷，东坡诗旷多于豪。豪旷非中和之则，然贤者亦多出入于其中，以其与龊龊之肠胃固远绝也。""豪"与"旷"两种风格，虽未必符合"中和"原则，但由于出于作家性灵，仍不失为杰作，远非那些畏首畏尾、小肚鸡肠者可比。

二、诗歌创作论

（一）诗可数年不作，不可一作不真

刘熙载提出诗歌创作应以"真"为原则。他在《题杨一丈诗文集二首》其一中说："作诗不必多，所贵肝胆真。"《诗概》对这两句作了具体阐释："诗可数年不作，不可一作不真。陶渊明自庚子距丙辰十七年间，

作诗九首，其诗之真，更须问耶?"《诗概》还以杜诗为例加以说明。"杜诗云'畏人嫌我真'，又云'直取性情真'。一自咏，一赠人，皆于论诗无与，然其诗之所尚可知。"杜诗所尚唯一"真"字。

"真"字何意?《诗概》以具体事例作了解释:

> 代匹夫匹妇语最难。盖饥寒劳困之苦，虽告人人且不知，知之必物我无间者也。杜少陵、元次山、白香山不但如身入闾阎，目击其事，直与疾病之在身者无异。

杜甫、元结、白居易等人的乐府诗，"代匹夫匹妇语"，表现下层人民的饥寒劳困，仿佛自己"身入闾阎，目击其事"，真心体验他们的苦难，"直与疾病之在身者无异"，这就是"真"。在《诗概》中，刘熙载反对"以悦人为心与以夸人为心"之作，认为这种作品"不能自寓怀抱，又未免为无病而呻吟"。

(二)锻炼而归于自然

关于"自然"与"锻炼"之间的关系，皎然《诗式》提出过很好的见解:"不要苦思，苦思则丧自然之质。此亦不然。夫不入虎穴，焉得虎子?取境之时，须至难至险，始见奇句。成篇之后，观其气貌，有似等闲，不思而得，此高手也。"把"自然"与"锻炼"之间的关系讲得十分透彻。这一观点对刘熙载产生重要影响。《诗概》云:"西江名家好处，在锻炼而归于自然。放翁本学西江者，其云:'文章本天成，妙手偶得之。'平昔锻炼之功，可于言外想见。""锻炼而归于自然"命题，与皎然"不入虎穴，焉得虎子"有异曲同工之妙。

《诗概》又说:"学太白者，常曰'天然去雕饰'足矣。余曰:此得手处，非下手处也。必取太白句意以为祈向，盍云'猎微穷至精'乎?"有人以李白"天然去雕饰"名句为理由否定锻炼之功，刘熙载认为这是本末倒置:"天然去雕饰"，指的是创作结果，并非创作过程，李白的创作也是离不开锻炼之功的。

《诗概》对锻炼方法也作了细致交待。"炼篇、炼章、炼句、炼字，总之所贵乎炼者，是往活处炼，非往死处炼也。夫活亦在乎认取诗眼而已。"把锻炼分为"炼篇""炼章""炼句""炼字"，同时指出要"往活处炼"，不能"往死处炼"，所谓"活"是指"诗眼"。"诗眼"一词来自黄庭坚，后被历代诗论家广泛使用，其内涵是指一首诗中最精炼、传神的字词。刘熙载所谓"诗眼"具有更广泛的含义。《诗概》："诗眼，有全集之眼，有一篇之眼，有数句之眼，有一句之眼；有以数句为眼者，有以一句为眼者，有以一二字为眼者。""诗眼"已经不限于一个字词，而扩大为一句、数句、全篇乃至全集。与此相应，"认取诗眼"而锻炼的功夫，也就有了"炼篇""炼章""炼句""炼字"之分。此理论是刘熙载对"锻炼"与"诗眼"理论的发展。

（三）辩证思维

辩证思维在刘熙载诗歌创作论中一以贯之。《诗概》提出多种处理相互对待关系的方法。冷与热、情与景："冷句中有热字，热句中有冷字；情句中有景字，景句中有情字。诗要细筋入骨，必由善用此字得之。"常与奇、难与易："常语易，奇语难，此诗之初关也；奇语易，常语难，此诗之重关也。香山用常得奇，此境良非易到。"浅与深、平与奇："放翁诗明白如话，然浅中有深，平中有奇，故足令人咀味。"以上诸种对待关系的处理，全部贯穿着《老子》"正言若反"的辩证思维原则。

警句是文学作品成功的关键。陆机《文赋》曰："立片言以居要，乃一篇之警策，虽众辞之有条，必待兹而效绩。"警句固然重要，但，如果使用不当则起不到应有的效果。关于如何使用警句，《诗概》提出很好的意见："诗中固须得微妙语，然语语微妙，便不微妙。须是一路坦易中，忽然触着，乃足令人神远。"这又是刘熙载辩证思维的表现，真可谓"细筋入骨"，益人神智！

三、诗文之异同

刘熙载在《艺概叙》中说："文章名类，各举一端，莫不为艺。"不同艺术形式之间既有明确的界限，也有内在的相通之处。《艺概》论及诗、文、词曲、书法等多种艺术形式，经常打通不同艺术形式之间的界限，在宏通的"艺"的视域下探讨他们之间的关系。关于诗与文之异同，刘熙载提出两个著名论断："诗文一源"与"文善醒，诗善醉"。

（一）诗文一源

在《自叙》中，刘熙载提出"艺者道之形"命题，从体用角度看待"道"与"艺"之间的关系："道"为艺之体，艺为道之用。作为"艺"之二种，诗与文都是"道"之"用"，两者虽在"用"上有差别，但在"体"上是没有差别的。诗与文所承载的都是儒家圣人之"道"，二者是"一源"的。

诗与文"道"上相通，这是就形而上层面而言的。刘熙载又从多个形而下层面论证二者之间的相通之处。他在《游艺约言》中说："文之理法通于诗，诗之情志通于文。作诗必诗，作文必文，非知诗文者也。"这是从"理法"与"情志"角度论证诗文相通的。

关于诗文"理法"上的相通，《诗概》以杜诗为例加以说明："杜陵五七古叙事，节次波澜，离合断续，从《史记》得来，而苍莽雄直之气，亦逼近之"；"'细筋入骨如秋鹰，字外出力中藏棱'。《史记》、杜诗其有焉"。认为杜诗的叙事技艺来自《史记》，很有见地！《诗概》中类似的例子还有不少："曲江之《感遇》出于《骚》，射洪之《感遇》出于《庄》。缠绵超旷，各有独至。""太白诗以《庄》《骚》为大源。""诗以出于《骚》者为正，以出于《庄》者为变。少陵纯乎《骚》，太白在《庄》《骚》间，东坡则出于《庄》者十之八九。"

就某一位作家而言，其诗与文在指导思想、风格特征等方面往往是相通的。《诗概》说："诗文一源。昌黎诗有正有奇。正者，即所谓'约六经

艺概·诗概

之旨而成文'；奇者，即所谓'时有感激怨怼奇怪之辞'。"韩愈在《上宰相书》中谈其为文之法：指导思想上，"约六经之旨而成文"；语言表达上，"时有感激怨怼奇怪之辞"。刘熙载认为，这二法对于韩愈诗也是适用的，前者形成韩诗之"正"，后者形成韩诗之"奇"。刘氏又以元结诗文为例。《诗概》："元道州著书有《恶圆》《恶曲》等篇，其诗亦一肚皮不合时宜。"指出元氏诗文都具有牢骚满腹之风格特征。

（二）文善醒，诗善醉

刘熙载不但指出诗文的相通之处，而且从独特角度分析二者之间的差异。《诗概》曰："文所不能言之意，诗或能言之。大抵文善醒，诗善醉，醉中语亦有醒时道不到者。盖其天机之发，不可思议也。""文善醒，诗善醉"，以"醉"与"醒"区分诗文，十分精彩！文以理性思维胜，故善醒；诗以直觉思维胜，故善醉。对此比喻，夏敬观《刘融斋诗概诠说》赞曰："以醒醉二字言诗文，妙极。善醉，故有时能迷离惝恍以出之。文则除骚赋外，皆不能用此法也。凡诗词歌赋，其至者常若有神经病人语，类皆渊源于《庄》《骚》，即所谓迷离者也。"诚哉是言！关于诗文之别，清人吴乔《围炉诗话·答万季野诗问》也作过形象的比喻："二者意岂有异？唯是体裁、词语不同耳。意喻之米，文喻之炊而为饭，诗喻之酿而为酒。饭不变米形，酒形质俱变。"以饭与酒比喻文与诗，与《艺概》的醒醉之喻有异曲同工之妙。

四、诗与理

北宋诗坛为了摆脱唐诗"影响的焦虑"，走上以才学为诗、以议论为诗的新路，因此而招致严羽《沧浪诗话》的批评："夫诗有别材，非关书也；诗有别趣，非关理也。然非多读书、多穷理，则不能极其至，所谓不涉理路、不落言筌者，上也。"诗能否发表议论？理语能否入诗？这是宋代以后诗论家的恒久话题。对此，刘熙载提出自己的看法。

《诗概》："或问诗偏于叙则掩意，偏于议则病格，此说亦辨意格者所不遗否？曰：遗则不是，执则浅矣。"在他看来，"偏于议则病格"命题，虽不无道理，但不可执之过死。有些诗，虽参入议论，仍不失为好诗。《诗概》："左太冲《咏史》似论体，颜延年《五君咏》似传体。"左思《咏史》八首，大多直抒胸臆，夹叙夹议，有的甚至全篇议论，刘熙载认为这毫不影响其艺术价值。

又以《诗经》为例：

> 真西山《文章正宗·纲目》云："《三百五篇》之诗，其正言义理者盖无几，而讽咏之间，悠然得其性情之正，即所谓义理也。"余谓诗或寓义于情而义愈至，或寓情于景而情愈深，此亦《三百五篇》之遗意也。

南宋理学家真德秀认为，虽《诗经》很少直接谈义理，但所咏性情本身就是义理。刘熙载赞同这一观点，并提出"诗或寓义于情而义愈至"命题，提倡寓理于情。此观点近于沈德潜，其《说诗晬语》卷下云："人谓诗主性情，不主议论，似也，而亦不尽然。试思二《雅》中，何处无议论？杜老古诗中，《奉先咏怀》《北征》《八哀》诸作，近体中《蜀相》《咏怀》《诸葛》诸作，纯乎议论。但议论须带情韵以行，勿近伧父面目耳。"

在中国文学史上，以理入诗有两个群体，一是东晋的玄言诗，二是宋代的理学诗。对于玄言诗，钟嵘《诗品》提出猛烈批判，而刘熙载却提出不同意见。《诗概》："陶、谢用理语各有胜境。钟嵘《诗品》称'孙绰、许询、桓、庾诸公诗，皆平典似《道德论》'，此由乏理趣耳，夫岂尚理之过哉？"钟嵘认为孙绰等人的玄言诗"淡乎寡味"是"尚理"导致的，而刘熙载则认为不是由于"尚理"而是由于缺乏"理趣"。"理趣"是融哲理于形象而形成的令人味之不尽的审美趣味，有"理趣"即为好诗。刘氏又以朱熹《感兴诗》为例。《诗概》："朱子《感兴诗》二十篇，高峻寥旷，不在陈射洪下。盖惟有理趣而无理障，是以至为难得。"《感兴诗》二十篇，高峻寥旷，成就不在陈子昂《感遇诗》三十八首之下，原因在于"有理趣而无理障"。

五、诗品与人品

《诗概》强调创作主体与客体的统一，提出"诗品出于人品"命题。关于人品，《诗概》引《楚辞·卜居》语，将其分为三类："诗品出于人品。人品悃款朴忠者最上，超然高举、诛茅力耕者次之，送往劳来、从俗富贵者无讥焉。""悃款朴忠者"，指居庙堂之上，兼济天下者；"超然高举、诛茅力耕者"，指处江湖之远，独善其身者；"送往劳来、从俗富贵者"，指蝇营狗苟，投机钻营者。与此三类人品相对应，诗品或词品也有三类。在《词曲概》中，刘熙载引陈亮《三部乐·七月二十六日寿王道甫》，将词品分为三等。最上为"元分人物"："悉出于温柔敦厚"；其次为"峥嵘突兀"：部分出于"温柔敦厚"，虽不甚完美，"犹不失为奇杰"；最下为"媟姗勃窣"：内容"沦于侧媚"，即《诗概》所谓"从俗富贵者"。这里说的是词品，但在《艺概》理论体系中，词品与诗品是相通的，《诗概》中也有"'画屏金鹧鸪'，飞卿语也，其词品似之"之语。

中国古代文人奉"穷则独善其身，达则兼善天下"为人生准则，刘熙载所谓"悃款朴忠"与"超然高举"两种人品，往往集于同一位诗人身人，从而形成其作品的不同风格。《诗概》以白居易诗为例：

> 白香山《与元微之书》曰："仆志在兼济，行在独善，奉而始终之则为道，言而发明之则为诗。谓之讽谕诗，兼济之志也；谓之闲适诗，独善之义也。"余谓诗莫贵于知道，观香山之言，可见其或出或处，道无不在。

白氏"志在兼济"而形成其讽谕诗，"行在独善"又形成其闲适诗，两者虽在内容与艺术风格上有较大差别，但都是儒家之道的体现，都是白氏人品的外化。

立足于"诗品出于人品"理论，刘熙载提倡诗品与人品结合的诗歌批评方法。《诗概》："颂其诗，贵知其人。先儒谓杜子美情多，得志必能济物，可为看诗之法。"对韩愈评论卢仝、孟郊诗的方法大加赞扬："以卢、孟之诗名，而韩所盛推，乃在人品，真千古论诗之极则也哉！"

诗品有时是人品的直接反映，有时则是歪曲的反映，因此欣赏诗歌要结合诗人的人品而洞察语言文字背后的真实意义。《诗概》举例说：

> 嵇叔夜、郭景纯皆亮节之士，虽《秋胡行》贵玄默之致，《游仙诗》假栖遁之言，而激烈悲愤，自在言外，乃知识曲宜听其真也。

从人品来看，嵇康、郭璞都是"亮节之士"，而其作品却看不出应有的激烈悲愤之词，表现于外的都是玄默、栖遁之言，因此欣赏这类作品要留意言外之意。

"诗品出于人品"命题，也适应于其他艺术形式。如《书概》："书，如也，如其学，如其才，如其志，总之曰：如其人而已。"《游艺约言》："诗文书画之品，有狂有狷。若乡愿，无是品也。"

六、李杜诗合

李白豪侠任气，其诗潇洒飘逸；杜甫忧国忧民，其诗沉郁顿挫。李杜二人在个性气质及诗的艺术风格方面都有明显差异，这是历代诗论家津津乐道的话题。如罗大经《鹤林玉露》："李太白当王室多难、海宇横溃之日，作为歌诗，不过豪侠使气，狂醉于花月之间耳。社稷苍生，曾不系其心胸，其视杜少陵之忧国忧民，岂可同年语哉！"这可谓李杜差异论的主流观点。

《诗概》云："论李、杜诗者，谓太白志存复古，少陵独开生面；少陵思精，太白韵高。然真赏之士，尤当有以观其合焉。"一般人论李杜，往往着眼于二者之异，如李"志存复古"、杜"独开生面"，李"思精"、杜"韵高"，这些固然不错，但在刘熙载眼中，持此论者还算不上"真赏之士"，"真赏之士"应"观其合"，即洞察差异背后的相同处。那么，二者的相同处是什么呢？刘熙载专门写《李杜》一诗，来回答这一问题："太白岂狂客，少陵非腐儒。腐狂援自诧，论世为长吁。"在世人眼中，李白是"狂客"，杜甫是"腐儒"。刘熙载认为，这完全是误解，二人都有一颗火热的现世之心。《诗概》以具体诗句来证明这一观点：

> 太白云"日为苍生忧"，即少陵"穷年忧黎元"之志也；"天地至广大，何惜遂物情"，即少陵"盘餐老夫食，分减及溪鱼"之志也。

当然，这种直陈"苍生""物情"的诗句，在李白诗集中只占极小的比例，并不能代表李白诗的整体风格。李白诗更多的是出世语，透过这些出世语，刘熙载看到的仍是一颗火热的心。《诗概》：

> 太白与少陵同一志在经世，而太白诗中多出世语者，有为言之也。屈子《远游》曰："悲时俗之迫厄兮，愿轻举而远游。"使疑太白诚欲出世，亦将疑屈子诚欲轻举耶？

与杜甫一样，李白也"志在经世"，但与杜诗直陈其志不同，李诗是以"出世语"表达"经世志"。如果以为李白真的志在"出世"，那就像相信屈原真的羽化登仙了一样。真正的欣赏者，应该透过现象看本质。

刘熙载又从李白诗意象的角度论证其观点。《诗概》："太白诗虽若升天乘云，无所不之，然自不离本位，故放言实是法言。""太白诗言侠、言仙、言女、言酒，特借用乐府形体耳。读者或认作真身，岂非皮相。"升天、乘云、侠、仙、女、酒，这些意象看似"放言"实为"法言"，读者如果"认作真身"，那就只能算"皮相"之谈了。

同样"志在经世"，李诗与杜诗为什么表面上会有这么大的差异呢？刘熙载从创作手法角度道破天机。《诗概》："李诗凿空而道，归趣难穷，由风多于雅，兴多于赋也。"理解这一点，更能加深对"李杜合"命题的理解了。

人间词话

一

词以境界为最上。有境界则自成高格，自有名句。五代、北宋之词所以独绝者在此。

二

有造境，有写境，此理想与写实二派之所由分。然二者颇难分别。因大诗人所造之境，必合乎自然，所写之境，亦必邻于理想故也。

三

有有我之境，有无我之境。"泪眼问花花不语，乱红飞过秋千去"①，"可堪孤馆闭春寒，杜鹃声里斜阳暮"②，有我之境也。"采菊东篱下，悠然见南山"③，"寒波澹澹起，白鸟悠悠下"④，无我之境也。有我之境，以我观物，故物皆著我之色彩。无我之境，以物观物，故不知何者为我，何者为物。古人为词，写有我之境者为多，然未始不能写无我之境，此在豪杰之士能自树立耳。

四

无我之境，人惟于静中得之。有我之境，于由动之静时得之⑤。故一优美，一宏壮也。

① "泪眼"二句：欧阳修《蝶恋花》："庭院深深深几许？杨柳堆烟，帘幕无重数。玉勒雕鞍游冶处，楼高不见章台路。雨横风狂三月暮，门掩黄昏，无计留春住。泪眼问花花不语，乱红飞过秋千去。"

② "可堪"二句：秦观《踏莎行》："雾失楼台，月迷津度，桃源望断无寻处。可堪孤馆闭春寒，杜鹃声里斜阳暮。驿寄梅花，鱼传尺素，砌成此恨无重数。郴江幸自绕郴山，为谁流下潇湘去？"

③ "采菊"二句：陶潜《饮酒诗》其五："结庐在人境，而无车马喧。问君何能尔，心远地自偏。采菊东篱下，悠然见南山。山气日夕佳，飞鸟相与还。此中有真意，欲辨已忘言。"

④ "寒波"二句：元好问《颖亭留别》："故人重分携，临流驻归驾。乾坤展清眺，万景若相借。北风三日雪，太素秉元化。九山郁峥嵘，了不受陵跨。寒波澹澹起，白鸟悠悠下。怀归人自急，物态本闲暇。壶觞负吟啸，尘土足悲咤。回首亭中人，平林淡如画。"

⑤ 由动之静时：由动至静的过程中。

五

自然中之物，互相关系，互相限制。然其写之于文学及美术中也，必遗其关系、限制之处。故虽写实家，亦理想家也。又虽如何虚构之境，其材料必求之于自然，而其构造，亦必从自然之法则。故虽理想家，亦写实家也。

六

境非独谓景物也。喜怒哀乐，亦人心中之一境界。故能写真景物、真感情者，谓之有境界。否则谓之无境界。

七

"红杏枝头春意闹"①，著一"闹"字，而境界全出。"云破月来花弄影"②，著一"弄"字，而境界全出矣。

八

境界有大小，不以是而分优劣。"细雨鱼儿出，微风燕子斜"③，何遽不若"落日照大旗，马鸣风萧萧"④；"宝帘闲挂小银钩"⑤，何遽不若"雾失楼台，月迷津渡"也⑥。

---

① "红杏"句：宋祁《玉楼春》："东城渐觉风光好，縠皱波纹迎客棹。绿扬烟外晓寒轻，红杏枝头春意闹。浮生长恨欢娱少，肯爱千金轻一笑。为君持酒劝斜阳，且向花间留晚照。"

② "云破"句：张先《天仙子》："水调数声持酒听，午醉醒来愁未醒。送春去几时回？临晚镜，伤流景，往事后期空记省。沙上并禽池上暝，云破月来花弄影。重重帘幕密遮灯，风不定，人初静，明日落红应满径。"

③ "细雨"二句：杜甫《水槛遣心二首》之一："去郭轩楹敞，无村眺望赊。澄江平少岸，幽树晚多花。细雨鱼儿出，微风燕子斜。城中十万户，此地两三家。"

④ "落日"二句：杜甫《后出塞五首》之一："朝进东门营，暮上河阳桥。落日照大旗，马鸣风萧萧。平沙列万幕，部伍各见招。中天悬明月，令严夜寂寥。悲笳数声动，壮士惨不骄。借问大将谁，恐是霍嫖姚。"

⑤ "宝帘"句：秦观《浣溪沙》："漠漠轻寒上小楼，晓阴无赖似穷秋，淡烟流水画屏幽。自在飞花轻似梦，无边丝雨细如愁，宝帘闲挂小银钩。"

⑥ "雾失"二句：秦观《踏莎行》，见前页注。

九

严沧浪《诗话》谓:"盛唐诸公,唯在兴趣。羚羊挂角,无迹可求。故其妙处,透澈玲珑,不可凑泊,如空中之音、相中之色、水中之影、镜中之象,言有尽而意无穷。"余谓:北宋以前之词,亦复如是。然沧浪所谓"兴趣",阮亭所谓"神韵"[①],犹不过道其面目,不若鄙人拈出"境界"二字,为探其本也。

十

太白纯以气象胜[②]。"西风残照,汉家陵阙"[③],寥寥八字,遂关千古登临之口。后世唯范文正之《渔家傲》[④]、夏英公之《喜迁莺》[⑤],差足继武,然气象已不逮矣。

十一

张皋文谓:飞卿之词,"深美闳约"[⑥]。余谓:此四字唯冯正中足

---

① 阮亭:王士禛(1634—1711),原名王士禛,字子真,一字贻上,号阮亭,又号渔洋山人,世称王渔洋。新城(今山东桓台县)人。清顺治十五年(1658年)进士,官至刑部尚书,谥文简。创"神韵说"。

② 气象:气概、气派。《新唐书·王丘传》:"气象清古,行修洁,于词赋尤高。"《沧浪诗话·诗辩》:"诗之法有五:体制、格力、气象、兴趣、音节。"《艺概·诗概》:"故诗无气象,则精神亦无所寓矣。"

③ "西风"二句:李白《忆秦娥》:"箫声咽,秦娥梦断秦楼月。秦楼月,年年柳色,灞陵伤别。乐游原上清秋节,咸阳古道音尘绝。音尘绝,西风残照,汉家陵阙。"

④ 范仲淹《渔家傲·秋思》:"塞下秋来风景异,衡阳雁去无留意。四面边声连角起。千嶂里,长烟落日孤城闭。浊酒一杯家万里,燕然未勒归无计。羌管悠悠霜满地。人不寐,将军白发征夫泪。"

⑤ 夏竦《喜迁莺》:"霞散绮,月沉钩。帘卷未央楼。夜凉河汉截天流,宫阙锁清秋。瑶台树,金茎露。凤髓香盘烟雾。三千珠翠拥宸游,水殿按凉州。"夏竦(985—1051):字子乔,江州德安县(今江西九江市)人。庆历七年(1047)入朝拜相,旋即改授枢密使,先后封英国公、郑国公,谥号"文庄"。世称夏文庄公、夏英公、夏郑公。

⑥ 皋文:张惠言(1761—1802),字皋文。常州词派创始人。张惠言《词选序》:"唐之词人,温庭筠最高,其言深美闳约。"

以当之^①。刘融斋谓：飞卿"精艳绝人"^②，差近之耳。

十二

"画屏金鹧鸪"^③，飞卿语也，其词品似之。"弦上黄莺语"^④，端己语也，其词品亦似之。正中词品，若欲于其词句中求之，则"和泪试严妆"^⑤，殆近之欤？

十三

南唐中主词："菡萏香销翠叶残，西风愁起绿波间。"^⑥大有"众芳芜秽""美人迟暮"^⑦之感。乃古今独赏其"细雨梦回鸡塞远，小楼吹彻玉笙寒"，故知解人正不易得。

十四

温飞卿之词，句秀也。韦端己之词，骨秀也。李重光之词^⑧，神秀也。

十五

词至李后主而眼界始大，感慨遂深，遂变伶工之词而为士大夫之

---

① 冯正中：冯延巳（903—960），字正中，仕于南唐烈祖、中主二朝，三度拜相，官终太子太傅，卒谥忠肃。有词集《阳春集》传世。

② 飞卿"精艳绝人"：刘熙载《艺概》卷四《词曲概》："温飞卿词精妙绝人，然类不出乎绮怨。"

③ "画屏"句：温庭筠《更漏子》："柳丝长，春雨细，花外漏声迢递。惊塞雁，起城乌，画屏金鹧鸪。香雾薄，透帘幕，惆怅谢家池阁。红烛背，绣帘垂，梦长君不知。"

④ "弦上"句：韦庄《菩萨蛮》："红楼别夜堪惆怅，香灯半卷流苏帐。残月出门时，美人和泪辞。琵琶金翠羽，弦上黄莺语。劝我早归家，绿窗人似花。"端己：五代前蜀词人韦庄（863—910），字端己。

⑤ "和泪"句：冯延巳《菩萨蛮》："娇鬟堆枕钗横凤，溶溶春水杨花梦。红烛泪阑干，翠屏烟浪寒。锦壶催画箭，玉佩天涯远。和泪试严妆，落梅飞晓霜。"

⑥ "菡萏"二句：李璟《摊破浣溪沙》："菡萏香销翠叶残，西风愁起绿波间。还与韶光共憔悴，不堪看。细雨梦回鸡塞远，小楼吹彻玉笙寒。多少泪珠何限恨，倚阑干。"李璟（916—961），南唐第二位皇帝，因后周威胁，削去帝号，改称国主，史称南唐中主。

⑦ "众芳芜秽""美人迟暮"：屈原《离骚》："虽萎绝其亦何伤兮，哀众芳之芜秽"；"惟草木之零落兮，恐美人之迟暮"。

⑧ 李重光：李煜（937—978），字重光，南唐后主。

词。周介存置诸温、韦之下①，可为颠倒黑白矣。"自是人生长恨水长东"②，"流水落花春去也，天上人间"③，《金荃》《浣花》④，能有此气象耶？

十六

词人者，不失其赤子之心者也⑤。故生于深宫之中，长于妇人之手，是后主为人君所短处，亦即为词人所长处。

十七

客观之诗人，不可不多阅世。阅世愈深，则材料愈丰富，愈变化，《水浒传》《红楼梦》之作者是也。主观之诗人，不必多阅世。阅世愈浅，则性情愈真，李后主是也。

十八

尼采谓："一切文学，余爱以血书者。"后主之词，真所谓以血书者也。宋道君皇帝《燕山亭》词亦略似之⑥。然道君不过自道身世之戚，后主则俨有释迦、基督担荷人类罪恶之意，其大小固不同矣。

---

① 周介存：周济(1781—1839)，字介存，号未斋，晚号止庵。周济《介存斋论词杂著》："毛嫱，西施，天下美妇人也。严妆佳，淡妆亦佳，粗服乱头，不掩国色。飞卿，严妆也。端己，淡妆也。后主则粗服乱头矣。"

② "自是"句：李煜《相见欢》："林花谢了春红，太匆匆，无奈朝来寒雨晚来风。胭脂泪，留人醉，几时重？自是人生长恨水长东！"

③ "流水"二句：李煜《浪淘沙》："帘外雨潺潺，春意阑珊。罗衾不耐五更寒。梦里不知身是客，一晌贪欢。独自莫凭栏，无限江山，别时容易见时难。流水落花春去也，天上人间。"

④ 《金荃》《浣花》：温庭筠词集《金荃词》，韦庄词集《浣花集》。

⑤ 赤子之心：《孟子·离娄下》："大人者，不失其赤子之心者也。"

⑥ 宋道君皇帝：宋徽宗赵佶(1082—1135)，尊信道教，自称"教主道君皇帝"。《燕山亭》："裁剪冰绡，轻叠数重，淡着燕脂匀注。新样靓妆，艳溢香融，羞杀蕊珠宫女。易得凋零，更多少无情风雨。愁苦。闲院落凄凉，几番春暮。凭寄离恨重重，者双燕，何曾会人言语。天遥地远，万水千山，知他故宫何处？怎不思量，除梦里有时曾去。无据，和梦也新来不做。"

十九

冯正中词虽不失五代风格，而堂庑特大，开北宋一代风气。与中、后二主词皆在《花间》范围之外，宜《花间集》中不登其只字也。

二十

正中词除《鹊踏枝》《菩萨蛮》十数阕最煊赫外，如《醉花间》之"高树鹊衔巢，斜月明寒草"，余谓：韦苏州之"流萤渡高阁"①，孟襄阳之"疏雨滴梧桐"②，不能过也。

二一

欧九《浣溪沙》词："绿杨楼外出秋千。"③晁补之谓：只一"出"字，便后人所不能道。余谓：此本于正中《上行杯》词"柳外秋千出画墙"④，但欧语尤工耳。

二二

梅圣俞《苏幕遮》词："落尽梨花春又了。满地残阳，翠色和烟老。"刘融斋谓：少游一生似专学此种⑤。余谓：冯正中《玉楼春》词："芳菲次第长相续，自是情多无处足。尊前百计得春归，莫为伤春眉黛促。"永叔一生似专学此种。

---

①"流萤"句：韦应物《寺居独夜寄崔主簿》："幽人寂无寐，木叶纷纷落。寒雨暗深更，流萤渡高阁。坐使青灯晓，还伤夏衣薄。宁知岁方晏，离居更萧索。"

②"疏雨"句：唐王士源《孟浩然集序》："浩然尝闲游秘省，秋月新霁，诸英华赋诗作会。浩然句云：'微云淡河汉，疏雨滴梧桐。'举座嗟其清绝，咸阁笔不复为继。"

③"绿杨"句：欧阳修《浣溪沙》："堤上游人逐画船，拍堤春水四垂天。绿杨楼外出秋千。白发戴花君莫笑，六么催拍盏频传。人生何处似尊前。"

④"柳外"句：冯延巳《上行杯》："落梅著雨消残粉，云重烟轻寒食近。罗幕遮香，柳外秋千出画墙。春山颠倒钗横凤，飞絮入帘春睡重。梦里佳期，只许庭花与月知。"

⑤"少游"句：刘熙载《艺概》卷四《词曲概》引此词云："此一种似为少游开先。"

二三

人知和靖《点绛唇》、圣俞《苏幕遮》、永叔《少年游》三阕为咏春草绝调①。不知先有正中"细雨湿流光"五字②，皆能摄春草之魂者也。

二四

《诗·蒹葭》一篇，最得风人深致。晏同叔之"昨夜西风凋碧树。独上高楼，望尽天涯路"③，意颇近之。但一洒落，一悲壮耳。

二五

"我瞻四方，蹙蹙靡所骋"④，诗人之忧生也。"昨夜西风凋碧树。独上高楼，望尽天涯路"似之。"终日驰车走，不见所问津"⑤，诗人之忧世也。"百草千花寒食路。香车系在谁家树"⑥似之。

二六

古今之成大事业、大学问者，必经过三种之境界："昨夜西风凋碧

---

① "人知"句：林逋《点绛唇·草》："金谷年年，乱生春色谁为主。余花落处，满地和烟雨。又是离愁，一阕长亭暮。王孙去。萋萋无数，南北东西路。"梅尧臣《苏幕遮》见前注；欧阳修《少年游》："阑干十二独凭春，晴碧远连云。千里万里，二月三月，行色苦愁人。谢家池上，江淹浦畔，吟魄与离魂。那堪疏雨滴黄昏，更特地忆王孙。"

② "细雨"句：冯延巳《南乡子》："细雨湿流光，芳草年年与恨长。烟锁凤楼无限事，茫茫。鸾镜鸳衾两断肠。魂梦任悠扬，睡起杨花满绣床。薄幸不来门半掩，斜阳。负你残春泪几行。"

③ "昨夜"三句：晏殊《蝶恋花》："槛菊愁烟兰泣露。罗幕轻寒，燕子双飞去。明月不谙别离苦，斜光到晓穿朱户。昨夜西风凋碧树。独上高楼，望尽天涯路。欲寄彩笺兼尺素，山长水阔知何处。"

④ "我瞻"二句：《诗经·小雅·节南山》："驾彼四牡，四牡项领。我瞻四方，蹙蹙靡所骋。"

⑤ "终日"二句：陶潜《饮酒》其二十："羲农去我久，举世少复真。汲汲鲁中叟，弥缝使其纯。凤鸟虽不至，礼乐暂得新。洙泗辍微响，漂流逮狂秦。诗书复何罪，一朝成灰尘。区区诸老翁，为事诚殷勤。如何绝世下，六籍无一亲？终日驰车走，不见所问津。若复不快饮，空负头上巾。但恨多谬误，君当恕罪人。"

⑥ "百草"二句：冯延巳《鹊踏枝》："几日行云何处去，忘却归来，不道春将暮。百草千花寒食路，香车系在谁家树？泪眼倚楼频独语：双燕来时，陌上相逢否？撩乱春愁如柳絮，悠悠梦里无寻处。"

树。独上高楼，望尽天涯路"，此第一境也。"衣带渐宽终不悔，为伊消得人憔悴"①，此第二境也。"众里寻他千百度，回头蓦见，那人正在，灯火阑珊处"②，此第三境也。此等语皆非大词人不能道。然遽以此意解释诸词，恐为晏、欧诸公所不许也。

二七

永叔"人生自是有情痴，此恨不关风与月""直须看尽洛城花，始共春风容易别"③，于豪放之中有沈著之致，所以尤高。

二八

冯梦华《宋六十一家词选·序例》谓："淮海、小山，古之伤心人也。其淡语皆有味，浅语皆有致。"④余谓：此唯淮海足以当之。小山矜贵有余，但可方驾子野、方回⑤，未足抗衡淮海也。

二九

少游词境，最为凄婉。至"可堪孤馆闭春寒，杜鹃声里斜阳暮"，则变而凄厉矣。东坡赏其后二语⑥，犹为皮相。

---

① "衣带"二句：柳永《凤栖梧》："伫倚危楼风细细。望极春愁，黯黯生天际。草色烟光残照里。无言谁会凭栏意。拟把疏狂图一醉，对酒当歌，强乐无味。衣带渐宽终不悔，为伊消得人憔悴。"

② "众里"四句：辛弃疾《青玉案·元夕》："东风夜放花千树。更吹落，星如雨。宝马雕车香满路，凤箫声动，玉壶光转，一夜鱼龙舞。蛾儿雪柳黄金缕。笑语盈盈暗香去。众里寻它千百度。蓦然回首，那人却在，灯火阑珊处。"

③ "人生"四句：欧阳修《玉楼春》："尊前拟把归期说，未语春容先惨咽。人生自是有情痴，此恨不关风与月。离歌且莫翻新阕，一曲能教肠寸结。直须看尽洛城花，始共春风容易别。"

④ 冯梦华：即近代词人冯煦（1843—1927）。冯氏以毛晋所刻《宋六十一家词》为底本，编《宋六十一家词选》。淮海：秦观，字少游，号"淮海居士"。小山：晏几道，字叔原，号小山，有词集《小山词》。

⑤ 子野：张先（990—1078），字子野，乌程（今浙江湖州）人。方回：贺铸（1052—1125），字方回，人称贺梅子，卫州（今河南卫辉）人。

⑥ "东坡"句：《冷斋夜话》："东坡绝爱其尾两句，自书于扇。少游死，曰：'少游已矣，虽万人何赎！'"

三十

"风雨如晦,鸡鸣不已"①,"山峻高以蔽日兮,下幽晦以多雨。霰雪纷其无垠兮,云霏霏而承宇"②,"树树皆秋色,山山唯落晖"③,"可堪孤馆闭春寒,杜鹃声里斜阳暮",气象皆相似。

三一

昭明太子称陶渊明诗:"跌宕昭彰,独超众类。抑扬爽朗,莫之与京。"④王无功称薛收赋:"韵趣高奇,词义晦远。嵯峨萧瑟,真不可言。"⑤词中惜少此二种气象,前者惟东坡,后者惟白石,略得一二耳。

三二

词之雅郑,在神不在貌。永叔、少游虽作艳语,终有品格。方之美成⑥,便有淑女与倡伎之别。

三三

美成词深远之致不及欧、秦,唯言情体物,穷极工巧,故不失为第一流之作者;但恨创调之才多⑦,创意之才少耳。

三四

词忌用替代字。美成《解语花》之"桂华流瓦",境界极妙。惜以

---

① "风雨"二句:见《诗·郑风·风雨》。

② "山峻"四句:见《楚辞·九章·涉江》。

③ "树树"二句:见王绩《野望》。

④ "跌宕"四句:见萧统《陶渊明集序》。

⑤ "韵趣"四句:见《王无功集》卷下《答冯子华处士书》。王无功:王绩(约589—644),字无功,号东皋子,文中子王通之弟。薛收赋:指薛收《白牛溪赋》。

⑥ 美成:周邦彦(1056—1121),字美成,号清真居士,钱塘(今浙江杭州)人。有《清真居士集》,已佚,今存《片玉集》。

⑦ 创调:指诗词在语言、格律等表现技巧方面的创新。王夫之《姜斋诗话》卷二:"《小雅》《鹤鸣》之诗,全用比体,不道破一句,三百篇中创调也。"

"桂华"二字代"月"耳。梦窗以下[1]，则用代字更多。其所以然者，非意不足，则语不妙也。盖意足则不暇代，语妙则不必代。此少游之"小楼连苑""绣毂雕鞍"[2]，所以为东坡所讥也[3]。

三五

沈伯时《乐府指迷》云[4]："说桃不可直说破桃，须用'红雨''刘郎'等字。说柳不可直说破柳，须用'章台''灞岸'等字。"若惟恐人不用代字者。果以是为工，则古今类书具在，又安用词为耶？宜其为《提要》所讥也[5]。

三六

美成《苏幕遮》词："叶上初阳干宿雨。水面清圆，一一风荷举。"此真能得荷之神理者。觉白石《念奴娇》《惜红衣》二词，犹有隔雾看花之恨。

① 梦窗：吴文英，字君特，号梦窗，晚号觉翁，四明（今浙江宁波）人。有《梦窗词》存世。

② "小楼"二句：见秦观《水龙吟》："小楼连苑横空，下窥绣毂雕鞍骤。朱帘半卷，单衣初试，清明时候。破暖轻风，弄晴微雨，欲无还有。卖花声过尽，斜阳院落，红成阵、飞鸳鸯。玉佩丁东别后。怅佳期，参差难又。名缰利锁，天还知道，和天也瘦。花下重门，柳边深巷，不堪回首。念多情，但有当时皓月，向人依旧。"

③ 为东坡所讥：俞文豹《吹剑三录》："东坡问少游别后有何作，少游举'小楼连苑横空，下窥绣毂雕鞍骤'。坡曰：'十三个字只说得一个人骑马楼前过。'"

④ 沈伯时：沈义父，字伯时，号时斋，南宋人，著《乐府指迷》一卷。

⑤ 为《提要》所讥：《四库全书总目提要》集部词曲类二沈氏《乐府指迷》条："又谓说桃须用'红雨''刘郎'等字，说柳须用'章台''灞岸'等字，说书须用'银钩'等字，说泪须用'玉箸'等字，说发须用'绛云'等字，说簟须用'湘竹'等字，不可直说破。其意欲避鄙俗，而不知转成涂饰，亦非确论。"

三七

东坡《水龙吟》咏杨花和韵而似原唱[1]，章质夫词原唱而似和韵[2]。才之不可强也如是？

三八

咏物之词自以东坡《水龙吟》为最工，邦卿《双双燕》次之[3]。白石《暗香》《疏影》[4]，格调虽高，然无一语道着，视古人"江边一树垂垂发"等句何如耶[5]？

① 苏轼《水龙吟·次韵章质夫杨花洞》："似花还似非花，也无人惜从教坠。抛家傍路，思量却是，无情有思。萦损柔肠，困酣娇眼，欲开还闭。梦随风万里，寻郎去处，又还被、莺呼起。不恨此花飞尽，恨西园、落红难缀。晓来雨过，遗踪何在，一池萍碎。春色三分，二分尘土，一分流水。细看来不是杨花，点点是离人泪。"

② 章质夫：章楶（1027—1102），字质夫，建宁郡浦城县（今福建南平市浦城县）人。宋英宗治平二年（1065）进士，累官至同知枢密院事。《水龙吟·杨花》："燕忙莺懒芳残，正堤上、杨花飘坠。轻飞乱舞，点画青林，全无才思。闲趁游丝，静临深院，日长门闭。傍珠帘散漫，垂垂欲下，依前被、风扶起。兰帐玉人睡觉，怪春衣、雪沾琼缀。绣床渐满，香球无数，才圆欲碎。时见蜂儿，仰粘轻粉，鱼吞池水。望章台路杳，金鞍游荡，有盈盈泪。"

③ 邦卿《双双燕》：史达祖（1163—1220？），字邦卿，号梅溪，汴（河南开封）人，南宋婉约派词人，有《梅溪词》传世。《双双燕》："过春社了，度帘幕中间，去年尘冷。差池欲往，试入旧巢相并。还相雕梁藻井，又软语商量不定。飘然快拂花梢，翠尾分开红影。芳径，芹泥雨润。爱贴地争飞，竞夸轻俊。红楼归晚，看足柳昏花暝。应自栖香正稳，便忘了、天涯芳信。愁损翠黛双娥，日日画栏独凭。"

④ 白石：姜夔（约1155—约1221），字尧章，号白石道人，南宋文学家。《暗香》："旧时月色，算几番照我，梅边吹笛？唤起玉人，不管清寒与攀摘。何逊而今渐老，都忘却春风词笔。但怪得竹外疏花，香冷入瑶席。江国，正寂寂，叹寄与路遥，夜雪初积。翠尊易泣，红萼无言耿相忆。长记曾携手处，千树压西湖寒碧。又片片吹尽也，几时见得？"《疏影》："苔枝缀玉，有翠禽小小，枝上同宿。客里相逢，篱角黄昏，无言自倚修竹。昭君不惯胡沙远，但暗忆江南江北。想佩环月夜归来，化作此花幽独。犹记深宫旧事，那人正睡里，飞近蛾绿。莫似春风，不管盈盈，早与安排金屋。还教一片随波去，又却怨玉龙哀曲。等恁时、重觅幽香，已入小窗横幅。"

⑤ "江边"句：杜甫《和裴迪登蜀州东亭送客逢早梅相忆见寄》："东阁官梅动诗兴，还如何逊在扬州。此时对雪遥相忆，送客逢春可自由。幸不折来伤春暮，若为看去乱乡愁。江边一树垂垂发，朝夕催人自白头。"

人间词话

三九

白石写景之作，如"二十四桥仍在，波心荡，冷月无声"①，"数峰清苦，商略黄昏雨"②，"高树晚蝉，说西风消息"③，虽格韵高绝，然如雾里看花，终隔一层。梅溪、梦窗诸家写景之病，皆在一"隔"字。北宋风流，渡江遂绝，抑真有运会存乎其间耶？

四十

问"隔"与"不隔"之别，曰：陶、谢之诗不隔，延年则稍隔矣。东坡之诗不隔，山谷则稍隔矣。"池塘生春草""空梁落燕泥"等二句④，妙处唯在不隔。词亦如是。即以一人一词论，如欧阳公《少年游》"咏春草"上半阕云："阑干十二独凭春，晴碧远连云。千里万里，二月三月，行色苦愁人。"语语都在目前，便是不隔；至云"谢家池上，江淹浦畔"，则隔矣。白石《翠楼吟》"此地。宜有词仙，拥素云黄鹤，与君游戏。玉梯凝望久，叹芳草、萋萋千里"，便是不隔；至"酒祓清愁，花销英气"，则隔矣。然南宋词虽不隔处，比之前人自有浅深厚薄之别。

四一

"生年不满百，常怀千岁忧。昼短苦夜长，何不秉烛游"⑤，"服食求神仙，多为药所误。不如饮美酒，被服纨与素"⑥，写情如此，方为

---

① "二十四"三句：姜夔《扬州慢》："淮左名都，竹西佳处，解鞍少驻初程。过春风十里，尽荠麦青青。自胡马窥江去后，废池乔木，犹厌言兵。渐黄昏清角，吹寒都在空城。杜郎俊赏，算而今重到须惊。纵豆蔻词工，青楼梦好，难赋深情。二十四桥仍在，波心荡、冷月无声。念桥边红药，年年知为谁生？"

② "数峰"二句：姜夔《点绛唇》："燕雁无心，太湖西畔随云去。数峰清苦。商略黄昏雨。第四桥边，拟共天随住。今何许？凭栏怀古，残柳参差舞。"

③ "高树"二句：出姜夔《惜红衣》。

④ "池塘"句：出谢灵运《登池上楼》。"空梁"句：出薛道衡《昔昔盐》。

⑤ "生年"四句：见《古诗十九首》其十五。

⑥ "服食"四句：见《古诗十九首》其十三。

不隔。"采菊东篱下，悠然见南山。山气日夕佳，飞鸟相与还"[①]，"天似穹庐，笼盖四野。天苍苍，野茫茫，风吹草低见牛羊"[②]，写景如此，方为不隔。

四二

古今词人格调之高，无如白石。惜不于意境上用力，故觉无言外之味，弦外之响，终不能与于第一流之作者也。

四三

南宋词人，白石有格而无情，剑南有气而乏韵。其堪与北宋人颉颃者，唯一幼安耳。近人祖南宋而祧北宋，以南宋之词可学，北宋不可学也。学南宋者，不祖白石，则祖梦窗，以白石、梦窗可学，幼安不可学也。学幼安者率祖其粗犷、滑稽，以其粗犷、滑稽处可学，佳处不可学也。幼安之佳处，在有性情，有境界。即以气象论，亦有"横素波、干青云"之概[③]，宁后世龌龊小生所可拟耶？

四四

东坡之词旷，稼轩之词豪。无二人之胸襟而学其词，犹东施之效捧心也。

四五

读东坡、稼轩词，须观其雅量高致，有伯夷、柳下惠之风。白石虽似蝉蜕尘埃，然终不免局促辕下。

四六

苏、辛词中之狂，白石犹不失为狷。若梦窗、梅溪、玉田、草窗、

315

---

① "采菊"四句：见陶潜《饮酒诗》。
② "天似"五句：见北朝民歌《敕勒歌》。
③ "横素波，干青云"：萧统《陶渊明集序》："横素波而傍流，干青云而直上。"

西麓辈①，面目不同，同归于乡愿而已。

四七

稼轩《中秋饮酒达旦用天问体作木兰花慢以送月》曰："可怜今夕月，向何处、去悠悠？是别有人间，那边才见，光景东头。"词人想象，直悟月轮绕地之理，与科学家密合，可谓神悟。

四八

周介存谓："梅溪词中，喜用'偷'字，足以定出其品格。"②刘融斋谓："周旨荡而史意贪。"③此二语令人解颐。

四九

周介存谓：梦窗词之佳者，如"水光云影，摇荡绿波，抚玩无极，追寻已远"④。余览《梦窗甲乙丙丁稿》中，实无足当此者。有之，其唯"隔江人在雨声中，晚风菰叶生秋怨"⑤二语乎？

五十

梦窗之词，吾得取其词中一语以评之，曰："映梦窗，零乱碧。"⑥

---

① 玉田：张炎，字叔夏，号玉田，又号乐笑翁。草窗：周密，字公谨，号草窗。西麓：陈允平，字君衡，号西麓。

② "梅溪"二句：见周济《介存斋论词杂著》。

③ "周旨"句：见刘熙载《艺概》卷四《词曲概》："周美成律最精审，史邦卿句最警炼。然未得为君子之词者，周旨荡而史意贪也。"

④ "水光"四句：见周济《介存斋论词杂著》。

⑤ "隔江"二句：吴文英《踏莎行》："润玉笼绡，檀樱倚扇。绣圈犹带脂香浅。榴心空叠舞裙红，艾枝应压愁鬟乱。午梦千山，窗阴一箭。香瘢新褪红丝腕。隔江人在雨声中，晚风菰叶生秋怨。"

⑥ "映梦窗，零乱碧"：吴文英《秋思》："堆枕香鬟侧。骤夜声，偏称画屏秋色。风碎串珠，润侵歌板，愁压眉窄。动罗簟清商，寸心低诉叙怨抑。映梦窗，零乱碧。待涨绿春深，落花香泛，料有断红流处，暗题相忆。欢酌。檐花细滴。送故人，粉黛重饰。漏侵琼瑟，丁东敲断，弄晴月白。怕一曲霓裳未终，催去骖凤翼。欢谢客，犹未识。漫瘦却东阳，灯前无梦到得。路隔重云雁北。"

玉田之词，余得取其词中之一语以评之，曰："玉老田荒。"①

五一

"明月照积雪"②、"大江流日夜"③、"中天悬明月"④、"长河落日圆"⑤，此种境界，可谓千古壮观。求之于词，唯纳兰容若塞上之作，如《长相思》之"夜深千帐灯"、《如梦令》之"万帐穹庐人醉，星影摇摇欲坠"差近之。

五二

纳兰容若以自然之眼观物，以自然之舌言情。此由初入中原，未染汉人风气，故能真切如此。北宋以来，一人而已。

五三

陆放翁跋《花间集》，谓："唐季五代，诗愈卑，而倚声者辄简古可爱。能此不能彼，未可以理推也。"《提要》驳之，谓："犹能举七十

---

① "玉老田荒"：张炎《祝英台近》："水痕深，花信足。寂寞汉南树。转首青阴，芳事顿如许。不知多少消魂，夜来风雨。犹梦到、断红流处。最无据。长年息影空山。愁入庾郎句。玉老田荒，心事已迟暮。几回听得啼鹃，不如归去。终不似、旧时鹦鹉。"

② "明月"句：谢灵运《岁暮》："殷忧不能寐，苦此夜难颓。明月照积雪，朔风劲且哀。运往无淹物，年逝觉已催。"

③ "大江"句：谢朓《暂使下都夜发新林至京邑赠同僚》："大江流日夜，客心悲未央。徒念关山近，终知反路长。秋河曙耿耿，寒渚夜苍苍。引顾见京室，宫雉正相望。金波丽鳷鹊，玉绳低建章。驱车鼎门外，思见昭丘阳。驰晖不可接，何况隔两乡？风云有鸟路，江汉限无梁。常恐鹰隼击，时菊委严霜。寄言罢罗者，寥廓已高翔。"

④ "中天"句：杜甫《后出塞》（之二）："朝进东门营，暮上河阳桥。落日照大旗，马鸣风萧萧。平沙列万幕，部伍各见招。中天悬明月，令严夜寂寥。悲笳数声动，壮士惨不骄。借问大将谁？恐是霍嫖姚。"

⑤ "长河"句：王维《使至塞上》："单车欲问边，属国过居延。征蓬出汉塞，归雁入胡天。大漠孤烟直，长河落日圆。萧关逢候骑，都护在燕然。"

斤者，举百斤则蹶，举五十斤则运掉自如。"①其言甚辨。然谓词必易于诗，余未敢信。善乎陈卧子之言曰："宋人不知诗而强作诗，故终宋之世无诗。然其欢愉愁怨之致，动于中而不能抑者，类发于诗余，故其所造独工。"②五代词之所以独胜，亦以此也。

五四

四言敝而有《楚辞》，《楚辞》敝而有五言，五言敝而有七言，古诗敝而有律绝，律绝敝而有词。盖文体通行既久，染指遂多，自成习套。豪杰之士，亦难于其中自出新意，故遁而作他体，以自解脱。一切文体所以始盛终衰者，皆由于此。故谓文学后不如前，余未敢信。但就一体论，则此说固无以易也。

五五

诗之三百篇、十九首，词之五代、北宋，皆无题也。非无题也，诗词中之意，不能以题尽之也。自《花庵》《草堂》每调立题③，并古人无题之词亦为之作题。如观一幅佳山水，而即曰此某山某河，可乎？诗有题而诗亡，词有题而词亡。然中材之士，鲜能知此而自振拔者矣。

五六

大家之作，其言情也必沁人心脾，其写景也必豁人耳目。其辞脱口而出，无矫揉装束之态。以其所见者真，所知者深也。诗词皆然。

---

① "犹能"三句：《四库全书总目提要》集部词曲类一《花间集》："后有陆游二跋。……其二称：'唐季五代，诗愈卑，而倚声者辄简古可爱。能此不能彼，未易以理推也。'不知文之体格有高卑，人之学历有强弱。学力不足副其体格，则举之不足。学力足以副其体格，则举之有余。律诗降于古诗，故中晚唐古诗多不工，而律诗则时有佳作。词又降于律诗，故五季人诗不及唐，词乃独胜。此犹能举七十斤者，举百斤则蹶，举五十则运用自如，有何不可理推乎？"

② "善乎"下诸句：见陈子龙《王介人诗余序》。陈子龙（1608—1647）：字卧子，松江华亭（今上海市松江）人。

③ 花庵：即《花庵词选》二十卷，南宋黄昇（号花庵）编。《草堂》：即《草堂诗余》二卷，南宋何士信编。

持此以衡古今之作者，可无大误矣。

五七

人能于诗词中不为美刺投赠之篇①，不使隶事之句②，不用粉饰之字，则于此道已过半矣。

五八

以《长恨歌》之壮采，而所隶之事，只"小玉双成"四字③，才有余也。梅村歌行，则非隶事不办④。白、吴优劣，即于此见。不独作诗为然，填词家亦不可不知也。

五九

近体诗体制，以五、七言绝句为最尊，律诗次之，排律最下。盖此体于寄兴言情，两无所当，殆有韵之骈体文耳。词中小令如绝句，长调似律诗，若长调之《百字令》《沁园春》等，则近于排律矣。

六十

诗人对宇宙人生，须入乎其内，又须出乎其外。入乎其内，故能写之；出乎其外，故能观之。入乎其内，故有生气；出乎其外，故有高致。美成能入而不出。白石以降，于此二事皆未梦见。

六一

诗人必有轻视外物之意，故能以奴仆命风月。又必有重视外物之意，故能与花鸟共忧乐。

---

① 美刺投赠：以美刺为手段，猎取进身之阶梯，从而达到利禄之目的。
② 隶事：使事，使用典故。
③ 小玉双成：白居易《长恨歌》："金阙西厢叩玉扃，转教小玉报双成。""小玉"为吴王夫差女，"双成"即董双成，为神话传说中西王母侍女，此处借二者指代杨贵妃侍女。
④ 梅村歌行：指吴伟业（号梅村）《圆圆曲》，用典很多。

六二

"昔为倡家女，今为荡子妇。荡子行不归，空床难独守"①，"何不策高足，先据要路津？无为久贫贱，轗轲长苦辛"②，可谓淫鄙之尤。然无视为淫词、鄙词者，以其真也。五代、北宋之大词人亦然。非无淫词，读之但觉其亲切动人；非无鄙词，但觉其精力弥满。可知淫词与鄙词之病，非淫与鄙之病，而游词之病也③。"岂不尔思，室是远而"，而子曰："未之思也，夫何远之有？"④恶其游也。

六三

"枯藤老树昏鸦。小桥流水平沙⑤。古道西风瘦马。夕阳西下。断肠人在天涯。"此元人马东篱《天净沙》小令也。寥寥数语，深得唐人绝句妙境。有元一代词家，皆不能办此也。

六四

白仁甫《秋夜梧桐雨》剧⑥，沈雄悲壮，为元曲冠冕。然所作《天籁词》，粗浅之甚，不足为稼轩奴隶。岂创者易工，而因者难巧欤？抑人各有能有不能也？读者观欧、秦之诗远不如词，足透此中消息。

---

①"昔为"四句：《古诗十九首》第二："青青河畔草，郁郁园中柳。盈盈楼上女，皎皎当窗牖。娥娥红粉妆，纤纤出素手。昔为倡家女，今为荡子妇。荡子行不归，空床难独守。"

②"何不"四句：《古诗十九首》第四："今日良宴会，欢乐难具陈。弹筝奋逸响，新声妙入神。令德唱高言，识曲听其真。齐心同所愿，含意俱未申。人生寄一世，奄忽若飙尘。何不策高足，先据要路津？无为守穷贱，轗轲长苦辛。"

③游词：浮夸、轻薄之言辞。

④"岂不"四句：《论语·子罕》："唐棣之华，偏其反而。岂不尔思，室是远而。子曰：未之思也，夫何远之有？"

⑤平沙：诸元刊本《乐府新声》均作"人家"，王国维《宋元戏曲史》所引亦同。惟《历代诗余》本作"平沙"，王氏此处所引应为此本。

⑥白仁甫：白朴，字仁甫。

导　读

　　王国维（1877—1927），字静安，号观堂，谥忠悫。浙江海宁人。学贯中西，在哲学、美学、文学、历史学、考古学等方面均有卓越建树。缪钺在《王静安与叔本华》一文中评曰："其心中如具灵光，各种学术，经此灵光所照，即生异彩。论其方面之广博，识解之莹彻，方法之谨密，文辞之精洁，一人而兼具数美，求诸近三百年，殆罕其匹。"①著作主要有《叔本华之哲学及其教育学说》《红楼梦评论》《屈子文学之精神》《文学小言》《古雅之在美学上之位置》《人间词话》《宋元戏曲考》等六十余种，收入《海宁王静安先生遗书》。

　　《人间词话》是一部融铸中西的词学之作。叶嘉莹评曰："他所致力的乃是运用自己的思想见解，尝试将某些西方思想中之重要概念融汇到中国旧有的传统批评中来。"②《人间词话》最初于1908年11月至次年2月在《国粹学报》上分三期刊出，由王国维手定，共64则，1926年出版单行本。王氏去世后，赵万里编《人间词话未刊稿及其他》48则，1927年发表于《小说月报》。1928年，罗振玉将以上二者合编为《海宁王忠悫公遗书》112则。1940年，徐调孚又从王国维遗著中搜辑论词材料18则，录为补遗一卷，合共词话130则，以《校注人间词话》之名由上海开明书店印行。此后又有人不断搜辑、增补，出现了137则、142则、154则、149则等不同的版本。本书以《国粹学报》本为底本。

人间词话

---

　　① 缪钺：《诗词散论》，上海古籍出版社，1982年，第103页。

　　② 叶嘉莹：《迦陵论词丛稿》，上海古籍出版社，1980年，第269页。

境界说

"境界说"是王国维词论的核心,《人间词话》开篇标举"境界"二字:

> 词以境界为最上。有境界则自成高格,自有名句。五代北宋之词所以独绝者在此。

> 然沧浪所谓"兴趣",阮亭所谓"神韵",犹不过道其面目,不若鄙人拈出"境界"二字,为探其本也。

王国维还以"境界"为线索,梳理了一部中国古代词史,并以"境界"作为评价历代词作"工"与"不工"的标准。

何为"境界"?《人间词话》说:

> 境非独谓景物也。喜怒哀乐,亦人心中之一境界。故能写真景物、真感情者,谓之有境界。否则谓之无境界。

> "红杏枝头春意闹",著一"闹"字,而境界全出。"云破月来花弄影",著一"弄"字,而境界全出矣。

在王国维看来,能写出"真景物""真感情"之作就是有"境界"。又进一步解释说:"大家之作,其言情也必沁人心脾,其写景也必豁人耳目。其辞脱口而出,无矫揉装束之态。以其所见者真,所知者深也。""真景物",即"写景也必豁人耳目",指具有鲜明生动的艺术形象;"真感情",即"言情也必沁人心脾",指具有真挚感人的情感力量。同时,王国维还指出有"境界"之作必定"无娇柔装束之态",不论写景还是言情,都要给人真切自然之感。

王国维"境界"说,强调情与景之真切自然,反对把情与景截然二分。他说:"一切景语皆情语。"所以,再三强调情景相生、情景交融。尽管情与景是不可分的，但表现在具体作品之中，还是有"以境胜"和"以意胜"之别的。他说："文学之事，其内足以摅己，而外足以感人者，意与境二者而已。上焉者意与境浑，其次或以境胜，或以意胜。苟缺其一，不足以言文学。"（《〈人间词乙稿〉序》）"意与境浑"之作为上，"以境胜"或"以意胜"则为其次，特别强调景与情、物与我的统一。

关于境界之类型，王国维借鉴西方美学理论将其分为"造境"与"写境"。

> 有造境，有写境，此理想与写实二派之所由分。然二者颇难分别。因大诗人所造之境，必合乎自然，所写之境，亦必邻于理想故也。

造境，侧重于主观理想的抒发，以此表现方式为主者即为理想派；写境，侧重于客观现实的描写，以此表现方式为主者即为写实派。造境与写境，只是侧重点上的不同，实质上是不能截然分开的。所造之境，不能脱离现实生活，要合乎自然，要符合生活与艺术的规律；所写之境，也要受理想的支配，情境的选择与安排都是在理想的支配之下完成的。

王国维又把境界分为"有我之境"与"无我之境"。

> 有有我之境，有无我之境。"泪眼问花花不语，乱红飞过秋千去"，"可堪孤馆闭春寒，杜鹃声里斜阳暮"，有我之境也。"采菊东篱下，悠然见南山"，"寒波澹澹起，白鸟悠悠下"，无我之境也。有我之境，以我观物，故物皆著我之色彩。无我之境，以物观物，故不知何者为我，何者为物。

所谓"有我之境"，是把我之主观色彩、我的强烈情感投射到所描写的客观景物之上，物因情迁，移情的结果是"物皆著我之色彩"。"无我之境"，指作家在对客观事物的描写中，将自我情感消融在自然景物之中，物我交融，物我两忘。这就是"以物观物，故不知何者为我，何者为物"。

"以物观物"的第一个"物"，是指纯粹自然状态的、平静如水的诗人心境，指审美静观之主体，后一个"物"则指审美静观之客体。"不知何者为我，何者为物"，近于叔本华所说的"自失"：

> 人们自失于对象之中了，也就是说人们忘记了他的个体，忘记了他的意志；他已仅仅只是作为纯粹的主体、作为客体的镜子而存在；好像仅仅只有对象的存在而没有觉知对象的人了，所以人们也不能再把直观者（其人）和直观（本身）分开来了，而是两者已经合一了。①

"有我之境"与"无我之境"，一主观一客观，一动一静，一壮美一优美。值得注意的是，这里的"有我"与"无我"，并非有无之别，而是感情的强烈与淡泊，执着与超然之别。实际上，绝对的无我是不可能的。王国维自己也说过："昔人论诗词，有景语、情语之别。不知一切景语，皆情语也。"

表达上，有境界的作品表现为"不隔"。王国维说：

> 白石写景之作，如"二十四桥仍在，波心荡，冷月无声"，"数峰清苦，商略黄昏雨"，"高树晚蝉，说西风消息"，虽格韵高绝，然如雾里看花，终隔一层。梅溪、梦窗诸家写景之病，皆在一"隔"字。北宋风流，渡江遂绝，抑真有运会存乎其间耶？
>
> 问"隔"与"不隔"之别，曰：陶、谢之诗不隔，延年则稍隔矣。东坡之诗不隔，山谷则稍隔矣。"池塘生春草""空梁落燕泥"等二句，妙处唯在不隔。词亦如是。即以一人一词论，如欧阳公《少年游》"咏春草"上半阕云："阑干十二独凭春，晴碧远连云。千里万里，二月三月，行色苦愁人。"语语都在目前，便是不隔；至云"谢

---

① 叔本华：《作为意志和表象的世界》，商务印书馆，1982年，第250页。

家池上，江淹浦畔"，则隔矣。白石《翠楼吟》"此地。宜有词仙，拥素云黄鹤，与君游戏。玉梯凝望久，叹芳草、萋萋千里"，便是不隔；至"酒祓清愁，花销英气"，则隔矣。然南宋词虽不隔处，比之前人自有浅深厚薄之别。

"隔"即是"落言鉴，涉理路"，形象缺少透彻玲珑之美。王国维认为，造成"隔"的主原因有二：一是用代字，二是用典故。"谢家池上，江淹浦畔"，写春草非要代之以"池上""浦畔"，有伤直致之美。代字与用典，把人引向知识与理性之途，阻碍了形象与情感的传达，因此王国维说"意足则不暇代，语妙则不必代"。

文学发展观

就一体而言，王国维认为"始盛终衰""后不如前"是不可抗拒的规律。《人间词话》：

> 盖文体通行既久，染指遂多，自成习套。豪杰之士，亦难于其中自出新意，故遁而作他体，以自解脱。一切文体所以始盛终衰者，皆由于此。故谓文学后不如前，余未敢信。但就一体论，则此说固无以易也。

"始盛终衰"的最主要原因是，某种文体"通行既久，染指遂多，自成习套"，后人陷于前人"习套"之中走不出来，梁下架梁，每况愈下，"后不如前"遂成为难以逃脱的规律。王国维在《人间词话（未刊稿）》中也说："社会上之习惯，杀许多之善人；文学上之习惯，杀许多之天才。"

"始盛终衰"的另一原因是受功利的诱惑。《人间词话（未刊稿）》：

> 诗至唐中叶以后，殆为羔雁之具矣。故五代、北宋之诗，佳者绝

少，而词则为其极盛时代。即诗词兼擅如永叔、少游者，亦词胜于诗远甚。以其写之于诗者，不若写之于词者之真也。至南宋以后，词亦为羔雁之具，而词亦替矣。此亦文学升降之关键也。

当一种文体"通行既久，染指遂多"之后，这种文体往往成为文人猎取名利的工具，当创作主体失去内心之"真"时，作品也就沦为没有灵魂的躯壳。在王国维看来，中唐以后之诗与南宋以后之词，都是"羔雁之具"，无法与前代相比。创作目的功利化，是文学"始盛终衰"又一关键。

立足于"始盛终衰"文体发展观，《人间词话》表现出明显的尊北宋而贬南宋的批评偏向。王国维给予五代北宋词人极高评价，如称冯延巳"开北宋一代风气"；赞李煜"词至李后主而眼界始大，感慨遂深，遂变伶工之词而为士大夫之词"。相形之下，对南宋词则贬多褒少："南宋词人，白石有格而无情，剑南有气而乏韵。其堪与北宋人颉颃者，唯一幼安耳"；"梅溪、梦窗诸家写景之病，皆在一'隔'字"。南宋诸家，除辛弃疾外，其余难入王国维法眼。究其原因，北宋为词体之初生期，创作多发自天机，不受形式技巧束缚，而至南宋，"染指遂多，自成习套"，创作局限于格律音节等形式技巧，缺乏前期真力弥满、透彻玲珑之美。

王国维尊北宋贬南宋的批评态度，是针对当时词坛流弊而发的。

　　近人祖南宋而祧北宋，以南宋之词可学，北宋不可学也。学南宋者，不祖白石，则祖梦窗，以白石、梦窗可学，幼安不可学也。学幼安者率祖其粗犷、滑稽，以其粗犷、滑稽处可学，佳处不可学也。幼安之佳处，在有性情，有境界。即以气象论，亦有"横素波、干青云"之概，宁后世龌龊小生所可拟耶？

时人创作以南宋为楷模，因为南宋可学而北宋不可学；学南宋者又以姜夔、吴文英为楷模，因为此二人可学而辛弃疾不可学；学辛弃疾者，只学其粗犷、滑稽的一面，因为粗犷、滑稽可学，而性情、境界不可学。这就再一次印证了"通行既久，染指遂多，自成习套"之规律。

以上是就"一体"而言的，如果扩展至整个文学范围，"始盛终衰"的魔咒就被打破了。王国维在说过"文体通行既久，染指遂多，自成习套"之后，又说："豪杰之士，亦难于其中自出新意，故遁而作他体，以自解脱。"于是，新的文体又诞生了，文学又重新焕发生机。放眼整部中国文学史，王国维说："四言敝而有《楚辞》，《楚辞》敝而有五言，五言敝而有七言，古诗敝而有律绝，律绝敝而有词。"关于文学的发展规律，王国维提出"一代有一代之文学"命题。《宋元戏曲考》：

> 凡一代有一代之文学，楚之骚，汉之赋，六代之骈语，唐之诗，宋之词，元之曲，皆所谓一代之文学，而后世莫能继焉者也。

这段话，既说"一代有一代之文学"，又说"后世莫能继"，前者是整体发展观，后者是"一体"发展观。这段话可谓王国维文学发展观的自我总结。

主要参考书目

《毛诗正义》，（唐）孔颖达正义，《十三经注疏》本，中华书局，1980年。

《文赋集释》，张少康集释，人民文学出版社，2002年。

《文心雕龙校释》，刘永济校释，中华书局，1962年。

《文心雕龙注》，范文澜注，人民文学出版社，1958年。

《文心雕龙札记》，黄侃著，中华书局，1962年。

《文心雕龙创作论》，王元化著，上海古籍出版社，1984年。

《文心雕龙研究》，牟世金著，人民文学出版社，1995年。

《文心雕龙解说》，祖保泉著，安徽教育出版社出版，1993年。

《诗品注》，陈廷傑注，人民文学出版社，1961年。

《诗品集注》，曹旭集注，上海古籍出版社，1994年。

《诗品研究》，曹旭著，上海古籍出版社，1998年。

《钟嵘诗品研究》，张伯伟著，南京大学出版社，1999年。

《诗式校注》，李壮鹰校注，人民文学出版社，2003年。

《诗式校注》，周维德校注，浙江古籍出版社，1993年。

《全唐五代诗格汇考》，张伯伟著，凤凰出版社，2002年。

《文镜秘府论汇校汇考》，卢盛江校考，中华书局，2006年。

《诗品集解》，郭绍虞集解，人民文学出版社，1963年。

《二十四诗品校注译评》，祖保泉著，安徽师范大学出版社，2018年。

《司空图诗文研究》，祖保泉著，安徽教育出版社，1998年。

《二十四诗品讲记》，朱良志著，中华书局，2017年。

《沧浪诗话校释》，郭绍虞校释，人民文学出版社，1961年。

《沧浪诗话校笺》，张健校笺，上海古籍出版，2012年。

《原诗》，霍松林校注，人民文学出版社，1979年。

《原诗笺注》，蒋寅笺注，上海古籍出版社，2014年。

《叶燮和原诗》，蒋凡著，上海古籍出版社，1985年。

《艺概笺注》，王气中笺注，凤凰出版社，2020年。

《艺概注稿》，袁津琥校注，中华书局，2009年。

《刘熙载论艺六种》，徐中玉、萧华荣校点，巴蜀书社，1990年。

《刘熙载文集》，（清）刘熙载著，薛正兴校点，凤凰出版社，2017年。

《人间词话》，徐调孚、周振甫、王幼安校订，人民文学出版社，1960年。

《人间词话新注》（修订本），滕咸惠校注，齐鲁书社，1986年。

《人间词话·人间词注评》，陈鸿祥编著，江苏古籍出版社，2002年。

《人间词话疏证》，彭玉平疏证，中华书局，2011年。

《王国维诗学研究》，佛雏著，北京大学出版社，1987年。

《王国维全集》，谢维扬、房鑫亮主编，浙江教育出版社，2010年。

《历代诗话》，（清）何文焕辑，中华书局，1981年。

《历代诗话续编》，丁福保辑，中华书局，1983年。

《清诗话》，王夫之等著，上海古籍出版社，1999年。

《清诗话续编》，郭绍虞编选、富寿荪校点，中华书局，1983年。

《诗人玉屑》，（宋）魏庆之著，上海古籍出版，1978年。

《诗薮》，（明）胡应麟著，上海古籍出版社，1979年。

《中国历代文论选》（四卷本），郭绍虞主编，上海古籍出版社，2010年。

《中国古代文学批评方法研究》，张伯伟著，中华书局，2002年。